相信阅读，勇于想象

"幻想家"世界科幻译丛

母 舰

［澳］史蒂芬·伦内贝格 / 著
秦含璞 / 译

北京理工大学出版社
BEIJING INSTITUTE OF TECHNOLOGY PRESS

史蒂芬·伦内贝格（Stephen Renneberg）

澳大利亚著名科幻小说作家，天文学、管理学硕士，柯克斯蓝星荣誉得主。

二十几岁时，史蒂芬背上背包开始环游世界之旅，足迹先后踏及亚、欧、美许多国家，这极大地丰富了他的阅历，为其作品内涵的深度与广度提供了保证。

史蒂芬的创作以明快的节奏、复杂的情节、精妙的架构和有趣的人物而闻名，每部作品中的科学技术细节都经过了仔细调查，为其故事增添了强烈的真实感。这种真实感和书中高层次的科幻概念以及出人意料的故事情节实现了完美的结合。

中文序言

上高中的时候，父母为了支持我对天文学的热情，给我买了一个小型的折射望远镜。我在无数个夜晚用它观测恒星和星系，好奇太空中究竟有什么。数年以后的一个晚上，在悉尼北部的一个小镇里，我看到三个明亮的球体划过天际。它们在空中稍作悬浮，然后垂直加速脱离了大气层。这一幕看起来像好莱坞电影里的桥段，但这的确是事实。

从那之后，我就知道至少有一个地外文明正在观察人类。鉴于宇宙的年龄和实际尺度，这些外星人可能已经观察我们很长时间了，而且真正观察我们的外星文明不止一个。

在我看来，人类就像是广阔大洋中一个孤岛上的原始人部落，我们的视野受限于地平线。但是在我们看不到的地方还有另一个世界，那里充满活力，有各种不为我们所知的奇观，我们的一举一动都在那个世界的注视之下。

这就是我写"映射空间"的灵感源头。

《母舰》的时间设定在近未来。1998年，这本书完全是作为一个剧本来完成的。一年后，我将它改成了一本小书。坠落在地球上的巨型外星母船不是入侵地球的侵略军，而是一块在太空中漂浮的残骸。这艘飞船终结了人类的纯真岁月，向还没有做好准备的人类展示了宇宙的奥秘。

《母之海》的时间设定比前一本晚了十年。这一次人类面对的是一群高度进化、非常残暴的外星敌人，这些外星人虽然没有高科技，却依然威胁了人类位于生物链最顶端的地位，他们可谓是人类自从消灭尼安德特人之后最大的威胁。这种设定的初衷就是，宇宙的实际年龄远比地球生物进化的时间要长。

这两本书主要设定在人类的近未来，同时略微提及整个银河系的背景设定。有些读者希望了解更多关于地球以外的情况，而且我一直想写一部太空歌剧，所以我在之后的系列小说中保留了之前的宇宙背景设定，但将时间线推到了更遥远的未来。

考虑到整个宇宙的年龄，人类在几千年之后才能全面普及星际旅行，所以人类可能是银河系中最年轻、科技水平最低的太空文明。如果我们认为人类在几千年之后，就可以达到其他更古老的星际文明的科技水平，那无疑是非常不现实的。所以，在"映射空间三部曲"中，人类是"巨人中的婴儿"，我在书中就是如此描述人类的困境的。

这听起来未免有些悲观，但随着文明不断进步，就会变得越发开明，可能会为类似人类的后来者提供一定的空间。"映射空间"系列丛书就采取了类似的设定，书中大多数文明都加入了银河系议会。这是一个星际文明合作共赢的联合体，而不是帝国或者联邦。

当出现冲突的时候，只有最古老、最强大的文明才能同台竞争，弱小的文明完全无法控制事态的发展。设定为遥远未来的"映射空间三部曲"以《安塔兰法典》为开端。书中主人公西瑞斯·凯德是地球情报局的秘密特工，一直致力于保护人类的未来，他在银河系各大势力间周旋，打击各种犯罪活动，同时还不能让自己的密友和爱人知道自己真正的身份。

按照我的设想，凯德所处的宇宙就是人类掌握了足够的科技、阔步迈向宇宙之后，很有可能会低估在太空中遇到的其他外星文明的历史和实际实力。"映射空间"系列丛书描绘了一个并不美好的现实、一个残酷的宇宙，并提供了一个美好的愿景，人类可能会被邀请加入银河系文明大家庭。距离这一天真正到来还很远，我们现在能做的就是畅想各种可能性。让我们一起畅想未来吧！

史蒂芬·伦内贝格

澳大利亚，悉尼

2020 年 7 月

书中出场人物

外星人

卡乐莎 -（阿拉沙拉 - 暖季）- 涅姆扎里

侦察小队

罗伯特 · 贝克曼少校

亨利 · 胡博军士长

柯蒂斯 · 莫里中士（外号"计时器"）

奥兰多 · 桑切兹中士（外号"美洲豹"）

弗兰克 · 塔克下士

拉莫尼 · 马西（外号"蒸锅"）

特蕾莎 · 贝托里尼上尉（外号"异形"）

约翰 · 诺兰少尉（外号"核弹"）

金 · 葛丽提少尉（外号"魅魔"）

麦克 · 齐洛瓦斯基少尉（外号"病毒"）

罗兰 · 马库斯

伊恩 · 麦克尼斯博士

当地居民

劳拉 · 麦凯伊

丹 · 麦凯伊

班达卡 · 维拉平古

德帕拉乌 · 维拉平古

马普鲁玛

瓦育比

里亚金迪

皮特 · 威尔森（外号"石板"）

比尔 · 肯尼

瓦尔 · 罗伯特

保罗 · 法纳甘（外号"爆竹"）

映射空间时间线

340 万年前至公元前 6000 年

地球石器时代（GCC0）

公元前 6000 年至公元 1750 年

前工业时代（GCC1）

1750—2130 年

行星级工业文明崛起（GCC2）

第一次入侵战争——入侵种族未知

《母舰》

封锁

《母之海》

2130 年

跨行星级文明开始（GCC3）

2615 年

太阳系宪法获得通过，建立地球议会（2615 年 6 月 15 日）

2629 年

火星空间航行研究院（Marineris Institute of Mars，简称 MIM）建成了第一台稳定的空间时间扭曲力场（超光速泡泡）设备。MIM 的发现为人类打开了星际文明的大门（GCC4）

2643 年

跨行星级文明扩张至全太阳系

2644 年

第一艘人类飞船到达比邻星,与钛塞提观察者接触

2645 年

地球议会与银河系议会签订准入协定

第一次考察期开始

钛塞提人提供以地球为中心 1200 光年内的天文数据(映射空间)和 100 千克新星元素(Nv,147 号元素)作为人类飞船燃料

2646—3020 年

人类文明在映射空间内快速扩张

由于多次违反准入协定,人类被迫延期加入银河系议会

3021 年

安东·科伦霍兹博士发明了空间时间力场调节技术

科伦霍兹博士的成果让人类进入早期星际文明时期(GCC5)

3021—3154 年

大规模移民导致人类殖民地人口激增

3154 年

人类极端宗教分子反对星际扩张,攻击了马塔隆母星

钛塞提观察者阻止了意欲摧毁地球的马塔隆人的巡洋舰队

3155 年

银河系议会终止了人类的跨星际航行权,为期 1000 年(禁航令)

3155—3158 年

钛塞提飞船运走了储存在地球的所有新星元素,并将所有飞船进行无效化处理(在飞船降落到宜居星球之后)

3155—4155 年

人类与其他星际间文明联系中断。太阳系以外人类殖民地崩溃

4126 年

民主联合体建立地球海军开始保卫人类

地球议会接管地球海军

4138 年

地球议会建立地球情报局

4155 年

禁航令全面终止

准入协议重新启动,人类重返星海

第二次观察期启动,为期五百年

4155—4267 年

地球寻回幸存的殖民地

4281 年

地球议会颁布旨在保护崩溃的人类殖民地的《受难世界救助法令》

4310 年

商人互助会成立，旨在管理星际间贸易

4498 年

人类发现量子不稳定中和（远远早于其他银河系势力的预计）

人类进入新兴文明时期（GCC6）

人类星际间贸易进入黄金时代

4605 年

文塔里事件

《安塔兰法典》

4606 年

特里斯克主星战役

封锁结束

《地球使命》

4607 年

南辰之难

希尔声明

《分崩离析的星系》

注：GCC：银河系文明分类系统。

前　言

涅姆扎里从冰冷无梦的睡眠中醒来。

她不记得自己的运输舱何时开始升温，也不记得静滞力场失效时的刺痛感。涅姆扎里只是感觉到对于封闭空间的恐惧，和出于本能想在舱内狭小空间内不停挣扎的冲动。她希望从中脱离，重归宁静的蓝色大海，但是却动弹不得。随着意识逐渐恢复，她整个人冷静下来，想起自己身在何处，以及自己马上就能离开运输舱。在苏醒之后，你总会有这样的感觉，先是困惑，然后是恐慌，最后才能冷静下来。

一根细针刺入她的颅骨下部，将纳米机器植入她的脖子。这些微型机器在循环系统内狂奔，释放抗体，解除之前服用的细胞抑制剂。很快，包裹着双眼的水膜返回原位，她就恢复了视力。

涅姆扎里又看到了自己的运输舱逐渐恢复了方向感，打量着三面金属壁和上方的透明舱顶。她的眼睛长在流线型的长脑袋两侧，视野非常宽阔，有利于捕猎。这说明她的祖先在进化的道路上，不仅是优秀的猎手，同时也是别人的猎物。

涅姆扎里知道自己没有多少时间准备，于是保持呼吸，尝试紧缩肌肉，让主要肌腱恢复工作。透过上方的透明面板，可以看到自己的运输舱正在通过几百万个类似的运输舱组成的峡谷中穿梭。每个运输舱外形呈八边形，就算飞船失去动力，它还能确保里面的乘员在几年之内都能保持休眠状态。这种运输舱是大规模运输的安全保障，而不是远途航线的首选，因为对于时间旅行而言，距离并不是问题。在几百万个有序排列的休眠仓中间，还有微弱的灯光在不停闪动。有时候，甚至可以看到养护无人机悬浮时发出的蓝光，但是却看不到其他被唤醒的睡眠舱。涅姆扎里这才明白，现在不过是一次中途唤醒的技术维护，距离真正的目的地还远呢。这意味着留给自己的准备时间很短，而且下次唤醒后将面临好几天的浑身酸痛。

当她的运输舱来到一个对接口的时候，透明的面板分向两侧，加速力场将涅姆扎里送到了平台上方。一件连体工作服漂到了她的面前，衣服上标明了氏族状态和技术评级。因为她是一名船员，所以远比女性统治精英贝尔丹的地位还要高，但是从船上的组织结构来看，她不过是个低级技术员罢了，只配去保养航行过程中控制高度的惯性加速器。涅姆扎里早就放弃在超光速加速器上工作的可能。经过知识库的测试之后，涅姆扎里和她的上司就知道自己无法理解复杂的计算工作。相比于人类，涅姆扎里的智商远在人类最聪明的科学家之上，但是和同类相比，她不过是个平庸之辈。

在她忙着穿衣服的时候，颅内的植入物已经收到了命令，在船体外壁的助推器上检测到了能量波动。这不过是个简单的零件更换工作，但是却关系到飞船的安全，所以必须有合格的技术人员监督。飞行过程中的唤醒工作就是这样无趣，所以通常都是由最低级的技术人员负责，这就意味着只有涅姆扎里去干这些活。

涅姆扎里进入一个重力电梯，同时用自己的生体声呐扫描了一下。她的声呐器官藏在前额的光滑突出部里面，可以看清水下几公里之外的东西。除此之外，还能和船上的声呐接收器互动，就省去了控制面板的麻烦。

重力电梯带着她来到外部舱壁，一个维修机器人已经带着备件在那里待命。涅姆扎里对着另一头的舱壁发出声呐波，发现了出入口装甲板和舱壁之间的细微差别。舱壁上出现了一条走廊，只够她和机器人排成一列出入。涅姆扎里跟着机器人爬向超光速泡泡发生器所在位置。船体外壁装备了几千个类似的发生器，它们可以确保飞船在超光速飞行过程中待在空间泡泡的正中央，还能确保在低加速状态下取得惊人的速度。

还没等涅姆扎里爬出外侧舱壁，警报响了起来。她犹豫了一下，如果出现什么危险情况，飞船的核心智能——指挥中枢，肯定不会让她进入舱壁。这种警报说明就连指挥中枢都没有想到会有这种情况，但是这应该是不可能的。

就在犹豫是否返回船体内部的时候，船体装甲板展开，封住了船体所有的结构弱点，把涅姆扎里困在了走廊里。维修机器人撞在了装甲板上，而涅姆扎里身后的入口也被封死了。走廊开始收缩，最后在距离她不过几厘米的地方停下。舱壁传感器发现了涅姆扎里，用一层保护性泡泡将她包裹住，指挥中枢着手处理这突如其来的麻烦。如果涅姆扎里是个高级军官，那么可能会命令飞船打开一个通道，但是她职位太低，无法凌驾于指挥协议之上。

现在涅姆扎里被困在黑暗之中，只能不断收紧肌肉抵抗对于封闭空间的厌恶，同时准备返回运输休眠舱。她知道等指挥中枢解决了问题，一切安全之后，就能返回船体内部。几分钟之后，走廊并没有恢复原状。她违反协议，开始用脑内植入物直接呼叫一个中级指挥系统，但是却被忽视了。这让涅姆扎里大吃一惊。就连她可以接入的低级维护系统都在说所有非必要活动都被暂时中止了，但却没有告诉她原因。

飞船颤抖了一下，涅姆扎里撞在了舱壁上，现在她不过是这座临时监狱中的囚徒。她已经在船上生活了两个世纪，却还是第一次出现这种情况，第一次体会到自由下落和恐惧。这只能说明内部抗加速力场已经失效。失去了反惯性系统的保护，任何战术性加速都有可能把她挤死。

指挥中枢会保护所有人的性命，但是为了保护飞船，它也会毫不犹豫地牺牲涅姆扎里。但是，最终的加速并没有启动，这说明飞船正在太空中漂浮，她现在就是困在一个让人窒息的小泡泡里。由于缺乏动力，船体也不可能为她让出通道，传感器也不知道她还活着，救援队也就无法发现她。

现在只有泡泡里的空气可供呼吸，涅姆扎里用植入物降低新陈代谢，将空气消耗降至最低。在没有药物引导的情况下，她无法开始休眠，但是可以进入近似昏迷的状态，让维修机器人完成修理并找到她。随着进入深度睡眠，她用最后的意识命令植入物，除非氧气含量上升，不然不要唤醒自己。

涅姆扎里要么在睡眠中死去，要么呼吸着新鲜空气而苏醒。

目录

01 / 001

02 / 018

03 / 053

04 / 055

05 / 091

06 / 105

07 / 107

08 / 122

09 / 155

10 / 157

11 / 180

12 / 182

13 / 218

14 / 221

15 / 246

16 / 276

17 / 281

18 / 318

后记 / 352

一辆悍马车在午夜夜色的掩护下穿过了检查站,两名持枪哨兵检查了司机和乘客的证件,确认他俩都在许可名单上。检查完毕后,厚重的大门徐徐打开,悍马车在漫天大雪中朝着一座砖制建筑驶去。这栋房子的窗户都黑洞洞的,一盏灯都没开。司机默默地在门前停下车,罗伯特·贝克曼少校向着大门冲去。少校身材高大,体格健硕,一头短发和怡然自得的举止之下隐藏着他坚忍不拔的性格。贝克曼把卡牌在读卡器上刷了一下打开大门,进去之后,又把眼睛凑在视网膜扫描仪上,让门口警卫好好检查。

  "长官,您可以进入作战指挥室了。"警卫在数据板上检查了一下贝克曼的权限,"其他的门都已经上锁了。"

  "我知道规矩。"贝克曼说完就走进走廊,心里好奇这次究竟是怎么回事。作为51区的侦察小队指挥官,他已经习惯了被随时呼叫,但通常这都伴随着被召集进一架飞机进行紧急部署,而不是被叫到作战指挥室。

  他在建筑里走了几步,一举一动都被天花板上的监视器看得一清二楚。贝克曼把卡片在读卡器上刷了下,然后进入了作战指挥室。整个房间有两层楼高,3个巨大的屏幕占据了一面墙。玻璃墙面的办公室占据了高处,几个穿着军装的人从里面俯视着下方,而在下面则是一排排电脑。操纵电脑的既有空军的人,也有穿着白衬衫的平民,所有人都盯着自己的显示器。行动主管是一个四十出头的平民，他在第二排电脑后面来回走动，眼睛打量着一个个屏幕，将一切尽收眼底。

计划负责人劳伦斯·希克森将军和其他几位高级军官站在一起，共同监督任务进展。当他看到贝克曼进了屋，就走过去小声说道："你来得刚好。"

贝克曼好奇地打量了一眼屏幕上的卫星轨道，问："这是怎么回事？"

希克森阴着脸说："我也不知道。"

在中间的屏幕上是印度洋的地图。一条抛物线将东非的莫桑比克和西印度尼西亚的苏门答腊连在一起。在马达加斯加的东边，抛物线之上是一个小小的卫星标志，标志上还写着"USA-525"的编号。另外两个屏幕上则是卫星传来的即时遥测数据。

"卫星四分钟后从地平线升起。"负责卫星的国家侦察局工作人员说道。

"跟踪情况如何？"行动主管问道。

工作人员一个接一个开始汇报自己收到的情报。

"松树谷没有消息。"

"迪戈加西亚接收情况良好。"

"关岛没有消息。"

"蓝岭号收到遥测数据，但是没有图像。"

"范登堡太空联合行动中心汇报，轨道状态良好。"国家侦察局的情报官说，"雷达关闭，被动红外探测器和光学传感器启动，接收状况良好。摄像机达到最大倾角，已达最大视野。发现目标后马上放大图像。"

代表着国家侦察局卫星的绿色标志飞过了西印度洋的罗德里格斯

群岛，然后向东北方向的苏门答腊岛前进。

一名坐在第二排的操作员抓起刚响了一声的电话："嗯嗯，啊，哦哦。"他一边应着电话，一边记着笔记。等挂了电话，他扔掉耳机，然后对着行动主管说："我们刚刚在帝汶海上空损失了全球鹰6号。"他指的是一架无人机，"它甚至还没看到目标呢。"

"这是我们6个小时内损失的第四架无人机了。"希克森悄悄对贝克曼说，"而且这绝对不是机械故障。它们都是被击落了。"

贝克曼一言不发，好奇在世界的那个角落会有谁去攻击他们的无人机。

"两分钟后开始观测目标。"侦察局的人说道。

一名坐在第二排的军官聆听着耳机里的情报，脸上一副非常紧急的表情，然后对行动主管说："澳大利亚空中管制中心报告说，日航从墨尔本飞往东京的5144号航班，已经从雷达上消失了。"

"上面有多少人？"行动主管问。

"那是架747，300到400人。"

"该死。"一名站在后面的空军将军嘀咕道。

"澳大利亚政府已经宣布所有南回归线以北的民航禁飞。"坐在第二排的军官说道，"所有还在空中的航班都被要求返航。他们宣布是恐怖袭击。"

贝克曼一脸好奇地看着希克森将军。

"这不过是个幌子罢了。"他解释道，"澳大利亚人已经损失了一架预警机、两架侦察机和一架试图进入目标区的直升机，上面装满了特别空勤团的人。"

贝克曼把惊讶之情压在心里。他以前和特别部队一起行动过，现在不禁好奇飞机上是否有些自己认识的人。特种部队的圈子很小，互相之间联系紧密，贝克曼很有可能和船上某些人之前在某地共事过。

抛物线上的卫星图标正在向东印度洋科科斯群岛移动，"好了，现在开始。"行动主管说，"1号屏幕给我光学图像，红外信号放在3号屏幕。"

左侧的屏幕上出现了一片茂密的热带雨林，雨林上空还飘着些许白云。随着卫星从低轨道向着地平线快速移动，画面也飞速旋转。卫星运行速度很快，根据它的飞行轨道，很快将飞到目标区的西面。整个过顶侦察只需要消耗7秒，卫星就会脱离目标区，进入规避轨道。右边的屏幕上显示的是红外图像，代表高温的黄色线条从地面升起，地平线上还有一团红亮的光球。

"天哪，这玩意温度太高了。"红外专家惊呼道。

"卫星马上将突破地平线，倒计时5——4——3——"国家侦察局的操作员停止了倒计时，因为他的屏幕上也失去了卫星传回的数据："遥测数据丢失。"

1号和3号屏幕上的图像变成了静电雪花，而中间屏幕上的卫星标志也从绿色变成了红色。

一位坐在前排的平民技术员说道："我这里什么都没有了。"

行动主管怒吼道："汇报情况。"

"无系统遥测数据。"

"无光学和红外信号。"

"蓝岭号没有进一步发现。"

"迪戈加西亚信号丢失。"

"松树谷捕捉到了几秒的信号，现在什么都没有了。"

"关岛没有信号。他们自始至终就没有捕捉到信号。"

行动主管盯着坐在前排的国家侦察局员工，后者专心地听着耳机

01

里的动静，还时不时地说两句话。最终，他转过来摇了摇头："范登堡也一无所获。香堤伊也是如此，我们的站点都联系不到卫星。它彻底消失了。"

"我现在正式宣布，"行动主管看了看自己的手表，"凌晨 4 点 15 分，中部时间，和 USA-525 失去联系，可能被敌方摧毁。请记录。"

"那颗卫星可值 20 亿美元呢！"一个坐在第二排的操作员大喊道。

贝克曼凑到希克森将军旁边悄悄问道："将军，到底怎么回事？"

"这次事情可不小，鲍勃。一切发生得太快，而且非常严重。"

"有多严重？"

"根据地震读数来看，最少有 200 万吨。"

贝克曼轻轻吹了个口哨，脑子里分析着当前的局势。

"这东西进入大气层的时候，速度至少是声速的 150 倍，而且全程都在减速。"希克森说，"我们认为肯定有幸存者，因为他们击落了我们所有进行观察的单位。到目前为止，我们对那里的情况一无所知。"

"我明白了。"

"现在只有我们和澳大利亚人知道这件事。不知道这样的局面还能维持多久。靠近着陆区的卫星都被击落了。那里现在就是个禁飞区，所以你们要徒步进入。就目前而言，他们不过是摧毁了我们的侦察手段。他们还没有攻击人口中心或是战略目标，所以这不太可能是一次入侵。华盛顿认为这是次迫降，不是入侵。我们认为这些不速之客是在维修飞船。"

"将军，我们要把这艘船抢下来吗？"

希克森脸上飘过一丝不确定的表情："华盛顿想要拿下这条船，

但是它很明显能够自卫，所以回收这条船不太可能。你的任务是进入目标，评估威胁，寻找机会。"

"如果他们能够击落我们的飞机和威胁，肯定不会让我们徒步靠近。"

"我知道，但是你的命令如此。"

"明白了。"贝克曼说道，他现在非常明白希克森是把他的队伍送去执行一项自杀式任务。

"还有一件事，"贝克曼非常不喜欢将军说话的口气，"华盛顿给你队伍里加了两个平民。"

"他们接受过训练吗？"

"其中一个没有接受过训练，是个科学家。但是另外一个人的情况并不清楚。"

"照顾平民只会拖累我们的速度，长官。这可能破坏这个任务。"

希克森点了点头："罗伯特，我知道，但是上面命令如此。我也是无能为力。你是实际行动的指挥，但是这两个加塞的还是必须接受。"

"既然你这么说……"

希克森不确定地看了他一眼："该死，说不定在你到之前，那东西就消失了。"

"通常来说就是如此。"贝克曼回答道。

"你一个小时后出发，上飞机再睡觉吧。"

﹀﹀﹀﹀﹀﹀

班达卡·维拉平古深吸了一口气，雨林中这种陌生的酸味让他抽了抽鼻子。他把长矛放在地上，从树林的缝隙中打量着 50 米外的焦黑

01

的着陆区。这位雍古族猎人自从天空出现一道黑烟起，就在寻找这东西。神奇的烟雾太黑太油，绝对不可能是营火，如果是灌木丛起火的话，又显得太细。班达卡估计浓烟来自沃克河的北面，弗莱明山的东侧。虽然大火几个小时前就已经熄灭了，但是空气中奇怪的酸味仿佛是一个幽灵，在大地上徘徊。

周围唯一的生命迹象是天空中一只三角尾的老鹰，它的翼展比一个成年人身高还长。班达卡一直崇拜这些雄鹰，它们是天空中最强大的猎人。每当天空中出现雄鹰，都能让班达卡感到安心，因为这意味着古老的神灵在守望着这片土地。

班达卡鼓起勇气，慢慢从白色的桉树林爬向烧出来的空地。当眼前出现一个涂着半截向前箭头的灰白色机尾时，他才明白空气中刺鼻的味道是航空燃油爆炸燃烧的味道。在烧焦的空地中央是一段纤细机身的残骸，上面还画着一个蓝圈白地红袋鼠的标记。班达卡以前见过澳大利亚皇家空军的战斗机，知道它们会横跨大陆，飞去西边和北部的大海。但是这是他第一次看到它们坠入丛林。

飞机在坠毁瞬间摔得粉碎，四溅的残骸击穿了大树，引发了几处火灾。一个伤痕累累的鱼雷形拍照侦察吊舱砸在大石头上，玻璃盖板都摔得粉碎。班达卡不知道拍照吊舱是什么，也不知道西方世界的领导人多么想取回里面的照片。他从一截起落架旁悄悄溜了过去，来到焦黑的驾驶舱旁。驾驶员烧焦的尸体还在驾驶舱里，他系着安全带和头盔，部分溶解的氧气面罩还扣在脸上。就算班达卡住在丛林里，和现代社会隔绝，也知道战斗机驾驶员会在坠毁前跳伞。他好奇为什么驾驶员要和飞机一起坠毁，但是绝对不可能知道驾驶员当时多么绝望地试图弹射，但是所有系统都已经失灵了。

班达卡为死者感到难过，做了个手势引渡他飘荡的灵魂。除此以外，班达卡什么也做不了。他好奇地打量着树林里的残骸，好奇营救人员什么时候能到。他们现在应该坐着直升机过来了。但是，营救人员现在还没有出现，这让他非常不安。他已经看到那颗从天而降的星星，部落里的人都认为这是个坏兆头。现在，战斗机坠毁了，驾驶员死了，救援人员也没来。

这一切都太奇怪了。

雍古族已经和森林和谐共处几万年了。他们属于这片古老而神圣的土地，这里是睿智而强大的神灵的居所。这里曾经是雍古族的避难所和食物来源，但是现在却多了几分陌生和危险。

班达卡需要瓦育比的教诲。说不定这个老头子可以用自己的幻觉弄明白这一切到底是怎么回事。班达卡向死去的驾驶员最后一次致敬，然后转身返回自己的营地，从坠机地点回到营地还得走半天的山路。他琢磨着所有的细节，包括从天而降的星星，驾驶员的尸体，盘旋的老鹰，迟迟未到的搜救队和森林中诡异的寂静。这些都是不祥的征兆，这一切对他而言都是显而易见的事实。他知道这意味自己必须躲起来，进入森林，让神灵们保护自己。

班达卡很早以前就知道要遵循神灵的旨意。

\·\·\·\·\·\·\·

劳拉·麦凯伊将睡着的吸蜜鹦鹉轻轻地放进笼子，然后锁上了铁丝做的笼子门。这只受伤的小鸟是当地儿童从附近的丛林里找到送来的，但是劳拉这里是一个动物研究站，而不是兽医诊所。在孩子们的一再坚持下，她还是尽可能地固定包扎了小鸟的腿。

今天最后一件事已经办完，劳拉就回头继续照看笼子里那些致命

01

的丰富多彩的动物。这片世界上最干燥的大陆上居然有最丰富的生物系统,这让她既感到矛盾又感到惊讶。这里和亚马孙或是刚果不同,阿纳姆地的热带雨林坐落于一个发达国家的边界地区,历史的巧合让这里能够幸存至今。东部地区从1931年开始就被规划为原住民保护区,而卡卡杜国家公园则保护着西部地区的热带湿地,确保整个地区所有野生动物免遭其他地区热带雨林发生的惨剧。

所以,她才有机会负责阿纳姆地动物研究站,当时她主动接受了这份工作,但是家里人认为她疯了。多亏了一小笔科研补助金,这个偏远的站点才能装备当代技术装备,但是离开站点,你就感觉回到了100万年以前。

但她就喜欢这样。

她拥挤的办公室里有各种档案柜、书和野生动物照片,这一切让她感到这里远比抛在脑后的现代生活更有家的感觉。劳拉坐在自己破旧办公桌后面那张嘎嘎作响的凳子上,她的丈夫端着一杯冰镇的橙汁走进办公室,把杯子放在桌上,沧桑的脸上露出个微笑。

他说道:"你该告诉那群孩子不要把受伤的动物送过来了。"丹·麦凯伊比劳拉几乎大10岁,身材魁梧,脸上满是岁月的痕迹。丹一辈子都在北部地区工作,大多数时候是个饲养员,但现在是个专为城市旅游者的服务的探险领队。当不照顾游客的时候,他就负责保养机器,搭建新围栏,陪伴劳拉工作。

"那根本没用。"劳拉疲惫地笑了笑,然后喝了一口橙汁。

"你得去睡会儿了。"丹说道。

劳拉叹了口气说:"等我弄完给大学的报告就去睡会儿。"

"小鸟怎么样了?"

"小家伙会好起来的。"劳拉打了个哈欠,挠了挠自己的红色短发。

她早就放弃了管理自己的发型了。在这里，她留着短发短指甲，化妆品也被扔到了九霄云外。

"你要求的助手如何了？"

"有消息了。一个写博士学位论文的家伙 9 月会过来，然后会待 6 周。他在做有关 myiagra inquieta 的研究。"劳拉抬起头看着丹茫然的脸，然后说道："就是翔食雀。"

"哦。"丹点了点头说，"是种鸟。"

劳拉试过让本科生在假期来帮忙，但是他们除了瞎混以外，对动物习性根本不感兴趣，所以只好把他们都打发回家。个别几个无偿来帮忙的合格的科学家，也不过是来完成论文，然后返回南部大学的空调房里享受稳定的收入。

丹温柔地按摩着劳拉的肩膀，她不禁闭起了眼睛，享受着按摩。丹心不在焉地说道："看起来流星引起的火势不小。"

"流星？"劳拉困惑地问道，然后想起晚饭时丹说过的话，"哦，就是你早上看见的那个？"

"那才不是什么流星。那东西简直和一座山一样大。"巨大的火球划过北部天空，就算研究站周围有参天大树，也能看到它发出的光芒。

劳拉笑着拍了拍丹的手，知道他喜欢夸大细节让故事更为有趣："是，你说的都对。"

"不，我没开玩笑。你没感觉到地震吗？"

"是有那么一会儿震动。"她想起窗户曾经晃过一会儿，只好认同了丹的话。

"我有那么几秒钟，还以为世界要毁灭了。"

"因为距离近，那玩意看上去比实际尺寸要大。"

丹摇了摇头："不，那东西离这很远。而且绝对特别大。格伊德湖那边不少东西都被炸上天了。"

劳拉好奇地问:"你怎么知道的?"河在西边很远的地方,从研究站根本看不到它。

"那边的天空都被点亮了。肯定是那东西掉下来的时候点着了灌木丛。"

劳拉一下警觉起来,坐直了身子。现在是旱季,也是丛林最脆弱的时候。"现在风向如何?"

"风向朝东,但是我觉得大火烧不过来。"

"你上报了吗?"

"没呢。达尔文市在 500 公里以外。他们能做什么?"在丹看来,当地政府认为他俩完全是在外星。

"他们可以从南边调来空中吊车直升机。"劳拉说着把白色的实验室大褂扔在凳子上,然后跑到了外面。在她的右边是他们木质的两层楼,它还配有宽敞的凉台和漏雨的锡制屋顶,车库里停着他们的四驱越野车,小棚子里还有一个发电机,棚子顶上有一个卫星天线。在另一边是用尼龙网在几个大树间围出的大型鸟舍,里面有将近一百只毛色艳丽的鸟。在鸟舍和机器棚中间是两个小型建筑,一个是有袋类动物的养护所,另一个是给爬行类动物准备的房子。

劳拉站在院子中央,忧心忡忡地盯着西边。夜空之中,大量烟尘冲天而起,直达大气层,挡住了夜晚的星光。漫天的尘土在火光和撞击地区附近的高温映衬下变成了橙色。劳拉在天空中徒劳地寻找着云朵,但是现在距离雨季还有好几个月。

丹跟着来到屋外,站在劳拉旁边打量着天空:"你看,肯定是在格伊德河那边。"

"我得去通知达尔文市,他们得知道这事。"

"除非国家公园出事,不然他们不会采取任何行动。"

劳拉跑进房间,拿起电话,在一串紧急联系电话中寻找需要的号码。如果非要举出一个劳拉害怕的东西,那就是林区起火。如果大火烧过来,他们根本就是无处可逃、无处可藏。劳拉找到了北方领地火灾急救电话,但是电话里却没有拨号音。电话线路又出故障了。

"又来了。"劳拉生气地嘀咕道,然后把话筒扔回原位。

她正准备跑回屋外,但是又想到了一件事。劳拉打开电视,但是屏幕上不过是一片雪花。

"哦,该死。"她这才明白出问题的不止是电话,心里现在满是无助的感觉。"卫星天线又出问题了。"

只要卫星天线出了问题,他们就和外部世界隔绝了。要修好天线,还得顺着一条杂草丛生的土路走30公里,找到最近的卫星电话,维修工几个星期后才会从达尔文市赶过来。

"昨天还好好的。"丹嘴上说着,但是注意力全都集中在冲天而起的橙色尘土上。

劳拉说:"我们去年才换的新天线。"但是,她完全不知道的是,天线所对的卫星已经不见了。

丹把胳膊搭在劳拉的肩膀上安慰道:"大火自己会熄灭的。火光和几个小时前相比,已经小了很多了。"

"我希望你说得没错。"

"我们明天早上再看看情况。要是还是很糟,我们就开车顺着小道出去打电话。"

"好吧。"劳拉忧心忡忡地看着天,怀疑丹到底有没有看错。那颗流星真的和山一样大吗?

01

＼.＼.＼.＼.＼.＼

丹的狗不停地吠叫，劳拉一时间难以入睡。她闭着眼睛躺在床上，希望狗能闭嘴，但是它却叫个不停。劳拉转身打量丹有没有睡着，但是却发现床的另一边空无一人。床头的表显示现在不过刚过四点，劳拉暗骂一声，心想这只狗又毁掉了她最后一个小时的睡眠。狗狗就好像疯了一样狂叫不止，劳拉不禁好奇到底是什么刺激了狗狗。

是鳄鱼吗？这个想法让她一下从床上弹了起来。也许这就是丹起床的原因？

其他的动物还是非常安全的，鸟儿们更是叫都不叫。要是周围有鳄鱼的话，它们肯定早就开始吵个不停了。劳拉听到丹沉重的脚步在大厅里回荡，然后是打开霰弹枪弹仓和和装填子弹的咔嗒声。

"是鳄鱼吗？"劳拉从床上坐了起来。

"可能吧。"丹回答道，"待在房子里。"丹出门之后，纱窗门重重地弹回了原位，劳拉听到他呼唤着自己的狗："怎么了，布鲁？小伙子，你发现什么好东西了？"

劳拉下床走到床边看着门前的车道。外面非常安静，一片漆黑。不论狗因为什么在叫个不停，肯定是在房子后面。她在睡衣外面套上一件外套，穿上靴子跑下楼。当来到厨房的时候，劳拉透过窗子向外张望。丹虽然没有打开外面的灯，但是可以看到他站在车库门口，双手拿着霰弹枪，却没有瞄准任何东西。

劳拉叹了口气，起码那东西不在鸟舍。

从研究站到河道的距离最少有五公里，但风向正确的话，动物的气味完全可以到达河边。雨季的时候，土地湿润，溪水泛滥，鳄鱼可能会进入内陆，但是在旱季的时候，鳄鱼很少如此深入内陆。

丹抬头看着天，布鲁也对着头顶上什么东西叫个不停，这起码意味着要对付的不是一只鳄鱼。一想到可能是西边的大火烧过来了，劳拉不禁担心起来。她打开外面灯的开关，但是后门的灯泡却没有亮起来。

"太棒了。"劳拉嘀咕了一句，然后大喊道："丹尼，发电机开着吗？"

劳拉没有听到丹尼的回答，于是就试了试大厅的灯，结果也不亮。劳拉知道丹尼每天都会检查发电机，但当初买回来的时候，发电机就已经很老了，而且对于热带气候越发敏感。劳拉急忙去储藏间的柜子里翻出了一支防水手电筒。她打开手电，忽然听到木板碎裂的声音，那声音就好像是一辆卡车撞进了房子了。丹尼的霰弹枪响了起来，劳拉回到后门看到一道耀眼的白光照在后院。丹尼又开了一枪，布鲁的狂吠已经变了恐惧的哀号，然后被突如其来的痛苦终止了。

"丹？你还好吧？"劳拉问道。

一道白光从窗子里照进房间，打在了地板上，光源也不断向着房子靠近。厨房内金属碰撞的声音打破了这种宁静，整个房子晃了起来。劳拉开始朝着走廊移动，水槽、烤箱和冰箱开始剧烈震动，就好像要摆脱束缚一样。金属扭曲的声音在房子里回荡，铁皮屋顶被掀飞，工作台碎成几块，水槽和烤炉飞上房顶，就好像被塞进大炮打了出去。它们直接撞穿上一层的天花板，然后飞上了天，厨房里全是石膏和碎木头。白色的光从砸出的洞里照进房间，劳拉不得不捂住眼睛，但还是能瞧见一个光滑的金属物体从房子上空飞过。

劳拉惊恐地回到大厅，看到水管发出怪啸，扭曲在一起，然后也向着奇怪的光源飞去，水流得到处都是，过了一会儿，抽屉里的餐具好像霰弹弹丸一样飞了出去，在天花板上打出了几十个洞，微波炉也跟着一起飞了出去。

01

手电筒拉着劳拉的手开始向上飞。她双手用力往下拽,但是手电筒像是被一种无形的力量牵引着,拉着劳拉双脚离开了地面。等她离地半米的时候,就放手让手电筒自己飞上去。电冰箱飞上去的时候,在天花板上撞出一个大洞。一大束光从洞里照进了屋子。

地板和木质框架上的钉子脱离原位,房间里充斥着钉子的哀号,所有的钉子像一阵子弹风暴一般飞上了屋顶。劳拉贴着墙,免得被四处飞溅的钉子打到,但是很快发现墙壁也在身后晃动起来。她赶忙躲到一旁,电线也掀起一大片石膏飞出墙面,像鞭子一般抽打着屋顶飞了出去。劳拉双手护住脑袋,石膏碎片和木头渣子如雨点般砸了下来,她只能惊恐地躲在墙角。当白光消失之后,整个房子也安静了下来。

劳拉在黑暗中眨着眼睛适应周围环境,因为恐惧浑身发抖,周围的墙壁也摇摇欲坠。当发现房子马上要塌了的时候,劳拉跳起来夺路而逃。后门挡住了她的去路,金属合页和锁子都不见了,劳拉用肩膀撞开门,然后跟跟跄跄地冲过凉棚,进入了院子。

劳拉感觉到头顶上有个黑色的物体挡住了夜空。它静静地从头顶滑过,房子的墙壁好像纸牌屋一样倒了下去。劳拉惊恐地看着自己的房子倒了下去,然后发现自己周围已然是一片废墟。车库和放机器的棚子已经塌了,陆地巡洋舰、发电机和卫星天线也不见了。棚子里油箱的位置现在只有一摊燃烧的汽油。劳拉知道该去灭火,但是灭火工具也不见了。她只希望研究站周围的隔离带可以控制火势。

等劳拉站了起来,实验室也轰然倒塌。和自己住的房子一样,铁制的屋顶已经被掀飞了。劳拉担心临时医院内的小动物和鸟儿的状况,于是朝前走了几步,就看到了被腾空而起的铁笼子撕碎的尸体。几只小动物活了下来,正在从废墟中挣扎逃向森林。在院子的另一头,有袋类动物庇护所和爬行类动物实验室也被毁了,就连老旧的金属水箱都不见了。只有尼龙网制成的鸟舍还安然无恙。

"丹尼?你在哪儿?"劳拉越是呼喊,心中就越是不安。"亲爱的,你在吗?"但无人回应劳拉的呼喊,她这才明白自己的丈夫和狗狗都不见了。

劳拉注意到了有袋动物庇护所废墟上的木头在发出响声。劳拉流着泪喊道:"丹尼,是你吗?"

她看到几只小动物使劲地在废墟中拨动,然后蹦蹦跳跳地逃了出去。就在这些小动物忙于逃命的时候,一个移动缓慢的黑影轻松地推开了碎木头。

鳄鱼逃出来了!劳拉一想到这一点,整个人都惊呆了。距离投食时间还有一个小时,它们肯定都饿坏了。

爬行动物研究室有几只体长不到4米的小鳄鱼,还有一只7米多长的大鳄鱼。这些小鳄鱼身材有人类的两倍大小,能轻松地干掉劳拉,而那只大鳄鱼更是能一口就咬死一匹马。劳拉打量着周围的黑影,有袋类动物庇护所里发出了一声尖叫。几块破碎的模板被扯到一边,你能看到鳄鱼发起攻击时,尾巴甩到了一边。当一切安静下来的时候,劳拉可以听到大鳄鱼咬碎猎物骨头的声音。她甚至为小动物们感到难过,但是求生本能告诉她这些小动物为她争取了时间。等袋鼠开始逃跑的时候,劳拉发现自己是这里唯一的猎物,而且自己毫无还手之力。

鳄鱼们很快就会发现这一点。劳拉不知道到底发生了什么,但是她知道研究站内一片金属也没有了。她估计这里没有枪、刀或是斧子,没有任何东西能供她防身。现在那道奇怪的光束已经消失,鸟类开始惊恐地尖叫,劳拉注意到鸟舍的尼龙网安然无恙,只能在那里寻求庇护了。

劳拉冲向尼龙网,绕着尼龙网找到了入口。她的手指在尼龙拉链

01

上摸索，身后响起了轻微的脚步声。劳拉把拉链拉下一半，然后钻进去，从入口处滚到了一边。在她身后，一只巨大的鳄鱼从黑暗中冲了出来，向着尼龙网发动了进攻。鳄鱼的鼻子在距离劳拉的脚一臂距离的时候被尼龙网缠住，鳄鱼只好停止了攻击。她看到鳄鱼闭紧嘴巴时露在外面的牙齿上的反光，鳄鱼不停地晃动着脑袋，试图扯出一个突破口。虽然这是只体型较小的鳄鱼，但完全可以把劳拉扯个粉碎。鳄鱼折腾了一会尼龙网，然后就失望地转身离开，又回到了阴影之中。劳拉等着鳄鱼彻底转身离开之后，立即冲过去把入口彻底关上。

因为鳄鱼可以从尼龙网底下钻进来，劳拉就穿过内部的帷帐，通过绳梯爬上了鸟舍内最高的一棵树。现在她心跳加速，全力朝着树顶的观测平台爬去。等爬上去后，她发现平台上的钉子已经不见了，底部的木板全都掉了。只有顶部的伪装网还挂在尼龙绳上。劳拉用伪装网做支撑，爬到了一截树杈上，然后打量着寻找入口的鳄鱼。

劳拉擦掉了脸上的泪水，打量着西边橙色的地平线。她从没有见过这样的森林大火。劳拉并不知道那不过是金属船体进入大气层之后正在降温，只是在想这是否和研究站的毁灭与丹的失踪有关。劳拉看着远处的光芒，被它的颜色和变化的亮度所吸引。

直到破晓，这种光芒才渐渐消失。

02

距离日出还有几个小时，一架美国空军的C17运输机在卡奔塔利亚湾上空低空飞行。为了避免被发现，飞机在距离目的地500公里的地方关闭了所有电磁辐射源，驾驶员只能手动驾驶飞向戈夫半岛。机组认为关闭雷达低空飞行是一种不必要的冒险，但还是严格遵守命令，不去考虑为什么。

C17飞过纽伦拜的南部海岸线，然后贴着树梢飞向戈夫机场。整个机场周围都是红土地和树林，中间只有一个很小的航站楼。等运输机停稳之后，尾部的卸货坡道缓缓打开，贝克曼和小队其他人带着武器和背包快速离开了飞机。

一辆澳大利亚陆军的四驱越野车拉上了所有人，驶向北部的戈夫湾，而不是250公里外的坠机区。自从撞击发生后，所有试图进入中部阿纳姆地大道的交通工具都消失了，贝克曼只能认为那条土路已经脱离了人类控制。

陆军的卡车带着侦察小队来到一个半岛终端的小码头，这里有一艘澳大利亚皇家海军的灰色巡逻艇在待命。上船之后，巡逻艇进入梅尔维尔湾，然后绕过东北角，高速进入海湾。由于卫星已经被击落，卫星导航也不复存在，船员们只能靠航海图、指南针和运气导航。和C17运输机一样，他们保持完全电磁静默，这无疑是考验船员在黑夜中高速航行时的导航能力。

02

运输艇沿着海岸线向蓝泥湾前进，侦察小队吃了顿早饭，然后在船尾进行最后的检查。贝克曼背对着海风，面无表情地打量着强塞进队伍里的两个平民。

第一个人叫罗兰·马库斯，是个一头黑发、体格健壮的中情局官员，他将为国家情报总监提供自己对局势的判断报告。情报总监将为总统和国家安全议会提供参谋意见。如果马库斯最后的报告和贝克曼给国防部长的报告相冲突的话，那么就可能造成混乱。这种混乱可能在做出重大决策的时候造成严重影响。看马库斯带 MP5 冲锋枪的样子，他肯定能照顾自己，但是贝克曼怀疑他是否能听从命令。

另一个人叫伊恩·麦克尼斯博士，他看上去不到 30 岁，身材瘦弱，是从马夫湖的 51 区基地抽调的科学家。贝克曼在基地里见过他几次，知道他是一个外星科技逆向研究工程组的成员，但是具体职责尚不清楚。为了预防遭遇具有敌意的外星人，小队使用的所有回收来的外星武器和设备都要先经过他们的测试。

麦克尼斯博士并没有带枪，就算带了，估计也不知道怎么用。他的包里装满了各种科研设备，单靠他一个人勉强能扛起来。贝克曼怀疑他针对热带高温是否带了足够的食物和水。这位科学家坐在船尾的一艘充气橡皮艇上，认真地往鼻子上涂防晒霜，他涂完之后，就把防晒霜塞回背包，然后拿出一顶宽檐遮阳帽。博士刚戴上帽子，一阵海风就将它吹到了海里。博士只能无助地看着帽子越漂越远。

贝克曼心中默默哀号一声，然后看到亨利·胡博军士长正在看着自己。胡博是部队防护的指挥官，比贝克曼矮一些，但是身材更壮，说话声音低沉，经验丰富。他俩一起在三角洲部队服役，后来加入了侦察回收部队。他俩不屑地看着麦克尼斯博士，琢磨着他会为队伍带来多少负担。贝克曼知道大家都不会在意马库斯的死活，因为他就是那种干脏活的可消耗人员，但一名科研人员死了可就完全不同了。

弗兰克·塔克和拉莫尼·马西坐在伊恩的旁边，一脸鄙夷地打量着这位科学家的一举一动。马西，外号"蒸锅"，是个身材魁梧的非裔美国人，负责操作沉重的捕食者导弹发射器。马西凑到塔克旁边悄悄说："我跟你赌50美元，这家伙先死。"

塔克靠着自己的背包，慢慢磨着自己的刀。就算他俩都带着火力强大的LAST轻机枪和外号"托尔"的外星武器，塔克还是喜欢自己的宽刃博伊刀。这位前海豹部队的士兵抬起头，思考了一会，摇了摇头说："傻瓜才打赌呢。"

"我给你分析下赔率。""蒸锅"以为是塔克不敢和自己打赌罢了。如果不是为了加入海军，看看这个大千世界，马西可能就去底特律打职业球赛了。他在科罗拉多参加第一阶段训练，在那遇到了塔克。一开始，他俩互相比赛，想看看谁更厉害。最后，他俩宣布比赛平局，服役期间一直在同一支队伍。

塔克停止磨刀："赔率多少？"

"二比一。"

"四比一。"

"我又不是你妈，三比一。"

"成交。"他俩互相碰了下拳头，以示成交。"在其他人倒下之前，我得好好看住这个倒霉蛋了。"

马西笑了笑说："保姆！"

一名海军军官从舰桥上顺着梯子爬了下来，对着贝克曼敬了个礼。"我们正在进入沃克河河口，长官。"他指了指前面的河口说，"现在马上就要涨潮了，所以我们能开过淤泥泥沼，然后尽可能向上游进发。船长要求你现在准备下船，因为他随时可能让你上岸。"

02

贝克曼敬了个礼:"谢谢你,上尉。"

"我们尽可能带你们靠近河岸,但是你们可能还得涉水上岸。为了以防万一,我们会在舰桥和围栏布置枪手。"

"希望不会被攻击吧。"贝克曼好奇眼前的上尉到底知道多少真相。

"别担心,我们接受了不少训练。"

"你们也接受了训练?"贝克曼大吃一惊。

"它们狡猾着呢,但是我们一下子就能找到它们。"

"找什么?"贝克曼觉得自己肯定还是没理解到什么东西。

"鳄鱼啊。河水里面全是它们。"

"是吗?"贝克曼打量着越来越近的河岸。

"可不是嘛。它们是受保护物种,所以数量越来越多,繁殖速度跟兔子似的。别担心,要是鳄鱼打你们的主意,我们有权对它们开火。"上尉笑着说道,"可不能让你们被吃掉了,不然海军可就太没面子了。"

贝克曼笑了笑说:"我可不想让澳大利亚海军在这儿丢人。"

"快点上岸,远离河边,注意河滨。这些鳄鱼都藏在红树林下面的泥巴里。除非它们动了,不然根本看不到它们。当然,你踩上去也就知道是不是鳄鱼了。"

"多谢提醒。"

上尉返回舰桥后,贝克曼走到了胡博身边:"准备上岸。"军士正准备下令,贝克曼又悄悄补了一句:"让他们都小心鳄鱼。"

"什么玩意儿?"

贝克曼耸了耸肩。

"行吧。"胡博嘀咕了一句,然后走到士兵中间,"听好了!我希望各位女士都喜欢本次的超级游轮,我们接下来要上岸散步啦。路上有很多树,所以树荫不少。"他笑了笑,然后深吸一口气,拍了拍胸膛。"哈！这绝对是你呼吸过最新鲜的空气。现在让海军的帅哥们看看真正的军人怎么干活的。离开游轮的时候，动作务必快点。睁大眼睛，武器上膛，但是绝对不要开第一枪。都明白了吗？"胡博停下脚步，低头看着外号"核弹"的约翰·诺兰上尉，他是小队中最年轻的队员，也是队伍中的设备专家。

"核弹"用头盔盖在脸上，挡着阳光打盹。贝克曼看中了他的测试分数和天资，就直接从麻省理工把他招来了。诺兰是物理学专业，智商也是万里挑一，要是这次行动他能活下来，那么他有可能成为世界上顶尖的外星武器专家。但在这之前，胡博得让诺兰活到完成任务。

军士拉起"核弹"的头盔，打量着头盔里的情况，用温柔的声音问道："少尉，我打扰到您了吗？要再给您个枕头吗？"

"核弹"打了个哈欠，撤掉了塞在耳朵上的耳机："多谢了，军士。能让他们把船开慢点吗？发动机的噪声让我头疼。"

"起立，长官！"胡博大喝道。

"核弹"坐了起来，把头盔扔到一边，头盔顺着甲板滚到了一边。和队伍里其他的专家一样，"核弹"的军衔主要是和自己的教育程度和薪水挂钩，而不是自己的军事能力挂钩。贝克曼从一开始就明确了这一点，只要是胡博在行动中是指挥二把手，那么其他人就得听他的。这不是常规的指挥结构，但是却能确保大家都能活命。

外号"魅魔"的金·葛丽提少尉是队伍中的追踪专家，她在"核弹"的头盔掉进河里之前抓住了它。金少尉高大健壮，一双蓝眼睛下面是一副刺刀般直扎人心的伶牙俐齿。她入伍的时候是空军的雷达专家，发现如何探测隐身飞机之后，就被贝克曼拉进队伍，成了队里唯一一名外星人追踪专家。

她笑了笑，然后把头盔扔给了胡博，军士等"核弹"站起来之后，结结实实地把头盔扣在少尉的脑袋上:"少尉,你丢了头盔,那你也就死定了。懂了吗?"

"那是当然,军士。""核弹"生气地说道。

"魅魔"背上背包调整背带,看着麦克尼斯努力将一个臃肿的口袋捆到背包上。她问"异形"说:"你真觉得这家伙和看上去一样没用吗?"

特蕾莎·贝托利尼上尉外号"异形",是队里的异形学专家和医疗兵。她有着黑发和黑眼睛,思维敏锐,从一开始就和贝克曼参加了侦察计划。她顺着"魅魔"看着的方向望过去,笑了笑说:"他们就不该让博士离开实验室。"

"魅魔"歪着脑袋,饶有兴趣地打量着这位科学家:"他倒是带着点书呆子的可爱劲。"

"他在这会被活活吃掉的。"

"运气好的话,可能真的是被吃掉。""魅魔"坏笑着说。

"异形"被她战友的特殊癖好吓了一跳。她对着马库斯点了点头,后者正在一边检查自己的武器:"我还以为他才是你的料呢。"

"魅魔"不屑地看了眼情报官说:"他太冷漠了。我还是喜欢那种活生生而且有脑子的人。"

罗兰·马库斯感觉自己被监视了,于是用自己的武器对准河岸,看起来好像是在检查准星。他用这个动作背对其他人,用身体挡住双手。他放下武器,从背心口袋里拿出个纤细的长方形仪器。仪器正面有一个 LCD 屏幕和键盘,里面是一个发报机、干扰器和拉伸式天线。马库斯掩着发报器,按下了传送键,用高速猝发信号把加密消息送了出去。

整个发送过程不过持续了 1/10 秒。对其他收听者来说,这不过是一段杂音罢了,但是对于 100 公里外、身处南方纳姆布尔瓦的澳大利亚信号局的人来说,这就是一段悦耳的音乐。这个小地方拥有唯一一条容得下澳大利亚信号局半挂拖车的道路。这台半挂拖车从南方赶来,专门负责接收任何来自撞击区的信号。对于当地的土著居民来说,这辆由士兵守卫、浑身插满天线的 18 轮大卡车,不过是一个从没见过的稀罕玩意罢了。

移动监听站将识别码通过固网送到位于达尔文市浅水湾的信号局监听站。从这里,澳大利亚情报局确认和马库斯接触的消息将会通过特殊的线路送到美国国家安全局位于马里兰州米德堡的分部,然后再送到中央情报局。与此同时,一个距离移动监听站 40 公里的发报机,发出了一个回应信息。

罗兰·马库斯坐在巡逻艇上,看着 LCD 屏幕上弹出了一条消息:

0748 收到消息
信号强度 93%

马库斯长出了一口气,然后把收发机塞回了口袋。他怡然自得地看着身后的士兵,确认他们都没有发现自己的小动作。因为存在被发现的风险,所以除非有值得汇报的东西,不然绝对不会使用这东西。

巡逻艇驶过河口被淹没的泥沼,进入了闷热潮湿的热带雨林。河流两岸是越发茂密的红树林,随着他们向河流上游进发,各种气味也开始轰炸他们的鼻子。上百种鸟类在树冠上鸣叫,叫声从刺耳的尖叫到诡异的嘶鸣不一而足,昆虫的鸣叫混合着潮湿的空气让人无处可逃。翼展比人手掌还大的蜻蜓从绿色的水面上掠过,直直飞入红树林的树荫下。

他们为什么要在这儿着陆?这个问题在贝克曼的脑子里不停打转,

02

巡逻艇的引擎声渐渐变小，船头已经对准了河边泛着油光的黑色泥土。

上尉从舰桥跑到甲板上说："前面有块石头挡在河里，咱们只能到这儿了。"

贝克曼说："这就够了。"巡逻艇已经停在了被淹没的泥沼上。

水手们把一块跳板扔进没至脚踝的水里，然后贝克曼带着小队从船尾来到船头。6个水手带着自动步枪在栏杆和舰桥甲板就位，全神贯注监视着海岸。

贝克曼刚才上跳板，海军上尉就挡住了他的去路："等等！"

一名水手在舰桥甲板上喊道："右边，6米。"

上尉下令："赶走它。"

贝克曼看着哨兵所指示的方向，但只看到泥巴和红树根，哨兵对着泥地开了3枪，子弹打在泥巴上发出空洞的闷响。河岸瞬间活跃起来，一只5米多长、浑身盖着泥巴的鳄鱼跳入水中，身子徒劳地拧了一下，然后消失在河里。贝克曼身后的队员们深吸了一口气。就算他们直对着那只鳄鱼，也没人能识别出它来。

代号"计时器"的柯蒂斯·莫里中士大喊道："这个杂碎玩意儿！"这位前游骑兵和美国陆军伦纳德伍德堡工程兵学院的毕业生，从船舷探出身子，寻找水中的鳄鱼。"你们看到那玩意儿了吗？"

"那可是条好大的蜥蜴！""核弹"很不安地说道。

一名水手笑着说："哥们儿，比这大的鳄鱼多了去了。"

贝克曼问道："现在可以上岸了吗？"

上尉笑着说道："还是不安全，但是你们的命令终归是命令。"他转身问两边的水手："看见其他鳄鱼了吗？"鉴于没人回答他的话，上尉就走到一边说："少校，祝你好运。"

贝克曼走下跳板，踩了一脚水，跳上河岸，然后抓着红树根往上走。

小队其他人也跟着下船，背包沉甸甸地压在他们身上。只有麦克尼斯博士摔了一跤，多亏塔克帮忙，他才没摔进水里。

胡博悄悄对贝克曼说："他没带武器和弹药，看来是带了不少设备。"

"他两个小时之内就要完蛋。"贝克曼说道，"到时候我们再把设备拿走。"

巡逻艇的船员收走了跳板，启动引擎，把船头从泥地里拉了出来。

"千万不要靠近河岸。"上尉从船头大喊道，"河岸全是鳄鱼，到了晚上更多。"

"然后你们只需要担心该死的蜘蛛和蛇就好了。"另一名水手的话让其他船员大笑起来。他们认为看一群倒霉的美国人困在这种荒蛮之地是一个不错的消遣。

胡博看着巡逻艇渐渐退回河面，悄悄说："我怎么感觉自己是个新手？"

贝克曼回道："在这地方，你就是个新手。"

笑个不停的水手们向着小队挥手祝好运，这艘高科技巡逻艇掉头加速，很快消失在河弯处。现在小队成员们真的感觉到自己孤立无援了。

贝克曼转身对小队成员大声说道："好了，伙计们，这次是侦察行动。我们是来获取情报，不是发动战争，所以不要闹出大动静。我们距离目标还有80公里。"他说着指了指周围的蛮荒丛林："注意行军节奏。"贝克曼指了指自己的无线电设备说："现在必须假设敌军正在窃听我们，而且使用技术手段对我们进行追踪，所以除非绝对必要，不然不要使用无线电。它们功率很低，有效距离也很近，但是除非必要，不要用无线电聊天。'美洲豹'当尖兵，'计时器'

掩护，塔克和'蒸锅'负责侧翼，胡博看后方。"他指了指马克尼斯博士和罗兰·马库斯："你俩，跟着其他人待在中间。'病毒'，要是他们掉队了就告诉我一声。"

麦克·齐洛瓦斯基少尉外号"病毒"，是队伍中的通信专家。他用两根手指指了指两位平民，然后用一根手指指了指自己，确保两位平民能明白他的意思。"病毒"带着远程无线电和回收来的外星设备，这种设备可以检测外星人的非无线电波段通信。因此，他总是在队伍的中间，就在"核弹"的身边，贝克曼可以随时找到他。

马库斯对着"计时器"点了点头表示感谢，麦克尼斯博士调整了下自己的眼镜，然后在背包里翻找着什么东西。

"麦克尼斯博士，"贝克曼耐心地问，"你明白我在说什么了吗？"

这位科学家抬起头说："是的，少校，我听明白了，谢谢你。我要跟着……他。"博士指了指"核弹"。"计时器"再次指了指自己，然后麦克尼斯博士点了点头，指了下"计时器"："对，是你。"

"你要是听到任何人喊'接敌'二字，"贝克曼说，"我希望看到你马上卧倒。"

麦克尼斯博士点了点头："我相信我们不会和任何人发生战斗。"

贝克曼怀疑地问："你确定吗？"

麦克尼斯博士继续一边整理背包一边说："先进的文明不会进攻地球。进攻地球对他们来说有什么意义？他们不需要我们的资源，偌大的银河系有太多可供他们选的地方。就算我们的大气对他们来说没有剧毒，地球的微生物也可以要了他们的命。少校，你看，我非常确信这不是一次入侵。"

"核弹"质问道："那他们又为什么击落我们的飞机和卫星呢？"

"计时器"说："这对我来说就是敌对行为了。"

麦克尼斯博士摇了摇头："他们不过是让我们保持距离罢了。"

贝克曼好奇地问道："为什么？"

"他们在争取时间修补飞船或是等待救援。地震数据显示这肯定是一次迫降。相信我，少校，他们也不想来这儿。"他失望地叹了口气："我们能看到他们都算是运气好了。"

"要是它飞不起来呢？""异形"问道。

"那他们就会撤离船员，炸毁飞船。我们肯定什么都找不到。"

"你说的可能没错。"贝克曼说，"但要是真的爆发战斗，我还是希望你能卧倒，明白了？"

麦克尼斯博士点了点头说："要是真能让你觉得好点，那我照做就是了，少校。"博士终于找到了想要的东西，一罐驱虫喷雾。他用喷雾在全身喷了一遍，其他人都把这个当乐子看。

"蒸锅"凑在塔克边上悄悄说："50美元！我看这钱是赚定了。"

塔克咆哮道："赔率应该是四比一才对。""蒸锅"在他边上大笑起来。

杀虫剂甜甜的味道让胡博皱了皱鼻子："有这玩意儿在，那些外星人会发现我们的。"

麦克尼斯博士把杀虫剂塞回背包，然后对胡博说："那他们得先呼吸我们的大气才行，但这个可能性非常小。"

胡博看着这位科学家，不知道该说什么好，只能困惑地和贝克曼四目相对，而贝克曼却在指挥"美洲豹"去前面探路。

奥兰多·桑切兹中士，外号"美洲豹"，是美国海军陆战队前侦察狙击手。他少言寡语，冷静，眼睛像老鹰一样锐利。桑切兹之前在卡内奥赫湾的狙击手学校担任教官，他本人参加了好几次战斗，在狙击手的圈子里赫赫有名。他对着贝克曼点了点头，然后一言不发地跑

02

进了丛林,爬上了远离河流的一处高地。

贝克曼对着队伍大喊一句:"出发。"队员们回到自己的战位,胡博也走到了队伍后面。

"停下!"军士大喊一声,然后透过树林中的间隙打量着河面:"有烟!"他指着红树林另一头直冲云霄的浓烈黑烟。

贝克曼跑到胡博身边说:"是从海边过来的。"

马库斯用望远镜打量着远处的浓烟:"看起来像是柴油着火了。肯定是巡逻艇。"

贝克曼看着马克尼斯博士不安地打量着滚滚浓烟,问:"还觉得那些外星人没有威胁吗?"

博士不安地扭动着身子说道:"这肯定能有个合理的解释。"

"蒸锅"说:"解释倒有一个,你所谓的那些爱好和平的外星人炸掉了那艘船。"

"我们不知道真相。"马克尼斯博士说,"这完全可能是供油问题或是引擎起火。我们不知道他们为什么攻击巡逻艇。他们怎么知道巡逻艇会在那儿?"

"计时器"问:"少校,我们要去海边吗?也许能帮上忙?"

马库斯毫无表情地说道:"不,我们时间不多了。"

贝克曼生气地盯着马库斯。这些年的军旅生涯要求他去帮助船员,但是这次任务不允许浪费时间。"我们帮不了他们。"贝克曼说这话的时候非常不情愿,甚至因为说这样的话而讨厌自己。

"病毒"问:"长官,要我试试用短波呼叫他们吗?"他非常肯定巡逻艇的位置已经超出了战术无线电的有效范围。

"不。"贝克曼说,"这会暴露我们的位置。"

小队默默地爬上山丘,向着水汽蒸腾的热带雨林前进,这片地区六千万年来地貌鲜有变化。而马库斯怀疑发报虽然不过 1/10 秒，但是却害死了巡逻艇上的人。如果情况果真如此，那么再次发报就可能害死贝克曼的侦察小队。这么做代价高昂，但是为了完成任务，马库斯敢于这么干。

贝克曼走在队伍前面，心中反复思索是什么干掉了巡逻艇，这么做的目的又是什么呢？

\\\\\\\

皮特·威尔森在燥热天气下汗流浃背，于是从背包里的装满冰的隔热袋里拿出了一罐啤酒。这位高大的前澳洲足球联盟运动员外号"石板"，他仔细封好袋子，把冰凉的啤酒罐贴在额头，然后拉掉拉环，灌下去一大口啤酒。

一脸胡子的比尔·肯尼是一位来自达尔文市的酒吧老板，他诧异地看着这位朋友："天哪，伙计，你喝得太快了。"

"石板"慢慢吐出一口气说："就靠这玩意活命了。"他擦了擦额头，啤酒让他又振作了起来。

瓦尔·罗伯特，一位来自杰拉尔顿的理发师，也插了一句："等你的啤酒喝完了，可别来找我要。"

"我自己要省着喝呢。"外号"爆竹"的保罗·法纳甘是一位来自皮尔巴拉的矿工，他皮肤黝黑，总想炸飞点什么。"我们要过好几个小时之后才会回营地。"

"几个小时？""石板"哀号一声，拿下头顶上破破烂烂的亚古巴帽，疲惫地用手指梳理着头发。"我们应该待在河上。"

当初他同意参加这次狩猎的时候，他以为就是坐着比尔的渔船，

02

喝着啤酒，在河上钓鱼，躲避妻子的唠叨，而不是在酷热的天气里在草丛里寻找猎物。3 天前，他们开着比尔的四驱越野车沿着阿纳姆中部大道，把渔船放在一辆拖车上，沿着一段糟糕的鹅卵石路前进。走了几百公里后，他们向南转向，沿着贝斯山脉西部一条更糟糕的道路前进，在一个吉利皮提人的社区把船放下水。他们从那儿沿着沃克河逆流而上开了一天，然后安营扎寨。让"石板"感到不满的是，他们开始向内陆进发，寻找亚洲水牛。为了保护当地生态环境，这种外来物种荣登许可猎杀名单。

"伙计，"比尔对"石板"缺乏热情的表现很不满，"你知道弄一张这里的捕猎许可证有多难吗？"

"石板"咆哮道："我不敢相信我们居然花钱来这儿。"到现在看不到水牛的踪迹让他很恼火。

"这个吧，"瓦尔坏笑着说，"要是我们找不到水牛，就干掉'石板'，然后拿走他的啤酒。反正他个头和水牛差不多，闻起来也差不多。"

"爆竹"装出一副认真的样子说道："我建议我们现在就开枪，免得他把啤酒都喝完了。"

"你们这群混蛋要是再不闭嘴，我就先喝完自己的啤酒，再把你们的啤酒也喝光。""石板"笑着喝完了啤酒，然后一手捏扁了罐子，把它塞回背包，等着回到文明世界之后再处理。

瓦尔刚想挖苦"石板"几句，就听到左边的灌木丛里传来了响声。比尔先举起了步枪，其他人也开始端枪瞄准。

"是水牛吗？""爆竹"问道。

"可能又是只该死的袋鼠。""石板"说话的时候，灌木丛被一只看不见的动物拨到了一边。他们希望能听到水牛沉重的脚步和呼吸声，但是只能听到树叶的响动。

"石板"想到他们现在应该能看到在枝叶之上水牛宽阔的肩膀，于是说："这要是个水牛，一定是个矮子水牛。"

"往这边来。"比尔悄悄说道，示意向前走几步，树丛中的动物似乎并没有注意到他们。

"它要跑了。"瓦尔小声说道。他们一行人正在树丛间穿行。

"石板"咕哝了一句："它才不会跑呢。"他说完就举起一块大石头对准了晃动的灌木丛。

比尔质问道："你在干什么？"

"我们得知道那是什么才能开枪。""石板"说完就把石头扔进了灌木丛。让他们意外的是，灌木丛里发出了沉闷的金属声。

"爆竹"说道："这可不是什么水牛啊。"一个长长的黑色卵形物体从灌木丛中飞了出来，对准了他们。

这个物体下部有发光的长条和管状物体，连接在一起的悬臂让它看起来好像一只蜘蛛。在悬臂的末端还有细长的刀子状的探针，每一个探针的长度和直径各有不同。这个机器的背部有一个细长的管状物，管状物的顶部还有一个慢慢旋转的黑色碟子，碟子里有一个传感器阵列。

探测器飘浮在灌木丛上空，一边靠近一边扫描着他们。探测器主要进行地质和冶金学考察，如果有必要，也可以收集其他方面的信息。初步光谱扫描证明四个双足生物带着金属物体，说明他们掌握了基本工业技术，但是探测器却没有发现这些步枪是一种原始的武器。

"石板"说："这到底什么鬼东西？"探测器忽然向他加速飞去，两个刀子似的探针对准了"石板"的胸口。

"石板"的3位朋友同时开火，探测器应声爆炸，黑色的金属碎片向四周飞散，一条刀子般的悬臂擦过"石板"的脸，扎进了旁边的

02

树干里。他瞪大了眼睛,自始至终没有开一枪。

"爆竹"非常自信地说:"咱们这下是把它炸烂了!"他总是对爆炸情有独钟。

比尔捡起一块金属碎片,拿在手里反复打量:"你以前见过这种东西吗?"

"爆竹"拿起一块碎片,试了试重量,说:"这东西真轻!我还以为是个气球呢。"

瓦尔开心地说:"起码我们打了点东西。"

"你就在那自己乐吧。""石板"怒吼道,"你们这群混蛋都没给我个机会。"

"我们得把这事上报。"比尔说,"不管这是什么东西,都不该出现在这里。"

"这东西看起来不便宜。""爆竹"拿不定主意,"不管这东西是谁的,都有可能让我们赔钱。"

"这东西差点戳掉我的眼睛。""石板"不高兴地说道,"我可不会为这东西花钱。"

"不管这是什么东西,现在都是一堆废铁了。"比尔说完就从"爆竹"手里拿走了那块金属,然后塞进了自己的背包。

"石板"拿出了自己的手机,交给比尔:"给我拍张照!"他站在探测器残骸边上,一只脚踩在金属外壳上,就好像猎手和自己的猎物合影。

比尔犹豫了下,说:"但是,你也没开枪啊。"

"没人知道我到底开枪没有。""石板"笑起来的样子就好像偷到东西的小偷。

"爆竹"和瓦尔跑过来一起合影,然后比尔拍下了照片:"这个就是到时候起诉你们的证据了。"

"随它去吧。""石板"说着拿过手机检查照片,"拍得不错。"

比尔看着探测器的残骸,这对于这次冒险来说是一个微不足道的战利品。"我不知道你们怎么想的,但是我觉得该返回营地烤肉吃了。"

"这话我爱听。""石板"说完又从背包里掏出了一罐啤酒。

﹨·﹨·﹨·﹨·﹨·﹨

贝克曼反复观察着树冠,徒劳地寻找着森林中奇怪叫声的来源。笑翠鸟棕白两色的羽毛让它们在树冠的阴影下几乎无迹可寻,但是叫声却让贝克曼想起了疯狂的笑声。

这是在嘲笑我们吗?贝克曼的脑子里不禁冒出了这样的想法,他渐渐明白高温和昆虫单调的叫声是如何影响人的身体和精神状态的。

"核弹"拍打着后脑勺,咒骂道:"该死!这群虫子要把我活活吃掉了。"

"这都是雌虫。""魅魔"装出一副很同情的样子说,"它们不过是在寻找新鲜的肉而已。"

"计时器"说:"伙计,保持努力啊。你终于获得异性关注了。"

他们听到身后麦克尼斯博士哼了一声,脸朝下摔在一株阔叶植物下。他背包里的金属一起叮当作响,然后带着整个人侧翻在地上。虽然博士努力想站起来,但是背包的重量却让他动弹不得。

贝克曼看着博士躺在地上不知所措,说:"背包变重了?"

麦克尼斯博士挣扎着坐起来,脸上一片青紫,衣服被汗水浸透。他拿起自己的水壶猛灌了几口,然后倒了倒,确认里面已经没水了:"我需要更多的水。"

02

"我帮你叫客房服务。哎,等等,我们在热带雨林里呢!哪有什么客房服务。"贝克曼心里咒骂着这些该死的平民。

"天气这么热,你想让我怎么办?"博士有气无力地质问道。

"我希望你和我们一样能节约用水。"

"魅魔"充满同情地说:"少校,我把水分给他一点。"

"异形"不情愿地补了一句:"我也分一点。"

贝克曼压住心中的怒火,他知道不能让博士脱水而亡:"只此一次。我们今晚净化溪水。先给他点水,让他撑到晚上。"他对麦克尼斯博士说:"现在开始清理背包吧!除了食物,其他的都扔了。"

博士有气无力地说:"不行,设备是给飞船准备的。"

"带这么多东西,你甚至到不了飞船那儿。"

"扔了设备就无法研究飞船了。"

罗兰·马库斯不屑地说:"你死了也就做不了什么研究了。"

贝克曼看了看这位中情局的军官,后者因为良好的身体素质,似乎完全不受高温的影响。他穿着价格不菲的淡绿色登山服,戴着一顶宽边帽,背包里只有最少量的食物和弹药,这让他可以在必要的时候快速行军。他的装备仅限于腰带上挂着的棱镜指南针、胸口口袋里放着的镀膜地图以及挂在胸口挂带上的 MP5 冲锋枪。贝克曼怀疑马库斯一个人就能走到飞船那儿去,而且条件允许的话,他一定会这么做。

麦克尼斯博士愤怒地看着马库斯:"你根本不懂。这次的机会千载难逢。这对全人类来说非常重要。"

"少校,""蒸锅"迟疑地说道,"我对科学什么的一窍不通,但是我能帮他拿点设备。"

博士惊讶地抬起头看着这位魁梧的士兵。"蒸锅"身上已经扛着捕食者导弹和其他大型武器。博士说:"谢谢。"

塔克扭过头悄悄对自己高大的朋友说："你是不是疯了？"

"蒸锅"也小声回答道："伙计，你听到他说的了，这是千载难逢的机会。"

"你想输掉赌局吗？还想让他活着？"

"不，伙计，这不就是我们来这的目的嘛。"

塔克狐疑地眯起眼睛打量着"蒸锅"："胡说八道，你不过是心软了。"

"伙计，你这么说简直太让人伤心了。我简直都要哭了。""蒸锅"装出一副很难过的样子，然后凑近悄悄说道："我要是想赢得赌局，这家伙就得和我们在一起。"

塔克摆出一脸了然的表情，然后"计时器"也举起手说："我也帮着拿点。"

"病毒"也说："我也帮忙。"

"核弹"掂量了一下自己的背包，然后说："我就算了，自己的东西够多了。"

马库斯警觉地说："少校，你的手下已经带了不少东西了。额外的负重只会减慢我们的速度。"

贝克曼必须承认，马库斯不停地提建议已经让他非常恼火了。"每人拿一样东西，不要多拿。要是你掉队了，那就把东西扔了。都明白了？"

队伍中其他人都点了点头，只有马库斯摇头反对。

麦克尼斯甩下背包，然后开始分发设备。当博士已经分走了一半设备的时候，胡博耸了耸肩，伸手去拿博士的盖革计数器。

"这玩意儿我还是自己拿吧。"随着他们离飞船越来越近，博士打算每隔一小时就检测一遍辐射度数。博士把分光计递给了军士长。

02

塔克看到胡博把设备装进了自己的背包，于是很不情愿地把一个看着不大，但是意外沉重的电池组拿了过去。

贝克曼拿走了最后一件设备，然后发现麦克尼斯博士的背包只有原来 3/4 大小："现在完事了吗？"

麦克尼斯博士笑了笑，他的脸已经从青紫变成了红色："是的，多谢了，少校。"博士看着低头整理背包、看都不看他一眼的士兵们说道："谢谢你们所有人。"

"魅魔"帮助博士站了起来，然后大家继续向西前进。

\·\·\·\·\·\·\

没水可就死定了。树顶成了劳拉的避难所。

她深知脱水而亡的风险。热带的骄阳现在越升越高。高温和缺水让她现在必须采取行动。劳拉爬回绳梯，在半空中寻找着鳄鱼的踪影。距离劳拉上次看到鳄鱼已经有好几个小时了，但是这没有任何意义，因为鳄鱼是有着无限耐心的伪装大师。

眼见下面没有任何威胁，劳拉就爬到树下，藏在鸟舍地面的蕨类植物之中。她在那里观察了好几分钟，并没有看到眨动的眼睛或是爬行类动物呼吸时有规律的起伏。鸟舍里的鸟儿已经从前一晚的惶恐中恢复过来，在上方安静地鸣叫，呼唤着丛林中的同类。劳拉认为小鸟们并没有发现威胁，于是就爬到内侧围栏，观察废墟周围是否有潜伏的猎食动物。鉴于没有发现鳄鱼的踪影，她就打开鸟舍的内外侧围栏钻了出去。她特地没有拉上拉链，希望鸟儿们可以自己出去，免得饿死在鸟舍里。

劳拉冲向房子的废墟，然后爬上满是钉子洞的横梁。她爬到大概是厨房的位置，推开破碎的模板，从倒塌的墙壁之间爬下去，中途还惊动了两只在橱柜中翻找食物的囊鼠。两个小家伙逃走之后，劳拉在倒塌的橱柜里翻找，发现所有罐装食物都不见了。几包糖、盐和面粉都已经炸开，一大群黑蚂蚁正忙着把食物送回巢穴，但是几包饼干和干果还安然无恙。万幸的是，一只四升的塑料水壶并没有被倒塌的房屋压坏。劳拉长舒一口气，慢慢喝了起来，努力不浪费一滴水。

喝够了之后，劳拉把水壶拖到一片狼藉的凉棚旁边，打算慢慢喝这些水。净水片都装在四驱越野车上，现在肯定是找不到了，这让她无法获取能喝的水。如果未来几天不能得到救援，那么就算冒着生病的风险，也得喝河里的水。

劳拉收集了橱柜里的封装食物，然后开始寻找药物以应对喝了河水而引发的腹泻和呕吐。劳拉在废墟中没有找到药柜，就转移到自己卧室的废墟上。劳拉从废墟中挤到倒在一边的衣柜旁，翻出了一件卡其布短裤和衬衫、一顶宽边帽、一瓶防晒霜和一个小尼龙包。

就在她准备爬出去的时候，废墟另一边的一块木头掉到了地上。劳拉看向声音发出的方向，以确定是木头自己滑落的还是鳄鱼发现了她。劳拉待在原地，十分害怕，不敢动，但之后听不到任何响动，于是整个人放松下来。劳拉意识到周围安全，于是抓着头顶上的一根横梁开始往上爬。就在此时，她又听到木头被推到一边的声音。劳拉一动不动，现在确信废墟旁边一定有什么东西。

它会闻到我吗？劳拉知道鳄鱼只有在很饿，而且食物也不远的情况下，才会在炎热的白天上岸。

劳拉放开横梁，退回到阴影中，躲开从废墟上方漏进来的阳光。她转向声音传来的方向，从废墟的缝隙间张望，但是什么都看不到。这时，她身后一块距离不到两米的模板滑动了一下。劳拉屏住呼吸，

02

看到残骸中有一个黑色的物体在移动。

我怎么没能听到它的动静？二者之间的距离让劳拉吓了一跳。

她从缝隙中看到一个反光的金属物体从废墟上飞过，而不是用脚走过去。劳拉吞了下口水，抑制着恐惧向外张望，看着卵形机器纤细的机械臂用刀一样的探针在废墟上戳来戳去。探测器停在她上方的缺口处，用机械臂将模板和石膏碎片推开。劳拉从下面可以看到探测器下方有一条发光的线条。几块木板推开之后，阳光从劳拉左边照了进来，照亮了旁边的一只小囊鼠。小家伙受到了惊吓，想跳回到阴影中，但是探测器展开前臂伸出探针刺穿了囊鼠，可怜的小家伙因为恐惧不停地尖叫。

劳拉惊恐地睁大了眼睛，尽量保持不动，甚至都不敢呼吸。她的心跳加速，探测器打开侧面舱盖，机械臂将囊鼠放了进去。黑色的机器飞过废墟，穿过了草地。探测器顶部的传感器阵列就好像黑色的玻璃一样在阳光下闪闪发光，探针时不时地戳入土壤，分析化学成分。

探测器距离越来越远，劳拉的恐惧也渐渐退去。她开始以一个科学家的眼光打量着探测器，发现这是一部未知科技打造的机器。等它研究了周围环境，收集了数据和样本后，劳拉怀疑它会找到自己，然后自己也变成一件样本。当探测器飞向实验室的时候，她还怀疑丹是否已经成了样本中的一部分。

当探测器飞到动物笼子的位置时，一只机械臂深入废墟中，然后探针从废墟中抽出了一块彩色的东西。当劳拉看到一截裹着绷带的鸟腿时不禁浑身一颤，她认出这就是之前治疗过的吸蜜鹦鹉。探测器将小鸟收入样品舱，然后向鸟舍飞去。

它要对我的鸟下手了！

探测器的一个探针划过尼龙网，然后回收了样品，并很快发现这网子不过是某种低级合成物制成的。就在探测器准备进入鸟舍的时候，一条 7 米长的鳄鱼从灌木丛中跳了出来。鳄鱼大嘴上的黄色牙齿咬在探测器上，后者外壳被咬碎，探测器内部爆出了火花。探测器的一只机械臂被鳄鱼咬住，但是另外 3 只机械臂刺穿了鳄鱼的脑袋和肩膀，粗粗的骨头和紧密的肌肉像黄油一样被切开了。鳄鱼死前最后的动作是摇摆着自己的脑袋，将探测器砸在了地上。黑色的探测器爆炸瞬间炸开了鳄鱼的下巴，到处散落着扭曲的血肉和熔化的零件。

劳拉被眼前的景象吓了一跳。就算害怕大鳄鱼，她也研究照料这只鳄鱼将近一年了，鳄鱼落得如此下场确实吓了她一跳。

爆炸产生的碎片划过鸟舍的尼龙网，小鸟从破口逃了出去，而刺破尼龙网的机械臂残骸还躺在不远处的地上。劳拉拿起机械臂试了试重量，发现边缘虽然很钝，但是尖端还足以当作一把武器。

"有总比没有强。"劳拉嘀咕道，完全没有想到她的新武器是一个固态探测器，可以检测很多元素表上还没有的元素。

劳拉带着自己的新武器回到物资补给处，穿好自己的徒步装备，然后把食物和水装进背包。她看了最后一眼自己被毁的家，她和丹在这里度过了很多美好时光，然后就把注意力转移到让自己活下去这件事上。这不仅是为了自己，更是为了丹。劳拉如果要悼念这一切的话，大可以留在以后。

劳拉在考虑该去哪里。甘甘哨站是距离最近的原住民社区，但是中间还要渡过空拉通和麦云佳两条河。这两条河是咸水鳄的天下，只有傻子才会渡过这两条河。剩下的选择只有顺着西南边的大路穿过劳瑞溪湿地，到达马卡拉瓦社区，或是顺着年代久远的小道去尼里皮及机场。湿地里全是鳄鱼和毒蛇，但是去机场就意味着在贝斯山脉徒步跋涉，最终到达一条几个星期都见不到一架飞机的跑道。劳拉觉得与其去湿地冒险，不如去机场等待救援。

02

劳拉自言自语道:"去尼里皮及好了。"她并不知道附近几百公里内都没有一架飞机了。

劳拉在脸上抹好防晒霜,然后向着西北大道前进。

\·\·\·\·\·\·\

小队仍然在丛林中行军,马库斯走到了"异形"身边。他说:"我有个问题要问你。"

"异形"说:"你不是我喜欢的类型。"她完全不想和马库斯说话。马库斯一副总在算计的眼神让"异形"感觉自己好像被扔到了一台显微镜下面,而马库斯的一举一动说明他一贯独来独往。"异形"恰好讨厌这些特质。

马库斯毫无反应地说:"这不是我的问题。"反正"异形"也不是马库斯喜欢的类型。"异形"带着一支 M16 突击步枪,而且摆出一副知道怎么开枪的样子,腰上挂着一支非人类制造的武器,武器的握把对她来说也太小了。但对马库斯来说,她太过书生气,而且太过精明。

"那咱们也没什么好谈的,我知道的一切都是机密。"

"特蕾莎,说来你可能不信,但是我是整个小队里权限第二高的人,我的权限远在你之上。"

"那可太棒了。""异形"百无聊赖地看了一眼马库斯,"那谁的权限最高?"

马库斯对着前面在丛林中跋涉的麦克尼斯博士点了点头:"那边的书呆子权限最高。"

"有点道理。"她说,"你想问什么?"

"你觉得他们说话的时候听起来像什么?"

"你说的是谁？"

"我说的是虫虫眼。我知道几年前他们解剖虫虫眼尸体的时候你也在场。"这具外星人的尸体虽然冷冻了很久，但是依然完好。"而且你还有权接触从 40 年代起所有的解剖录像。我觉得以你的专业知识，你肯定有些想法。"

"异形"抑制住自己内心的惊讶。就连贝克曼都不知道她参与了生物分析项目。"我就算是有点想法，也只限于泽塔人。他们是我们唯一解剖过的外星人。"

"我知道你的意思，你只见过他们的尸体。"马库斯的话意味深长。

"异形"好奇地打量着马库斯，但是并没有接着说下去。

"咱俩做笔交易如何？"马库斯说，"告诉我你的想法，我就想办法扩展你的权限。"他从自己的口袋里掏出冻干口粮，撕开包装边走边吃。

"他们说话声调很高。"她说道。

"没了？"

"你还想怎样，让外星人唱男高音吗？"

马库斯问道："你的意思是他们说话的声音类似吹口哨？"

"不完全是，但是他们需要机器的帮助才能和我们交流。而且我们的声带无法模仿他们说话。"

"所以你是个语言学家，却不会说虫虫眼的语言？"

"异形"一脸厌恶地看了看马库斯："从理论上来讲，我是个异形学家，不是语言学家。真不好意思，我还真不会说泽塔人的话。"

马库斯知道她有一个数学博士学位和生物学硕士学位，这种奇妙的组合让她独具才华。"你的资料上说你是外星语言专家。"

"你的理解力还有待进步。"她很高兴马库斯犯下这种错误。"我

02

一直在研究失事 UFO 上的储存设备，帮助分析各种语言。这些语言差异巨大，就好像有些是英语，有些是中文，另外一些是斯瓦希里语。这并不会帮助我说其中任何一种语言。我所做的更像是解码，而不是翻译。我从数学的角度分析研究其中的模式和关系。只有完成这一步，你才能进行翻译。"

"但是你还带了把枪，这对于数学家来说太奇怪了。"

"总得有人去看标签。这就是我的工作，泽塔标签解读专家。"

"你为什么不叫他们小灰人？"

"我是美国人，但不是白人。"她说道，"我按照地理位置区分人，而不是按种族区分。这些小家伙来自泽塔……"

"我知道，一个距离地球 39 光年的双星。我看过报告。"

"所以我是按照星际位置来区分他们。"

"那你为什么不叫他们网罟座人？"

"太拗口了。"

"这比用第六个希腊字母更合理。"

"泽塔听起来不错，而且比用他们的肤色来称呼它们更合理。"

"虽然这群虫虫眼侏儒可能已经偷窥我们卧室好几万年了，但是你似乎还是打算尊重他们。"

"那叫复眼。""异形"纠正道，"而且他们是虫类人形生物，不是侏儒。"

马库斯惊呼道："这对我来说都算是政治正确了。"他看着麦克尼斯博士在丛林中踉踉跄跄，差点摔了一跤。

"我的训练要求我克服歧视。""异形"说话的时候看着"魅魔"抓住麦克尼斯博士，帮他站起来的同时还奉上一个微笑。"异形"几乎不敢相信自己看到的一切。我的天哪！她居然真觉得这家伙很可爱！

"真的吗？"马库斯说，"我还得依靠歧视才能保证对世界保持正常的质疑。"

"你还真是原始。"

"'瑞典人'怎么样？"

"'瑞典人'？这听起来还不错。"这些高大的人形外星人因为白色的头发和苍白的皮肤而被冠以'瑞典人'的外号，当然他们和地球人差异巨大。"根据外星接触报告显示，他们的语言听起来就像快速的敲击，但具体细节还不清楚。"

"因为他们不喜欢'瑞典人'吧？"

"他们的科技应该比泽塔人的技术更先进。"

"这听起来有点道理。"马库斯说，"反正我们的天上都是不明飞行沃尔沃。"

"异形"笑了笑说："你觉得那些飞船是谁的？泽塔人、'瑞典人'还是其他什么人？"

马库斯想了想说："信息不足，但是你就算是看不出怎么回事，我也不感到奇怪。"

"我倒是无所谓。我倒是很想确认一种新语言，所以我希望这次遇到的是一个未知种族。"

但是马库斯的想法却与此恰恰相反。地球附近的文明在20万年来，一直没有干预人类的活动。他最担心的就是这个新出现的文明并不会像其他文明一样执行不干预政策。

"异形"并没有发现马库斯已经开始不说话："所以你打算干点坏事，然后偷走他们的技术？"

"我肯定会毫不犹豫地偷走他们的技术。"马库斯飞快地说道，"但是这不是主要目标。"

"主要目标是什么？"

"弄明白他们为什么要来这儿。只要事关 UFO，大多数人看到的只有明亮的闪光和虫……抱歉……复眼。他们都没有注意到重要的事情。"

"你的意思是……"

"文明间的关系。"他看着身边的士兵，他们还在丛林中穿行。马库斯突然想到，人类不久以前也曾经生活在这样的丛林之中，和动物没什么区别。"外星人对我们的研究是基于科学的好奇心和一点政治自利。"

"政治？""异形"皱起了眉头，"你觉得外星人想操纵我们的选举？"

"不，他们才不关心我们的内部政治呢。从宇宙层面来说，不存在好的或是坏的政治结构。每个文明的心理结构各不相同，政治系统也都不一样。特蕾莎，我的意思是这一切更像是多国关系。我们要对付的不是对我们有好感的可爱 ET，也不是来自宇宙深处、毫无理由就要毁灭我们城市的入侵者。第一个是多愁善感的胡说八道，第二个则是毫无根据的疑神疑鬼。事实比这个更无趣。这些外星人对我们既不算友好，也没有敌意，但是他们和我们却有一个共同点。"

"他们也看电视、吃外卖？"

"他们也有利益，而且会以自己的利益为出发点行事。如果不是这样，他们也不会有今天的成就。这就是超级文明之间的政治游戏。很不幸的是，对于人类而言，我们现在不是一个超级文明，以后也永远不可能是一个超级文明。"

"永远可是非常久的一段时间呢，马库斯先生。""异形"很清醒地指出了这一点。

"你怎么追上 100 万年的差距？如果我们发展了 100 万年，那么他们还是保持领先。我们和他们比起来，就好像是尼安德特人的部落和西方世界相比。"

"尼安德特人还真是命苦。"

"还不是很惨。附近的文明并不希望统治地球，不然的话他们早就这么干了。他们不过是想监视我们，知道我们在干什么。"

"所以在你这个超级文明情景剧里，这艘船算怎么回事？"

这位情报官摆出一副忧心忡忡的表情："它什么都不是。要是周围的文明依然能控制局势，这艘船就不该掉在这地方。它打破了数十万年来的和平孤立。"

"所以你觉得这是一次进攻？"

"没有证据，我也说不准。"马库斯小心翼翼地说，"对我们发动攻击的话，对他们来说就是一场灾难。"

"异形"皱着眉头说"我现在有点迷糊了。如果是他们是超级文明，而我们是尼安德特人，攻击我们又会给他们造成什么灾难性影响？"

"因为外星文明奉行的是多极政治系统。各个文明发达程度各不相同，所有人都顾着自己的利益。一个充满敌意的文明将会让所有文明联合在一起，最终这个充满敌意的文明就会被数量优势和技术优势更强的文明摧毁。"

"听起来就是纳粹德国。"

"事实就是如此。只不过太空中没有纳粹德国，有的话也都死透了。"

"但是攻击地球也会形成这样的同盟吗？我们谁也不认识，我们没有盟友。"

"我们不知道他们，但是他们花了几千年了解我们。数千个文明肯定知道我们的存在，而且把我们录入了自己的图书馆。按照他们的

02

标准来看,我们是群野蛮的怪人,但是和他们一样,我们也有在自己的家园世界上活下去的权利。对我们发动攻击,其他超级文明就会认为自己就是下一个受害者,或者他们会像我们一样出于道义保护无助的原始文明。在一个多极政治体系内,攻击我们没有任何意义。"

"那你来这究竟是为了什么?"

"为了防止我的理论出错。"

\·\·\·\·\·\·\·

"前方发现飞船。""美洲豹"一边用狙击镜观察,一边通知了队友,"它停在地面上,银色,没有安装武器。"

20米外,侦察小队悄悄寻找掩护,只有麦克尼斯博士站在原地,急于看清"美洲豹"究竟发现了什么。贝克曼把他拉进灌木丛。"待在这儿,别出声,把头低下。"

"我们该不带武器靠过去,试着表现友善一点。"

"我会尽力而为的。"贝克曼许诺道。

"魅魔"拿出一个篮球大小的金属球,球体上端扁平。他们管这个叫水晶球,而且实验证明它可以检测到半径3公里内的精炼金属。"魅魔"碰了下球体启动界面,将探测距离设定到最小,然后看着它扁平的"显示屏"上出现代表侦察小队的设备和外星飞船的光点。

"距离我们140米,方向西北。""魅魔"说,"周围没有其他的目标。目标没有移动。"

贝克曼蹲着向前移动,"异形"跟在他身后,以便需要时进行翻译。马库斯擅自跟在他俩后面也去一探究竟。塔克和"蒸锅"占据侧翼位置,以便随时提供重武器火力支援,"核弹"和"病毒"去队伍后方找胡博。

如果侦察小队被消灭了，他们就会尝试撤退汇报情况，如果他们被包围了，就要给"病毒"争取时间发出无线电消息。

等贝克曼到了"美洲豹"的位置时，这位狙击手正趴在地上用狙击枪的瞄准镜打量着外星飞船。他用一只手指了指依稀可见的外星飞船。

"它就待在那儿。"他悄悄地说，"目标外表光滑，没有接合线，没有任何标记。看起来像……"他突然停止说话，用狙击枪左右扫视搜索目标，"它不见了。"

贝克曼一直透过树林间的缝隙观察目标。目标看起来就好像凭空从眼前消失了一样。"'魅魔'，目标丢失。"贝克曼用无线电说道，"它可能隐形了，把它给我找出来。"

"魅魔"在探测器的最大搜索距离上寻找着目标："我什么都没看到。"

麦克尼斯博士站起来向他们走去，而且还向贝克曼挥了挥手，丝毫不在意任何威胁。他说道："少校，它不是隐形了，而是已经走了。"

"趴下。"贝克曼命令道，"区域还不安全。"

"已经安全了。"博士挥了挥手，主动暴露自己的位置，"你明白了吗？"

"美洲豹"还在观察外星飞船原来的位置，但是并没有发现隐身力场的模糊效果，于是说："他可能说得没错。"

贝克曼注意到马库斯在用自己的望远镜观察着前方区域。这名来自中情局的情报官放下了自己的望远镜，然后对着贝克曼点了点头，说明自己也认同博士的话。这艘神秘的外星飞船已经不见了。

虽然贝克曼整个人已经放松下来，但是马库斯违背命令的行为还是让他非常生气。他认为这两个平民都不可惜，然后对着无线电说："警戒解除。"

02

"美洲豹"上前检查刚才外星飞船停留的区域,而贝克曼等麦克尼斯博士靠近之后说:"你难道就不明白什么叫区域安全之后才能离开掩体是什么意思吗?"

"区域已经安全了。"麦克尼斯说道。

"你完全可能暴露我们的位置。"贝克曼冷冷地说,"博士,你被派来执行这个任务,可不是来犯傻害死自己,或者是害死我们所有人的!"

"少校,我可不打算被人干掉,但是刚才确实和我说的一样。"

"是吗?"

"它发现了我们,然后就离开了。"

"我全程都看得一清二楚。它并没有飞走,而是消失了。"

"那东西起飞的速度超过了肉眼所能观察的极限。要是我们有个高速摄像机可以拍下全程,然后再进行慢动作回放,你就能看清它起飞的全过程。它没有消失,只不过是高速飞走了。少校,请你相信我,他们的飞船和我们一样遵循物理法则,只不过他们的技术更为先进罢了。"

"它可能启动了隐身力场。"

"我们已经发现他们了。"麦克尼斯博士指了指贝克曼的手下,"而且你的士兵全副武装,所以他们离开了。"

"要是他们不全副武装,我们和你可能已经都死了。"

还没等麦克尼斯博士说什么,无线电里就响起了"美洲豹"的声音:"少校,我发现了点东西。"

等贝克曼赶到空地的时候,罗兰·马库斯已经在检查地面了。麦克尼斯博士和"异形"跟在贝克曼身后,其他人也穿过丛林,慢慢跟了上来。"美洲豹"站在一片被压平的灌木丛上,整个灌木丛被压出了顺时针齿轮状的花纹。虽然这些植物已经被压在地上,但是纤维没有受损,说明挤压它们的不是一个实体。

麦克尼斯博士一边走来走去,一边说:"这种效果符合力场推进技术特征。"

马库斯跪下检查红土地上一块20平方厘米的压痕:"这飞船大概1000吨,25～30米宽。"

贝克曼好奇地打量着他:"你看个压痕就能知道这些东西?"

"我们花了不少工夫研究这些着陆区。"马库斯说,"这里一共有3个起落架压出的凹痕。我们得研究压痕的深度和泥土的构成才能得出准确的数据。"

"美洲豹"站在空地中间耐心地等待着。"长官,这儿有个很深的洞。"他指了指地上的一个洞,洞口四周光滑,直径有10厘米。洞口周围都已经被烧焦了,但是却没有任何高温处理的迹象。

马库斯走向地上的小洞,用手电把光照了进去,却发现根本看不见洞底。"我从没见过这种事情。"

麦克尼斯博士打量着小洞说:"他们可能在提取土壤样本或者是进行地质考察。"

贝克曼掏出一颗照明弹,看了眼自己的手表,然后把照明弹扔进了洞里。照明弹一下子就钻进了漆黑的洞口,一路跌跌撞撞地在洞壁上弹来弹去,很快就变成了一个小光点。

"美洲豹"拿下步枪上的瞄准镜,然后对准照明弹。"长官,我也说不准它有没有到底。"他继续保持观察,然后摇了摇头,"我看不到照明弹了。"

贝克曼看了眼自己的手表说:"照明弹还在燃烧,所以肯定依然往下掉。"

"我得做点分析。"麦克尼斯博士小心地戳动着洞口周围的泥土,

"这用不了半天时间。"

"今天不行。"贝克曼说着让"美洲豹"继续去当尖兵。这位狙击手转身就跑进了丛林。

麦克尼斯博士抗议道:"少校,这地方可能有很高的科研价值。"

贝克曼问:"难道比坠毁的母舰价值还大吗?"

博士刚想抗议,却耸了耸肩站起来说:"如果他们在收集土壤样本,那么就说明这是一次科研探索活动。"

马库斯干巴巴地说:"也许他们在寻找合适的地方,然后就会扔下一颗炸掉整个星球的炸弹。"

"少校,"贝克曼的耳机里又响起了"美洲豹"的声音,"我在你当前位置的西边发现了一条路。"

贝克曼回复确认收到了"美洲豹"的报告,然后带着小队穿过丛林,来到了狙击手发现的道路。这条路不过是一条被压实的红土路,路面被雨季的雨水冲出条条沟壑,两侧的大树为行人提供了阴凉。

贝克曼悄悄对胡博说:"那玩意儿就是朝这边飞走的。"

军士长揉着脸上的旧疤说:"主干道肯定是因为什么原因才突然封闭的。"

"类似的路在这地方有几百条。他们不可能监视所有的路。"

"你确定?"胡博狐疑地说完,就扭头对走出树林的队员命令道:"好啦,女士们,沿路两侧前进!"

"魅魔"淘气地问道:"军士长,你管谁叫女士呢?"

胡博笑了笑说:"对不起!我说的是女士们和声名狼藉的女人。动作快点!"他走到道路中间。"现在咱们有了这么一条漂亮的高速路,我们就得加快点速度了。"

大家一边发出哀号一边在道路两旁排出松散队形。

胡博脱下头盔，让阳光照在自己的脑袋上："啊！感受这阳光吧。"他深吸一口气，摆出一副享受新鲜空气的样子，然后双眼炯炯有神地大喊道："快速前进，出发！"

队员们毫不迟疑开始前进，但马库斯在一个拐弯处停了下来。等其他人走出视线之后，他就拿出自己的收发机发出了一条消息。虽然这有可能被发现，但是他觉得为了这条情报值得冒险。马库斯按下发送键，然后想起小艇的下场，就没有等待回复。他收起收发机去追赶其他队员。

澳大利亚信号局在纳姆布瓦尔的监听站马上收到了这条情报，然后通过肖尔湾转发马德堡。

确认有幸存者。

发现小型飞船。

种类不明。

目的不明。

03

温暖潮湿的空气和桉树的香气唤醒了涅姆扎里。她的嗅觉植入物检测结果表明,这里的大气充满氧元素、氮元素以及超高浓度的碳元素。涅姆扎里的种族已经有 800 万年没有使用碳基燃料,所以她完全没有想到呼吸的空气来自一个靠燃烧碳氧化合物获取能源的世界。

她睁开眼睛,发现通往外层舱壁的走廊已经全部打开。照进走廊的阳光和涅姆扎里的家园世界相比,橙光较少,蓝光更多,但是空气稠密度却没有区别。涅姆扎里知道,指挥中枢只有在确认环境大气可供呼吸的情况下才会开始通风,自己的呼吸监控装置显示这里的大气中有足够的氧气。她并不担心这里的微生物,因为自己的生物植入物和基因强化的免疫系统可以快速摧毁任何入侵微生物。但她还是提醒自己去进行一次免疫强化,以防这个星球上出现超级病原体。

温暖的大气环境说明这不是飞船预定的目的地,而且她的植入物也没有收到任何有关当前星球的信息。涅姆扎里很想爬出去看看着陆区,但是任务要求她协助完成维修工作。她知道当飞船状态稳定之后,有足够的时间可以探索这个世界。她又看了最后一眼外面的蓝天,然后就从船体外层爬回了内部走廊。

涅姆扎里双腿颤颤巍巍,这个星球的重力和自己的家园世界相差不大,但是这种情况还是让她大吃一惊。她以为会有一台医疗无人机带着食物和水待命,然后给她进行全套生物扫描。但是走廊里空无一物，只有一盏时亮时灭的应急灯。

指挥中枢肯定知道她现在处于缺水和饥饿状态，但却没有提供任何支援，只是让她返回船内。涅姆扎里试图重新建立意识连接，虽然自己的植入物工作正常，但是飞船数据网却没有响应。

涅姆扎里认为指挥中枢有更重要的事情要处理，于是跌跌撞撞地走进最近的重力升降机，然后用生体声呐发出了指令。她原本想回到自己的房间调整一下自己，吃几个蛋白质餐包，然后再回去报到。但是，声呐波传感器却没有反应。她试图手动启动升降机，但是控制界面也没有回应。

涅姆扎里现在站都站不起来了，所以就启动了自动植入物的求生模式，一种比肾上腺素更强大的激素在她体内奔腾，让她暂时有了力气。体内的植入物警告她的身体无法长时间维持这种状态，但涅姆扎里忽视劳拉这些警告，她必须快点离开受损的区域。

涅姆扎里从记忆植入物中调出飞船的设计图，清醒地意识到随着数据连接已经失效，设计图中不可能显示任何飞船受到的损伤。她锁定了距离最近的交通管道，因为她相信备用能源会被转移到货用升降机，只有这样，损管无人机才能在全船范围内运送重型设备。涅姆扎里的计划是从升降机到达医疗中心，从那里可以得到救援，然后和飞船重新建立连接。

由于又有了希望，涅姆扎里扶着墙，呼吸着陌生世界的空气，挪动着双腿开始前进。整艘飞船尺寸惊人，所有她要走的路还很长。

"美洲豹"跪在一棵树旁,用狙击镜打量着被毁的研究站。"我发现了六栋建筑,全部被毁。两个已经烧毁了。"他对着自己的战术无线电说,"这地方看起来已经被遗弃了。"

在丛林深处,"魅魔"用水晶球的最大探测距离开始搜索,确认在探测距离内唯一的精炼金属就是侦察小队的装备。她一脸困惑地看着贝克曼:"我完全探测不到这个研究站,只能检测到我们自己的信号。"

贝克曼点了点头,然后打开无线电说:"在这儿停一下。"他说着来到"美洲豹"的位置,然后用望远镜打量着这片区域。现在已经是下午的晚些时候,树影几乎完全覆盖了整个研究站。"应该有一男一女住在这里。"

"美洲豹"用狙击镜扫描了整片空地,然后摇了摇头:"我没看到尸体。"

鉴于没有看到生命的迹象,贝克曼呼叫小队其他成员:"塔克和'蒸锅'去左边。'病毒'和'核弹'去右边。'异形'和'计时器'去侦察研究站的另一边。这地方看起来已经废弃了,但是保持警惕。"

贝克曼起身离开树林,向着被毁的房子走去。他很快注意到这里已经充斥着死亡的气息,然后注意到一群苍蝇正绕着一具扭曲的鳄鱼尸体飞来飞去,鳄鱼尸体旁边还有一台坏掉的探测器。贝克曼说道:"麦克尼斯,这有东西需要你看看。"

博士马上冲出树林,而马库斯慢慢跟在后面,仔细研究着每一处废墟。

"这什么味道?"麦克尼斯走到贝克曼身边问道。

贝克曼则装出一副什么都不知道的样子:"有什么味道吗?"

博士拿出一块手绢捂住嘴巴,然后走向探测器,徒劳地试图用驱虫剂赶走苍蝇。他从包里拿出盖革计数器,检查残骸的辐射度数,发现辐射度数非常低。

"只有背景辐射。"他说这话的时候,贝克曼只是站在远处。博士收好盖革计数器,然后打量着被撕开的探测器外壳。机器内部中央位置有固体金属管,四周则是样本舱。一根金属管被鳄鱼的牙齿咬穿,看上去还发生了爆炸。整个管子已经脱离了基座,所以麦克尼斯博士索性拿下管子好好打量了一番。

他说:"这东西可能负责供能。"然后就开始检查探测器底部的金属条。

贝克曼问道:"你能认出这是什么技术吗?"

"看不出来,但是我们得把它带回马夫湖做进一步分析。"

"我们回来的时候会回收它的。"

麦克尼斯指着那些被胶状物覆盖的样本说:"他们在采集样本,这说明他们是科学家,而不是入侵者。"

马库斯狐疑地说:"这得看他们为了什么而采集样本。"

贝克曼对麦克尼斯博士说:"我得给你提个醒,这地方看上去就像被轰炸了一样。我可不觉得这有多友好。"

麦克尼斯博士不安地打量着废墟说:"这可能是飞船坠毁时的冲击造成的。"

04

"这些房子都不知道扛过了多少次热带气旋了。"马库斯说,"一点点震动不可能弄成这个样子。"

胡博检查完了整个研究站,然后对贝克曼汇报道:"没有实体,没有车辆,也没有交火的痕迹。这里住的人可能开走了车,但是火的味道似乎是汽油。想把车开走可是需要油料的。"

贝克曼打量着被烧焦的车库和机器棚说:"如果这不是失火,为什么只有这两处起火?为什么不烧了整个研究站?"

胡博只是耸了耸肩,根本无法回答贝克曼的问题。

"从林线推进 10 米进行搜索,"贝克曼说,"说不定尸体就在那边。"

胡博点了点头,然后带人进行搜索,马库斯走到倒塌的实验室旁,仔细打量着每一片残骸。

"猜猜这里有什么不一样?"马库斯问道。

贝克曼看了眼倒塌的实验室,耸了耸肩说:"除了整个房子都塌了以外还能有什么事?"

马库斯拿起一截木梁,指着上面的洞说:"钉子不见了。"他扔下木梁指了指整个废墟,"所有的钉子都不见了。"

贝克曼眨了眨眼,惊讶于自己居然没有发现这一点。现在他环顾四周,只能看到钉子留下的小洞:"你说得一点没错。"

马库斯指了指其他的房子说:"这里没有任何金属物品。"他转身看着烧毁的车库,一切线索都串到了一起:"他们并没有开车离开。"

"怪不得'魅魔'没有发现任何东西。"贝克曼想起水晶球只会检测到精炼金属。他转头问麦克尼斯博士:"你觉得什么才能做到这一切?"

"只要一个强大的磁场就好。"博士回答道,"这些房子里肯定有电脑、通信设备以及其他科技制品。外星人可能拿走了所有的设备进行研究，就像我现在做的这样。"他说着举起了破损的金属管。

"这样收集样品还真是极端。"贝克曼说道。

"这里看起来就像是装满了我们科技设备的大宝库。"麦克尼斯博士说，"如果这里被人抛弃的话，情况就更是如此了。"

马库斯说："他们也有可能是把人类当成样本带走了。"

"不幸的是，如果他们大幅领先于我们，这些外星人甚至不会把我们当作有智慧的物种。"麦克尼斯博士说，"这就直接影响了他们是如何看待我们的。"

"如果他们真的这么聪明，"贝克曼说，"那么他们的玩具又怎么会被一只大鳄鱼给咬碎了？"

"这是个科学仪器，不是武器。它不是设计用来……"

"少校！"耳机里响起了"魅魔"急促的声音，她的眼睛紧紧盯在水晶球上："有东西过来了！从西边高速接近。"

贝克曼用无线电问道："从空中飞过来的吗？"

"不知道。但是它马上就要到我们头上了。"

贝克曼关掉了M16突击步枪的保险，一道银色的闪光从树林中冒了出来，落在了动物研究站的废墟前。在这个机器的顶端有一个类似玻璃质的传感器阵列，能提供全方位电磁波段侦察能力，下面的三截则使用高度反光的金属制成。传感器下面的两个小型圆筒状部件上还带着一对多节的机械臂，机械臂上还有装了4个指头的圆形机械手。每一个圆筒状部件都可以在中央支柱上独立旋转，因此机械臂可以随意活动。在机械臂之下，锥形的胯部上还连着两条纤细的腿，脚部还有爪子一样的3个指头。整个机器的外观给人非常脆弱的感觉，但是它移动起来却有着运动员一样的优雅和令人惊讶的速度。当它落在地上的时候,双腿弯曲吸收冲击力,然后就快速移动,看上去就是一团银色的幻影。

贝克曼用步枪对准了搜索者。有那么一下子,他知道自己可以打中目标,但是麦克尼斯博士坚持认为这些外星人是科学家,而不是入侵者,这让贝克曼不得不犹豫起来。

贝克曼大吼道:"除非受到攻击,不然别开火!"他怀疑子弹是否能打中这个快速移动的目标。

搜索者冲向贝克曼,后者将武器调至全自动模式,但是手指头却没有扣在扳机上。贝克曼做好准备,等着搜索者把自己撞倒,但是搜索者却转向右边,停在被摧毁的探测器面前。它用一个多节机械臂拿起探测器的残骸,手掌中冒出一个奶白色的"液体"。这种液体就好像活了一样,很快将整个探测器覆盖。

麦克尼斯博士专心致志地看着这一切,怀疑这种"液体"可以进行编程处理。"它在喷洒纳米分子机器。"

搜索者再次向前冲去,收集起剩余的探测器残骸,然后把它们装进纳米隔膜内。当收集完所有的残骸后,它又冲到鳄鱼尸体旁边。搜索者用行云流水般的动作从尸体下切下了一块肉,然后装进了另一只手上的纳米袋子内。

搜索者以极高的速度从贝克曼身边跑过,他甚至都能感觉到搜索者跑过时带起的气流。搜索者冲向麦克尼斯博士,后者因为这个动作大吃一惊,急忙向后退去,却被绊倒摔在地上。搜索者拿走了博士手中的金属管放进了纳米袋,然后高速跑到动物研究站,用力一跃消失在树冠之后。

"那到底是什么东西?""核弹"问道。

"病毒"惊叫道:"那鬼东西居然还会跑!"

塔克就在劳拉房子的废墟旁边，他重新打开了机枪的保险。他看着几米外端着 M16 突击步枪的"蒸锅"说："我刚才瞄准了！我完全可以开枪干掉它。"

"蒸锅"笑了笑说："哥们儿，你总是这么说。"

"你知道我不会撒谎。"

"魅魔"盯着代表搜索者的图标横跨水晶球的显示屏，然后脱离了有效探测距离。"目标消失了。""魅魔"说着快速进行了计算，"它的速度最少也有每小时 400 公里。"

麦克尼斯博士一脸尴尬地站了起来，掸了掸身上的尘土。"抱歉。"他小声说道，"它的速度吓到我了。我以为它是……"

贝克曼插嘴说："算了。你说得没错，这不是攻击，不过是在善后罢了。"

贝克曼的耳机里响起了"异形"的声音。她和"病毒"在研究站的西北方进行侦察，刚刚进入了森林。"少校，有人从这里步行离开，朝向正西。"

贝克曼按下自己的麦克风问道："这是什么时候的事情了？"

"足迹才留下不久，估计几个小时之前。"

麦克尼斯博士松了口气说："看来他们并没有抓人当研究样本。"

马库斯问："有几对足迹？"

"魅魔"回答道："只有一对。"

马库斯纠正了麦克尼斯博士的观点："一个幸存者，一个被抓走当样本。"

"我们跟着足迹向西走。"贝克曼希望能找到这个幸存者，"我想知道这里到底发生了什么？"

马库斯忧心忡忡地看着西方的天空，然后盯着贝克曼的眼睛说：

04

"他们现在知道我们来了。他们一定会等我们的。"

"我知道。"

这位来自中情局的情报官问道:"那等我们靠近他们飞船的时候,又该怎么办?"

贝克曼拍了拍挂在自己腰上的外星武器说:"他们会低估我们。"

\\\\\\\

天色渐晚,侦察小队在一处悬崖下宿营。他们吃着干粮,借着月光清理武器,丛林的夜晚一如白昼闷热潮湿。

过了一会儿,"病毒"借着回收的外星通信设备收听信号。他的耳机连在一个小小的新月形设备上,它的尺寸太小,以至于无法待在人类的耳朵上。马夫湖的工程师们将它放在一个长方形的外壳里,这样就能外接耳机,同时还能操作外星仪器上的微型界面。

没人知道它到底使用了什么介质,只知道肯定不是电磁式。它的存在说明监听地球的特别单位只装备了无线电接收器,这样恰好能避免侦察小队的战术无线电不会被窃听。马夫湖的科学家们认为这种通信器可以和使用者的脑波相连,将信息直接转化为可以听懂的消息,省去了麦克风。如果事实真是如此,那么它只能和非人类大脑相匹配,正好解释了为什么马夫湖的科学家们无法用它来发送消息。这个仪器可以周期性探测到监视马夫湖基地的外星文明,一部分检测到的信号甚至已经完成了翻译,但是大多数时候这个仪器只是用来检测外星通信的频率。

当"病毒"和"异形"靠近的时候,贝克曼问:"发现什么了吗?"

"病毒"含糊地说:"算是有点结果吧。我接收到了两个短促但是音调很高的声音，但是之后就是很长时间的静默。这完全有可能是静电干扰，毕竟这东西和日常截听到的东西完全不一样。"

贝克曼接过他的耳机，按在自己的耳朵上，仔细听着这声音，然后把耳机还给"异形"："一直是这样吗？"

"是的。第一下声音更长，持续时间也不一样，第二下总是很短，长度也没有变化。从咱们着陆之后，每隔几个小时我就会监听一次。现在类似的声音越来越多。"

"异形"又听了一会儿，然后说："这不是一种语言。可用信息太少，根本组不出一个句子。"

马库斯伸出一只手问道："能让我听听？"

"异形"看着贝克曼寻求意见，见自己的上级点了点头，就把通信器交给了这位来自中情局的情报官。马库斯认真听了一会，然后就把耳机还了回去。"听起来像是加密数据传输。第一声是要发送的信息，第二声是确认。"

麦克尼斯博士坐在自己背包上，盯着自己的笔记本电脑。他头也不抬地说："我认为这些人不太可能是士兵或是间谍，但是可能存在其他的解释。你们听到的可能不过是科学仪器发回的遥测数据，比如说土壤和气候分析报告、桉树和袋鼠的照片。也许他们在警告自己的样本收集装置不要被大蜥蜴吃了。"

贝克曼问："那你怎么解释越发频繁的通信呢？"

"部署这些数据收集装置需要时间。"博士抬起头说，"我们已经两次遭遇了他们的探测器，一次在探洞，另一次在研究站。它们的探针连续两次选择避开我们。如果它们真的怀有敌意，你觉得他们为什么不攻击我们呢？"

"他们已经发动了攻击。"马库斯说，"他们摧毁了巡逻艇，击落了我们的飞机,还干掉了我们的卫星。"

贝克曼说:"这对我来说已经是怀有敌意了。"

"外星人肯定是把这些东西当成威胁,于是采取了自卫措施。"

贝克曼并不相信博士的话,于是问"病毒":"你试过破译这东西了吗?"

"等我收集够了足够的数据,今晚就用电脑进行分析。""病毒"说着指了指背包上的电脑。

"继续记录吧。就算你无法破译,马夫湖的那群书呆子可能也会发现点什么。"

"蒸锅"站起来,指了指西方的天空:"嘿,那是什么东西?"

一团明亮的红光在低空飞行,由于太过耀眼,所以根本看不清飞行器细节。这东西向北飞了几秒,然后就落进了丛林中。

"看起来像是着火了。""计时器"说,"甚至有可能是坠毁了。"

麦克尼斯博士用胳膊夹着电脑站了起来说道:"它没着火,那是推进力场产生的光电效果。"

"蒸锅"一脸困惑地看着麦克尼斯博士:"你在说什么呢?"

"这是基本的物理学知识而已。"麦克尼斯博士解释道,"爱因斯坦一百多年前就弄明白了这些公式。外星飞船会产生一个力场,从而离子化激化周围空气。如此一来,就会产生一团释放光子的等离子体,也就是我们看到的光了。这个力场越强,那么光子能就越强,颜色就会向蓝色偏移。"

"那是红色,不是蓝色。"塔克说。

"它是在悬停。这个动作需要的能量不多,所以颜色偏向红色。至于像起飞这样需要大量能量的动作,需要的光子能也就更多。这时候,发出的光线就会偏向蓝色或是白色。这有点像喷气引擎速度越快声音越大，因为它和空气的摩擦越大。"

贝克曼问："所以它只不过是降落了而已？"

麦克尼斯博士回答道："肯定是这样。"

贝克曼问"美洲豹"："距离是多少？"

这位狙击手在黑暗中测算了下距离，然后说："400米。"

"距离很近了。"贝克曼对胡博点了点头，而后者已经背上背包等待命令。

"好了各位，现在出发。"胡博用平稳坚定的声音说道，"你们都知道规矩，快速安静。"

"美洲豹"一边收起自己的背包一边向着丛林跑去。还在宿营地的其他人开始整理背包，在几秒钟内就做好了出发的准备。贝克曼跟在"美洲豹"身后，其他人分散在贝克曼两翼，马库斯留在靠后的位置，这样可以在保持观察的同时不至于碍事。

麦克尼斯一只手端着电脑眨巴着眼睛，惊异于其他人的速度。"等等我！"他大喊一声，将自己的装备塞进背包，没等拉上盖子就跟了上去，背包里的金属罐子叮当作响。博士摔了一跤，背包里的东西都撒了出去，他只好跪起来将设备塞回包里，再回头去追已经不见踪影的士兵们。

贝克曼回头看了眼博士，然后胡博问："要不我打死他如何？"

"不必了，就让他不惹麻烦就好。"他一边回答一边在林中继续前进，麦克尼斯博士爬起来跟在小队后面，背包里的设备还在叮当作响。

"魅魔"笑着看了博士一眼，然后掏出水晶球反复寻找目标。"我发现好几个目标，看起来是飞船正在放下乘员。"

"核弹"轻轻地说："看起来是来了个观光团。"

胡博留在队伍后方，等着博士跟上来，然后举起一根手指压在嘴

04

唇上:"嘘!"

麦克尼斯博士抗议道:"你可没等我。"

"是你自己没做好准备。"胡博说,"现在,放慢速度,不要出声。"

"好的,放慢速度,不要出声。"博士说道,"要有个突击队员的样子!"

"对你来说,是有个图书管理员的样子。"

麦克尼斯博士在胡博的监视下跟在贝克曼身后,双臂抱着自己的背包,努力不让背包里的东西发出响声。

"我看到目标了。""美洲豹"一边汇报,一边躲在灌木丛后面用狙击镜打量着飞船。

飞船整体呈八边形,5米高,宽度超过20米,飞船上部有明显的弧线,两侧还有圆形的舷窗。飞船飞行时包裹全身的红光已经不见,现在,飞船腹部放出一道细细的黄色光束,直接照在下方的地面。一股股蒸汽从探洞周围升起,浓缩之后的黑色液体顺着光束飞进了飞船里。

贝克曼和马库斯先后从之前观察飞船的位置来到"美洲豹"的位置。

马库斯说:"要是他们也有'魅魔'使用的扫描技术,那么我们的位置应该已经暴露了。"

"与他们已经做好沟通的准备了。"贝克曼说话的时候,背后传来叮叮当当的声音,这说明麦克尼斯博士和胡博已经跟上来了。

"在这儿待着。"贝克曼说。

麦克尼斯博士大吃一惊地说道:"少校,作为科学界的代表,我应该和你……"

"我们先得弄清楚情况。"贝克曼说着对军士长点了点头,"胡博军士长会确保你能服从我的命令。"

麦克尼斯博士不安地看着头发花白的军士长，后者一脸严肃的表情让他相信少校的命令将会得到彻底的执行。

贝克曼扔下背包，爬向飞船。他发现飞船上方的颜色更深，在八边形船体的每个角上等距布置了黄色和绿色的航行灯，飞船在灯光的映照下，在地面上投下了长长的影子。

他用通话器呼叫"魅魔"："'魅魔'，你还在跟踪离开飞船的目标吗？"

"是的，我发现了好几个目标。"

贝克曼抱着步枪停在灌木丛旁，从近距离打量这艘飞船。整艘飞船似乎是用一块金属制成的，浑身上下看不到任何焊缝或是接合缝隙。51区回收的外星飞船上都有类似的工艺痕迹，这是单分子聚合的典型特征。也正因如此，逆向工程小组很难拆解这些飞船。

贝克曼直接向着飞船走过去，刚要站起来的时候就发现一只手稳稳地抓住了自己的胳膊。贝克曼被吓了一跳，立刻滚到一边，扯回自己的胳膊，用M16步枪对准了目标。步枪枪口的另一头，是一张留着短发、抹着泥巴的小巧脸庞。劳拉·麦凯伊用食指贴在嘴巴上，示意不要说话，然后对着左边的树林点了点头。

贝克曼顺着她指的方向望过去，看到灌木丛上冒出一个类似黑色玻璃材质的搜索者探测器阵列。这个造型纤细、长着四个胳膊的机器一动不动待在原地，仿佛是在监听什么，然后贝克曼听到灌木丛中有动静。忽然，搜索者以极快的速度向前飞去，紧接着就听到了动物的惨叫。

十米之外，"蒸锅"用步枪对准了声音传来的方向，悄悄说道："那到底是什么鬼东西？"

04

塔克带上自己的夜视仪,看到树林间有一个黑影在穿行。"我看到它了。"塔克悄悄说着,而动物的惨叫声还在丛林中回荡。

"塔克,那玩意儿长什么样子?""核弹"问道,他的眼睛在黑暗中不停地寻找目标。

"我的天哪!"塔克的口气中带着一丝不祥的意味,"这东西太吓人了!"

"核弹"紧张地问道:"到底怎么回事?"

"它的獠牙太大了!"

"獠牙?""核弹"惊恐地重复道,"外星人没有獠牙吧?我应该说得没错吧?"

"而且它们的爪子,伙计,简直就是刺刀的尺寸。"

"核弹"脸色苍白地说:"刺刀?"

"哎呀完了!它朝这边过来了!少尉,它朝你去了!"

"核弹"看着眼前的树林,紧紧捏着自己的步枪,等着一个外星怪物从黑暗中冲出来。"在哪儿呢?我怎么看不见它?它到底在哪儿?"

塔克拿下夜视仪,笑得浑身颤抖。

"核弹"悄悄说:"去你的,混球。"他的恐惧已经变成了彻头彻尾的尴尬。

"蒸锅"摇着头,笑着说道:"塔克,你就是个不可救药的混球。"

"我知道,你不就是喜欢我这一点嘛。"

动物的惨叫声戛然而止,从黑暗中传来沉重的尸体砸在地上的闷响。搜索者挥刀砍了下去,然后拿着一块还流着血的肉塞进了自己的样本舱,用纳米膜封了起来。

贝克曼看着劳拉,她脸上泛着恶心的表情。"那是什么玩意儿?"

劳拉回答道:"那是个水牛心脏。"

搜索者以惊人的速度飞回了飞船。飞船船身上打开了一个圆形的舱门，搜索者直接飞了进去，舱门就在它身后关闭了。

贝克曼问道："飞船降落的时候，你也在附近吗？"

劳拉朝左边点了点头，回答道："我就在附近。"

"少校，"贝克曼的耳机里响起了"魅魔"焦急的声音，"有个目标向你快速接近中。"

贝克曼以为"魅魔"所谓的目标指的是劳拉，但是并不知道劳拉身上没有携带金属物品，所以她不可能出现在"魅魔"的探测器上。贝克曼的身后响起了枯叶碎裂的声音，当他转身用 M16 突击步枪对准目标的时候，一只金属大手抓住了步枪枪管，从他手中拿走了步枪。搜索者拿起步枪，用传感器阵列反复检查了一番，然后伸出一根细细的金属手指，试着按了一下扳机。M16 突击步枪打出一个三发点射，但是搜索者的力气实在太大，以至于后坐力完全被控制住了。

随着渐渐理解了突击步枪的工作原理，搜索者调整了下姿势，让传感器阵列可以对准准星。它用自己靠下的一对胳膊握住鼻腔，然后对着十几米外的一棵树打了一个三发点射。搜索者转了个身，启动光学传感器夜视模式，然后对着 200 米外的一棵树开火。它对准后再次打出一个三发点射，精度非常惊人，贝克曼勉强可以看到一截树枝被打断了。

贝克曼被眼前的一切吓了一跳。该死！这也太准了！

搜索者这次对准一截一公里外的树枝开火。贝克曼没有看到子弹击中目标，但是搜索者将一切看得清清楚楚，这让它对武器的有限精度有了进一步的了解。它转身对准贝克曼的脑袋，猜测这种武器会对使用它的这种原始的两足动物造成怎样的伤害。还没等搜索者开火，"美洲豹"打出一发贫铀子弹击中了它的躯干下半截。搜索者晃了一下，

04

转身看向狙击手的方向,紧接而来的第二发子弹打碎了传感器阵列。搜索者胳膊抽搐,扭弯了步枪的枪管,跟跟跄跄地向后倒去。"美洲豹"打出的子弹击中了它的胸口上半截,一股电火花从搜索者体内冒了出来。它停在原地,然后向后倒在地上,但是步枪还被它捏在手里。

一道明亮的闪光从飞船下方冒了出来,驱散了林中的黑暗,飞船周围亮起了一片红色的闪光,这意味着飞船推进力场已经启动。整片树林沐浴在红色的光芒中,随着飞船推进力场开始增大功率,光芒从红色变成了橙色。

"有情况!""魅魔"大喊道,"多个目标,就在我们周围。"

贝克曼听到了灌木丛因为探测器在林中高速移动而被吹拂的声音。几个小小的黑色探测器从士兵藏身的树林旁高速掠过,用肉眼勉强能看到它们飞过时的样子。随着飞船提高输出功率而发出耀眼的光芒,泛着光的搜索者从黑暗中冲向飞船,其中还有几个带着装满样本的纳米包。

贝克曼掏出自己的外星武器,一把外号叫作"侏儒"的短管武器,然后对准一个向他们冲来的搜索者。还没等他开火,搜索者抓起自己瘫痪的同伴,然后继续前进。飞船似乎可以从任何一个位置打开舱门,这样探测器就可以从任何一个位置进入飞船。所有探测器在几秒之内就撤回飞船内部,飞船外壳随即变成一个无缝的整体,然后整个飞船就消失了。

贝克曼一时无法理解眼前的一切,然后想起了麦克尼斯博士所说的关于超加速的理论。他抬起头,看到天空中一道蓝光向着西边飞去。

"警报解除。"贝克曼站起来用无线电通知队友,然后帮劳拉站了起来。"我猜你来自研究站?"

"是的,我叫劳拉·麦凯伊。你是谁?"

"美国陆军，罗伯特·贝克曼。"

"你们这来得有点晚啊。"

"来晚了？"贝克曼不解地问道。

"两天前，有东西在附近迫降，毁掉了我的房子，绑架了我的丈夫。所以我才说你们来晚了。"

还没等贝克曼回话，她走到飞船压出的空地，而麦克尼斯博士红着脸鼓着眼睛跟在贝克曼身后。

"你疯了吗？"博士质问道。

贝克曼一脸困惑地看着他："你在说什么？"

"你的人向他们开火了。现在他们认为我们具有敌意。"

贝克曼强调道："博士，它刚才准备打爆我的脑袋。"

"你刚才就不该带武器。这就不该是一次军事行动。我警告过他们了。爱开枪的大兵干不来这种活。"

贝克曼无视了博士，跟着劳拉走进空地。地面植被和之前的着陆区一样，都被压出了相同的花纹，而且空地中央也有一模一样的探孔。劳拉来到一棵桉树旁，水牛的尸体就静静地躺在那里。贝克曼跟在她身后，注意到水牛胸口和头部的切口，水牛的心脏和脑组织已经被挖走了。

"这太奇怪了。"劳拉嘀咕道，"伤口周围没有流血。创口形成的同时，流血也停止了。"

马库斯从树林里冒了出来，队员们也从树林深处走向空地。

劳拉问："你们有多少人？"

"12个。"贝克曼回答道，"还要算上两个平民。"

"就这点了？"

"我们是侦察部队。"

劳拉站起来指了指挂在贝克曼腰间的银色武器，问："这是什么？"

04

"试验武器。绝密计划。"

马库斯插嘴说："夫人,和我们说说都发生了什么吧?"

劳拉犹豫了一下,深吸一口气,压下自己的情绪,然后说道:"我也不知道。他们带走了我的丈夫,摧毁了一切。我也不知道他们想要什么。"劳拉说完就详细描述了一下前一晚研究站的遭遇。

在她讲述事情经过的时候,麦克尼斯博士检查了水牛的伤口。当劳拉说完之后,麦克尼斯博士说:"解剖水牛的技术和密封探洞洞壁的技术一模一样。没有产生热量就完全封住了。"

"这说明什么?"贝克曼问道。

"这说明他们可以从量子级进行能量传导,而且不会产生热力学效应。这是量子力学的全新领域。能在挖洞和解剖动物这种无聊的事情上使用如此先进的科技,这说明他们已经掌握这种技术很久了。"

"美洲豹"说:"博士,我们还知道一些事情。"当所有人都好奇地看着这位狙击手的时候,他说:"我们可以杀死他们。"

"嘿,'美洲豹'!你就是个天才!""计时器"兴奋地喊道,和"美洲豹"隔空击掌。

"你从背后对这个没有武器的机器开火!"劳拉说道。

"它有武器。""核弹"说道,"它拿着一支挂着40毫米榴弹发射器的M16突击步枪呢!"

贝克曼说:"这位女士说得没错,这些外星人不是来打仗的。"

"是吗?"马库斯狐疑地说:"你一弹未发,它就拿走了你的武器。"

贝克曼压住自己的怒火,而其他队员也都反应了过来。他们都知道,在通常情况下,要是想拿走贝克曼的武器,你可能先得把他干掉才行。

劳拉问:"所以你们要去格伊德河?"

贝克曼点了点头:"确实计划如此。"

"你们能救救我丈夫吗?"

贝克曼迟疑了一下说:"这我没法保证。"

劳拉的眼睛一下就暗淡了下来:"你觉得他死了吗?"

要是被抓的话,最好还是死了。贝克曼无法相信被当作样本对待会是什么感觉:"我不知道。"

"你打算去哪儿?"马库斯问。

"贝斯山脉的另外一边还有个跑道。我希望在物资耗尽前,会有飞机来降落。"

"周围1000公里以内都没有飞机了。"

劳拉一脸不解地问:"怎么回事?"

"因为,"马库斯回答道,"他们击落了我们派出的所有会飞的东西。"

麦克尼斯博士对马库斯说:"我们不能确认这一点。他们的技术可能导致我们飞行器电路故障。这其中肯定有个合理的解释。"

"病毒"说:"解释的话也不是没有,那就是他们的防空系统简直太管用了!"

劳拉问:"所以我这是死定了?"

"那倒是不太可能。"贝克曼回答道。

劳拉盯着贝克曼说:"那我猜只能和你们一起走了。"

"这不可能。"

"那你想让我在这儿一个人死吗?"劳拉打量着贝克曼的手下,发现没有一个人是当地人,"我猜你们都对这儿不熟悉吧?"

"48小时前,我们都还不知道阿纳姆地这地方呢。"贝克曼说。

04

"过去两年内我去过3次格伊德河。"劳拉说,"我认识当地人,而只有当地土著才对这里最熟悉。他们已经在这里住了6万年,而且不信任外面来的人,所以说你们永远都见不到他们。"她双臂抱在胸前说,"但是,我和你们一起去就不一样了。"

胡博若有所思地说:"当地向导对我们来说是个好事。"

我的天哪,又来了个平民!这个主意虽然让贝克曼头疼不已,但是他知道胡博说得没错。不管怎么,他都知道不可能把劳拉丢在这儿,因为她手无寸铁,而且缺少补给。

"她不懂隐蔽,"马库斯说,"而且她也没有接触我们装备的权限。"

"她早就看过这些特殊武器了。"贝克曼说完就转头看着劳拉,"你要是和我们一起走,你就得跟上。我们不会为了你而放慢速度。"

"我曾经徒步横穿阿纳姆地。"劳拉说道,"那时候还是季风季,户外温度是38摄氏度。你们能跟上我的速度就算是自己运气好了。"

队员们听到这话,不得不努力控制自己不要笑出声。

劳拉的自信逗乐了贝克曼,但还是努力不笑出来:"好吧,你跟着'异形'。听从她的安排。"

"异形"对着劳拉笑了笑说:"说的就是我,你也可以叫我特蕾莎。"

贝克曼对胡博说:"赶紧出发,我希望快点离开这片空地。"

\·\·\·\·\·\·\

当月亮高悬在夜空中时,班达卡回到了营地。班达卡最好的朋友里亚金迪,坐在营火前演奏着雅达奇,这种乐器在南方被称为狄洁里都号角。这种乐器只能由男人演奏,而且在雍古人的文化里,享有和古老的歌谣和祭祀舞蹈一样的地位。雍古人自从瓦伽热时期就居住在阿纳姆地的东北地区，那时候强大的神灵将土地分给各个部落，并教会他们部落的律法和方言。那是个团结的时代，那些巴兰达，也就是南边那些外乡人，根本不懂得其中的意义。

德帕拉乌是班达卡的妻子，正在用一根棍子在篝火中翻动，查看埋在下面的袋鼠肉是否熟了。而班达卡的小女儿，马普鲁玛，正在一旁等待吃饭。

班达卡走上前问道："大儿子呢？"

德帕拉乌对着大石头点了点头："在那边呢。"她感觉到了丈夫的不安，于是问："还在为那颗掉下来的星星而烦心吗？"

"它掉下来的地方离这里不远。"班达卡忧心忡忡地说。在他的文化里，看到星星掉下来意味着会有人死。星星掉来下的地方越近，那么那个人死得越快。

里亚金迪停止了演奏，倾听着夜幕中的各种声音。"那么我们就得赶紧离开这儿，"他说，"然后去通知白人。"

班达卡板着脸说："他们知道这事。他们的一架飞机就摔在了那边。"班达卡用长矛指了指弗莱明山。

里亚金迪问："是之前看到的那团烟吗？"

班达卡点了点头说："驾驶员已经死了。"他们都见过战斗机从高空中飞过，知道飞机来自西南边的廷德尔空军基地。

"掉下来的星星就是暗示死去的驾驶员吗？"德帕拉乌问。

班达卡摇了摇头说："驾驶员和我们没有任何关系。"

里亚金迪阴着脸点了点头，因为班达卡说得确实没错。德帕拉乌看着自己的女儿，很担心她的安全。"老家伙又做梦了。"德帕拉乌指了指营地边巨石下的阴影："他非常害怕自己看到的东西。"

班达卡绕过营火，跟在里亚金迪身后，向着老者做梦的地方走去。

04

他们发现瓦育比背靠石头坐着，紧盯着黑暗陷入了沉思。他满脸皱纹，腰上围着一条兽皮，但是很久没有使用长矛了。所有人蹲在他周围以示尊敬，等待着他的教诲，红檀木在篝火中劈啪作响。

瓦育比在做梦状态下说道："有个奇怪的东西打扰了先祖的灵魂。"他说话的声音非常微弱，就好像是在说悄悄话。

"奇怪的东西到底指的是什么？"班达卡压低声音问道。

"即便是祖先的灵魂也不知其中奥妙。"他抬头看着夜空，"事情不该如此。"

班达卡感到心里一紧。他不过是个猎人而已。他不知道先祖灵魂如何的奥妙，但是瓦育比对这些事情非常了解。班达卡发现这种纠缠着瓦育比的困惑非常让人不安。祖先的灵魂怎么可能会不知道呢？"瓦育比，白人去哪儿了？他们为什么还没来？"

"士兵从朝阳中来。"

"我们要去找他们吗？"

瓦育比慢慢摇了摇头："他们不可能保护我们。他们不知道其中的危险。"老人的脸上写满了悲伤："他们逃不过自己的命运。"

"我们该怎么办？"里亚金迪害怕地问道。

"藏起来。"瓦育比打量着树林中的黑影。他缓缓打量着营火和树林。"邪恶的东西要来了。"

班达卡顺着老人看的方向望过去，然后害怕地盯着瓦育比："它来了吗？现在就来了吗？"

瓦育比对着年轻的猎人点了点头，说："我们是它的猎物。"

班达卡跳起来跑回营火，用低沉急促地声音说："过来过来！"

马普鲁玛站起来，一脸困惑地看着自己的父亲。

班达卡用长矛指了指南方，说："快跑，躲起来！去那边！"

班达卡说话的语气使得德帕拉乌拉着女儿跑向树林。里亚金迪拿着自己的长矛和雅达奇跟在她俩后面。而瓦育比，已经悄悄融入夜色之中。没有人会对放弃营地存在任何异议，因为营地很快就能建起来。

　　班达卡冲进丛林，一直跑到营火照不到的地方，才找了个地方藏了起来，下决心弄明白究竟是什么东西让祖先的灵魂也无能为力。他观察着被营火照亮的营地，倾听着丛林中的各种声音。当发现一切正常的时候，他开始怀疑老头子是不是出错了。但是，他很快就发现远处林中有一个微弱的闪光在移动。那东西越来越近，闪光也越来越强，但是班达卡却没有听到脚步声。夜晚的宁静很快就被树枝破碎的声音所打断，这个不明物体不费吹灰之力就将树枝推到一边。当闪光靠近营地的时候，班达卡看到那里其实没有灯光，而是两个绕着一块东西旋转的半球体。

　　班达卡倒吸一口气。这个神秘的物体飞向了营火。它全身黑色，比一个人还高，整体看上去就是个陀螺。两个半球体绕着陀螺低端旋转，半球体的底部还发着光。最让人感到困惑的是，陀螺和保持陀螺飞行的两个半球体之间没有相连，就好像陀螺是靠魔法在飞行。在旋转的半球体之上，4个弯曲的机械臂从陀螺的上部伸了出来，每个胳膊前段都有3个双关节的手指。胳膊上方伸出一个柱子，穿过黑色的传感器阵列，和一个半球体连在一起。一截管子从半球体旁边伸出，班达卡的求生本能告诉自己，那截管子是一种武器。

　　机器停在了营火旁，然后传感器阵列放出几千个蓝色光点，扫描着周围环境。一个机械臂戳进火堆中，火星和木块四处飞溅。机械臂将一块烤至半熟的袋鼠肉举了起来，让传感器阵列进行分析。分析完成，机械臂就将肉块扔到了一旁。机械臂上没有沾到一星半点的血肉，只有使用单分子聚合技术，才能在无摩擦合金上留下一个分子。

04

当看到飘浮的机器不费吹灰之力就扔掉了沉重的肉块,班达卡被吓得说不出话。在恐惧的驱使之下,班达卡开始爬下山坡,试图和这只会飘浮的怪物拉开距离,用裸露在地表的岩石和树木为自己提供掩护。

当天早些时候,追踪者已经检查了战斗机坠毁的地方。它检测到了班达卡的足迹、毛囊和几片皮肤组织。根据这些线索,它已经完整构建出了班达卡的基因图谱、解剖结构和三维全身图像。但是,追踪者却无法在已经记录在案的几万个物种中找到与之相对的名称。可以确定的是,根据班达卡的脑容量来看,他介于依靠动物本能和自我智能活动之间。他和坠毁的飞机里的驾驶员属于同一种族。坠毁的这种飞行器依靠的是气压而不是推进力场保持飞行。追踪者将收集到的情报发回指挥中枢,后者认为依靠气压飞行的飞行器和低级灵长类驾驶员不需要进一步调查。

追踪者接到指令捕获班达卡,于是进一步强化传感器阵列的灵敏度,直到能够看清丛林深处,同时还降低了那些受到营火干扰的接收器的灵敏度。多亏了营火挡在追踪者和班达卡之间,追踪者无法确定班达卡的位置。

追踪者在营地周围检测到了大量昆虫和动物留下的运动信号和热信号。它知道自己正在检测一个充满运动信号的环境,因为这个世界是非常少见的宜居世界,这里有各种各样的生命形态。但这也让追踪者无法从各种周围大量生物信号中甄别找到目标。追踪者快速分类记录大量生物,从最简单的微生物到当前正在追踪的双足哺乳类生物,但是在指挥中枢满意之前,还有很多工作要做。

追踪者用自己的机械臂从营地收集更多基因样本,不放过任何一个细节。它用基因样本重建了整个营地的所有人,很快发现在它到达这里之前,有5个灵长类曾经围坐在营火周围。根据他们的足迹和基因残留，追踪者认为他们向南移动，它利用人类的基因结构，计算了个体移动速度和抓捕所需要的时间。追踪者用红外传感器扫描了部落成员的撤退路线，但是石头在白天吸收了大量热量，到了晚上释放出来刚好掩盖了人类微弱的红外信号。追踪者除了要处理人类的踪迹以外，还要处理大量其他生物的信号。它虽然试图处理这些干扰，但是它不过是个追踪者，不是星球探索无人机。设计它的目的是进行战术侦察，而不是探索新世界，现在它执行这些任务，完全是出于现实需要。

追踪者决定将周围的人类全都赶出来。它将能量冲击炮对准南方，用低能量输出将一片扇形区域内的树木和石头轰炸了一遍。每一次攻击都能炸出一道明亮的闪光，然后能量冲击着大树，夜幕中充斥着树枝掉落的声音。

班达卡卧倒在地，双手护住自己的脑袋，周围不停地有烧着的树木轰然倒下。他抑制住起身逃跑的冲动，相信自己只要暴露就死定了。他依然记得很久以前就学到的一课，他也将这堂课教给自己的女儿，让它深深印刻在女儿的脑海里。

勇敢的人会躲起来，只有胆小鬼才逃跑。

追踪者在山坡上耐心地观察着这一切，受惊的鸟儿飞上了天空，各种动物四散逃命，而蛇类则爬进了黑暗之中，但是却没有看到任何一个两足哺乳类动物。追踪者认为人类已经逃到了更远的地方。就在它准备去追捕人类的时候，指挥中枢给它下达了新的命令，于是立即掉头向东，向着新目标进发。

班达卡从自己的位置看着追踪者反重力舱发出的光芒，看着它向着丛林深处进发。他知道这个黑色的怪物肯定和坠毁的飞机以及那些沿着山谷前进的士兵有关。他记得年迈的瓦育比说过的话，这些士兵并不清楚自己将要面对的危险。班达卡非常确认一点，6万年来的传

04

统正在向他传递一条警告。

恶灵已经降临在这片大地上。

＼·＼·＼·＼·＼·＼

比尔·肯尼翻动着移动烤架上的牛排，然后喝了一大口啤酒。他的3个哥们儿正怡然自得地坐在帐篷旁的躺椅上，饥肠辘辘地看着滋滋作响的牛肉。"石板"双脚搭在装满冰块的隔热箱上，瓦尔则不停地摆弄着卫星天线，努力寻找着信号。

"哥们儿，歇了吧。""爆炸"说，"那玩意儿肯定坏了。"

"不可能，这东西结实着呢。"瓦尔虽然这么说，但是并不知道他想找的卫星早就被击毁了。

"电池可能没电了。""爆竹"说道。

"我们出发的时候还检查过一遍，这会儿应该接收到信号了。"

"爆竹"向后靠了靠，打量着满天的星星，在大城市里可见不到这么多的星星。"我们可能是最后的人类啦。"

电池供电的杀虫器发出了一声闷响，意味着又一只蚊子被电死了。

爆竹一脸嫌弃地打量着"石板"旁边散发着蓝光的杀虫器："你为什么要带那玩意儿来？我们来就是体验生活的。"

"石板"打了个哈欠，心满意足地看着杀虫器："我讨厌虫子。"他知道火光可以招来来附近所有的虫子。"虫子会把我活活吃了的。"

"你以为我们带你来是为了什么？"瓦尔问道，"你就是负责喂虫子的，这样我们几个就不会被咬了。"

"石板"懒洋洋地伸了个懒腰，一天的徒步狩猎让他浑身酸痛："你就是嫉妒我的血好吃而已。"他说完打了个哈欠。

"虫子可不是因为血好吃才来咬人的。""爆竹"龇牙咧嘴地说道,"真正吸引它们的是气味。"

"今晚鳄鱼爬上来吃你的时候,我会记住这一点的。""石板"说话的时候还不忘看看河边。他们选择在距离停船处有段距离的内陆宿营,避免吸引大型爬行动物。但是,他们还是枪不离手。"到时候麻烦控制下自己的惨叫,我还得睡美容觉。"

"爆竹"从自己的口袋里掏出一根炸药,拿在前足球运动员面前晃了晃。"要是有鳄鱼靠近我,我就把它的脑袋炸掉。"

瓦尔的眼睛瞬间要跳出眼眶:"你绝对不能把这东西留在帐篷里。"

这位老矿工大笑起来,娴熟地摆弄着炸药:"别担心,瓦尔。我上次不小心炸飞别人还是两年前的事情呢。"

比尔生气地说:"我告诉过你不要把那玩意儿带过来。"

"爆竹"说:"要是咱们饿了,你肯定得谢谢我。只要扔几个这玩意,炸出来的鱼够我们吃一个月。"

"几个?"比尔吃惊地问道,"你到底带了多少过来?"

"12根。""爆竹"挥挥手,试图打消朋友们的忧虑。"这东西安全得很。"他从口袋里拿出一个定时器,"没有起爆器,这东西怎么可能炸得响。"

"伙计,你可不能在这玩儿炸药。"比尔说,"土著人会疯掉的。"

"他们不知道,又怎么可能会生气呢?"

"他们对这里的一切都了如指掌。我们有打水牛的许可,但是没有炸鱼的许可。"

"爆竹"最后勉强同意:"好吧,那就不炸鱼,但要是鳄鱼来了,不管有没有许可,我都要用炸药对付。"

瓦尔再次试图寻找信号,一会儿之放下了接收器,不得不承认找

04

不到信号。"我就是想看看新闻里有没有提到咱们今天打下来的那个机器。"

比尔不置可否地说:"要是有人在没有许可的情况下在这里勘探,这事就肯定上不了新闻。"

"石板"两眼看着地面,昏昏欲睡地说:"我打赌他是在寻找铀矿。偷偷地找找矿,土著人就……不……知道……怎么回事。"

"爆竹"对"石板"的说法表示怀疑:"不,矿业公司要是得不到当地人的同意,看都不会看这里一眼。这肯定还有别的来头。"

瓦尔说:"它当时在挖什么东西。""石板"垂着脑袋,整个人因为喝多了啤酒已经睡着了。

其他3个人都不说话,打量着"石板"究竟睡得有多沉,然后比尔悄悄说:"你觉得他还想吃他那份牛排吗?"

"咱们把它分了。"瓦尔说,"然后告诉他是他自己吃了牛排。他喝了这么多,肯定不知道怎么回事。"

"爆竹"点头表示同意,然后转身拿了一罐啤酒,当啤酒罐刚凑到嘴边的时候,整个罐子从他手里飞了出去。"什么情况?"

比尔瞪大眼睛不敢相信眼前的一切,瓦尔整个人跳了起来向后退去,而爆竹顺着他们看的方向看过去,发现一个黑色的追踪者正站在营地边上。它向着篝火一点点靠近,俯视着"爆竹",环绕在其周围的电磁力场让"爆竹"浑身起鸡皮疙瘩。"爆竹"站起来扭头打量着这台奇怪的机器,它用机械臂将黄色的啤酒罐凑到传感器阵列旁。追踪者慢慢转动着啤酒罐,发现上面的文字是一种未知的语言。为了测试罐子的强度,它用金属手指挤压啤酒罐,罐子很轻松地就被挤扁了。琥珀色的啤酒从罐子中喷涌而出落在了地上,追踪者把啤酒罐扔到了一边。

比尔问："这是什么东西？"

"爆竹"和其他人一边后退，一边说："我要是知道这是什么玩意就见鬼了。"

追踪者在反重力装置的带动下悄无声息地飘进营地。一股无形的力量将"爆竹"的椅子扫到一边，而"石板"因为喝了太多的酒还在睡觉，根本不知道追踪者的存在。黑色的探测器阵列射出一道道纤细的光束扫描分析整个营地，而其他人只能用双手捂住自己的眼睛。

比尔对着追踪者身后的金属盒子点了点头，他们的猎枪都装在里面。"瓦尔，快去拿枪！"

瓦尔看了看枪柜，又看了看外星机器，害怕引起它的注意，于是说："你去拿枪。"

"你离得最近。"

瓦尔在心里暗暗骂了一句，然后绕着追踪者慢慢前进，用手挡着眼睛不受明亮的蓝光刺激。当他走到枪柜旁的时候，追踪者的一只机械盘刺进了枪柜侧面，金属在机械臂面前好似纸张一样脆弱。另一只机械臂从枪柜的另一边戳了进去，然后双臂将枪柜举起来进行扫描。第三只机械臂打开了锁，掀开盖子，拿出了比尔的猎枪。

"还有什么别的办法吗？"瓦尔一边小声问道一边向后退。

追踪者只花了几秒钟就确定这不过是一支依靠化学能发射弹药的原始动能武器，于是它就把整个枪柜倒了过来。随着枪柜里的枪支掉在地上，追踪者也完成了扫描，然后就把枪柜和比尔的枪扔到了一边。它关闭了扫描光束，然后检测到"石板"的脚下存在异常热信号，于是就用机械臂将隔热箱抽了过来。"石板"的双脚落在地上，但是依然因为醉酒没有醒来，继续呼呼大睡。

"我就知道会这样，哪怕是火车出轨都叫不醒他！""爆竹"大

04

喊道。

"去他的吧！"瓦尔绝望地喊道，"那个怪物拿走了我们的啤酒！"

追踪者扯开了隔热箱的盖子，扫描了一下漂浮在里面的啤酒罐子，好奇为什么这些原始的两足人类，要在低温环境中储存装有营养价值极低的金属罐子。由于不能理解这个问题，它就把隔热箱里的东西倒在地上，然后转身向烤肉架移动。

追踪者从营地中穿过，绕过熟睡的"石板"，来到有三根支架的燃气烤肉架旁。光谱分析显示火焰是由一种碳基气体燃烧导致的，气体燃烧之后还会将一种有毒副产品排入大气。烧焦的动物尸体和滋滋作响的洋葱说明这些两足生物是食肉动物，追踪者捏了捏气罐，测试气罐的强度。气罐外壳扭曲发生爆炸，一道烈焰直冲而上，但是被一道保护追踪者的无形力场所阻挡，完全没有对机械臂和躯干造成损伤。

"咱们得快跑。"瓦尔说着向树林移动。

追踪者转动自己的主炮，用低功率对着瓦尔脚下开了一炮，让他不得不留在原地。

"爆竹"小心翼翼地把手伸进口袋，问道："你说这东西能有多聪明？"

"蠢得要死。"瓦尔怒斥道，同时举起双手以示投降，"它弄坏了隔热箱。"

"爆竹"从口袋里拿出起爆器和一根炸药，慢慢把它们组装到一起。

"你这疯子。"瓦尔看着他将炸药组装起来，"你会害死我们所有人。"

"爆竹"看都没看一眼定时器，仅凭感觉设定时间。他已经在这一行干了 20 年，闭上眼也能干这活。"15 秒足够了。"

"够干什么？"比尔一边问，一边慢慢挪向一旁。

"我只能说这家伙的好奇心会害死自己。"

比尔问:"要是燃气爆炸都伤不了它,你以为炸药又能干什么?"

"爆竹"无视他的话,挥了挥自己手中的炸药。"嘿,小家伙。"他吹了个口哨,仿佛是在呼唤一条狗。追踪者向他飘了过来,一只机械臂伸过来拿炸药,但是"爆竹"及时将炸药抽了回来。他背对着追踪者,双手把炸药抱在胸前。

瓦尔警告道:"它会把你刺穿的。"

追踪者被"爆竹"的动作勾起了好奇心,于是又向前移动了一点距离。它用一只手抓住"爆竹"的脚踝,将他脑袋冲下拎了起来。"爆竹"知道眼前的外星机器完全可以扭断他的腿,但依然将炸药抱在胸前,同时启动了定时器。追踪者转动着"爆竹"的身体,想看看他到底藏了什么东西。它一只手抓起他的左手腕,让"爆竹"只能用右手抓住炸药。

"爆竹"一边倒计时一边想:它的动作太慢了。

追踪者用两只手抓着"爆竹",把他拉近了一点,"爆竹"的整个身体接触到追踪者的防御力场,他感觉到一股不可见的力量让脸上起了一层鸡皮疙瘩。现在,"爆竹"终于明白追踪者的防御力场可以阻止快速移动的物体,但是慢速移动的物体却可以穿过去。

"爆竹"发现了棘手的事情:它的胳膊抓得太紧了。

追踪者的第三条胳膊开始向"爆竹"的左手移动,但是他向前一挺,将炸药塞进了隐形的力场。一开始,他感觉自己打在了一堵墙上,但是随着力道的衰减,用于防御高速冲击的力场开始减弱,"爆竹"的手终于穿过了防御力场。当炸药已经进入防御力场之后,他放开炸药,抽回了右手。让他感到惊讶的是,炸药在防御力场中好似失重了一样,飘在他的面前。他和炸药的距离是如此近,以至于能看到定时器的倒计时归零。

该死!"爆竹"想到自己马上要被炸死:我还真没想到会被自己炸死!

炸弹在距离"爆竹"面部一臂距离外爆炸。刺眼的闪光让他暂时失明,但是防御力场将爆炸的冲击反弹到了追踪者身上。反重力舱闪了一下,然后就停止了工作,追踪者因此停在了原地,然后开始在防御力场内到处弹跳。追踪者倒在地上,防御力场也算高时效,爆炸产生的烟尘因此得以释放,而两个反重力舱则像炮弹一样飞入了树林。

"爆竹"狼狈地掉在地上,然后立即滚到一边,免得被沉重的追踪者压倒。他勉强躲开了追踪者,然后站了起来,却发现脚踝虽然软弱无力,但骨头却没有受伤。

瓦尔发现外星机器已经停止了工作,于是一脸感激地看着"爆竹"说:"干得漂亮,哥们儿。"

比尔说:"你完全有可能害死自己。"

"你叫我怎么办?它弄坏了隔热箱。""爆竹"坏笑着说道,"而且你也知道我不喜欢热啤酒!"

"石板"打了个呼噜,一脸恐惧地半睁着眼睛说:"刚才是不是有人说热啤酒了?"

\·\·\·\·\·\·

侦察小队在一处粗砂岩峭壁下宿营,这里刚好位于一条东西走向的山间小路上,整个贝斯山脉被这条小路一分为二。几千年来,当地土著人在此来来往往,两侧的岩壁上到处是古老的岩画和篝火的痕迹,夜空中时不时还能传来老鹰的尖啸和猎物的哀号。

贝克曼睡不着觉,于是就爬上岩架,眺望西边的山谷。他不止一次看到光球以超音速在空中飞行。它们的颜色从红、橙到蓝和耀眼的白色，这样贝克曼想起麦克尼斯博士曾经提到的颜色和能量强度相关的理论。

"你认为它们在干什么？"劳拉在黑影中突然说话，让贝克曼吓了一跳。劳拉背靠着一块石头，整个人藏在黑暗之中。

"我不知道。"贝克曼居然没发现她，这让他自己感到非常意外。

劳拉看着夜空，问道："知道这些家伙是从哪里来的吗？"

"看到那颗星星了吗？从左开始数第二个。"贝克曼说完又摇了摇头，"开个玩笑而已。"

劳拉笑了笑，然后陷入了沉思。过了一会儿，她说："本地土著人看待夜空的方式和我们不一样。我们在天上看到的是星座，因为我们将点连成了线。而他们在星星之间的黑暗中看到的是动物和灵魂。"她指着黑暗的夜空说："你能看到黑暗之中藏了个袋鼠吗？"

贝克曼完全看不出那里有个袋鼠的样子。

"还有，你再看看那边，那是个树袋熊，在我们头顶上还有个鸸鹋。"劳拉一边说一边比画着不同的形状。当她看到贝克曼完全不知道自己在说什么的时候，又说道："我也看不出什么东西来，但是对于土著人来说一切都是真的。说不定他们才是对的，我们错了。"

"这确实与众不同。"贝克曼同意劳拉的说法，他意识到这些土著人的观点对他来说就好像是外星人一样。

他俩看着星星，观察着闪着光的外星飞船飞向西边，劳拉问："你觉得我丈夫还活着吗？"

"我不能说。"

"外星人会对他做什么？"劳拉声音略微颤抖地问道，"我听过各种传闻，但是从来不相信它们。"

04

贝克曼想起自己曾经看过的有关报告，这些评估材料只有个别人才能看到，但是其中的内容绝对不能告诉劳拉。就算不看劳拉的脸，贝克曼也知道她就在看着他，焦急地等待答案。"据我所知，高级文明不会用中世纪那套手段来获取信息。"

"你相信这话吗？"

可能我还真信呢，他想。"我当然信了。我相信你丈夫不会受罪。"

"他们会放了他吗？"

"大多数被抓的人类后来都被释放了。"贝克曼小心翼翼地说，"但是这取决于外星人是否尊重我们的权利。这个问题的核心在于，决定权在他们手里。"

"但是他也是个人，"劳拉说，"他们不能把他当……"

"当成你研究的动物？"

这种对比让劳拉不寒而栗："我们不是动物。"

"如果外星人比我们先进 100 万年，他们可不会把我们对等看待的。"

"但我们可是文明物种。"

"你要是从天上观察地球，你会怎么看待我们？我们有战争、贫困、文盲、营养不良、恐怖主义、种族歧视、宗教和政治。在他们眼里，我们就是一群杀人成性的野蛮人。"

"这话听起来很有哲学意味。"

"我所接受的训练让我去理解它们的视角。我们只希望这些外星人明白自己在干什么。"

"那他们在干什么？"

"眼前这条船想干什么还不清楚，但是有些已经观察我们很久了，研究我们，准备在合适的时间和我们接触。我们认为他们已经接触了很多新文明，而且为和我们进行接触制定了详细的时间表。"

"时间表？"

"人类要花多久才能彻底进入太空。"

"那得花多久？"

"反正我这辈子是看不到了。距离人类发展到那种水平还早呢。"贝克曼坚定地看着劳拉，试图安慰她："外星人观察我们已经有几万年的历史了。如果他们真的想伤害我们，早就趁我们手无寸铁的时候动手了。但是他们的行为确实表示自己是征服者。"

"那他们在格伊德河发生的一切又是怎么回事？"

"我们来这就是要弄清楚是怎么回事。"

劳拉看着西边的地平线，发现前一晚的闪光已经消失。她以为这说明大火已经熄灭，却不知道这不过是飞船外壁在快速散发热量而已。"所以，要成为你这样的人，要付出什么代价？要怎么猎杀这些东西？"

"我不是来猎杀他们的。我来这里是进行调查、收集数据，如果可能的话进行友好接触。"还有评估威胁，他心里说。"我们中的有些人曾是特种部队成员，还有些人是技术专家。"

"你们真的完成过所谓的友好接触吗？"

"没有，外星人现在还不想和我们进行接触。倒是有几次差点成功。"

"我猜你家晚宴的时候，你很有谈资吧？"

贝克曼苦笑道："并不是。我老爸是个退役的两星将军。我从西点军校毕业，加入三角洲部队的时候，他整个人自豪得不得了。现在他以为我是个毫无前途的文员，而且我还不能告诉他真相。"

"我猜这很难受吧。"

贝克曼毫无悔意地说："这和每个人的个人空间有关，而且我也

04

不打算在这事上劳神费力。"他低头看了看表,"我建议你去睡一会儿。明天要走的路还多呢。"

"我也累了。"劳拉站起来说,"晚安,少校。"她准备从岩架上爬下去,然后犹豫了下,说:"我很庆幸你们能来。"她说完就走回了营地。

贝克曼看着劳拉安全回到营地,然后扭头看向西边。在山谷的另一头,一道白光好像流星般飞了过去,让他有了一丝不祥的感觉。

贝克曼不禁想:你们到底来干什么呢?

丶丶丶丶丶丶

丹·麦凯伊不停地做着梦。有的时候,能保持清醒,感觉到脑袋里有东西在不停地移动,还有种无形的压力让自己动弹不得。

他记得布鲁不停地号叫,一道明亮的光束笼罩着他和狗。他开了一枪,但是枪就从手中飞上了天,然后一道光照了下来,他和布鲁就飘了起来。之后,丹只能感觉到黑暗的虚空和奇怪的梦。

在清醒的时候,丹知道自己已经被人抓住了。这让他感到了突如其来的恐惧,身体产生大量肾上腺素,让他渐渐清醒过来。他发现自己可以微微睁开眼睛,看到眼前有一道亮光。专用于手术的压力场包裹着他全身,让他动弹不得,好几条银线穿透皮肤刺入内脏,采集细胞样本,进一步分析人类生物构造。

灯光周围一片黑暗,隐约可以看到长着细长机械臂的圆形物体在移动,它们似乎并没有发现丹已经恢复了意识。纤细的机械臂时不时地从黑暗中向他伸过来,用奇怪的方式触摸着丹,然后一条银色细线穿透了他的前额。细线进入大脑的正中央,记录和解析每一条神经和想法。剧痛引发的恐惧瞬间向他袭来。他想尖叫，但是却只能咕哝一声。

一个圆形的物体从黑暗中向他靠了过来，它不知道样本为什么还能保留意识。没过多久，它就发现样本体内充斥着一种激素，可以增加心跳、收缩血管，样木在外界对自己造成进一步伤害之前，神经系统和大脑就失去了联系，生物电脉冲也抵消了激素的效果。

丹在一瞬间又掉入了黑暗的深渊。

05

贝克曼打算在破晓之前就动身，趁着阳光还不强烈的时候就穿越贝斯山脉。还没到中午的时候，他们已经进入丛林，林中时不时可以看到小溪，溪水滋养着干枯河床上的百合花和竹子一样的露兜属棕榈树。当太阳达到最高点的时候，他们来到林中一条新开出的小路上。路面非常光滑，石头、树木和其他植物都被融合成了略带弧度的路面。

贝克曼发现路面非常松软，一条银色细线居于路面中央。这条银线和他的靴子差不多宽。当他靠近的时候，自己的头发都竖了起来，这说明它还自带一个电磁场。路面上每隔几百米就有一个纤细的银色长杆，两个交叉的金属短臂上还有一堆好似钻石的东西。

"计时器"脱掉头盔挠着脑袋说："这路是谁修的？"

"核弹"说："看来这些外星人不喜欢走路。"

劳拉看着这条东西走向的大路，瞬间感到一种恐惧："几百万年才长出了这片丛林，他们只用一天就毁了它。"

胡博用 M16 步枪的枪管戳了戳路面，说："这路看起来能使用很久。"

马库斯很谨慎地说："罗马人就是靠修路才建立了帝国。"

"他们有超音速飞船。"麦克尼斯博士说，"这些外星人不需要路。"

"这话我同意。"贝克曼说，"这不是一条路，但这又是什么呢？"

"这是个传感器？""魅魔"说完就掏出了水晶球。扫描结果显示这条路向南延伸，而向北只有两公里和一个缓慢移动的标记。"路的尽头在那边。"她指了指，"那边好像有什么东西。"

"如果他们还没有完成建造，那么传感器就还没启动。"麦克尼斯博士检查着金属线，摸了摸自己胳膊上立起来的汗毛，"这是条输送能量的管道。它肯定是给这些塔提供电力。"

贝克曼对胡博说："我们顺着路向北走，看看到底是什么在修这东西。注意隐蔽。"

胡博点了点头："伙计们，返回丛林。这次可不是来旅游的。"

他们在丛林的掩护下向北前进，当他们来到一座小山顶的时候，听到了树木倒下和石头被碾碎的声音，但是却没有听到重型设备的轰鸣。贝克曼、马库斯和马克尼斯博士从林线看到，一个好似甲虫的机器悄无声息地爬下山坡，碾碎任何挡在前面的东西。当机器甲虫停下来的时候，树木碎裂的声音也停止了，甲虫的后部出现一个舱门，一个托盘从中飘了出来，托盘上还有一根装有交叉悬臂的银色长杆。托盘旋转了一下，让长杆竖了起来，长杆一端冒着红光戳入路面，长杆和路面接触的部分冒出了黑烟。当长杆扎稳，黑烟散去之后，托盘也回到了甲虫机器人内部。圆形的舱门重新关闭，甲虫机器人继续前进，丛林中又响起了树干碎裂的声音。

麦克尼斯博士问："我们距离着陆区还有多远？"

"还有25公里。"贝克曼回答的同时注意到这条路正在向着陆区延伸。

"这些长杆可能是武器。"马库斯说。

"我们不知道这具体是什么技术。"博士试图安抚大家的恐惧，"这可能是个星际通信装置，他们可能试图寻找帮助。"

贝克曼说："只有一个办法才能确定情况了。"当其他人都好奇地打量着他时，贝克曼说："等它放下一根长杆的时候，我希望能登上外星大甲虫。"

＼·＼·＼·＼·＼

机器甲虫逐渐接近侦察小队的位置，树干折断的声音就好像枪声在林中回荡。一股隐形的力量碾碎了石头，撞倒了树木，用量子融合的方式将它们变成一条路，然后再铺设能量管道。在机器甲虫倾斜的侧面外壁的上方，有一条水平布置的观察窗，你可以从这里看到里面的墙壁，但是却看不到任何乘员。

"随时开始行动。"贝克曼希望对于长杆距离的计算结果准确无误。

"异形"和"病毒"站在贝克曼两边，其他人在后面排出一条松散的散兵线。虽然麦克尼斯博士也想登上外星机器甲虫，但是贝克曼出于个人安全考虑，还是拒绝让他参与这次行动。博士只能坐在树下，从远处进行观察。贝克曼早就知道身为中情局情报官的马库斯身手不凡，而且他也很好奇，如果小队陷入了麻烦，马库斯会不会自己逃进丛林继续完成任务。

当机器甲虫几乎要到达小队位置的时候，麦克尼斯博士大叫一声，战战兢兢地向后退，把眼镜和背包都扔了。塔克冷静地掏出自己的博伊刀，一刀砍在地上的一条蛇上。他扭动着刀身，直到听到骨头碎裂的声音，然后才抬起刀，刀上挂着一个奶黄色的蛇头。他把刀高高地举起来，向众人展示一条两米长、身子纤细、棕铜色的大蛇。

麦克尼斯博士松了口气，一脸尴尬地拿回了自己的眼镜，而周围人则纷纷笑出了声。

"这是条泰斑蛇。"劳拉说。

"瘦皮小废物。"塔克说道。

劳拉看着麦克尼斯说:"这是地球上毒性最大的蛇,比眼镜蛇还毒 50 倍。"

麦克尼斯博士紧张地调整了下眼镜说:"原来如此。"

塔克一脸敬畏地看着这条蛇:"这玩意儿好吃吗?"

劳拉说:"你别把毒囊吃了就没事。"

"核弹"大笑起来:"这可是地球上最毒的蛇,而你却想吃了它。"

塔克对着"核弹"皱了皱眉眉头,然后把蛇的尸体扔了过去。

"嘿!""核弹"赶紧闪到一边,免得被毒牙刮到。"把这东西赶紧拿开。"他从蛇的尸体旁闪到一边,周围人几乎要笑了出来。"这一点都不好笑!"

"蒸锅"靠着自己的背包说:"要是蛇把你屁股咬了才有趣呢。"而塔克也在一边笑开了花。

"全都给我闭嘴!"胡博愤怒地命令道。

贝克曼将注意力重新放在机器甲虫上,它现在距离小队的位置已经很近了。整个机器甲虫足有两层楼高,长度类似一辆重型拖挂货车。

"行动。"贝克曼一声令下,然后就带着"病毒"和"异形"跟在机器甲虫后面。当他们靠近机器甲虫的时候,头发都竖了起来,过了一会,机器甲虫尾部的舱门打开,放出一个托着金属长杆的托盘。

"病毒"和"异形"双手握在一起,贝克曼踩在他俩手上,直接跳进了圆形舱门。贝克曼发现自己身处一个贯穿整个机器甲虫的舱室之内,舱室两侧全是银色长杆和交错的悬臂。托盘被一个衔铁固定,衔铁则装在一个长方形的机器上,除此之外还有一对用来组装悬臂和长杆的机械臂。贝克曼发现这里没有其他人,就把"异形"和"病毒"拉进了大甲虫,然后给胡博一个一切正常的手势。

托盘进入垂直状态，开始安装长杆，贝克曼带着队员来到舱室的另一头。

"这里没有任何标记。""异形"说。

"而且没有控制面板。""病毒"也没有发现任何明显可见的舱门，这让他们困在了这里。

贝克曼想起在马夫湖被反复强调的一个观念：石器时代的人不知道如何使用日用品，是因为这些东西对他们来说都是难以想象的。而在先进文明面前，贝克曼可能还不如一个石器时代的原始人。

我能认出来外星人的门是什么样的吗？就在贝克曼还在寻找舱门的时候，托盘已经完成了长杆的安装工作，收回了舱内。随着后舱门关闭，整个舱室内亮起了橙黄色的光，空气也在刺激他们的眼睛。

"肯定有什么办法可以进去。"贝克曼一边说着一边用手在金属墙面上摸索，然后发现自己正面对着之前从外面看到的观察窗。他完全没感觉到自己发生了移动，但是确实从下层传送到了上层。"这倒是很有趣啊。"

贝克曼走出传送器，发现自己可以直接顶在天花板上，然后走向位于窗子前面的两个低矮的座椅和一对黑色面板。面板采用一种类似玻璃的材料制成，整体向座椅倾斜，而且上面没有任何控制或者数据显示。控制室的另一边还有一排座椅，正好对着挂在墙上的屏幕，屏幕上则显示着各种符号，贝克曼只看了一眼，就觉得头晕眼花。

他赶紧从墙上的屏幕上挪开视线，眨眨眼睛让自己清醒过来，然后整个人靠在观察窗上。从这里能看到外面的白色桉树林，机器甲虫将这些树木推倒，但是内部却感觉不到任何震动。

"异形"一脸惊讶地从传送器里出现。"我刚才正看着你，然后你就不见了。"她走出传送器，抚摸着天花板，"这地方真矮。"

"是啊,这些外星人没咱们高。"贝克曼刚说完,"病毒"也出现了。

"这东西真好玩。"他说,"这是我的第一次传送体验。"

贝克曼纠正道:"这是电梯。"他非常确信自己不过是向上传送了一层。

"病毒"看着四个空荡荡的座椅说:"船员都去哪儿了?"

"这东西要不是自动控制就是远程遥控。"贝克曼说。

"异形"看着墙上一个屏幕上浮动着的图案,然后从左到右仔细观察,研究这些图案之间的关系。"这些都是三维显示效果。"

贝克曼努力不去看屏幕上的东西:"这玩意让我觉得头晕。"

"异形"浑身颤抖了一下说:"我也是。"

"你以前见过这些东西吗?"

"没见过这些文字。""异形"从包里拿出数码相机和电脑,把二者连在一起后开始记录屏幕上显示的一切。电脑分析这图像,将符号和语言数据库进行比对,然后她笑了起来。"没有匹配,这是个全新的语言。"

贝克曼说:"我担心的就是这个。"一种新的语言意味着一个新的种族,他们对于低等文明可能持一个完全不同的态度。

"异形"的电脑开始显示符号中的重复模式,这让她大吃一惊。"信息不仅仅靠符号传递。符号间的空间位置和图形变化形式也传递了一些信息。这是一种空间语言,运用多维度传递信息。"

"病毒"把脑袋扭到一边说:"这玩意看得我头疼。"

"他们的空间感要比我们更强。""异形"说,"要不就是他们的思维方式比我们的更多维化。就算我们知道这些文字是怎么回事,也得用电脑才能进行阅读。"

"我敢说实验室的那群书呆子会在这上面花好几年时间。"贝克曼说着坐在驾驶舱座椅上,发现座椅非常宽。"看来他们的屁股也不小。"

05

"异形"用摄像机对准贝克曼坐着的座位:"他们的身体结构肯定和我们已经知道的几个种族不一样。"

贝克曼站起来说:"希望坐飞机的时候,他们别坐我旁边。"

"天哪!""病毒"坐在另一张椅子上大喊道。他面前的面板上忽然跳出各种颜色的三维图案,看上去和墙上屏幕上的差不多。

"怎么回事?"贝克曼问话的同时,"异形"将摄像机对准了控制屏。

"我碰了一下,它就开始工作了。这东西肯定有个感应传感器,但是这还不算最疯狂的。"

他用自己的刺刀碰了下控制界面,然后就响起了空洞的声音。"听起来很结实对吧?"他把刺刀插回刺刀套,然后用手指碰了下界面,界面好像水一样泛起了波纹。"那你们可就错了。"

"只要和活体组织发生接触,量子结构就发生了变化。""异形"对此大吃一惊。

贝克曼问:"咱们以前见过这种玩意儿吗?"

"异形"摇了摇头说:"据我所知,还真没遇到过这类东西。"

贝克曼阴沉着脸说:"这东西比罗斯维尔残骸还要先进。"

"我的天哪,""病毒"说,"我感觉这玩意连接到我的手指了。"

贝克曼用手按在"病毒"的肩膀上:"差不多得了。"

"少校,光是看那些墙上的灯,可弄不明白这玩意的工作原理。"

贝克曼不情愿地收回了手:"好吧,但是别太着急。"

"好的,长官。""病毒"说着就把手伸向一个闪光的黄色双螺旋结构。"它抓住我的手指头了。""病毒"的眼睛不由得睁大了。"现在它钻进我脑袋了!""病毒"用手指扫过双螺旋,改变了它的结构,然后机器甲虫震了一下。这是他们上来之后,第一次感到震动。"病毒"马上抽回了手,双螺旋结构也变成了原来的样子。"这是能量控制界面!

我知道它想让我干什么。这就像是雕刻，我通过改变它的形状就能同时完成多个操作。"

"这玩意儿危险吗？"

"看起来还算安全。"

"你刚才说这东西在你脑子里，具体指的是什么？""异形"提问的时候，还用相机对准了"病毒"。

"这东西在教我如何使用这东西。而且它不是用语言，更像是一种印象式教学。""病毒"努力寻找一种合适的解释，"这东西直接通过我的神经系统进行交流，和我的大脑进行直连。"病毒把手放回控制界面。"我会弄明白怎么回事的。只需要耐心点就好了。"

"好吧。"贝克曼说道，"你可别把自己人压死就好。"

"我马上就开始测试。""病毒"说着又碰了一下双螺旋。

贝克曼转身研究其他的操作界面，用手试着放在上方，测试传感器的性能。操作界面亮了起来，投射出一块方圆 100 公里的地区地形图。

"好吧，终于有点我认识的东西了。"导航站的一切让贝克曼大吃一惊。在地图上还有 4 个闪光的黄色标记，每个标记后面都有一个等距分布的红点围成的半圆。4 个半圆大致形成了一个圆形，而在圆心的就是坠毁的飞船。贝克曼估计东边的黄色标记就是他们现在所在的机器甲虫，而红点则是机器安装的长杆。

"他们在建立一条防线。"贝克曼研究地形图的时候，"异形"也在给地形图拍照。"看起来直径有 50 公里。"

"异形"说："不论他们在修什么，现在几乎要完成了。"

"啊！""病毒"咕哝了一声然后一头栽到控制台上，立体的符号已经漫到了他的耳朵上。

机器甲虫瞬间停下，差点让贝克曼摔在地上。贝克曼抓了"病毒"

的肩膀,把他整个人摁回椅子上。"病毒"的脑袋垂向一边,虽然双目紧闭,但是眼球还在快速转动,呼吸非常微弱。他的双手从控制面板上垂了下来,机器甲虫又回到了自动驾驶状态。

"异形"放下相机,手指按在"病毒"的脖子上:"他还活着,但是脉搏非常混乱。"

"咱们得把他带出去。"贝克曼说话的同时,对于自己居然让"病毒"测试外星科技的决定感到愤怒。他把"病毒"从座椅上拉起来,带他回到了传送器。只不过是一眨眼的工夫,他俩就回到了存放长杆的舱室,而"异形"也紧随其后。

贝克曼把病毒放下来,轻轻拍了拍他的脸,想让他醒过来。"'病毒',能听见我说话吗?"见"病毒"没有反应,他就用无线电呼叫:"胡博,'病毒'晕过去了。我们需要支援离开这儿。"

"收到。"胡博的声音中夹杂着杂音。

"让'计时器'准备好两包炸药。"贝克曼补充道。

"明白。"

"异形"好奇地问道:"你打算炸了这个大甲虫吗?"

"不,但是得以防万一。"

位于舱室中央的机械臂将长杆和悬臂组合在一起,后部的舱门也随之打开。当组装完成后,托盘向外滑出,贝克曼拖着"病毒"来到舱口,把他交给了胡博。胡博带着"定时器"和"美洲豹"已经在这里等候多时了。当"病毒"离开之后,"异形"也跳了出去,然后贝克曼把"美洲豹"拉进了机器甲虫。

"把炸弹和遥控起爆器放到两组悬臂上。"

"没问题。""美洲豹"说着,把手伸到腰包里找炸药。

而在外面,胡博带着"病毒"返回丛林,而"异形"拿出医疗包,开始检查"病毒"的情况。贝克曼看着长杆安装在路面上,然后看了看"定时器"还在忙着安装炸药。

"你在干什么呢?"

"定时器"失望地摇了摇头:"我没法把 C4 装上去。磁铁和黏性物质都对这东西不起作用。我得把炸药绑上去!"

"定时器"从线盘上剪下一截绳子缠在悬臂上,然后把炸药绑在了上面,当他装完第一个炸弹时,托盘已经收回了舱内。

由于担心被困住,贝克曼说:"一颗炸弹就够了。"他示意"定时器"赶紧出去,然后他俩趁舱门关闭前跳了出去,在海绵一样的路面上滚了几圈。

"我现在就炸了它吗?"

"不用。"贝克曼爬了起来,"沿着咱们的行进路线设置一个中继线路,如果有必要,我们要从 25 公里外引爆。"

"定时器"忧心忡忡地说:"这可是要消耗我们很多遥控引爆器。"

"去照做就好。"贝克曼说完就跑向"异形"的方向,小队其他人都很担心"病毒"的情况。"病毒"现在皮肤苍白,浑身颤抖,眼睛不停地颤动,好像是在做梦,但是"异形"却无法叫醒他。

"他现在处于高度受惊状态。""异形"说,"没有发现外伤,但是我们得送他去医院。"

"现在没法把他撤出去。"贝克曼非常肯定没有飞机可以接近着陆区。他对塔克说:"弄一副担架出来。我们带上他。"

塔克掏出博伊刀,去找能做担架的树枝,而远处又响起了树枝折断的声音,从远处听上去就像是霰弹枪开火的声音。

\·\·\·\·\·\·\·

05

在小队成员忙着将"病毒"放上担架、准备出发的时候,马库斯偷偷跑到了外星人铺设的路面旁。他确认没人跟着他,然后就掏出小型收发机,输入了一条消息:

地面载具正在建立防线。

目的不详。

他在消息后面附带了自己用收发机内置相机拍摄的照片,这些都是趁着贝克曼登上机器甲虫的时候偷拍的。马库斯知道发送照片将会更耗时间,但是认为为了这些情报,值得冒这个险。当写完消息后,他打开了收发器的天线。

劳拉问:"你在干什么?"

马库斯慢慢转身看着她,用身体挡住收发机,心里琢磨着为什么没听到劳拉靠近的声音。马库斯回答道:"我只不过是四处看看而已。"

"你手里拿的是什么?"

马库斯压下心里的火气说:"间谍设备。"他一边说话一边藏起收发机。"我可以告诉你这是什么东西,但是那我就得杀了你。"他笑着按下了发送键。"我必须请求你不要把这事告诉其他人。"

"我为什么要答应你?"

"你还想看到你丈夫吗?"

劳拉浑身一僵:"当然。"

"那你就得相信我。"他说话的时候,澳大利亚信号局的确认信息已经出现在收发机的小屏幕上。

"你的意思是相信你,而不是相信他们?"劳拉对着小队成员点了点头。

"我不希望毁了稍后将发现的东西。"

"他们会这么做吗?"

"他们现在还不会这么干，但是军人总会摧毁他们不理解的东西。换言之，任何我不理解的东西，可能都很有价值。"

"你指的是对山姆大叔很有价值吗？"劳拉嘲讽地问道。

马库斯耸了耸肩，承认了他的打算。"如果我们能抢下这条船，而不是摧毁它，那么你丈夫就很有可能生还。要是你告诉贝克曼这一切，"他说着举起了收发机，"他就会拿走这东西，那我就没法帮你了。"

劳拉一下子拿不定主意："你知道我想要什么。"

贝克曼点了点头："我会竭尽全力让你丈夫毫发无损地回到你身边。"贝克曼上下打量着劳拉，"你对这一带很了解吗？"

"我对这里了如指掌。"

"如果我需要一个人撤离的话，你能给我带路吗？"

"你想去哪儿？"

"南边。"

"向南3000公里范围内什么都没有。"

"我们不必要走那么远。"他抬起自己的收发机，"我可以叫人来接我们，但是得先去努瓦……路。"当地的地名让马库斯一时犯了难。

"纳姆布瓦尔路。"劳拉纠正道，"那勉强算得上是条路，但是我还是能找到位置。问题是我为什么要帮你？帮你带路又怎么能帮得到我丈夫呢？"

"这个问题交给我来处理。"

劳拉整理了下背包带，说："好吧，马库斯先生，我暂时不会泄露你的小秘密。"

马库斯如释重负地说："在他们开始找你之前，你最好还是回去。"

劳拉犹豫了下，然后一脸好奇地打量着马库斯。

"我很快就回去。"

劳拉转身返回丛林。还没等她和小队成员会合，马库斯的收发机屏幕上就冒出了一条消息：

载具来源不明。

轨道无外星人活动。

继续回收任务。

马库斯收好收发机，转身去找小队其他人，脑子里还在想着事情。兰利的评估小队无法从那些与地球保持长期接触的外星文明中，找到任何一个与照片中的外星甲虫相符的结果。地球和太空中的观测站也没有发现任何来地球进行侦察的外星飞船。这说明这艘坠毁的飞船不仅远离自己的家乡，而且制造这艘飞船的人也不知道飞船的当前位置。马库斯一想到这将是这次的重大发现，就开心得要跳起来。

这可能是突破性的发现！

\·\·\·\·\·\·\

下午早些时候，侦察小队已经在雾气弥漫的丛林中走了很远，他们感觉到空气中有种奇怪的感觉。他们的头发都立了起来，无线电中能听到杂音。而且这种力量还在逐渐增强，让鸟类和昆虫都不敢出声。这就好像有人按下了一个开关，让一股死一般的寂静降临在丛林中。

"核弹"全神贯注观察树梢，完全没有注意脚下的路。他和"蒸锅"撞在一起，然后两人之间闪起了一道电弧。

"噢！""核弹"大叫一声，抚摸着自己的胳膊，"你电到我了！"

塔克对"蒸锅"眨了眨眼，伸出一根指头放在"核弹"头盔下面，和他的后脑勺保持一点距离，然后二人之间又闪出一道电火花。

"核弹"跳起来拍了下自己的脖子，就好像有一只蚊子咬了他一口。

"伙计，你脑子有病啊？"

塔克当场笑出了声，而贝克曼问麦克尼斯博士："你对这有什么看法？"

博士看着头顶的蓝天，对发生的一切并不是很确定："这里正在集聚大量的静电力，但是我不知道具体原因是怎么回事。"

马库斯用手抚摸着胳膊上的汗毛，很好奇地看着每根汗毛都直直地站了起来。在他身后，劳拉想把自己的头发按下去，但是只要手指头一离开，头发又立了起来。

"这下可算是重新定义倒霉的一天是怎么回事了。"劳拉刚说完，天上就响起一声雷鸣，然后静电就消失了。

塔克用手指对准"核弹"的后脑勺，看到没有静电的时候大失所望。"静电消失了。"

"核弹"发现了塔克的计划，然后后退一步，对着塔克竖起了一根中指。

"不，并没有消失。"劳拉说着指了指东边天空中的树。

小队所有人同时转身，看着一道半透明的光幕从地面升起。光幕最终在他们的头顶闭合，蓝色的天空变成了蓝白的虚影。幕墙变成了一个穹顶，中央的空洞也迅速闭合。当空洞消失后，穹顶中央发出一道白光，然后向着四周扩散。强烈的热带阳光已经被一层柔和的奶白色光芒所取代，在丛林中投下了虚柔的影子。

"这东西是从外星人修的路上发出来的。"贝克曼意识到外星人的环形防线已经完工了。

"这到底是什么东西？"劳拉问。

小队所有人都等着贝克曼说话，但是马库斯先得出了自己的结论："这里可不是迫降区，这是进攻的桥头堡。"

涅姆扎里吃完了第三包蛋白质,感觉自己渐渐有了力气。她是在一个逃生舱的应急口粮里找到了这种无色无味的口粮。这个小型逃生舱没有受损,但是能量供应已经失效,涅姆扎里不得不手动打开舱门。她从没想到,指挥中枢居然会调用超过3000个逃生舱的能量来确保自己的能量供应。这场豪赌赢得了足够的时间修复一台二级反应堆,确保有足够的能量重启基本系统,进行有限的机动。

涅姆扎里现在吃饱了,就开始研究逃生舱的控制终端,却发现没有足够的能量启动它。控制终端可以进入那些她的植入物无法进入的指令层。为了能够启动控制终端,她从记忆库中调出了逃生舱的设计图。逃生舱不过是一套配有亚光速推进系统的维生系统,但是在下面一层还有一套基本维修工具。

她爬进一处黑暗的狭小空间,用自己的生体声呐搜索维修工具。四周的金属墙壁反射着她发出的声波,降低了定位的精度。但是在设计图的帮助下,她还是找到了维修工具,然后把它带回乘员区。维修工具中没有备用的电池,但是却有一对柱状的能量转接器。在撤离飞船的时候,有些逃生舱可能挤满了船员,有些可能只装了几个人。转接器可以让多个逃生舱互相分享能量。

涅姆扎里把第一个转接器放在逃生舱能量导管旁,另一个放在走廊应急灯旁。转接器自动将应急灯的能量转接到逃生舱上,然后就可以启动逃生舱的控制终端。涅姆扎里一只手搭在控制终端上，神经中枢系统马上通过神经突触和终端建立了连接。突触连接可以让她大脑中的植入物直接和终端进行互动，让她成为逃生舱系统的一部分，再通过逃生舱和飞船的对接系统，进而成为整艘飞船的一部分。

涅姆扎里长舒一口气，向逃生舱管理系统发送了自己的船员识别码并请求援助。指挥中枢和分系统可以同时和几亿个生物或者人工智能体进行沟通，而且不会耗费太多能量，但是现在却没有任何回应。涅姆扎里试了试用仅限于船员使用的紧急频道，但是却被告知没有响应的指挥权限，无法呼叫指挥中枢。这是个错误回应，但是飞船是从不出错的，这真是不可思议。

她怀疑自己是不是操作有误，于是又试了试紧急频道。这次的回复更为严厉，系统告知她因为无视了第一次的命令，她的船员权限已经被吊销，必须进行一次适应性测试，而且命令她去 4432 号聚居区进行全面生物诊断。

涅姆扎里大吃一惊，一个人呆呆地站在逃生舱投下的阴影中。现在她知道飞船的指挥中枢肯定出了问题。4432 号聚居区是一个轨道城市，距离这里有几千光年。她不禁思考为什么指挥中枢会给她下达这样不合逻辑的命令。

涅姆扎里启动另一个记忆植入物，在几百万条指挥中枢的协议中寻找一个合理的解释，但是却无功而返。她的大脑中突然闪过了一个想法，一个让她感到恐惧和六神无主的想法，但这却是唯一可行的解释。她有那么一会儿拒绝接受这个想法，但是敏锐的思维和脑内的植入物排除了其他的可能性。涅姆扎里知道这是最可怕的灾难。

这条船疯了！

07

比尔驾驶着自己的半舱渔船穿行在红树林中突出的岩石间，这些石头被太阳照得惨白。这艘六缸的渔船全速前进，在浑浊的绿色河水中穿行，激起的浪花拍打着泥泞的两岸。船上的4个人一言不发地打量着高耸入云的幕墙，心中的困惑远大于恐惧。

渔船绕过一个缓弯，然后半透明的能量屏障的底部就映入了眼帘。它像大坝一样将河水分开，河水已经漫过了河岸，淹没了周围的树林。而在震荡的能量波的另一侧，丛林和天空看起来像是蓝绿两色的梦幻之地。

比尔让渔船减速，然后漂到距离幕墙50米的地方。

"我猜弄这东西的人肯定没有许可证！"瓦尔愤怒地说。

比尔指着幕墙另一边一抹棕色说："那是河床！已经全干了！"

"石板"顺着幕墙向上望去，努力想弄清楚这东西的高度。一只老鹰在几百米的高空掉头向西南飞去，但是却还是没有触及穹顶的顶端。"这东西肯定有10 000米高。"

"我猜肯定不止10公里，最少也得有20 000或者30 000。""爆竹"一边说着一边从柜子里掏出一个破旧的望远镜，从北到南打量着幕墙的底部。"看起来有人从这儿修了条路，而且在树林那边还有个发光的长杆。"

"咱们过去看看。"比尔说着，让引擎稍稍加力，向着幕墙开去。

他们开着渔船来到河流南岸,找到幕墙从河水中升起的地方,随着他们距离越来越近,还可以听到一种震动发出的嗡嗡声。比尔稍稍减速,把船停在靠近被淹没的红树林,他们可以从这里看到外星人铺设的道路延伸入河。在河边幕墙之中,有一个带着两个钻石状物体的长杆正在发出耀眼的光芒。瓦尔端起自己的猎枪对准光源,然后开了一枪,但是子弹却从幕墙上弹开了。

"光靠子弹不可能破坏这东西。""石板"说道。

"爆竹"从自己的箱子里拿出一根炸药:"让我过去。"

"就你那根烟花筒根本伤不了它。""石板"说。

"爆竹"不屑地看着"石板":"你打算永远困在这吗?"

"石板"一下说不出话来,然后比尔开着船来到路面和河流相接的地方。"爆竹"装好引信,设定好定时器,但是炸药还没扔出手,"石板"就站了起来。

他伸出大手说:"把东西给我。"

"爆竹"犹豫了一下,然后把炸药交给了这位前英式足球运动员。"石板"一只手抓在栏杆上作为支撑,然后把炸弹扔向了河床。炸弹飞过水面,落在幕墙里的一根长杆下面。

"看来我还是可以扔得很准啊。""石板"满意地笑着说。

"运气好而已。"瓦尔笑着说,"还不是风给你吹了一下。"

"瓦尔,闭上你的嘴。""石板"知道现在并没有风,然后炸药就炸了。爆炸引起的冲击波沿着幕墙而上,然后就很快消散了。

"该死!""石板"失望地喊道。他知道自己这下要困在这里,于是从船上电冰箱里拿出一罐啤酒,打算好好排遣一下心中的烦闷。"看来我们是要困在这儿了。"

比尔说:"再过几个小时,整片丛林都要泡在水里了。"

07

"爆竹"仔细打量着不断上升的水面,说:"趁着现在还来得及,咱们得去高地。"

"石板"哀号一声:"不是又要开始爬山了吧!"

"我们不能留在这。""爆竹"说,"这地方很快就要变成鳄鱼的天下了。"

"石板"不安地打量着不断上升的河水,心里非常明白"爆竹"说的一点没错。

"上游还有一个高地。" 比尔一边说着,一边驾驶渔船全速脱离能量幕墙。

"到了那里之后呢?""石板"质问道,"坐在那等啤酒喝完?"

"哥们儿,事情没那么糟。"瓦尔乐观地说,"我们有面包和洋葱,还有一大群的鳄鱼。我们可以做鳄鱼汉堡!"

"石板"不耐烦地看着他说:"瓦尔,闭嘴。"

〻〻〻〻〻〻

"美洲豹"单膝跪地,用狙击镜观察前方的丛林,然后说:"我什么都没看到。"

"我已经和你说过了。""魅魔"的声音在耳机里听起来非常坚决,"在正前方发现好几个目标。"

"美洲豹"用步枪慢慢扫视着前方,检查每一处阴影:"我什么都看不到。他们肯定隐形了。"

"待着别动。"贝克曼用无线电下令之后,就带着劳拉从矮树丛里爬到了"美洲豹"的位置。贝克曼把自己的望远镜交给劳拉,然后说:"你了解这里。你来看看这里有什么不该出现的东西。"

劳拉不解地看了一眼贝克曼,然后仔细检查前方每一处阴影和每一个物体。过了一会儿,她摇了摇头说:"抱歉,并没有发现什么异常。"

"有情况!"他们的耳机里响起"魅魔"急促的声音,"两个目标正在向你们高速接近!"

"美洲豹"和贝克曼端起枪,徒劳地寻找目标。

"目标呢?"贝克曼问道。

"他们就在你的正前方。""魅魔"紧张地说。

贝克曼端起M16突击步枪搜索目标,却什么都没发现,然后劳拉看到了天上有一道闪光。她抬头看到两个反光的搜索者从天而降,双脚朝下击穿大树,向他们冲了过来。

"他们在上面!"劳拉大喊道。

银色的搜索者落在他们两侧。其中一个向"美洲豹"的面部和胸部喷射纳米膜。纳米膜落在"美洲豹"身上之后,立即向他的头部汇集。他扔掉步枪,奋力拉扯着奶白色的薄膜,因为这层薄膜试图盖住他的嘴巴,让他窒息而亡。

第二个搜索者向劳拉发射纳米膜,白色的纳米机器裹住了她的躯干,双臂也动弹不得,贝克曼此时举起了自己的手枪。还没等他开火,第一个搜索者以迅雷不及掩耳之势飞了他的枪,然后向他发射纳米膜,困住了贝克曼的左手,缠住了两条腿。

贝克曼见"美洲豹"有窒息的危险,于是用另一只手从靴子里掏出匕首,大喊道:"'美洲豹',别动!"

"美洲豹"立刻站住不动,然后贝克曼用匕首戳进纳米膜,试图阻止它流进"美洲豹"的嘴巴。"美洲豹"趁机深吸一口气,但是纳米膜又开始聚拢。这位狙击手把手指塞进洞里,避免纳米膜再次堵住自己的嘴巴。

贝克曼转身用力将匕首扔向最近的搜索者，但是它躲开了匕首，用金属手指抓住贝克曼的脚踝，把他举到了空中的同时还和自己保持一臂距离。贝克曼现在脑袋朝下挂在空中，只能徒劳地挣扎几下。第二个搜索者用胳膊抱住劳拉胸部，把她整个人抬了起来，完全不在意劳拉努力挣扎。20米外，小队其他人也发现了事情不对劲，举枪对准了两台外星机器。

胡博大喊道："没把握击中就别开枪！"就连他自己都找不到一个安全的射界。

两个搜索者膝盖弯曲，然后带着猎物跳上树梢。贝克曼大头朝下，整个人以一个令人晕眩的角度脱离地面，他感到自己的胃也在随之翻腾。胡博和其他人只能在地面无助地看着这一切，因为害怕击中他俩而不敢开枪。搜索者抓着树干，双脚用力一蹬，向着地面飞去，借此和侦察小队拉开了距离。

"伙计们，小心点。""魅魔"一边注视着水晶球的屏幕，一边对着无线电大喊，"前面还有好几个目标。"

搜索者落地时，贝克曼的头盔狠狠撞在地上，让他整个人头晕目眩，而抓着劳拉的搜索者把她高高举起，所以她的双脚从来没接触到地面。贝克曼头晕眼花，试图趁着搜索者起跳之前抓住它的腿，但是耳边却传来一声闷响，搜索者因为撞击而颤抖了一下。

贝克曼以为是子弹击中了它，但马上想到队友还在较远的地方。他抬起头，发现一根一端烧黑的木棍击穿了机器人的上半身，但是它还是恢复了平衡，扫描了一下丛林，却什么都没发现。第二根木棍击中了搜索者没有装甲保护的纤细的腰部，从另一侧将它击穿。搜索者转身应对新的威胁，在阴影中搜索目标，却一无所获。贝克曼看到抓着劳拉的搜索者被一根长杆击穿了腹部，他这才反应过来这根长杆到底是什么东西。

这是长矛!

电火花不断从长矛刺穿抓着劳拉的搜索者的小臂中冒出,它抽搐了一下,倒在一旁,整个脊柱都变形了。一个位于髋部的舱室打开,将一个数据储存器弹到距离地面一米的地方。它慢慢旋转,用表面的扫描仪记录周围环境。一阵很有规则的敲击声引起了贝克曼的注意,又一支长矛划过天际,击中储存器,把它钉在了树上。

贝克曼寻找攻击的源头,但是丛林中却空无一人。抓着他的搜索者抽搐了一下,松手放开了贝克曼。贝克曼整个人肩膀着地摔了下去,搜索者弹出了数据储存器,然后重重摔在地上。数据储存器开始加速飞行冲进丛林,试图逃回母船汇报情况。

班达卡在储存器飞到自己身边的瞬间,站起来用木槌击中了它。硬木支撑的短棍砸在储存器的侧面,于是圆柱形的储存器发生了短路,掉在了地上。他用贝克曼听不懂的语言大喊一声,里亚金迪从自己的藏身处冒了出来,发出了胜利的呼喊。班达卡扛着经过火烤硬化处理的木槌向前走去,眼睛打量着贝克曼和劳拉忙于对付纳米膜。

"木槌不错。"贝克曼打量着这件原始的武器,"还好你知道该怎么用它。"

班达卡咧着嘴大笑起来,洁白的牙齿和黑色的皮肤形成鲜明的对比。与此同时,胡博也赶了过来。他惊讶地看着里亚金迪一只脚踩在搜索者身上,把自己的长矛拔出来。

"原始的技术,但是很有效。"贝克曼这时候才反应过来,"魅魔"的水晶球之前监测到的是他们挂在髋部的猎刀。

"完全同意。"胡博一边说话,一边试图切开裹在贝克曼躯干上的纳米膜。但是,每当刀子划过纳米膜,切口就被瞬间修复了。"这东西完全切不开。"胡博失望地大喊一声,收回了自己的刀。他让贝克曼把胳膊搭在自己的肩膀上,然后慢慢站起来,而劳拉只能勉强站起来,如果没人帮忙的话就根本走不了路。

班达卡从搜索者身上取回自己的长矛,同时又带起一阵线路短路引起的火花,而里亚金迪则找回了自己的回旋镖。他俩用雍古语聊了几句,然后班达卡跟在贝克曼后面,而里亚金迪跑回了树丛。

"你朋友要去哪儿?"劳拉问。

"去找其他人。"班达卡回答道。他的妻子和女儿还藏在西南边的树林里,但是自从他们离开营地之后就再也没见过瓦育比,大家都很担心他的安全。

在他们返回"美洲豹"的位置的路上,贝克曼一直打量着这位猎人。他又高又瘦,就体型来说比非洲人要瘦,皮肤好似午夜一般黝黑,腰间围着短裙。虽然贝克曼已经汗流浃背,但是班达卡却完全不在意高温和潮湿,他已经完全适应了这里的环境。

"多谢帮忙。"贝克曼说。

班达卡笑了笑,这种友好的态度让贝克曼大吃一惊。"我们运气好。这群会跑步的瘦子没带枪。"

"你见过带枪的?"

"当然,身子比这些大多了。它对着我们开枪,但是我们藏起来了。"班达卡态度明确地说,"打不过他们。"

贝克曼和胡博彼此忧心忡忡地看着,班达卡歪着脑袋看着劳拉:"你是那个住在马卡拉瓦人那边的动物医生吗?"

劳拉点点头,说:"是的。我们以前见过面吗?"

"我叫班达卡,见过你一次。我女儿带着小鸟去找过你。"

"你女儿叫什么?"

"马普鲁玛。"

劳拉努力回想叫这个名字的小姑娘长什么样,但是实在无法将名字和长相对在一起。

贝克曼研究着班达卡的武器,问道:"你的长矛是怎么刺穿这些机器的?"

班达卡拿起长矛让贝克曼仔细研究,他指着黑色的矛尖说:"石头矛尖,矛身的木头也硬。"他又拿起一个类似木桨、全长一米左右的东西说:"用投矛器就好。"他放下木槌,把长矛放在木桨的槽口上,演示如何使用这种工具。

"这就像个杠杆。"劳拉说,"他们用这个投掷长矛,射程是徒手投掷的两三倍。这玩意叫伍默拉。南边的导弹试射场也是因此得名。"

胡博研究着这种原始的武器,渐渐明白了其中原理:"依靠石尖和投掷器,这东西的力道相当大。"

"木头硬着呢。"班达卡演示了一下木头的坚硬程度,"用火烤下就更棒了。"

"这不是金属,"劳拉说,"但这是世界上最硬的木头之一。"

"而那些机器人外壳很薄。"贝克曼明白这些机器都是高速的侦察机,依靠速度而不是力量取胜。但是真正让他担心的是班达卡见到的另外一种机器,就是它让土著人开始逃窜。他想起了班达卡的话:打不过他们。

班达卡拿起木槌继续前进。他在思考要不要将瓦育比的警告告诉贝克曼,但是还没等他开口就看到了"美洲豹"。这位狙击手靠在树干上,白色的纳米膜裹住了他的头和肩膀,"异形"在纳米膜上插了一根管子供他呼吸。"异形"忙于阻止纳米膜堵住呼吸用的管子,而其他人在他俩周围组成一个防御圈,严防下一次攻击。

07

"根本没办法切开这东西。""异形"说话的声音非常尖厉,她很担心自己救不了"美洲豹"。

麦克尼斯博士跪在"美洲豹"身边,试着拉扯纳米膜,观察它如何裹住狙击手的脸。"这不是化学物质。这玩意经过了编程,说不定是在发射瞬间就完成了。"他用手指碰了碰纳米膜。"这东西没有裹住我的手指,因为它并没有接收这样的指令。"

贝克曼不耐烦地问道:"那我们怎么弄掉它?"

劳拉挣扎了一下,发现自己可以勉强活动,如果动作幅度太大的话,纳米膜就会限制她的活动。"如果它们是机器,咱们就不能切断它们的能源吗?"

麦克尼斯博士恍然大悟地说:"它们可能尺寸太小,无法确保自我供能,肯定是从周围环境中寻找能源。"

"它们和植物一样?"劳拉问,"植物可以进行光合作用。"

"我更倾向于从量子层面考虑这个问题。"麦克尼斯说完,立即就意识到自己将这个问题复杂化了。他瞪着眼睛大喊道:"我们需要一张薄膜!"

"异形"从急救包里拿出一张聚酯薄膜:"这玩意儿够用吗?"

"试试吧。用这东西紧紧地裹住他。"

"异形"照着博士的话,用薄膜完全裹住"美洲豹"的脑袋和肩膀,按住边缘隔绝光线。"美洲豹"突然掀开薄膜,跳了起来,吐掉了嘴里的管子。一种灰暗的液体泛着金属的光泽,在他的衬衫上聚成小球,然后流到地上汇成了一团。

"看来你说得没错。"麦克尼斯博士说,"隔绝光源就能切断它的能源供应并删除记忆。"他从自己的背包里拿出一个塑料小盒子。"站住别动。"然后将小球从"美洲豹"的衬衫上刮进了盒子里。

"异形"把粘在薄膜上的纳米机器甩掉，然后裹住劳拉。过了几秒，劳拉也摆脱了薄膜。

"这玩意恶心死了。"她一边说一边把小球从衣服上抖下去。

"异形"清理干净薄膜，然后说："该你了，少校。"

"等等！"麦克尼斯博士一只手按住"异形"的胳膊。"少校，介意我做个实验吗？"

贝克曼皱起了眉头："你开玩笑吧？"

"就一分钟。"麦克尼斯博士哀求道，"一秒都不多。"

贝克曼叹了口气："好吧，快点。"

马库斯在一旁好奇地打量着这一切，他插了一句："这可能是非常有用的情报。"

博士从地上挖起一大块纳米机器，然后倒在贝克曼身上的金属薄膜上。当这些泛着水银般光泽的纳米机器接触到白色的薄膜时，立即转换了颜色，和其他纳米机器整合在一起，向着贝克曼的胸部和腿部蔓延。

"嘿！你这是想干什么？"贝克曼愤怒地质问道。

麦克尼斯博士开心地说："你也看到了吧？还处于工作状态的纳米机器将指令传给了被抹除记忆的部分。"

"把这东西给我弄掉，快点！"贝克曼命令道。

"异形"和胡博用薄膜紧紧裹住他，纳米机器开始流了出来，贝克曼终于可以自由活动了。当贝克曼掀开薄膜的时候，里亚金迪带着德帕拉乌和小马普鲁玛从树林里冒了出来。跟在她俩身后的是年迈的瓦育比。

班达卡看着这位部落中的长者如释重负，但是老人却一脸严肃。班达卡为大家做了介绍，瓦育比问贝克曼："你就是领头的？"

07

"是的。"

瓦育比打量着贝克曼,那眼神让贝克曼想起在西点军校第一年,那些军训士官打量他的眼神。"趁着还有机会,快回去。"

"抱歉,做不到。"

"神灵已经不见了。"老人指了指天上的能量幕墙穹顶。"天空已经沦陷。"

"我们要去格伊德河。"劳拉说。

瓦育比看着她:"你是那个研究动物的巴兰达女人。"

她点了点头,想起巴兰达指的就是英语中的荷兰人,雍古人用这个词指代所有的欧洲人。这种用法还要追溯到荷兰人统治东印度到北澳大利亚地区的时代,也就是现在的印度尼西亚地区。

瓦育比表情凝重地说:"那里只有死亡。"

"我丈夫在那儿。"

瓦育比点了点头,他能感受到劳拉的痛苦。

"我们需要你的帮助。"她说。

瓦育比回答道:"我们要去海边。"

"你们去不了。"麦克尼斯博士指了指头顶上的能量幕墙穹顶。"这玩意儿把路都堵死了。"

瓦育比看着天空点了点头,明白博士说得没错。

"我们接受过训练,有专门的武器。"贝克曼说,"但你要是能帮我们就更好了。"

瓦育比看了看小队成员的武器说:"你们能拯救天空吗?"

贝克曼举棋不定地说:"我们会试试。"

瓦育比知道他们的命运早已注定,于是说:"来,我给你们看点东西。"

"什么东西?"

老人面色凝重地说:"邪灵睡觉的地方。"

\·\·\·\·\·\·\

比尔驾驶着渔船通过一条狭窄的峡谷,峡谷中可以看到细细的瀑布。整个峡谷里闷热潮湿,虫子的鸣叫让你感到五感尽失。他们有时候可以看到远处帕森山脉的红砂岩,红色的石头在能量幕墙的映衬下就像是有人用笔在天上画了一道。当他们靠近的时候,还能看到当地土著人留下的岩画。

他们顺着河水逆流而上。寻找一处可以停船的地方。但是每公里范围内有50多条鳄鱼,一块安全的地方都没有。20世纪初的时候,这些体长9米、张开的大嘴可以容纳一个站立的成人的庞然大物统治了这片水域,但差点被欧洲人灭绝。但是现在,它们得到了法律保护,体型越来越大,数量也越来越多。要不了多久,这些巨兽将再一次统治偏远的北部河流。

终于,他们穿过峡谷,看到一个树木茂密的高地。比尔将渔船对准一处河岸,这里距离一处怪石嶙峋的瀑布不远,正是这个瀑布挡住了他们继续向上游进发的路。当小船在河边抢滩之后,他们卸下野营用的装备和食物,但是把啤酒留在船上的冰箱里。他们打算搭好了营地,再回来拿啤酒。

"那边有双眼睛。""爆竹"对着一处长满棕榈树的河滩点了点头。

"哪呢?"瓦尔问道。

"不必担心它。"比尔说着下意识地摸了摸挂在腰上的老式左轮枪。他们背着自己的装备爬上山坡,顺着溪水向前进,最终找到了一处合适的宿营地。

"到底是哪个脑残的想出要来这儿的?""石板"哀号一声坐在溪边,用溪水洗了洗脸。

瓦尔乐观地说:"起码这里没鳄鱼呀。"

"是,但是鳄鱼也不傻。""石板"怒吼道。

"要不你去河里陪鳄鱼玩吧。""爆竹"提议道。

"没门。"

他们支起了帐篷,然后回到船上取回啤酒和一张渔网。他们要用渔网兜住啤酒,然后扔进水里降温,因为所有的冰都用完了。比尔收起渔网,然后将从船上冰箱里取出的两箱啤酒交给"石板"。他一个肩膀扛着一个箱子,但就在他准备跳下船的时候,却抬头发现岸上有一个巨大的影子。"石板"抬头看到一个巨大的长方形飞船静悄悄地飘在他们头上。飞船两侧闪着一排排蓝色的灯,一个扁平的圆形装置占据了船腹1/3的空间。

"这玩意儿我可真没见过。""石板"说着招呼自己的朋友们来围观这艘飞船。

当飞船飞到渔船正上方的时候,圆形的舱门里冒出两个水龙头一样的东西,中间还夹着一个发光的红色方块。渔船上的所有人都能感觉到红色方块放出一股热浪,两个水龙头一样的东西射出白光照射在渔船上。铝制的渔船震了一下,然后剩下的啤酒就从打开的冰箱里飞了出去。"石板"肩膀上的一个箱子直接飞了出去,他只好用双手抓住另外一箱啤酒。啤酒箱在白光中飘向飞船,当它与红色方块接触的一瞬间,铝制啤酒罐变成液体被飞船吸收,而啤酒则变成了一道蒸汽。

比尔感到下巴一阵剧痛,他明白是多年前用来补牙的金属填料正在从牙齿里挣脱。他下意识咬紧牙关,但是当渔船脱离水面之后,他整个人也飘了起来。他的左轮枪从枪套里飞了出来，向着飞船飞去，而口袋里的零钱也追随着手枪，从他的口袋里飞上了天。

"弃船！""爆竹"大喊一声跳了出去，渔船上升的速度越来越快。

比尔从船舷跳进齐膝深的水中，脑子里忽然想起渔船上半满的油箱，于是冲上满是石头的河岸，大喊一声："跑！"

其他人跟跟跄跄地上河岸，而"石板"还努力想保住最后一箱啤酒。啤酒慢慢向着飞船飞去，"石板"也被拉了起来。渔船因为引擎的缘故，整个船尾都翘了起来，过了不多久就会被融化。渔船将瓦尔系在树上的绳子拉直，"石板"终于也放开手，落在了河岸上。

绳子终于被拉断，渔船接触到了红色的方块上。在接触的一瞬间，渔船变成了一团融化的液体，而油箱里剩下的燃油轰然爆炸。当烈焰消散之后，金属液滴已经被回收，比尔的渔船踪影全无。

"石板"怒不可遏地爬了起来，浑身沾满泥巴，对着飞船破口大骂，而外星飞船已经悄无声息地飞向西边。

"这下我们完蛋了。"比尔说。

"可不是嘛。""石板"愤怒地爬回了河边。"船没了，啤酒也没了！"

"这就像是百慕大三角。"瓦尔一边嘀咕一边打量着空荡荡的天空。

"石板"看着他说："现在这里只有鳄鱼、土著人和我们自己。"他说着开始把裤子上的泥巴抹掉。"他们绝对是全宇宙最蠢的外星人，何必要来这种地方！"

比尔打量着遍布岩石的山坡，说："咱们得去看看营地还在不在。"

如果营地安然无恙的话，他们还有枪、食物和可以喝的水，足够他们活下去。于是，大家一言不发地爬上山坡。

"这是我经历过的最诡异的假期。""石板"一边抱怨，一边和其他人顺着小溪返回营地。"咱们该去凯布尔海滩好好放松下。"

07

比尔说:"伙计,那可不行。要是去那的话,咱们的老婆也会一起去的。"

当他们返回营地后,发现一切还是他们离开时的样子。

"东西还都在。"瓦尔开心地说,"一切都好。"

"你这种乐观让我看着都生气。""石板"在瓦尔的肩膀上狠狠拍了一下。"我们现在距离任何地方都有几百公里远。外星人干掉了我们的船,拿走了我们的啤酒,而且把我们留给了一大群鳄鱼。这算哪门子的一切都好?"

"这个吧,其实是可以更糟。"瓦尔回答道。

"此话怎讲?""石板"质问道。

瓦尔思考了一下,然后很严肃地说:"他们完全有可能绑走咱们的老婆。"

众人彼此相视一笑,想象自己的老婆被外星人绑架的样子。"爆竹"说道:"要是外星人见过了我老婆,那他们就会掉头去侵略其他星球。"

"咱们还是不能按时回去,"比尔说,"我老婆肯定会让这些外星人后悔没有入侵其他星球。"

所有人笑了起来,坐在树荫下,感受着北部领地的炙热下午。

"要是这些外星人没有抢走咱们的啤酒就好了。""石板"忧伤地说,"这群外星人一定是群残暴的混蛋。"

瓦育比带着侦察小队顺着树林茂密的山脊向西前进，目的地是沃克河。有的时候，他们可以看到天空中采集矿物质的飞船，但没有一艘靠近他们。当他们靠近沃克河的时候，他们看到远处升起大量的蒸汽，随着山脉绵延向北，他们来到一处可以俯瞰河水的悬崖。

瓦育比跪在一棵细细的纸干树边，指向一处位于河岸和悬崖间的空地，那里有一片白色的建筑。白色的高塔至少有一百米高，塔身中部还有一圈圆形的拱顶，周围还有明亮的红色圆圈，但是拱顶下水平伸出的排气口挡住了一部分。高温蒸汽从排气口排出，在高空形成一道白色的云柱。

在中央高塔周围还有五个等距分布的建筑，每个都有白色的屋顶，上面还有一个形似钻石的物体将白光投射在中央高塔的圆环上。六个建筑物看上去一尘不染，周围的地面平整精度之高让人叹为观止。

马库斯看着眼前的景象，想起了电厂排放蒸汽的冷却塔："看起来像个发电站。"

麦克尼斯博士并不同意他的看法："他们早就放弃热能了。这看起来更像是某种工业设施。"

贝克曼用望远镜打量着整片设施："他们建造东西的速度真快。"

"这肯定是预制建筑。"麦克尼斯博士说："说不定是自主搭建的。我们打算在火星上也用类似的技术。"

08

"这不一样。"马库斯说，"火星可没人住。"

"这太疯狂了。"贝克曼放下望远镜说："他们已经观察了我们几千年，尽可能不暴露自己的存在。但为什么要选现在暴露自己的存在呢？"

"可能不是一个集团的。"马库斯的回答非常含糊。

贝克曼点了点头："肯定是这么回事。"

劳拉问："什么集团？"

"这就类似于联合国，"贝克曼说，"只不过情况没那么糟糕。"

"附近的外星文明一致同意不向我们公布他们的存在。"马库斯解释道，"如此一来，我们就不至于活在长期的恐惧中，或者是干出把他们当神崇拜的蠢事。"

贝克曼放下望远镜说："但是在这里修建这个鬼东西的外星人，很明显不在乎我们是否知道他们的存在。"

"他们没有按规矩办事。"马库斯同意贝克曼的看法，"他们肯定不是集团成员。"

"这下麻烦大了。"

"也不一定就会发生冲突。"麦克尼斯博士说，"如果他们的飞船严重受损，那么就无法隐藏自己，所以才使用了幕墙穹顶。"他指了指天空说："用这东西就可以安心修船，不用担心我们会打扰他们。"

马库斯哼了一声说："博士，你这话里有太多的如果，我可不喜欢这样。"

"下面的设施肯定是生产维修用的材料，这就意味着……"

"他们被困在这儿了。"马库斯感觉到有机可乘，"而且距离自己的故乡非常远。"

班达卡指着北方的天空说："快看！"

一艘收集船飞到建筑群北边，然后进入了悬停模式。地面出现一个黑洞，然后一股液态原材料从飞船的货舱流进了地表的黑洞。当完成卸货之后，飞船又飞向东北方向，地上的洞也不见了。

"我的天哪。"贝克曼说，"这是他们的货船。"

"这可以证明这里是他们的工业设施。"麦克尼斯博士自信地说，"少校，我想进去看看。"

马库斯说："咱们只要搞清楚他们在造什么东西，就能估计出飞船的状况。"

"我完全同意。"贝克曼慢悠悠地说。

麦克尼斯博士果断说道："我也要去。"还没等贝克曼抗议，他补充道："少校，你可能不喜欢这个主意，但是这是我的工作。我是这里最了解外星科技的人，你要想阻止我，恐怕只能打死我了。"

贝克曼叹了口气："我估计是不能对你开枪了。"他转头问班达卡："这附近有地方可以渡河吗？"

班达卡点点头："不远。"

"带我过去。"

\·\·\·\·\·\·\

班达卡带着侦察小队来到一处浅滩，它像一处天然的水坝拦住了河水。一道凸起的红砂岩挡住了外星基地的视线，所以小队可以借此作为掩护过河。

过河之后，他们爬上一道长满大树的山脊，和外星基地拉开距离。当他们爬上山顶的时候，一艘运送物资的采集船贴着树梢从他们头顶飞过，完全没有发现他们的样子。他们等飞船走远了之后才继续爬山，最后找到了一处可以将外星基地尽收眼底的位置。

所有人注视着外星基地,贝克曼问道:"看到防御设施了吗?"

队员们一言不发,胡博说出了所有人的想法:"这鬼东西肯定有防御系统。"

贝克曼用望远镜仔细打量着外星基地,然后指了指河边,那里有好几具动物尸体正在高温下腐烂。"有什么东西干掉了那些动物。"

贝克曼用望远镜打量着动物的尸体,发现尸体上有严重烧伤的痕迹,但是他完全找不到杀死这些动物的凶手。"我没看到任何武器。"

班达卡看着动物尸体,然后说:"我来找找。"

"你怎么找?"贝克曼问。

这位土著猎人拿起自己的长矛和投矛器:"用这些就够了。"

╲╲╲╲╲╲

班达卡和里亚金迪离开一个多小时后,一只鹬鹕出现在了丛林边缘地带。这只高大且不会飞翔的大鸟犹豫了一下,然后在长矛和伍默拉有规律的碰撞声中转身跑向外星基地。它以每小时50公里的速度冲向一座小型建筑,但是被能量光束和高塔闪光圆环的高温所吓住。鹬鹕在惊恐中,转身跑向河边,但浑身上下很快就燃起了大火。当烟雾散尽之后,这只不会飞的大鸟就变成了一具冒着青烟的焦尸。

塔克见到这场面不禁吹了个口哨。

"我的天哪。""蒸锅"嘀咕道。

"肯德基炸鹬鹕。""核弹"摆出一副很正经的样子说道。

"谁看到攻击是从哪儿发射的吗?"贝克曼问道。

"魅魔"是小队中唯一一个没有用望远镜观察的人,她自始至终都在看着水晶球上的扫描度数。"没有发现任何活动。"

"我啥都没看到。"胡博汇报道。

"核弹"接替"病毒"的工作，现在负责通信，他用外星通信器监听着任何可能的通信活动。"没有发现任何信号。我猜是远程遥控。"

"没有闪光，没有光线。"麦克尼斯博士说，"所以不可能是等离子或者激光武器。他们可能用的是高强度微波。这就需要大量能量，如果那些建筑是发电厂的话……"

"好吧。"贝克曼说，"所有人分小队活动，一个小队负责一栋建筑。"

胡博刚布置好准备观察，就看到一只瘦弱的红毛狗钻出了丛林。丛林中传出一声喊叫，受惊的野狗穿过了南部电厂和中央高塔间的空地。野狗绕着最近的建筑转了几圈，闻了闻地面，然后开始狂奔，但是却燃起了大火。这让观察着这一切的小队观察员不禁倒吸一口凉气。

"异形"说："靠近河边的建筑上有东西闪了一下，也就是在塔身 2/3 高度的地方。"

所有人将自己的望远镜对准了东侧高塔。

"看到了。"胡博说道，"那有个凹进去的部位，里面有个炮塔。它也是白色的。"

贝克曼用自己的望远镜打量着炮塔，发现它装有一个透明的短炮管武器。"我也看到了。"

"索尔说不定可以干掉它。"胡博指的是塔克扛着的那门等离子炮。

贝克曼摇了摇头说："那炮塔是个固定目标。"索尔等离子炮可以自动锁定移动目标，但是很难锁定固定目标。"就算你手动命中炮塔，我们也必须假设它有反击能力。"贝克曼想起几年前和胡博在安第斯山脉遇到的外星武器，那东西可以锁定任何攻击的来源并予以反击。

这次他不打算再冒险了。

"炮塔可能不是问题。"麦克尼斯博士小心翼翼地说。他用望远镜盯着西边的一个高塔。

贝克曼指着东边的炮塔说:"炮塔在那边啊。"

"我知道。"麦克尼斯博士一动不动地说,"但是只有那一个炮塔。另外一边什么都没有。"

"什么?"贝克曼皱起眉头,短期望远镜检查其他的高塔,而其他队员也发出了各种惊叹声。

"这群外星人脑子是不是有毛病?""计时器"惊讶地说道。

"西边有一大片盲区!"贝克曼几乎不敢相信自己眼睛,他现在完全明白刚才的两只动物是如何跑过整个基地,然后才被击杀的原因了。

"炮塔的射界覆盖了中央高塔的入口。""异形"发现在中央高塔的下方还有一个入口。

"这是个陷阱。"胡博说。

塔克点了点头:"看来这群虫虫眼确实想干掉我们。"

"说不定是他们时间不足,还没建完防御。"马库斯说。

麦克尼斯博士也补充道:"如果这是一次科考活动,他们也不会带太多武器。"

贝克曼下令:"不管怎样,咱们日落后行动。"

\·\·\·\·\·\·

因为幕墙穹顶的干扰,月亮在天上看起来就像是一个模糊的光球,贝克曼带着小队在外星基地的西边,也就是热能武器的盲区等待时机。5道传输能量的光束让周围笼罩在一片白光之下,贝克曼无法依靠黑夜的黑暗作为掩护。在丛林边上,胡博让掩护小队进入位置,贝克曼带着自己的小队脱离了丛林的掩护。

贝克曼打算节约时间,忽略发电厂,直取中央高塔,这个决定让麦克尼斯博士非常不高兴。当他们靠近外星基地的时候,排气管的蒸汽发出刺耳的尖啸,环状结构上发出的高温烘烤着他们的皮肤,同时还散发出红色的光芒。当他们到达中央高塔的时候,发现洁白的塔身上找不到任何接合缝。

"异形"用胳膊护住脸,免得被高温烤熟:"我们再不转移位置,就要变成烤肉了!"

之前的侦察结果显示,唯一的入口在另一侧,而且还处在热能武器的射界之内。贝克曼掏出自己的外星武器,这是一只枪身光滑的银色武器,握把对于贝克曼的手来说有点小,而且瞄准镜是为复眼准备的。一道集中的等离子像切黄油一样击穿了碳钢板,智能锁定系统带动着贝克曼的手寻找最佳射击位置。

贝克曼在塔身上摸索,寻找结构弱点。他发现塔身在高温环状结构的烘烤下依然保持很低的温度。他摸索了半天并没有发现异常,于是后退几步,试着向塔身开了一枪。小型外星武器闪了一下,塔身上就被打出了一个小洞。

"这看上去很脆。"麦克尼斯博士大吃一惊,"这种材料看上去摸上去都像是金属,但是我觉得这可能是合成陶瓷材料。"

"每次只能打这么一个小洞,天知道要多久才能进去。"贝克曼收起自己的外星武器,掏出9毫米的贝雷塔手枪。"让我们看看这东西到底有多脆。"

他对着墙开了几枪,弹孔在塔身排成一条竖线,低速的子弹造成的损伤远比超高速粒子造成的损伤要大得多。贝克曼对"计时器"点了点头,后者开始用步枪枪托猛砸9毫米子弹造成的裂痕。虽然裂纹越来越多，但是塔身依然屹立不倒。

"再来个聚能炸药就够了。""计时器"说。

贝克曼下令："搞快点。"

当其他人退到一旁后，"计时器"在裂纹中央装了一颗聚能炸药，然后启动倒计时。他一边跑开一边大喊："要炸啦！"

一声巨响之后，塔身上被炸出了一个一米见宽的大洞。还没等烟雾散开，贝克曼掏出手枪冲了进去。他发现自己身处一条与外部墙体平行的走廊里，墙面上长方形的面板发出柔和的橙光。他吸了吸鼻子，发现这里的空气中也弥漫着自己在机器甲虫中发现的味道。

"计时器"闻了几下之后皱起了眉头："这糟糕的味道到底是怎么回事？"

麦克尼斯博士用手帕擦了擦眼睛，外星人呼吸的空气开始刺激他的眼睛。"这是氧氮混合气体，但是还有点氨气、硫黄和甲烷。"他深深吸了一口气，补充道："可以呼吸。"

贝克曼皱着眉头说："机器甲虫里的味道可没这么难闻。"

"异形"说："大甲虫总是要打开后舱门，所以有空气进去。"

贝克曼顺着走廊走下去，没有发现可识别的大门或者控制台，完全不知道自己需要具备特殊的声学器官才能找到声波操作界面。

"少校。""异形"从贝克曼背后喊道。贝克曼转身看到"异形"站在墙面的一处凹陷旁，他之前因为灯光昏暗，所以没有发现这里。"看到这个，你有没有想起点什么？"

"当然。"他走进凹陷处，这个地方和当初他们在机器甲虫里看到的电梯一模一样。过了一会儿，贝克曼站在一个长方形的房间内，头顶上是拱顶式的天花板。墙面上的屏幕等距分布，屏幕下面是黑色的控制面板和宽宽的座椅。在地板中间有一个正在发光的巨大圆形窗户。贝克曼端起手枪，走出电梯，眼前的控制室空无一人。

"一个人都没有。"他自言自语道，"这群狡猾的家伙。"

麦克尼斯博士出现在贝克曼身后，他一脸兴奋地大喊："太棒了！"

"'病毒'认为那是个传送机。"

"这不过是个可以抵消惯性的高速电梯。我以为会在飞船上看到这东西，但是在电梯上用这玩意完全就是炫耀。"

"说不定他们讨厌在电梯里放音乐罢了。"贝克曼说着靠近地板上圆形的窗户。整个窗子略带弧度，中间有细细的金属框架分割。个别几块玻璃发生了碎裂，其中一部分用切割过的金属板填了起来。在窗户下面是一片空洞的深渊，这说明高塔内部是一个中空的桶状结构。

"妈呀！"贝克曼感到头晕目眩，赶紧后退一步。

在窗户下的舱室中，有一个黑色的圆形机器浮在正中央。外面电厂输送能量的光束正好照在它上面，黑色的机器发出几道红色的引导光束，可以确保它的定位分毫不差。机器表面布满了好似藤蔓的管道，它的下面还有一块泛着蓝光的反重力面板。在机器的下面是不断翻滚的棕色气团，一道看不见的力场将气团控制在一定区域之内，还有几个进气道将这些气团抽出舱室。舱室中唯一的光源，是从机器中射入气团的明亮白色光束。

其他队员纷纷赶到，他们好奇地围在窗子旁向下打量，而马库斯只是看了一眼然后就把注意力转移到了墙上的屏幕上。麦克尼斯博士在地板的窗户上走来走去，一脸困惑的表情。

贝克曼说："我是真的想不明白这玩意能干啥。"

"这是个钻子。"马库斯说，他的注意力全部集中在中央屏幕上。屏幕上一条水平线代表着地球地壳，而中央高塔就是大钻头。马库斯指了指一条从高塔深入地球的垂直支线："它正在钻一个深井。"

贝克曼也打量着屏幕，问道："现在钻了多深了？"

"我要是没理解错的话，他们已经快要凿穿地壳了。"

"计时器"惊呼道："天哪，要是他们扔个炸弹进去，完全可以炸掉整个星球。"

麦克尼斯博士也走到屏幕前，不屑地说："他们完全可以从轨道上就把我们炸飞。探洞就是在寻找地球地壳最薄弱的地方。"

贝克曼问："他们为什么要凿穿地壳？"

"为了到达地幔，甚至可能是到达地核。要是他们在寻找矿物资源，地球地核就是个旋转的大铁球，是地球上储量最大的矿藏。"

"就算真的是维修一艘飞船，这些矿物也太多了吧。"贝克曼擦了擦眼泪，这里的空气一直在刺激他的眼睛。他转身命令自己的队员："把这地方给我好好搜一遍。寻找任何线索：毛囊、鳞片、恶心的皮肤组织。我要知道咱们到底是在和谁打交道，他们的目的是什么。小心那些控制面板，我可不希望再有人被担架抬出去了。"

队员们分开检查控制室，贝克曼则返回地板上圆形的窗户旁。这里有些事情让他无法释怀，但是却不知道具体是什么。他摸了摸窗户，发现温度不高，但是他知道窗户另一边的温度一定非常惊人。

马库斯说："外面有人正在欣赏你的杰作呢。"马库斯指了指墙上的一个屏幕，上面显示的正是"计时器"刚刚炸开的外墙。

贝克曼用无线电呼叫胡博："胡博，墙体破口那里是不是有东西？"

胡博停顿了一下，回答说："有个高尔夫球大小的红色物体飘在入口处。'美洲豹'已经瞄准他了。"

"别开火。"贝克曼下令道，他认为只要摧毁这个探测器，就等于告诉监听他们通信的人，敌人已经进入了基地。

"少校。""异形"从地窗另一头的控制台喊道。

贝克曼躲开窗户走过去,"异形"指了指控制台的一边。金属控制台下半截焦黑扭曲,而地板却干净而光滑。

"这东西在安装之前就受损了。""异形"说道,"那边也有个受损的控制台。"

贝克曼用手抚摸着金属壳,它之前肯定暴露在高温之下。他站起来打量着地上的窗户,发现了问题所在。透明的面板和用来填补缺口的金属板说明,这扇巨大的窗户曾经受损。他走到窗户边,发现5个能量发生器是圆形的,而剩下的则是椭圆形。

"这玩意是个拼凑出来的玩意。"

"我明白了!"麦克尼斯博士恍然大悟,"他们是迫降在地球上的。"

"也可能是保养不佳罢了。"马库斯说。

博士说:"这是个第一类接触的绝佳机会,我们必须帮助他们。"

贝克曼说:"博士,他们不需要我们的帮助。"

马库斯发现控制室里还有不少紧急维修的痕迹。"所以我们遇到的是一条搁浅的大鲸鱼,而且没人能帮它。这简直就是个等待我们发掘的金矿。"

麦克尼斯博士警惕地眯起了眼睛:"你可千万别这么想!我们手头上回收来的东西还没研究明白,又该怎么对付这么一艘母船?"

"把地球上所有的科学家都叫过来,然后把这船拆了。"马库斯说,"然后我们的技术可以在一个世纪之内前进一万年。"

"我听不懂你在说什么。就算我们弄明白他们的技术,也无法使用这些技术。我们的工业基础太过原始了。就算罗马人知道芯片是怎么回事,他们也不可能造出来。这根本不可能!"

"你确定吗?"马库斯坚持说道,"万一母船上有个电脑可以给我们解释技术原理呢？要是它可以为我们解释如何构建制造母船的工业基础呢？如果真是那样又该怎么办？我们只需要翻译他们的语言，然后一切都将为我们所用。"

"听起来很诱人。"贝克曼说，"但是我们的任务不是来偷他们的技术。"

马库斯心里暗想道：只不过不是你的任务而已。

博士对贝克曼说："少校，我们现在已经清楚这不是一次警告，应该告诉华盛顿这里没有威胁，然后向外星人提供帮助。"

"这个主意可不好。"马库斯说，"我们不能帮助他们。"

"他们现在可是落难了。"麦克尼斯博士说，"要是我们现在帮助他们，让他们知道我们可以信任，我们说不定可以和他们做朋友。"

"这也可能是一条殖民船。"贝克曼说，"他们不过是无法到达预定殖民地，于是决定把地球当成新家。"

"这太荒唐了。"博士说，"地球已经是人类的世界了。"

"美洲和澳洲的土著人也是这么想的，然后欧洲人来了。"贝克曼说，"但是，你看看现在谁是老大？"

"我们呼叫增援。"马库斯说，"然后把母船拿下。这才是正确选择。"

"在我弄清楚敌人的底细之前，我可不会发动一场战争。而且在想清楚该发什么消息之前，我也不会冒险使用那台短波收发机。"麦克尼斯博士刚想抗议，贝克曼就举起一只手让他不要说话。"你可能没错，博士。而且如果你确实没说错的话，我们一定会按照你说的发出消息。但是在完全了解情况之前，我们不会为他们提供帮助。"他看了一眼马库斯。"更不会和他们开战。最起码现在不行。"

"我发现了点东西。"马库斯站在一堵没有任何标记的墙边大喊道。当所有人看着他的时候，"定时器"说："你们现在可以看到我。"

他说完向前走了一步就消失不见,过会儿又冒了出来。

"这东西连接到哪儿?"贝克曼问道。

"一个地铁站。"

贝克曼走到电梯的传送板前。"趁着其他人检查这里的时候,我们去看看。"说完就踏上了传送板。

只不过眨眼的工夫,他就站在一个从岩床中开凿出的长方形房间内,房间里还有一排矮胖的机器。光滑的石壁上镶嵌着橙色的面板,橙色的光线照在一排运输用的车厢上。这些车厢大小和小型货车类似,打开舱盖可以看到里面的货舱。

贝克曼掏出手枪,小心地走进地下房间。他左边的一个机器打开一块面板,一个60厘米高的金属立方体从里面飞了出来。金属立方体在房间内飞行的时候,底下的地板也发着光,这让贝克曼觉得这就像一个没有皮带的传送带。从房间另一端的墙上亮起一道光照在金属块上,金属块随即停止运动,然后左边墙上的光将它推向第一个车厢。车厢内部射出一道黄色的光束照在立方体上,将它牵引到一堆一模一样的方块上。

马库斯、麦克尼斯博士和"计时器"相继走出电梯,贝克曼收起手枪,抬起一个金属块。

麦克尼斯博士问道:"这东西重吗?"

"重得快压死我了。"贝克曼说完就把它扔回原位。

博士好奇地抚摸着金属块:"这里既是采矿场,也是精炼厂。钻子将接触到的所有物体气化,然后从气体中提取矿物质,废物将以超高温气体的形式排放出去。这同时兼顾了速度和效率。"

贝克曼若有所思地打量着空空如也的车厢和沿墙摆放的精炼设备:"那么这里到底出了什么问题?"

麦克尼斯博士一脸困惑，但是马库斯却说："问题出在这里的规模。"

贝克曼点了点头："这玩意儿是为了大规模生产而准备的。"他皱着眉头说，"博士，我很抱歉，但是这些外星人到底是在修理飞船还是制造一艘新飞船？"

马库斯补充了一句："又或者是在建造一支舰队？"

"我们知道他们的飞船非常大。"麦克尼斯博士说，"之前测量到的地震度数已经确认了这一点。我们现在不知道的是他们飞船的损伤程度。他们可能需要大量的矿物才能修好飞船。"

"而且也不会有人来救他们。"马库斯意味深长地说，"要是我们拿下这条船的话，根本没人会来帮他们。"

贝克曼看着墙边的精炼设备，等待着下一个金属块冒出来，但等了很久，也没看到金属块冒出来。"怎么回事？我们到这里这么久，只看到一个金属块。"

"他们还没到达地幔。"麦克尼斯博士说，"等他们挖到了地幔，产量就会增加。等挖到地核，产量会变得更多。"

贝克曼点了点头："警卫都去哪儿了？如果外星人真的急于修好飞船，为什么只用一门炮保护这里？"

所有人的耳机里都响起了胡博的声音，他的信号因为岩石的干扰而断断续续："飞……过来……运输……"

"明白了。'异形'，你看到了吗？"

"是的，长官。""异形"从上方的控制室回答道。

贝克曼看着电梯，耳机里又响起了胡博的声音："它……卸……像泥土……"

小队队员听到收集船的货物在隧道内的声音，过了一会儿，精炼机就吐出了一个金属块。金属块飞过房间，进入了第一个车厢。车厢舱门关闭后，就飘了起来，然后高速飞进隧道。第二个车厢向前移动了一截，接替了第一个的位置。

贝克曼打量着隧道，第一个车厢已经失去了踪影，他的脑子里只有一个念头：他们又运走一车金属原料。他的本能告诉他，在弄清楚外星人的底细之前，应该炸掉这节车厢。太迟了！

胡博在耳机里说："收集船……东北……向……"

"明白。"贝克曼刚说完，第二个车厢从另一条通道冲了出来，瞬间停在一排车厢后面。

"我们可以从隧道直达外星飞船。""计时器"提议。

贝克曼摇了摇头："不行，那样太容易被困在里面了。"

"这装卸速度真是太快了。"马库斯认为刚刚停下的车厢就是刚才开入隧道的那一节。

"我们得让他们慢下来。"贝克曼说，"'计时器'，能把钻头上的房顶炸下来吗？"

"什么？！"麦克尼斯博士差点跳了起来。

"计时器"说："如果屋顶和之前炸塌的墙面用的是同一种材料，那么就没问题。"

麦克尼斯博士大喊道："你疯了吗？"

"在那边也放几支炸药。"贝克曼下令道，"万一咱们没干掉钻头，还可以干掉它们以防万一。"

"计时器"每隔三台精炼机就放置了一支炸药。

"干掉这个基地等于宣战！这太疯狂了！"

贝克曼忍住怒火，对博士说："在我弄明白他们要拿这些原材料干什么之前，我绝对不会让这些东西落到他们手上。而且，他们就算要用地球的资源,也得先问问我们同不同意。"

"你会毁掉我们和他们建立友好关系的机会。"

"博士,如果这些外星人真的想和我们建立友好关系,他们大可以直接过来和我们慢慢谈。"

麦克尼斯博士对马库斯说:"你不能让他这么做。这太疯狂了。"

马库斯脸色铁青地说:"我完全同意他的说法。"

"你可能让我们卷入一场根本不可能赢的战争,我们甚至可能被完全灭绝。"

"他们有一个弱点。"贝克曼说,"而且在摸清他们的计划之前,我决不允许他们修复这个弱点。博士,我现在请您回到电梯里,您意下如何?"

博士盯着贝克曼,然后怒气冲冲地走进了重力升降机。

当博士走后,马库斯说:"他至少说对了一件事,炸掉这地方确实非常危险。"

"我也明白这道理。但是,如果他们对我们怀有敌意,炸掉这里也不会对事态造成任何影响,如果他们对我们持一个友好的态度,肯定也会接受我们的道歉。"

"你大可以把这话告诉他。"

"我又不需要解释自己的命令。"

"如果他们修东西和造东西一样快,那么炸了这里也不会有任何影响。"

"这得看他们有多少钻头了。"贝克曼认为外星人肯定布置了不止一个钻头。

马库斯走上升降机消失不见了,而贝克曼等"计时器"装完炸药,然后一起回到了控制室。

"伙计们,是时候了。"贝克曼说着走下了升降机。

麦克尼斯博士怒不可遏地看着计时器在地窗周围和穹顶角落安装聚能炸药,然后把一支炸药放在地窗的中央。

当"计时器"忙完这一切后,他对贝克曼说:"所有炸药都连在一块儿了。"他拿起自己的遥控起爆器,"我只要按下去,地板和屋顶都会爆炸,地窗上的炸药包 3 秒后会直接掉在钻头上。轨道里的炸药也会和这里的炸药同时起爆。"

贝克曼点了点头:"干得好,动手吧。"

"异形"和马库斯走上了升降机。就在贝克曼准备上去的时候,"魅魔"在他身后大叫了起来。他转身看着"魅魔",发现她盯着空荡荡的升降机。

"博士刚刚下去了。""魅魔"说。

"我们没时间去对付这些事情了。"贝克曼大喊道,"过去把他带回来。如果必要的话,就把他打晕。我们在入口等你。'计时器',你和'魅魔'一起去,免得博士弄坏了你的炸药。"

"计时器"和"魅魔"返回货运中转站,而贝克曼通过另一部升降机返回地表,心里不断盘算着这位博士认为自己能干出什么大事。他应该知道贝克曼绝对不会让自己干扰命令的执行。

这群书呆子!这时候贝克曼已经返回了地表。

\·\·\·\·\·\·\

麦克尼斯博士将一支 C4 炸药从精炼机上拆了下来,"魅魔"和"计时器"刚好回到地下。当博士听到他俩的脚步声时,转身说:"我不会让你们这么干。"

"计时器"伸出手,要求博士把炸药还给他:"博士,把炸药给我。"

"这太疯狂了。"博士说着拔掉了起爆器,"我们不能和这些人为敌。"

"博士,我们不想伤害你。""魅魔"说着绕到博士左边,分散了博士的注意力,而"计时器"则冲上去一拳打在博士的肚子上。麦克尼斯博士弯下腰,呼吸困难,"魅魔"拿走了他手上的炸药,然后扶起了他。

"慢慢呼吸。""魅魔"同情地说着,然后把C4扔给"计时器",而后者已经开始重新安装炸药了。

\·\·\·\·\·\·\

"有飞船过来了。"胡博汇报道。贝克曼顺着走廊一路小跑,而马库斯和"异形"已经站在墙上的破洞处,他俩呼吸着新鲜空气,擦拭着自己的眼泪。

"明白了。等它飞走了,我们就撤离。"贝克曼用无线电回答之后,就深吸了口气,使劲眨了眨泪水横流的眼睛。

"感觉不错吧?""异形"说。

贝克曼点了点头,耳机里又响起了胡博的声音:"这艘不是来送原料的,它停在塔楼上方了。"

从胡博在树林里的位置看过去,一艘长方形的小型飞船绕着中央高塔转了几圈,然后进入悬停模式。飞船船尾对着排气管,尾部货舱门打开,两个身材瘦长的搜索者穿过蒸汽,落在了房顶上。

"两个搜索者落在了塔顶上。"胡博说。

贝克曼用无线电呼叫道："'计时器'，找到麦克尼斯没？"

"找到了，长官。""计时器"回答道，"我在重装炸药呢。"

贝克曼大脑飞速地思考，他确信屋顶上的搜索者会去控制室接触"定时器"安装的炸药。"待在原地。控制室不安全。"

"明白。"

"他们俩要怎么出来？""异形"问。

贝克曼摇了摇头，心里盘算着货运站和地表的距离。5米？50米？中央高塔的爆炸会影响到他们吗？

"飞船停在东侧。"胡博说，"刚好在热能炮的射界里。"

贝克曼这才意识到飞船处于热能炮的火力掩护之下，越发确信塔顶上的搜索者绝对不会是来修补墙上大洞的。"我们能在不被发现的情况下撤离吗？"

"不行。那个高尔夫球还在入口呢。"

"那屋顶上的两个家伙呢？"

胡博用望远镜打量着蒸汽弥漫的塔顶。"我什么都看不到。敌人位置不详。"

敌人！贝克曼惊讶于胡博这么快就把搜索者当作敌人。"'美洲豹'，把那个高尔夫球给我干掉。"

"收到。"过了一会儿，他们听到"美洲豹"的贫铀子弹击碎外星传感器的声音，然后耳机里响起"美洲豹"冷静的声音："干掉目标了。"

"楼顶上的两个家伙肯定在等我们出去。"马库斯警告道。

"不，他们得保护钻头。"贝克曼在猜测外星飞船会不会携带额外的战斗部队，截断他们的退路。

"你得动手了。"马库斯说。

08

"动手干什么?""异形"困惑地问道。

贝克曼故意不看"异形",痛恨自己继续要下达的命令。

"异形"紧张地问:"少校,到底要干什么?"

马库斯大喊道:"你要是再等的话,它们就要拆了炸药了!"

"异形"一下明白了接下来要发生什么:"我们的人还在里面!"

"我别无选择。"贝克曼启动了自己的无线电。"'计时器',我们没法把你弄出去。敌人正在向控制室前进。30秒后引爆炸药。"

"你会杀了他们的!""异形"愤怒地喊道。

贝克曼无视她的抗议:"直接冲回树林。快!"

"异形"犹豫了一下,但是看到贝克曼已经下定了决心,于是就穿过大洞,向着树林跑去。马库斯紧随其后,而贝克曼一边跑还一边回头打量着塔顶,寻找来袭的攻击,但是却什么都没有。这一切都证明了他的判断,这些搜索者的目标是控制室。

⌇⌇⌇⌇⌇⌇

"千万……别……"麦克尼斯博士气喘吁吁地说。

"魅魔"帮博士站了起来:"要么逃命,要么死!"

"我们可以和他们……讲道理。"博士努力甩开"魅魔"。

"今天不行。"她说完就把博士扛在肩膀上,朝着隧道走去。

当"计时器"看到"魅魔"走向隧道的时候,他大喊道:"我们会被困在里面。"

"魅魔"头也不回地说:"那也比死在这里强。"

"啊,该死。""计时器"发现她说得没错。

他从腰带上拿下一颗手雷,拉掉保险销,扔到升降机的平台上。

手雷瞬间从眼前消失，被传送到控制室。计时器希望这可以为他们再争取几秒，然后一边向隧道跑一边掏出遥控起爆器。

↘↘↘↘↘↘

当他们距离林线还有一段距离的时候，贝克曼发现"蒸锅"跪在树林边上，肩膀上扛着捕食者导弹发射器，胡博小队的其他人都隐藏起来，手中的重型武器做好了准备。

"南边发现目标！"胡博的声音一如既往的镇定。

贝克曼回头一看，发现一个足有两人高的黑色机器绕着中央高塔飞行。战斗机器人依靠一对发光的滑橇飞在空中，柱状的躯干看起来装甲厚重，两个圆环环绕着躯干，每个圆环上装有八个可以伸缩的机械臂。位于下方的短机械臂装有银色的圆碟，而上方更长的机械臂上则装有各种武器。在躯干顶部，两块保护传感器的装甲板只在周围留下很细的一条缝隙。

马库斯忽然想起了马夫湖的书呆子们曾经告诉他的话："必须假设外星地面部队在火力、精度和防御方面具有不容忽视的优势，绝对不要在开阔地带和他们开战。"

这地方刚好是片完美的开阔地。贝克曼脑中闪过这个念头，然后下令："开火！"

"蒸锅"早就锁定了高大的外星战斗机器人。他按下扳机，感觉到发射器在小型导弹点火瞬间的跳动，然后推进器全面启动，带着导弹飞出了树林。他将发射器的引导环锁在战斗机器人身上，导弹在引导下贴地飞行，从一道输送能量的光束下面飞了过去。

战斗机器人举起了一块银色的圆碟，导弹撞在上面发生了爆炸。

08

圆碟释放出的无形力场弹开了冲击波,圆碟上泛起了一片蓝色的波纹。负责防御的机械臂等距分布在圆环上,为机器人提供了三百六十度的防御。导弹爆炸后,圆环转了一下,让刚才的护盾发生器慢慢充能,而装有武器的机械臂好似一条眼镜蛇,从护盾后面抬起,准备开火。

"卧倒!"贝克曼大喊道。

所有人马上卧倒在光滑而有弹性的地面上,一道道高能冲击呼啸着落在小队成员周围。

╲·╲·╲·╲·╲·╲

劳拉惊恐地在山顶上看着这场实力悬殊的战斗,她哀求道:"你不去帮帮他们吗?"

"核弹"慢慢摇了摇头,他的脸色因为痛苦而苍白:"我不能去帮他们。我有我的任务。"

"什么任务?让你躲起来吗?"

"核弹"看了看自己的背包。如果让他在帮助队友和保护自己的背包中做出选择,那么任务要求他放弃自己的队友。"是的,躲起来。"

劳拉喝道:"去他的任务吧!"然后打开最近的一个背包,将里面的东西都倒了出来。

"核弹"站起来说:"你在干什么?"

"下面简直就是一场屠杀。"

"核弹"向她走了几步,说:"咱们不能暴露自己的位置。"

劳拉看到背包里有一把短小的银色手枪。她以为这是一把回收来的外星武器,就抓起来跳到一旁,向着能够俯视外星基地的山脊跑去。

就在劳拉准备瞄准的时候,"核弹"一把抓住她的胳膊,呵斥道:

"这就是把信号枪,一点用都没有。"

劳拉用手肘砸在"核弹"的胸口,让他不由得后退几步。"这起码好过什么都不做。"她说完就伸直胳膊,发射了信号弹。信号弹拖着一道尾迹飞出悬崖,然后在战斗机器人上方炸出明亮的光芒。

"核弹"大骂道:"看看你干的好事!"

\·\·\·\·\·\·\·\·

战斗机器人的温度传感器检测到上方出现一个高温源。它虽然不知道这是什么武器,但是程序自动将它列为最优先处理的目标。它用传感器上方的三个护盾发射器、八门能量武器全部对准了天空。能量波束击中了信号弹,引燃了其中的镁燃剂。战斗机器人的战术情报系统将爆炸和高温理解为一种不断增强的威胁,命令所有武器对准高空的火球。

贝克曼看到战斗机器人的注意力被信号弹所吸引,立即下令:"用特殊武器。"他知道如果捕食者导弹都打不穿它的护盾,那么其他常规武器也就没什么用了。

塔克早就拿出了队里唯一一门等离子炮,这是人类历史上最强大的步兵武器,但是充电过程却非常缓慢。他按了一下火控界面,然后一道明亮的橙色闪光划过了空地。战斗机器人护盾被击中的瞬间炸出耀眼的闪光,圆碟的表面冒出蓝色的电火花,护盾已经达到了极限。

还没等第二次攻击打过来,装着护盾发生器的圆环又转了一下,让被击中的护盾发生器转到一旁充能。胡博用代号"野蛮人柯南"的能量武器对机器人发动攻击,能量冲击从护盾上方飞了过去。伸在护盾上方的外星武器被直接击毁,爆炸带着滚烫的金属碎片洗刷着机器人的表面,机械臂像一个无头的毒蛇左右晃动,装着武器的圆环也躲到护盾之后。

贝克曼回头打量着中央高塔,好奇为什么还没有爆炸。难道搜索者已经解除了炸药并干掉了"计时器"吗?

胡博用无线电下令:"集中攻击最近的护盾。"

贝克曼暗自心想:最起码我们中还有人能正常思考。他再一次感谢军士长能在战斗中保持冷静。

胡博和"蒸锅"用柯南等离子步枪攻击同一面护盾,树林中窜出了一串串橙色的光球。护盾冒了几个火花就崩溃了,战斗机器人不得不在发生器被摧毁前,换下这台发生器。

一台超载的发射器从"异形"面前划过,刚好为她提供了一个空当。"异形"用自己外号"小汤姆"的外星武器开了一枪,一发小小的橙色光球从空当中穿过,虽然击中了外星人,但没有击穿它的装甲。马库斯也看到了这个空当,用自己的MP5冲锋枪打了一个点射,九毫米的子弹打在了毫无防护的护盾发生器上。发射器发生了爆炸,战斗机器人用一台全新的发射器挡在了空当上。

贝克曼用无线电下令:"'计时器',引爆炸药!"他等待着"计时器"的回复,但却一无所获。

头顶上的信号弹渐渐熄灭,战斗机器人用3门主炮开始向胡博开火,丛林燃起了大火。机器人攻击结束后,立即将武器收回护盾之后,免得再被击毁。

贝克曼在"异形"开火的时候大喊:"它自己没法从护盾后面开火,集中攻击它的武器。"

所有人集中火力攻击护盾上方,护盾机器人不得不将武器收在护盾后面,然后从护盾下方对侦察小队开火。贝克曼立刻滚到一旁,躲开机器人的攻击,但皮肤还是因为能量攻击的高温起了不少水泡。"异形"对准护盾下方的武器开火,机器人不得不收紧护盾,再把另一只装着武器的机械臂举到护盾上方。

贝克曼这才想到,眼前的机器人在分析自己的战术,根据他们的行动做出反应,然后再次躲开外星人的攻击。

树林里响起了机枪的嗒嗒声,一串曳光弹从树林中飞了出来,打在机器人的武器上。机器人智能收起武器,抬起另一只胳膊上的武器继续对树林开火。塔克在黑暗中转移位置,身后的树林燃起了熊熊大火。这位前海豹队员冲出火海,而胡博的位置已经被烈火吞没,这一切都为小队其他人争取到了攻击的机会。

马库斯跳起来向着树林奔去,然后再次卧倒,等待机器人的武器再次冒出头来。

贝克曼觉得马库斯是个头脑冷静的家伙,可以在战斗中保持耐心,可以像狙击手一样。贝克曼看着他瞄准时的样子,感觉他并不像狙击手,而是一名杀手。

树林中又打出一串曳光弹,战斗机器人从护盾的缝隙中伸出武器,从齐腰的高度向曳光弹飞来的方向开火,让塔克的新位置变成一片火海。贝克曼不知道塔克是否及时转移了位置,机器人启动了第二支武器向森林开火,一片片大树在烈焰中轰然倒地。

马库斯瞄准主炮和机械臂的接合处,然后打了一个三点射。子弹打断了没有护甲保护的接合处,让主炮歪到了一边。还没等主炮落在地上,马库斯再次更换了射击位置。

机器人举起另一只装有武器的机械臂对准马库斯,但是还没等它开火,"异形"就向它扔出了一颗手雷。神奇的主炮对准了手雷然后开火击中了手雷。但是,"异形"投出的是一颗烟幕弹。

08

　　机器人的传感器马上捕捉到了烟幕弹在传输能量的光束下的闪光。这种诡异的光谱读数，恰好类似一种专业反装甲的腐蚀性纳米武器，战斗机器人立即将这团烟雾列为优先目标。它一边后退，一边对着烟雾开火，努力避免被吞噬金属的纳米武器吞噬。

　　贝克曼以为战斗机器人现在不知道该怎么办，但是却完全没想到，眼前的这一幕是因为机器人的程序并没有预设会和使用烟雾做信号的原始军队作战。

　　贝克曼和"异形"对着装有主炮的机械臂关节开火，而塔克选了个深入丛林的位置继续用机枪攻击机器人。当战斗机器人收回武器的时候，贝克曼知道他们现在已经无计可施，他回头看着高塔，好奇炸药为什么还没有引爆。

\·\·\·\·\·\·\

　　当"计时器"快到隧道入口的时候，听到金属物体和岩石碰撞的声音，一个搜索者已经通过升降机进入了地下转运站。"计时器"隐隐约约可以看到"魅魔"和麦克尼斯博士在黑暗的隧道中狂奔，他估计了下距离，确定爆炸不会要了他们的命。

　　他原本希望引爆的时候可以躲进隧道，但是搜索者实在太快了。他听到金属脚步声越来越近，然后脚步声突然消失，搜索者开始采用快速跃进缩短距离。

　　他头都不回地大喊道："要炸啦！"然后向着隧道入口扑了过去，还没等他落在地上，就按下了遥控起爆器的按钮。

　　在他身后，搜索者从天而降，准备用自己的金属爪击穿"计时器"的胸膛，但是一瞬间地动山摇，一切归于黑暗。

⌇⌇⌇⌇⌇⌇

一个搜索者留在控制室,研究安装在地板和天花板上的米黄色物质……它并不认为这些东西会爆炸,因为任何先进的文明都不会使用化学反应来达成这种效果。当它开始检查放在地窗中央的炸弹时,才反应过来依靠爆炸产生冲击波,而不是依靠毁灭分子。还没等他算出爆炸会释放多少能量,"计时器"安装的C4就爆炸了。

炸弹在搜索者手中爆炸,冲击波炸飞了它的一对小臂,撕开了复合式的躯干,脚下的玻璃窗被炸得粉碎,一股高温气体直直冲入控制室。搜索者混着屋顶和窗户的碎片掉进了下面的房间里,摔在钻头上,自己的传感器也摔了个粉碎。

它用受损的双腿勉强站了起来,残骸不断落在它的周围,砸坏了钻头用来定位的激光传感器。屋顶残骸的撞击让钻头脱离了位置,输送能量的光束在钻头表面留下巨大的伤口。一直托着钻头的反重力板和钻头也停止了工作,室内的温度瞬降几千度,钻头直直掉入了无尽的深渊。

搜索者试图从钻头跳回控制室,但是一大块屋顶砸在它身上,压着它穿过黑色的雾气,掉进了地球深处。钻头丧失能了能源供应,掉进了深渊,5道供应能量的光束在房间中央汇聚。

能量迅速顺着光束回流到外面的电厂,控制反应的磁场瞬间超载。

过了一会儿,5个电厂同时爆炸。

⌇⌇⌇⌇⌇⌇

爆炸产生了刺眼的光芒，冲击波顺着传输管道传回中央高塔，然后将战斗机器人吞没，但是贝克曼、"异形"和马库斯却幸免于难。战斗机器早已被削弱的护盾在冲击波的冲击之下纷纷短路，然后整个躯干被掀翻在地。就算有机械臂的辅助，机器人还是从反重力滑橇上掉了下来，一段飞行速度比子弹还快的电厂墙体残骸好似一柄快速挥动的利剑，直接击穿了机器人的装甲。它从贝克曼的头顶飞了过去，重重砸在地上，躯干的装甲板好似一层锡箔纸，被扯出了一个大洞。

贝克曼头晕目眩，耳朵里嗡嗡作响，当他能看清东西的时候，发现一道棕色的云柱从中央高塔的顶端直冲天际，一切看上去就好像火山喷发。战斗机器人躺在地上，装着护盾发射器的机械臂撑在地上，而装着武器的机械臂开始切进背上的墙体残骸。

"它还没死。"眼前的景象让"异形"大吃一惊。

"它就从来不算活过。"贝克曼咬牙切齿地说，"它就是台机器！"

战斗机器人已经切完了压在背上的墙体残骸。随着残骸碎片落在一边，它开始试着用护盾的机械臂让自己站起来。但是压在它身上的墙板太重了，机器人不得不用装武器的机械臂将卡在自己身上的墙板切开。随着发出一声刺耳的金属声，机器人用机械臂将剩余的墙体扯开，露出一个冒着电火花的伤口。它扔下金属板，用十六个机械臂把自己从地面撑起来。

"你给我老老实实躺着！"贝克曼大喊一声，跳起来向着受损的战斗机器人冲去。

战斗机器人抬起装着护盾的机械臂，向着贝克曼挥去，但是他闪到一旁，跳起来继续冲锋。贝克曼收起自己的外星武器，捏着一颗手雷跳到机器人的躯干上，拉掉安全销，把手雷从装甲破损的地方扔了进去。

机器人用机械臂砸在贝克曼的胸口上，像拍苍蝇一样把他拍飞了。贝克曼重重地砸在地上，头晕目眩，但是第二只机械臂已经举了起来，像一只随时准备发动攻击的毒蛇。然后，手雷爆炸了。机械臂晃晃悠悠，然后摔在贝克曼脚下，其他的机械臂也一动不动，整个机器人又砸在了地上。

贝克曼慢慢站起来，机器人的重击让他感到呼吸困难。"现在它是彻底死了！"

他打量着被炸毁的中央高塔和熊熊燃烧的电厂。爆炸的威力让他大吃一惊，因为他原本不过是想打断外星人的开采活动，而不是摧毁整个基地。现在采矿系统已经被毁，高塔释放出的也不只有水蒸气，还有来自矿井深处的酸性气化矿物质。

贝克曼心想：这下他们可不会一下子就修好这玩意了！他开始用无线电呼叫："'计时器''魅魔'，听到就回答一下。"他等了几秒，怀疑他们是否活过了大爆炸，然后再次呼叫，但是一无所获。

无线电里传来胡博虚弱的声音："'蒸锅'死了。"

一听到这条消息，贝克曼吓了一跳，这个身材魁梧的家伙居然死了，然后才想起来小队中1/3的人都已经阵亡了。他走向林线，发现胡博站在烧着的树林边。军士长的一条胳膊垂在一边一动不动。塔克从旁边的阴影中冒了出来，他一手拎着打空子弹的机枪，另一手拎着索尔等离子炮。

"'蒸锅'直接被击中了。"塔克难过地说，"连躲都没机会。"他眼里泛着泪花，牙关紧闭，努力抑制痛失挚友的悲伤和愤怒。

胡博穿过齐腰高的灌木丛里，然后用没有受伤的肩膀靠在树上。他的右脸漆黑一片，右臂的皮肤严重烧伤。他还能拿着等离子步枪，但是卡宾枪却不见了。制服右边都被烧毁，漏出里面熔化的凯夫拉装甲板。他抽出装甲板，看了看扭曲程度，然后把它扔在一边。

胡博指了指靠近林线附近的一处大火，说：“那是'蒸锅'的位置，或者是那曾经是'蒸锅'的位置。现在那什么都不剩了。”

贝克曼默默点了点头。

马库斯看了看剩下的热能，然后打量着熊熊燃烧的外星基地。"军士，"马库斯说道，"你刚才是不是看到他们的一艘飞船落在基地的另一边？"

"对，就在高塔后面。"

马库斯对贝克曼说："我们得快点行动。说不定会有增援的过来，而且我们现在绝对经不起再和他们打一次遭遇战了。"

"'计时器''魅魔'，你俩听到了吗！"贝克曼再次呼叫他们俩，但依然没有回复。

"他们也完了。"马库斯说。

贝克曼皱了皱眉，心里知道就算他俩在地下活过了爆炸，他也帮不了他们。现在让他生气的不是马库斯对当前状况判断完全正确，而是自己如此轻松地就接受了小队的损失。他在心中默默咒骂麦克尼斯博士的愚蠢行径，害得自己的小队付出了生命的代价。正是因为如此，他才不想让平民加入自己的小队。

胡博抹了抹脸上的灰："要不是他们引爆了炸药，咱们都死定了。"

"是啊，咱们都欠他们的。"塔克说话的时候，眼睛紧紧盯着"蒸锅"的位置，现在那里除了一团熊熊燃烧的烈火以外别无一物。他心中的忧伤早就变成了复仇的怒火。

"异形"垂着脑袋坐在地上，脸色因为冲击而变得煞白："咱们完蛋了。现在不可能阻止这样的机器人了。"

"嘿！"胡博用自己剩余的力气愤怒地大喊，"这玩意儿死了，你还活着。好好记住这一点。"

"异形"被这番呵斥吓了一跳。她看到胡博眼中的决心，明白自己并不是个真正的士兵。她自己不过是个穿着卡其色制服的科学家，和这种暴力的生活完全不相符。

"你刚才那招不错。"贝克曼感觉到她的动摇，于是说："扔烟幕弹这招不错。我完全想不到这一手。""异形"听到这句话大吃一惊。"战胜这种敌人唯一有效的武器是智商，不是火力优势。我们需要你。"

"异形"深吸一口气，重新振作起来点了点头："长官，我准备好了。"

"我就知道我不会看错人。"

"咱们不能待在这儿。"马库斯看着天空，寻找任何飞船的踪迹。贝克曼看着胡博的烧伤，问道："你还撑得住吗？"

军士长挺直了身子，虚弱地说："没问题。"

"那就出发。"贝克曼说完，带着队员向着山头进发，去和其他队员会合。

很快，天上下起了棕色的雨滴，从地球形成伊始就储存在地壳内部的水以气态升腾到空中，经过冷却之后再次落回地表。等小队全体会合的时候，天空开始下起了暴雨，四处燃起的林火被扑灭，万物被来自远古时期的雨水淋了个透心凉。

\\\\\\\

"计时器"睁开眼，发现眼前一片漆黑，浑身动弹不得，一大堆石头压在他身上。他听到不远处有信号弹燃烧的声音，接着信号弹发出的光芒，他发现自己周围都是倒塌的隧道残骸。但是单分子聚合的墙体没有发生大规模碎裂，反而起到了一点保护他的效果。

麦克尼斯博士犹豫地说："我听到呼吸声了。"

"计时器"听到了急促的脚步声，然后"魅魔"双手抓着"计时器"的肩膀，把他拖了出来。"还能喘气吗？"

"计时器"慢慢舒展了下身子，发现自己浑身酸痛，但是没有骨折。"还行，但是你得背我走了。"

"你这白日梦也是很有想象力了。""魅魔"说完就启动了自己的无线电："少校，能听到我说话吗？""魅魔"等了一会儿，却没有收到任何回复。"贝克曼，这是'魅魔'，收到回复。"

"他们收不到你的信号。"麦克尼斯博士说，"岩层太厚，挡住了信号。"

"说得没错。""魅魔"仔细打量着通道入口，发现隧道已经完全坍塌。和普通的塌方不一样的是，隧道具有弹性的墙面没有碎裂，但是在几百万吨岩石重压之下弯曲变形。

在信号弹光芒的照耀下，"魅魔"发现黑暗中有东西动了一下。她端起自己的M16突击步枪，发现距离"计时器"不远的地方有一根银色的金属手指。她顺着管状的机械臂，找到了碟形传感器，然后看到搜索者其余部分一截被屋顶死死压住了。

"计时器"说："他们就是不打算放弃啊。"

"巧了，我们不也是这样嘛。""魅魔"说着，对传感器打了一个点射，然后金属手指停止了动作。她问"计时器"："你还有多余的C4炸药吗？"

"没了，就剩几个手雷。""计时器"剩余的炸药全在背包里，而他的背包这会和"核弹"一起留在山上了，而他的步枪已经埋在了隧道某处。他剩下的武器只有留在枪套里的外星武器。

"弹药是个问题。""魅魔"说话的时候心里非常清楚,他们随身只带了24小时的应急食物和饮用水。

"弹药?""计时器"大笑起来,但是马上因为受伤的肋骨传来的阵痛而停了下来。"这地方有东西值得我们打吗?"信号弹终于烧完了,隧道又陷入了一片伸手不见五指的黑暗。过了一会儿,"计时器"小心翼翼地问:"还有信号弹吗?"

"还有一个,我打算留着以后用。"

"为了啥?"

"魅魔"抓着"计时器"的凯夫拉防弹背心,把他拎了起来,然后指了指远处的一个光点:"为了那个。"

"没门。""计时器"觉得自己看远处的光点越久,它就越远。

"开始行动吧。"

"所以咱们要过去和外星人打个招呼吗?"

"那你有更好的主意吗?"

"计时器"大喊一声:"把他们炸上天!"

"我看咱们还是过去先道个歉。"

"道歉也许管用。"麦克尼斯博士说。

"魅魔"放开"计时器",开始向着远处的光点前进。

"该死,这次行动真是糟透了。""计时器"一边嘀咕,一边看着其他两个人向着光点前进。他叹了口气,然后一瘸一拐地跟了上去。

"嘿,你俩等等我!"

涅姆扎里知道飞船外层舱壁出现了破损,因为她苏醒之后呼吸到的第一口空气来自飞船外部。走廊中充斥着这种温暖而潮湿的空气,虽然其中混杂着一种奇怪的味道,但是却可以呼吸。她从未闻过桉树的味道。她的嗅觉植入物认为这种味道来自植物,而且不会对身体造成伤害,但是现在能闻到这种味道就能充分说明飞船的损伤。涅姆扎里好奇自动维修无人机为什么还没有封堵破损,然后重新增压受损舱段。是不是损伤太严重,还是说指挥中枢已经无法正常思考,无法有效指挥维修工作?

不论真相究竟如何,她知道自己必须确保飞船安全。涅姆扎里利用救生船的控制终端,终于确认最近的损管中心还在十八层甲板之外。重力电梯已经失效,涅姆扎里不得不在黑暗的交通管道和黑暗的走廊中攀爬,唯一能够提供导航的只有自己的声呐。因为墙内的声呐定位器和飞船的定位系统已经失灵,所以每前进一步都异常艰辛。

当涅姆扎里到达损管中心的时候,她发现舱门上的声呐识别信标还在工作,她不禁希望损管中心的供能系统还在工作。涅姆扎里用生体声呐发出了信号。当看到舱门打开的时候不禁长舒一口气。她走进损管中心,发现长方形的房间的墙壁上还有两个巨大的屏幕。让她感到惊讶的是,所有搬运重物用的套装还停在修整用的架子上,根本没有参加外部维修。如果是在紧急情况下,这些套装肯定都忙个不停。

但它们现在安安静静地留在损管中心，这让涅姆扎里非常不安。

她走近屏幕，发现其中一个屏幕上全是静电雪花，上面还夹杂着各种符号，这说明负责通信和监督飞船维生系统的传感器的指挥网已经崩溃。其他屏幕上显示着从飞船各个区域传来的损伤报告，这些报告都是好几天之前的了。当她打量着这些报告的时候，其中一条引起了她的注意，心中瞬间腾起了一种不安。

休眠系统严重受损！

她调出了来自休眠舱段的所有报告，但是发现没有任何更新。这说明，当指挥网唤醒她去监督外部维修的时候，一切还处于正常状态。涅姆扎里怀疑因为无法拯救休眠中的船员，指挥中枢已经丧失了理智。这种故障虽然少见，但是却有先例。

涅姆扎里想立即穿着一套搬运套装冲向飞船中心，但是接受过的训练却阻止她这么做。她调出各种损伤报告，惊讶地发现总数已经超过17万份！她花了几分钟用植入物扫描了所有报告，然后只留下和主要系统相关的报告。当一切结束后，她完全了解了当前的情况。

现在看完了报告，涅姆扎里带着一种绝望爬进了一套起重套装，等待套装完全封闭。套装可以通过植入物直接连接涅姆扎里的神经系统，整体成为她身体的一部分，涅姆扎里穿着它完全可以握住一颗鸡蛋而不至于捏碎，也可以轻松捏碎中子态金属的舱壁。在她的面前，头盔前方一片弧形区域变得透明，套装将视觉信号直接输入她的大脑，涅姆扎里启动了套装上的灯，然后向着休眠舱前进。

就算自己想拯救尽可能多的同胞，涅姆扎里还是强迫自己冷静下来。损伤报告清楚地向她展示了飞船损伤的规模，能找到幸存者的概率微乎其微。她终于明白了自己的境地，内心不禁被恐惧所笼罩。

现在只剩她一个人了。

10

班达卡带着侦察小队顺着一条自己的族人上万年前就知道的小道前进，在雨夜中穿过帕尔森山脉的东侧。当他们登上高处时，可以看到河边还有五个明亮的光点，都是发电厂的残骸。贝克曼估计如果外星人不会因此发动报复性打击的话，最少也会进行一次侦察。

"外星人都去哪儿了？""异形"问。

"核弹"指了指远处浓烟滚滚的残骸："这些外星人想必知道咱们的厉害了！"

"可能吧。"贝克曼并不相信"核弹"的说法。为了和被炸毁的外星基地拉开距离，贝克曼要求班达卡带着他们深入丛林，直到胡博走不动路。当胡博终于要求停下休息的时候，"异形"尽可能地处理了他的烧伤，然后为担架上昏迷的"病毒"更换了静脉注射液。

贝克曼走到"核弹"身边，后者还在折腾"病毒"的通信设备："有什么新发现吗？"

"短波通信一无所获。"

"他们在干扰我们？"

"不，是完全没有任何信号。""核弹"打量着毫无星光的天空。"我感到这个穹顶挡住了无线电信号。"他拿起回收来的外星通信器。"但是，这玩意却收到了很多东西。外星人的通信越来越频繁。"

"他们肯定是在讨论咱们。"贝克曼说。

"核弹"耸了耸肩:"不管他们在说什么,过去几个小时里截听到的东西比昨天一天都多。"

"有什么情况,一定要第一时间通知我。"贝克曼说完就返回自己放背包的地方,掏出一个脱水干粮吃了起来,而其他人却在窃窃私语。

劳拉说:"我以前以为这些 UFO 的传闻都是大规模催眠而已。"

"我们就喜欢这个效果。"马库斯冷笑道,"只有疯子才能看到 UFO,但是没有证据,所以也不能证明其存在。"

"异形"一边回头找自己的背包,一边说:"而且你还让现有的证据也变成了不可行的骗局。"

"我们根本不需要做什么。"马库斯解释道,"外星人不希望自己被发现。就算他们对此表示无所谓,我们也不能阻止他们。他们大可以把飞船停在白宫的草坪上,向全人类展示自己的存在。"

"我见过相关的照片。"劳拉说,"只不过从来不相信都是真的。"

"那是因为这些照片都糊成了一团。"马库斯说,"这都得怪自动相机。它们无法处理高亮或者极端黑暗的情况,到了晚上更是如此。这些相机总是在夜晚曝光高亮物体。倒是省了我们不少事情。"

"异形"看到劳拉一脸不解的表情,就解释道:"这是因为光线不是来自飞船外壁,而是来自周围的空气。飞船周围包裹着一层推进力场,会电离周围大气。所以到了晚上,它们就会发光。"

马库斯强忍着哈欠说:"我们一直说外星人不存在,就是因为全世界有那么多照相机,但是却没有清晰照片。这个说法虽然简单,但是可信度非常高。"

"你说的这一切好似一场游戏。"劳拉说。

"这不是什么游戏。"马库斯认真地回道,"我们实际上是犯了一个大错。"

劳拉困惑地问:"什么大错?"

"我们过早投放了核弹。这让周围的文明全都开始关注我们。"马库斯对着夜空点了点头。而真正的强大势力,则在黑暗的太空中。"他们让我们继续自己的战争游戏,但是核武器才是真正引起他们注意的东西。1945年之前,并没有太多UFO的报告。地球不过是一片穷乡僻壤。但是当我们开始对城市投放核弹,各种有关UFO的目击报告直线上升。他们花了好几年才开始正式行动。我的意思是建立基地,组织人员和设备。他们和我们一样,都要处理后勤问题。等到了1947年,他们在地球的存在已经大大提升,而且就一直待到了现在。"

贝克曼说:"我要是外星人,肯定也会监视人类。"

劳拉问:"他们害怕我们吗?"

马库斯摇了摇头:"他们可能怀疑我们,对我们不屑一顾,但是绝对不会害怕我们。他们对我们保持监视,所以就能知道距离我们脱离地球还有多远,然后开始在太空中骚扰他们。"

"我们太好战啦。""异形"说。

"他们也不信任我们。"贝克曼补充道。

"但是我们已经几十年没有爆发大规模冲突了。"劳拉说,"我的意思是世界大战。"

"看来是你忘了第二次世界大战。"马库斯说,"但是你记住什么并不重要。重要的是,他们记住了什么。1000年前,我们的寿命不过是35岁。现在,可以达到80或者90岁。再过1000年,就可以达到150岁。你的技术越先进,寿命就越长,而且我们有可靠情报显示外星人可以活几个世纪。他们记得我们的世界大战,几十次小型战争,几百万人死于战争,城市不是被轰炸就是吃了一枚核弹。这就是他们对我们的印象。他们不是依靠历史书,而是通过自己目睹的一切来建立对我们的认知。你知道这意味着什么吗？"

贝克曼说："当然，天上全是老年人驾驶的飞船。"

马库斯继续说："这其实意味着，我们必须先实现一千年的和平，也就是说，一千年之内没有战争、种族屠杀或是核战争，然后才能和那些认为我们是野蛮人的外星人打交道。我们可能会忘记并和解，但是那些观察我们的人牢记了一切。"

劳拉说："马库斯先生，你把人类描述得太丑恶了。"

"我不过是通过外星人的视角看人类而已。"

"我们就是这样。"贝克曼说，"要是他们不喜欢，大可以滚回半人马 A 星或者其他什么地方去。我们把自己炸回石器时代，又和他们有什么关系？"

"就是因为这种态度，我们才被他们监视。"马库斯感慨道。

"如果我们废弃了核武器，然后实现了一千年的和平。然后会发生什么？"劳拉问。

"这得取决于我们的科技水平。"马库斯回答道，"你从没见过美国人会派去和南美吃树根的土著部落建立外交关系吧？和一群原始人建交又有什么价值呢？"

贝克曼干巴巴地说："那得看他们有没有石油了。"

"我们可没有他们想要的那种石油。"马库斯说，"公开接触外星人，将是人类最困难的事情。我们一直以为地球是宇宙的中心、食物链的顶端，但实际情况并非如此。我们所接受的训练让我们习惯性地认为，当我们进入星际航行阶段，就可以成为银河系中的领头羊，联合银河系。当然其中不排除还有什么其他乱七八糟的事情。我们心理上最难接受的事情是，我们永远也不会是舞台上的主角。这个定位在几百万年前就确定了。"

"如果运气好的话,我们到时候会有自己的位置。"贝克曼说。

"到时候,我们的技术也会更先进。"

"外星人的技术也只会继续领先。"马库斯说,"不论我们有多先进,他们都将保持对我们的领先地位,说不定他们的技术发展速度还会比我们快,从而进一步拉开差距。我们永远都无法追平技术差距。我们还不如想想如何给自己建立一片和平的世界,让其他人可以接受我们,然后我们就可以实现全新的发展高度,不必担心冒犯别人。我们出门的时候最好把那些相位转换装置和光子鱼雷放在家里,免得它们不仅没什么用,而且还会惹毛别人。"

"你这种人就是喜欢我们亮出肚子装死而已。"塔克一面磨刀一边说,"但是我不会如此。不论他们的技术有多先进,我都不是别人家的门垫。"

马库斯说:"那是因为你还没接受我们在宇宙中的地位。"

劳拉问:"为什么现在不告诉全世界真相,让大家做好准备?"

"因为没有必要,距离公开接触外星人还早呢。"

"异形"说:"在我们和几千个远比我们发达的外星文明接触之前,要先学会和彼此和平相处。"

"你大可以把这话留给那些狂热分子。"贝克曼转头对劳拉说,"现在是马夫湖准则速成课程时间。如果外星人存在,那么所谓的神的地位就岌岌可危了。比如说,人究竟是依照神的模样,还是外星人的模样而造?"

"这个问题简单。"劳拉说,"女人是按照神的样子造的,男人是负责出去倒垃圾的。"

马库斯笑了笑说:"对于狂热分子最难的问题是,外星人也有灵魂吗?"

"真正发达的文明早就不玩唯心论这一套了吧?"

"你是无神论主义者喽?"

"我相信那些经得起推敲的东西。要是神能给我一份血样,我随时都能相信他。"

马库斯问道:"要是我告诉你,外星文明也可能存在宗教信仰,你会不会大吃一惊?"

"我当然会大吃一惊。也许他们并没有你说的那么发达。"

马库斯说:"总有一天,我们会面对一个不可忽视的可能,人类不过是众多拥有宗教信仰的文明之一。如果我们有灵魂,那么外星人也该有。你看,我们不单纯好奇他们的技术,也好奇他们的思维模式。所以我们除了雇用物理学家以外,还找了不少哲学家。"

"那宗教到底起了个什么用?"劳拉问。

"如果你觉得我们的世界有一个救世主,那么完全有理由认为每一个有生命居住的世界上都有一个救世主,为那里的文明传授所需要的一切。这些理论可能对我们不管用,但是对当地文明非常有效。这个故事的核心在于,太空里可没有核战争或者传教士。所以我们到现在也没有看到有外星人来宣传他们的宗教,或者征服我们。所以,我们就算进入了太空,也不可能让他们相信我们的宗教。"

贝克曼看了看自己的手表,惊讶地发现距离天亮还剩4个小时。"现在已经很晚了,而且明天路还长。最好现在休息一会儿。"

当其他人已经入睡,劳拉还在思考人类和邻近外星文明之间的技术差距。最终,她带着一个自己不喜欢的答案昏昏入睡。

ヽヽヽヽヽヽ

运输机以八马赫的速度接近廷德尔空军基地，基地空管雷达和导弹阵地完全没有发现它。飞船的无反射外壳被设计用来躲避远比雷达还要先进的探测系统，所以基地雷达的信号完全被吸收了。

运输船飞过桉树林的时候，就已经完成了战术分析。简陋的化学能爆炸物储存在基地的各个角落，但是真正吸引运输船来这里的是大量的浓缩铀235。虽然核武器爆炸缺乏量子武器的定向破坏力，但也是个不容忽视的威胁。飞船在核弹附近发现了200多架依靠曲翼产生升力，而不是依靠更为有效的推进力场技术的飞行器。由于不知道这些飞机的真实用途，运输船只能认为它们是用来掩盖真正威胁的诱饵，因为指挥中枢认为当地文明利用原始的科技进行伪装。

运输船在当地时间早上4点13分飞过基地周围围栏，然后瞬间停了下来。而就在100米外，一支澳大利亚皇家空军基地4人防御小队，正在一脸惊讶地仰视着这艘飞船。运输船飞行速度是如此之快，而且还能在瞬间减速，它就像一个白色的光球突然出现在东南方的草坪里。

小队长急忙用无线电呼叫："4F小队呼叫指挥塔。天上有个东西，就在围栏里面！"

一个无聊至极的指挥塔军官回答道："那玩意儿可能是月亮。"

下士对着无线电大喊道："这绝对不是月亮！"而他的3名队友用无线电对准了空中的不明物体。

"这玩意儿长什么样？"

"就是个光球。"下士回答的时候完全没有想到闪闪发光的推进力场之下是长方形的运输船。"直径大概20米。"

空管员叹了口气说。"哥们儿，雷达上什么都没有。"

"去你的雷达吧。赶紧看下窗外。"

距离防御小队15米的地方，轻剑导弹阵地的操作员却无法用雷达锁定目标。而在跑道的另一头，美军爱国者导弹阵地也无法锁定运输船，所以只能直接发射导弹，希望导弹自己可以在飞行过程中锁定目标。导弹还没飞到运输船旁边，就被切掉了引擎，弹体摔在地上发生了爆炸。

指挥塔终于看到了远处的火光，然后基地警报大作，澳大利亚空军和美国飞行员冲向位于跑道东侧停机坪的超级大黄蜂、闪电二型以及猛禽战斗机。每个停机坪上方都有带有弧度的金属顶棚，侧面还有防爆墙，保护飞机免受炸弹的冲击。距离停机坪不远的地方，陆军航空兵的机组也在向虎式和阿帕奇武装直升机狂奔。渐渐地引擎开始轰鸣，桨叶开始旋转，但一切还是太慢了。

在推进力场的笼罩之下，运输船尾部舱门打开，一个重型战斗机器人飘了出来。战斗机器人脱离飞船之后，就直直穿过推进力场，落在地面。运输船投放机器人之后就瞬间加速，乍看上去就好像忽然消失了，但是飞船却出现在 500 米外的地方。飞船在这里投放了第二个机器人，然后爬升到同步轨道，它在这里可以免受地面武器的攻击，还能向战斗机器人提供战术情报。

装备了改进的护盾和武器系统的二型战斗机器人，慢慢飘向停在一旁的战斗机和忙碌的飞行员。运输船则干扰了基地的通信，并扫描了基地周围直径 10 公里的区域。战斗机器人和位于同步轨道的运输船，只用了百亿分之一秒的时间确定了优先目标攻击顺序，明确了职责并制定了战术。然后，它们开火了。

第一个战斗机器人对着爱国者导弹阵地开火，将那里变成了一片火海。在它的旁边，皇家空军机场防御小队的突击步枪也开火了。他们的子弹从机器人护盾上弹开，机器人借此记录下了他们的位置。它非常清楚一型机器人在几个小时前被击毁，动能武器在攻击中占有一定比例。它很快调整目标优先级别，确保消灭所有动能武器，4 人小队和轻剑导弹阵地立即被一堵火墙吞没。

黑色的战斗机器人一边前进,一边用能量武器击毁停机坪上的飞机,引爆挂在机翼下的炸弹。爆炸的冲击波将燃烧的残骸带入高空,将飞行员和地勤人员通通切碎,落下来的时候又砸坏了周围的飞机和建筑。

在跑道的另一头,一架阿帕奇直升机开始爬升,用自己的30毫米机炮扫射第二台战斗机器人。机器人的护盾泛着光,一个装着武器的机械臂从盾墙上探了出来,对直升机开火。直升机在空中爆炸,残骸摔在跑道上,旋转的桨叶从周围地勤人员和直升机中间切出一条血路。战斗机器人用各种武器攻击周围的直升机,点燃的油箱和火箭弹将浑身着火的军人炸得到处都是。

现在飞机已经沦为熊熊燃烧的残骸,战斗机器人开始攻击存放装备和武器的建筑。机场防御部队开始使用小型武器、步枪和机枪还击,而明亮的能量束无情地屠杀着基地的士兵。几名美国海军陆战队士兵发射了一发肩扛式标枪导弹,但是战斗机器人凌空打爆了导弹,几名陆战队员也消失在火海之中。两台机器人穿过火海,碾过烧焦的尸体,摧毁碉堡和各种建筑,决心彻底摧毁整个基地。

一名美国空军将军带着一个铐在手腕上的手提箱跑向一栋偏远的建筑,这栋建筑周围遍布战壕和铁丝网。跟在将军身后的是一名空军上校,他手上拿着一套工具。这栋建筑远离跑道,周围没有额外的建筑,离基地的办公区也很远。站岗的士兵一眼就认出了两名军官,但还是看了一眼他们的证件。当通过检查站之后,两名军官立即跑向核弹的存放点。这里有30枚装了核弹头的导弹静静躺在推车上,随时可以装上战斗机,但是基地里所有的飞机都不复存在了。这些导弹从美国的储存设施里紧急部署到澳洲南部,然后昨天才通过超低空飞行运到了这里。

上校拆下一枚导弹的盖板，将军打开了手提箱。现在没有总统命令，也没有政府间的协议，但是两位军官都被告知绝对不能让这些武器落入敌手。将军拿出一个红色文件夹，看了看弹体上的序列号，然后开始寻找启动密码。

屋外的爆炸轰鸣和自动武器的开火声越来越响，战斗机器人距离仓库越来越近，驻守基地的军队和特种部队还在进行徒劳的抵抗。

"拆掉了。"上校一边说着一边拆掉了盖板。他因为恐惧和高温而汗流浃背，但是决心执行最后一道命令。

附近爆炸传来的冲击波让库房不断颤抖，一道能量束击穿了金属墙面。将军因为高温而颤抖了一下，但是没有抬头看究竟发生了什么。将军清晰流畅地念出了启动密码，上校将一长串密码输了进去。当上校输完密码，一组红灯亮了起来，组成一个单词：已启动。

"计时器定为零秒。"将军说。

上校执行了命令，然后说："设定完毕。"

将军知道自己时日无多，于是说："现在看看这群外星杂种对3万吨当量的核弹有什么看法。"

他俩的最后一个动作是伸手去按启动按钮。还没等他们的手指碰到开关，一道炙热的能量束扫过还没启动的核弹，将他俩烧成了灰。弹头里的核原料散落在地板上，整座库房被烈火风暴所吞噬，就连钢板都开始燃烧。

距离运输船出现已经过去了 7 分钟，两台战斗机器人停火了。整个基地和停在这里的飞机都被摧毁，储存的核弹也无法使用。

基地驻军全军覆没。

\·\·\·\·\·\·\

10

代表隧道出口的光点好似遥不可及。隧道内没有任何的障碍物,但是因为要摸索前进,所以速度很慢。"魅魔"和麦克尼斯博士走在一起,而"计时器"则一瘸一拐地跟在后面。他每隔几分钟就检查一次无线电,希望能找到信号。

"你就是在浪费电。""魅魔"抱怨道。

"要么电池没电,要么咱们全得死。""计时器"抱怨道。

"我们得好好向他们解释一下才行。"麦克尼斯博士说,"但是外星人也不会把咱们扔油锅里炸了。"

"他们会把咱们当虫子切了。""计时器"悲观地说。

"他们早就知道人体器官工作原理了,而且说不定比我们更了解。任何足够发达、能够来地球的文明都应该进化出了很高水平的法律和道德标准。他们肯定不会折磨我们。"

他们一言不发地走了一段,然后"魅魔"问:"你说他们是怎么过来的?"

"虫洞?""计时器"说。

"我对此表示非常怀疑。"麦克尼斯博士说,"虫洞不仅不合实际,而且也不稳定。"

"魅魔"说:"他们肯定是用了什么办法过来的。"

"要我猜的话,肯定和膨胀有关系。"

"计时器"眨了眨眼,不解地问道:"你还打算提高太空旅行的票价不成?"

麦克尼斯博士笑了笑说:"我说的又不是经济问题。我说的是大爆炸之后的宇宙膨胀。宇宙膨胀速度很快,远比光速还快。这说明通过拉伸时空,两个点可以以超过光速的速度相背而行。这就是问题的关键所在。"

"魅魔"问："可是这理论怎么用在飞船上？"

"一个膨胀式驱动引擎可以让飞船停留在一个由本地平面空间形成的泡泡里。飞船自身保持静止，所以船员不会感觉到加速度，也不会产生相对论质量效应和时间膨胀，所以完全可以进行超光速飞行。时空会在平面空间泡泡的前方收缩，然后在后方扩展。整个泡泡就是在不断扩展的时空波浪上冲浪，速度完全可能达到光速的好几倍，但是飞船本体可能完全保持静止。"

"计时器"恍然大悟道："原来是太空冲浪。"

"爱因斯坦的方程式支持这个模型，但是我们需要生成大量能量，还得掌握大量的奇异物质才能确保整套理论付诸实践。但是现在这两样东西我们都没有，另外就是我们还得研究如何生成平面空间泡泡。"

"隧道那边的外星人肯定已经研究明白了。""魅魔"说，"说不定他们会先告诉你其中的原理，然后你再慢慢给我们解释。"

虽然他们在黑暗中看不清博士的脸，但是肯定是一脸希望的表情。"魅魔"很明显是激发出了博士内心最深处的期望。

\·\·\·\·\·\·\·

水手长乔·帕克斯顿一听到打印机开始工作，就大喊一声："收到紧急行动指令。"

波克艇长是核动力攻击核潜艇"密歇根"号的指挥官，他此时正在看着打印机吐出一条加密信息。他现在身处潜艇的作战中心，周围的艇员坐在自己的控制台旁，心里非常清楚水面上一定发生了不得了的事情。自从接到命令之后，他们就保持高度警戒状态，一路高速穿越爪哇海，驶过巽他海峡，最后进入澳大利亚北部海域。没人向他们

10

解释为什么要这么做，但是大家都能感觉到其中的紧急和保密意味。全艇上下处于最高临战状态，但是艇长还是不清楚这究竟是一次演习，还是有更紧急的任务。

当帕克斯顿从打印机上拿下紧急行动指令，艇长打量着指挥官汤普森。他努力让自己说话声音听起来更为放松，希望以此掩饰自己的紧张："副艇长，打开密码本。"

"是，长官。"副艇长说完，转身走向不锈钢合金的保险箱。这个保险箱里装的是艇上保密级别最高的文件。

当副艇长取回发射密码，两名军官将紧急行动指令翻译成更容易理解的表达。当完成翻译之后，他们把指令交给艇长。比德尔上尉是艇上的通信官，他和卡德维尔少尉一起用固定的破译流程解读紧急行动指令。

比德尔上尉用短促的波士顿口音汇报道："长官，是七号指令。"

"确认七号指令。"副艇长站在舰长身边说。

"确认七号指令，明白，长官。"比德尔干脆地回复道，"艇长，七号指令真实有效，需要使用代号高夫、利马、德尔塔、奥斯卡和探戈的密码进行确认。"

波克艇长身子前倾，打量着紧急行动指令的识别码，然后点了点头。四名军官同时念出了9个单词组成的识别码，仔细核对每个单词正确与否。

当他们完成核对之后，比德尔上尉说："艇长，指令真实性确认完毕。"

卡德维尔少尉说："长官，我同意，指令真实性确认完毕。"

指挥官汤普森点了点头："艇长，我同意，指令真实性确认完毕。"

艇长不禁感到背后一凉，然后他说："指令确认无误。请具体说明行动内容。"

比德尔上尉说道:"艇长,七号指令要求'密歇根'号向指令内提及坐标发射携带核弹头的战斧导弹。发射窗口从当地时间 0500 至 0515。"上尉接着念出了目标的经纬坐标。

"很好。"波克艇长说,"从艇长钥匙柜中取出艇长授权钥匙。"

"从艇长钥匙柜中取出艇长钥匙,是,长官。"比德尔上尉很正式地说道。

艇长拿起艇内广播麦克,然后对全艇通报:"全体注意,这里是艇长。现在已经允许启动艇长钥匙柜。无视所有艇长钥匙柜发出的警报。"整个流程不过几分钟,一切看起来就像是一场精心安排的芭蕾舞表演。现在流程已经完毕,可以启用战术核武器了。

两名低级军官去拿艇长钥匙的时候,艇长和副艇长两个人研究着地图,用油性铅笔规划坐标。

副艇长不解地嘀咕着:"这就是片丛林而已。"

波克艇长皱着眉头说:"澳大利亚政府肯定是同意这次行动了。"但这又是为什么呢?完全没理由对着荒无人烟的野地发射核武器。这一切毫无逻辑可言。

副艇长悄悄说:"咱们要不要再确认一下?"

虽然艇长也心怀疑虑,但是这么多年的从军经验告诉他必须继续执行命令。他慢慢摇了摇头:"行动指令没错。我们按命令发射导弹。"波克知道自己只能执行命令,立即发射导弹。

"艇长,我们已经打开了艇长钥匙柜。我们拿到了艇长授权钥匙。"

"我确认,长官。"卡德维尔少尉按照流程回答道。

"很好。"波克艇长说完,就从两名低级军官手中接过了钥匙。"现在由我接管艇长授权钥匙。"

当艇长接过授权钥匙之后，指挥官汤普森说："艇长，我建议使用战斗位置的导弹。"

"很好。"波克说，"值班军官，准备战斗位置的导弹。"

值班军官在艇内通话系统内重复道："准备战斗位置导弹。"

一道道指令传达至全艇上下，"密歇根"号攻击核潜艇进入了战斗状态。

水手长帕克斯顿说："控制中心，这里是水手长，准备在正常发射深度悬停。"

艇长再一次检查了发射坐标："目标确认无误。"但是他还在思考一个问题：为什么要炸一片荒无人烟的丛林呢？他放下这个念头，专注于指挥链、自己的职责和对密码确认流程的信任。

"目标确认无误，明白，长官。"武器操作员回复了一句，然后从旁边的保险箱里拿出了武器控制钥匙，把它交给了坐在发射控制台边的军官。

"密歇根"号装备了当量为15万吨的对地潜射战斧巡航导弹。这艘潜艇以前曾经对滨海目标发射过携带常规弹头的战斧导弹，但是从没发射过核弹头。波克艇长在紧张之余，忽然想起这将是历史上第一艘实战发射核武器的潜艇。

终于，武器操作员确认导弹准备发射，然后念出了发射方案："航向一七四，目标距离712海里。"

艇长吞了一口口水，然后拿起对讲机："武器操作员，发射窗口已经打开，你可以发射了。"他默默祈祷了一下，转动了授权钥匙。

"发射窗口已打开，你可以发射""明白，长官。"对讲机里传来武器操作员的声音，然后他也扭动了自己的钥匙。

战斧导弹在压缩空气的推动下飞出水面。当它脱离海面之后，潜艇上的传感器发现导弹开始向水面回落，然后巡航导弹的推进器开始工作。过了一会儿，巡航导弹以亚音速划过了帝汶海的海面。

　　武器操作员说："一发导弹已经发射。"他盯着遥测参数，对整个发射感到非常满意。

　　艇长在通话系统内宣布："武器操作员，现在撤销发射许可。"

　　"明白，长官。"武器操作员回答道，"发射许可已撤销。"

　　波克艇长下令："确认所有战斗位置导弹状态。"他现在手心冒汗，心跳加速，但是艇员们永远都不会知道他现在的状态。现在，一个问题让他无法释怀。

　　我到底对着什么东西发射了一枚核弹？

\·\·\·\·\·\·\

　　劳拉醒了，侦察小队收拾背包、小声嘀咕和打哈欠的声音叫醒了她。现在天色还早，东边刚刚泛起一丝曙光。她坐了起来，发现土著人也回来了。她选了一个距离营地较远的地方睡觉，免得侦察小队晚上遭到攻击。

　　"异形"扔给劳拉一袋野战干粮，说："接住了，早餐还是尝尝富含卡路里的脱水肉干吧。"

　　"多谢。"劳拉说完就开始费力地撕起了干粮的包装袋。

　　忽然，西边地平线上出现一道明亮的闪光，整片丛林瞬间沐浴在一片刺眼的闪光之下。幕墙穹顶底部泛起的一道道波纹向上扩散，一直到穹顶1/3高度的时候才逐渐消散。在幕墙穹顶之外，一道蘑菇云冲天而起。随着幕墙穹顶再次变暗，蘑菇云也消失不见。

　　"女士们、先生们，欢迎来到阿米吉多顿。"塔克说道。

10

"核弹炸坏了穹顶。""美洲豹"说。

"该死。""核弹"好像忽然想起了什么,然后拿起耳机,倾听外星人的通信。

马库斯一直盯着蘑菇云,揉着眼睛说:"核弹在幕墙穹顶外面引爆。"

劳拉几乎不敢相信自己看到的一切:"刚才那是核弹?"

贝克曼盯着天空说:"我觉得爆炸当量在 10 万到 15 万吨。"

马库斯说:"爆炸点那么低,肯定是战斧导弹。"

"这么早就使用核弹,情况肯定很糟糕。"贝克曼说道。

"但是为什么外星人没有阻止核弹?"

"就算是超低空飞行,外星人也完全可以在导弹击中幕墙穹顶之前击落它。"

贝克曼看着完好的穹顶说:"他们要么是无法检测到导弹,要么就是向我们展示自己的强大。"

塔克生气地咕哝了一声:"核弹的效果也不过如此了。"

"我能听到他们的通信。""核弹"长舒一口气,抬头打量着天空。"其中具体原理我还不是很清楚,但是 EMP 没有烧毁我们的装备。"他放下外星通信器,打开了自己的背包,很小心地用自己的身体挡住背包,不让劳拉看见里面装了什么。

"异形"检查了一下自己的笔记本电脑和摄像机:"我这也是,所有电子设备工作正常。"

马库斯吹了个口哨,说:"所以这个护盾可以让光进来,但是却挡住了 EMP。真厉害。"

"挡住了什么?"劳拉问。

"就是电磁脉冲,核弹爆炸的副产品,所有电子设备的死神。""核

173

弹"心不在焉地说道,他的注意力全在背包里的东西上。

贝克曼紧张地看着"核弹":"咱们的秘密武器情况如何?"

"核弹"看了看,然后长出一口气说:"一切正常。"

贝克曼放松下来,但是马上阴沉着脸说:"现在得靠我们了。"

劳拉感觉到大家情绪的变化,他们从绝望变得越发坚决。她歪着身子,看到了包里的东西。劳拉看到一个银色的金属盒子,盒子表面有一个键盘和数字显示器,盒子里有一个黑色泡沫塑料包裹着的黑色卵状物体。显示器上闪动着绿色的字:诊断模式。而在下面则显示着各种测试,每个测试旁边都显示着100%。当"核弹"发现劳拉看到背包里的东西时,他立即用背包盖挡住了它。

劳拉质问道:"这到底是什么东西?"当没人回答她时,她问贝克曼:"少校?"

贝克曼回答道:"这是个武器。"

劳拉问:"这到底是什么武器?"

士兵们彼此望着,努力避免直视劳拉。

劳拉问:"这是核弹吗?"

"不。"贝克曼的回答依然让劳拉感到不安。

劳拉看着"病毒"包里的外星通信器,发现它现在包在一个由51区的工程师设计的外壳里。这个外壳看起来就像"核弹"包里的东西,只不过尺寸更小。她睁圆了眼睛,转头看着贝克曼说:"我的天哪!这玩意也是外星武器对吧!我没说错吧?"

贝克曼点了点头:"他们可能比我们领先了100万年。但是这个东西可以拉平技术差距。"

"这是什么东西?"

"一枚反物质鱼雷。"他说道,"1947年的时候,我们从一个残骸里面找到了6个这东西。"

"核弹"站起来，背上背包说："反物质将以光速向周围扩张，摧毁任何接触到的东西。"

"所有东西？"劳拉不敢相信"核弹"的话。

贝克曼说："泥土、石头和空气。就连外星人的母船也不例外。该死！周围3公里的内一切，一转眼就全都不见了。"

塔克阴着脸说："再见啦，外星佬。"

劳拉问："你怎么确定它就能正常工作。"

"在月球的暗面，有一个弹坑。"贝克曼说，"坑口直径6公里，不多不少。这玩意肯定能正常工作。"

劳拉大喊道："你们还炸过月球！"

"我们不可能在地球上冒险引爆这玩意。"贝克曼说，"更别提那时候我们还不知道这是什么东西。"

"你们怎么悄悄地把月球炸了个坑的？"

"航天总署有一台叫作火星极地登陆者的探测器。它本该在火星着陆，但是有群书呆子数学不及格搞砸了任务。而实际情况是这台探测器根本没去火星。它在月球暗面完成了完美着陆，然后我们引爆了鱼雷。"

"你们居然还挑了月球暗面！"

"但是事情就是如此。"马库斯说。

贝克曼说："既然来自外面的核打击已经失败了，那么就得靠我们来拯救世界了。"

劳拉心惊胆战地吞了下口水："它会摧毁多少东西？"

"爆炸半径内的一切都将不复存在。""核弹"说，"爆炸留下的弹坑直径6000米，深度达到3000米。"

劳拉开始在格伊德河现在的位置想象出一个大坑。这个弹坑届时可能是世界上最深的淡水湖。这个主意让她感到恶心。劳拉看着马库斯,后者却一句话也不说。

劳拉这时才明白,原来马库斯从一开始就知道会有这么一天!这就是他所谓的军人会炸掉自己不理解的东西。她转头看着瓦育比,后者盘腿坐在一旁,认真地听着他们的每一句话。"你有什么看法?这里是你们的土地。"

瓦育比看着模糊了星光的幕墙穹顶。"我看不见天空中的神灵了。事情不该是这样子。"

贝克曼安慰劳拉道:"这玩意儿没有辐射,也不存在任何后效。是很干净的武器。"

"这一点也不能让人感到放心。"劳拉大吼道,"一枚核弹已经在外面爆炸了。辐射会造成什么影响?"

"总统肯定是批准使用核武器了。他肯定也会同意我们用反物质鱼雷。你们的政府肯定也同意了这次行动,因为他们知道自己已经无能为力。现在他们完全无能为力。"

"这片森林有几百万年的历史。"劳拉近乎绝望地说,"你们这是要毁了它。"

"森林自然会恢复。"贝克曼说,"这可能要花上100年或者1000年,但是如果我们不干掉外星母船,咱们可能就再也看不到这片森林恢复后的样子了。"

劳拉想要尖叫,但是知道尖叫于事无补。她生命中珍惜的每一样东西都在分崩离析。

班达卡朝劳拉走了几步,说:"我们属于这片土地。如果这片土地可以存活下去,那么我们也可以存活下去。"

"我们的孩子会继续活下去。"德帕拉乌看着自己的女儿说,"他们会见证森林再次繁荣。"

"我就当你们是同意了。"贝克曼对瓦育比点了点头。

劳拉问:"你打算在哪儿引爆鱼雷?"

塔克恶狠狠地说:"我要把这玩意儿塞进外星人的屁股里。"

"要的就是这效果!""核弹"说,"这将是历史上规模最大的一次灌肠!"

"咱们得靠得够近才行,必须让飞船进入爆炸半径。"贝克曼说,"等咱们能看到目标了,自然就能知道更多情况。"

"那我丈夫怎么办?他也在船上。"

贝克曼略带歉意地说:"这次行动本就不是一次救援行动。"

劳拉看着马库斯,而后者不愿直视她的眼睛。"那就这样吧。"劳拉说。

在营地的另一边,响起了一声轻微的呢喃。"病毒"翻了个身,用一只手按在头痛欲裂的脑袋上。他睁开双眼,轻轻眨了一下,开始用一种人类无法发出的尖叫说话。所有人惊讶地盯着他。

他所用的语言是一种人类未知的语言。

\·\·\·\·\·\·

"声呐发现目标,方位 175 度,速度……"声呐操作员停在原地,努力想弄明白声呐的读数。

波克艇长打量着操作员,好奇地问:"速度多少?"

操作员一脸困惑地看着"密歇根"号的艇长:"长官,目标速度超过两千节,而且目标还在水下。"

"这怎么可能!"指挥官汤普森大喝一声,然后赶到声呐控制室。

"航向?"艇长问道。

"向我们冲过来了。"

"全员进入战斗。"艇长下令道,"发射诱饵。"

副舰长看着声呐屏幕,屏幕上一个标记向着"密歇根"号高速前进。"你的设备肯定出问题了。"

声呐操作员打量了一下操作系统,说:"这不可能,长官。"

波克艇长走向声呐系统的显示屏,操作员把自己的耳机也递给他。艇长把一只听筒按在自己的耳朵上,但是却没有听到耳熟能详的推进器桨叶切开水体的声音,而是水分子被加速力场推开的声音。推进力场可以确保高速运动的物体不会和水体发生直接接触。

"这可不是鱼雷。"艇长看着目标距离潜艇越来越近,"左舷70度。"

还没等巨大的潜艇开始转向,一个银色的椭圆形物体击中了"密歇根"号中部,一头扎进反应堆,然后发生了爆炸。黑暗的海水中一时间亮起了明亮的闪光,好似水中出现了一颗耀眼的星星,然后海水立即回填了"密歇根"号刚才的位置。水中没有残骸,没有腾起的水泡或是残骸,艇员们也没有逃生的可能。

"密歇根"号已经从分子层面被消灭了。

\\\\\\\

小队准备出发的时候,马库斯借了塔克的铲子,示意自己要去上厕所,而且不希望别人跟着自己。他和劳拉四目相接,示意自己希望和她谈谈。当他脱离小队的视线范围,就拿出收发器,开始编辑新的报告:

请求如下:
1. 解释为什么使用核武器。
2. 重新确认任务优先目标。
事态紧急。贝克曼要用鱼雷了。

马库斯知道"核弹"的无线电上什么都收不到,而且幕墙穹顶完全可以隔离电磁脉冲,这让他越发怀疑有没有人能收到自己的报告。但是,他还是要试试。澳大利亚信号局的监听站距离这里不过100公里,而且他们的设备非常敏感,所以马库斯希望他们可以接收到一部分报告。

"你真的要让他们炸了外星飞船吗?"劳拉质问道。

"我还没做出决定。"马库斯已经放弃了在劳拉面前隐藏短波收发器的努力。

"收到了什么东西吗?"劳拉对着收发器点了点头。

"现在还没收到。我可能必须再发一次报告进行确认。"他打量着劳拉,"我能指望你吗?"

劳拉大吃一惊地说:"我?你想让我干什么?"

"我到时候会告诉你的……你觉得呢?"

"如果你可以阻止他们摧毁外星飞船杀死我丈夫的话,那我可以帮你。"劳拉明白马库斯是救出丹的唯一希望。

"很好。"这位来自中央情报局的情报官将用铲子铲起一铲土。他看着劳拉说:"没别的事了。"

劳拉见自己被这样打发,心中腾起了一丝怒意,因为这让她感觉自己好像是他的雇员。劳拉一言不发扭头返回了营地。当马库斯挖出一个浅坑之后,又检查了一遍收发机。

显示屏上什么都没有。

11

重型起重套装向涅姆扎里的脑内插件发出了一条优先级别警报。但是她完全忽视了这条警报,专注于将受损的休眠舱搬到医疗室。多亏了套装上的生物传感器,这已经是她找到的第三个还在运转的休眠舱,这让她觉得可能找到更多的幸存者。

三个休眠舱里的船员都受了严重烧伤,必须在恢复意识前立即接受纳米重生手术。鉴于休眠舱经受了高温,还有人能活下来简直就是一个奇迹。休眠舱被烧得焦黑,而且表面还有几滴熔化的金属。虽然紧急供能模组几乎衰竭,但是他们的生物静滞力场却依然保持工作。

她放下休眠舱,呼叫六台多臂的圆形医疗无人机将烧伤的伤员送去重生室。当病人情况稳定之后,几百万纳米机器人涌向焦黑的身体,替代伤员体内上百个受损的植入物,切除受损的四肢,然后克隆出替换用的四肢,重建伤员的四肢。这是一个缓慢而危险的过程,如果伤员运气好的话,他可能活到最后。

基因分析显示他是一名地面部队的中层指挥官,原计划在目标星球降落两天后,才会将他唤醒。理论上来说,他的职位高于涅姆扎里。但是,他不是船员,所以不过是一件货物而已。况且,这位中层指挥官还是雄性个体,肯定会听从身为雌性的涅姆扎里的命令。虽然涅姆扎里很高兴找到了生还者,但是找不到飞船上的军官让她越发焦虑。作为唯一一名生还的船员,意味着她将接管整艘船的指挥权,但是指挥中枢却不承认她的军衔。拯救乘客是涅姆扎里的职责所在，但是她更希望能找到军衔更高的雌性军官接管飞船指挥权。

涅姆扎里知道自己现在不能为这位伤员做更多的事情，于是开始处理那条储存在植入物中的警报。她以为收到的不过是故障警报，但是接受的训练和纪律不允许她违反终结协议，直接删除警报提示。让她感到惊讶的是，这是一条战斗警报，提示她低当量的聚变武器攻击了护盾。

涅姆扎里好奇究竟是谁，居然敢动用禁用武器攻击飞船。宇宙中各个种族都反对使用这种武器，就连涅姆扎里自己的同胞都反对使用这种武器。单是生产这种武器的后果就让人退避三舍，更不要说将这种放射性武器投入实战了。

她要求发布警报的战术副中心提供最新的进展，战术副中心很快发回了报告。自从飞船迫降之后，指挥中枢已经压制了轨道和大气层内防御，发动惩戒性打击为飞船建立了一片活动区域。护盾已经建立完毕，但是已经很长时间没有和舰队取得联系。飞船当前处于高度威胁之下，而且不太可能获得增援，敌军的活动也限制了资源供应，破坏了工厂产出。

涅姆扎里这才发现飞船遭到了攻击。她现在已经完全了解了当前形势，将自己的任务目标从救助幸存者转为保护母船免受敌军攻击。

涅姆扎里立即询问医疗机器人有关雄性成员的情况。两名雄性成员状态稳定，但需要接受生长激素治疗，现在他俩状态虚弱，完全可能死于这种治疗。治疗用的激素来自麦诺德兽，这种来自涅姆扎里故乡的凶猛的捕食者储存在飞船上的不同位置。如果这些野兽活过了迫降，那么找到这些野兽就需要她暂时放弃搜索幸存者，而这可能会害死更多幸存者。

但这是涅姆扎里的职责所在。她是一名船员，当前实际的指挥官，更重要的是，她是一名雌性船员。

12

"魅魔"带着麦克尼斯博士和"计时器"向着隧道口走去，时不时打量着水晶球的显示屏。这部回收来的外星扫描仪并没有发现任何目标，但"魅魔"不敢相信这里居然没有任何守卫。她收起外星扫描仪，端着枪悄悄摸到了隧道口。在她眼前的是一片足有几个足球场大小的房间，房顶距离地面足有好几公里。

她打量着身后的隧道说："麦尼，你在这儿等着。"然后示意"计时器"跟上。

"计时器"掏出自己的外星武器，但当"魅魔"进入这间过分宽敞的房间时，却在她身后保持一定距离跟着。"魅魔"踩在激光切割出的光滑岩石地板上，发出了空洞的声音，而高高的房顶则更让她感到渺小。整个房间内，除了墙上的隧道出入口，再也看不到其他任何东西。

"没有看到那些金属块。"她非常确定车厢将那些金属块卸在这里。这庞大的房间完全可以充当地下后勤中心和生产中心，但现在却空无一物。"魅魔"盯着光滑的墙壁，一路向上扫过橙黄色的发光板，仔细研究着黑色的长方形屋顶。她用M16突击步枪对准屋顶上的白色光点，用瞄准镜仔细研究。

"我的天啊！"

"怎么了？""计时器"不安地问，他还是不想离开隧道口。

12

"我们头顶上就是一艘飞船!我能看到打开的舱口了。"

"真的吗?"麦克尼斯博士完全无法控制自己的好奇心,跑进房间抬头张望。"这太大了!"

"计时器"走进房间寻找出口,但是一无所获:"我就知道咱们被困在这儿了!"

麦克尼斯博士把瞄准镜还给"魅魔",一边打量着飞船一边来回踱步,一心想着希望可以上飞船。"肯定有什么办法……"

一道白光照了下来,照在博士身上,博士没有感觉到自己发生了移动,但确实是顺着光束一路飞了上去。博士发现"魅魔"和"计时器"被抛在身后,周围的墙壁也变得模糊不清。过了一会儿,博士穿过3层的船体,被扔在光滑的甲板上。传送光束随即关闭,只留下博士一个人在黑暗中。在100米外的墙壁上有几盏昏暗的橙黄色灯光,而其他地方却还是被黑暗所占据。博士感觉自己仿佛是在巨人的巢穴里,他听到远处传来金属碰撞的声音。

甲板上有四个圆形的开口,每个开口上方还有一个半透明的锥形光束发射器。他走到最近的一个舱门边,打量着下面的房间。偌大的房间看起来不过是一个发光的小方块,根本看不清"魅魔"或是"计时器"。他感到自己因为恐高而头晕目眩,于是赶紧后退几步,然后头顶上的发射器开始发光。一道传送光速再次射入房间,然后"魅魔"也出现在甲板上。传送光线把"魅魔"放在甲板上,然后就关闭了。她端着自己的突击步枪转了一圈,仔细打量房间里的情况。

"这里只有我们,"麦克尼斯博士刚说完,房间里就想起了金属碰撞的声音,"以及那玩意儿。"

"魅魔"打量着传送光束发射器说:"我猜他们就是用这玩意儿把金属块送上来的。"

"对，这就是他们的装卸系统。"

传送光束再次启动，然后"计时器"也出现在"魅魔"旁边。"这玩意儿还不错。现在赶紧想办法出去。"他看着货运舱口，对着下面吐了口口水，然后看着口水掉进下方黑洞洞的房间。"走路的时候可得小心脚下。"

"魅魔"注意到货运舱口周围的三层船体："船体看起来很厚，似乎很结实的样子。"

麦克尼斯博士说："他们要对付辐射、小行星和任何可能的威胁。"

"计时器"用自己的外星武器对准舱壁开了一枪，然后研究攻击过的位置。"连个刮痕都没有，这肯定是装甲板。"

麦克尼斯博士打量着空旷的船舱说："我看这就是艘清空的货船。鉴于飞船的尺寸，外星人需要用厚重的船体确保结构强度。"

"魅魔"绕着圆形的货运舱门说："我没看到舱门。"

博士回答："可能是虹膜式扩张舱门。那台修路的机械甲虫的尾舱门不就是那样的吗？"

"计时器"掏出指南针寻找方向，但发现指针却在慢慢旋转。"哎，我的指南针坏了。"

博士问："让我看看如何？""计时器"把指南针交给他，博士把指南针贴在甲板上，但是指针还在慢慢旋转。"飞船里还有个电磁场。我怀疑可能是引擎。"

"计时器"惊讶地问道："你不会觉得他们要起飞了吧？"

博士把指南针还给他，说："我希望不会如此。"

远处响起一声刺耳的动物叫声，"计时器"紧张地盯着眼前的一片黑暗："那是什么鬼东西？"

"魅魔"说："天知道是什么鬼东西，反正不像是善类。"

12

麦克尼斯博士说:"我好奇他们的语言是否就是这样。"

"他们要真这么说话,我才不想和他们聊天呢。""计时器"说完,用外星武器随意朝黑暗中开了一枪,用开火时的亮光照亮了货舱。

"别开火了。""魅魔"说,"你会暴露我们的位置。"

"你以为他们不知道我们在这儿?"

"我也不清楚。但还是提高警惕。"她指了指远处的墙灯,"咱们往那边走。"她带头向着远处的灯光狂奔,当远处响起急促的金属剐蹭声时,立即停在金属墙边。

"它朝这边来了。""计时器"悄悄说。

"魅魔"拿出水晶球,但是唯一能捕捉到的信号只有他们自己。"它身上没带任何金属物体。"她收起扫描仪,"继续前进。"

他们沿着墙继续前进,从一处光源移动到另一处,搜索重力升降机或者走廊,而他们身后一直跟着那个轻柔地刮擦着甲板的声音。他们有好几次看到黑暗中有一个朦胧的身影,然后传来一声刺耳的尖叫。

"魅魔"悄悄说:"有两个目标。"

"而且他们闻到我们了。""计时器"一直在注意黑暗中的脚步声,发现目标一直在光线所及范围之外徘徊。

"魅魔"说:"他们要是被困在这里没吃没喝,那肯定很饿。"

麦克尼斯博士说:"你是不是忘了,要是外星生物吃了我们,那么我们体内的微生物就会杀死他们。"

"计时器"说:"博士,你说得完全没错。但如果那玩意儿真的是一头野兽,又怎么可能知道这一点呢?"

"哦,你说得有点道理。"

借着微弱的灯光,可以看到一个肩膀滚圆的生物在黑暗中徘徊,闻着他们身上陌生的气味。"魅魔"用突击步枪开了一枪,枪焰照亮怪物健壮的肩膀，肌肉发达的四肢和黄色的牙齿。饥饿的野兽以惊人的速度跳到一边，知道自己的猎物不同于以前任何猎物。

"该死！""计时器"说，"这玩意真大。"

"你打到它了吗？"麦克尼斯博士问。

"可能打伤了它。""魅魔"说着开始走向伸手不见五指的黑暗。

"计时器"说："嘿！这些怪物还没走呢，咱们不能离开有光的地方。"

"你想待着这儿？""魅魔"反问道。

"计时器"扭头看了看说："咱们就等它们进攻，然后干掉它们。"

"要等多久？""魅魔"质问道，"1小时？1天？等50个这样的怪物一起来？"

"50个？""计时器"问。

"仔细听脚步声。要是目标靠近就开火。我会瞄准你武器命中产生的闪光。""魅魔"不等"计时器"回答，就开始向着黑暗中前进，而麦克尼斯博士就跟在他后面。他俩还没走多远，就感觉到飞船某处传来震动，这说明维修工作还没有结束。

"计时器"问："他们为什么不开灯？"

博士说："他们能开自然会开，可能现在供能不足。"

"我看他们的能量供应还不错。""魅魔"说，"这里地板倒是很干净。"

"自动清洁系统也许负责清理工作。"

"魅魔"发现一堵墙挡在他们面前："这里是死路。"

"计时器"紧张地问："那咱们还得掉头，从那群怪物中间穿过去？"

博士用手在墙上摸索，一直摸到墙角，然后说："这里延伸进了甲板,我觉得这可能不是墙。"

"魅魔"说:"'计时器',来一枪。"

"计时器"对着黑暗的货舱开了一枪,吓跑了两只怪物,给了麦克尼斯博士一点照明,"计时器"大喊一声:"这些怪物跟上来了!"

博士说:"这是个气密门,刚好隔开了甲板。"

"计时器"听到脚步声越来越近,于是说:"它们靠上来了!"过了一会,又大喊一句:"来啦,我在这呢。"

"闭嘴。""魅魔"说。

"计时器"无视了她,继续对着黑暗大喊:"想尝尝我味道如何?过来自己动手啊!"

"闭嘴!""魅魔"命令道,"仔细听。"

在一片寂静之中,3个人勉强听到了水滴声。

"是水吗?"麦克尼斯博士惊讶地问道。

"连管子都在漏水,怪不得它们坠毁了呢!"

"咱们顺着门走。""魅魔"说着开始带领小队横穿甲板。

他们3人向着水滴声的方向进发,当来到甲板中间的时候,一团黑乎乎的东西挡住了他们的去路。还没等"魅魔"去一探究竟,船舱里响起一声尖叫,饥饿终于激发出怪物们追踪猎物的天性,驱使它们杀向小队。"魅魔"将最后一颗信号弹扔向脚步声的方向,"计时器"同时开火,黑暗的货舱中一时间被各种闪光照亮。

在怪兽的家园世界,它们的利爪能让它们在泥地中以极高的速度追捕猎物,但是在金属甲板上,它只能跌跌撞撞向前奔跑。"魅魔"看到一双倾斜的眼睛、深红色牙床包裹着的三角形大牙和流线型的口鼻。这怪物肩膀粗壮,前肢健壮有力,足部有蹼,躯干和后肢短粗,身子后面还拖着一条长尾巴。

"计时器"的外星武器锁定目标，带着他的手向左移动，然后向着怪物的肩膀打出一连串等离子束，怪物的肌肉组织就像黄油一样被切开。"魅魔"站在"计时器"旁边，对着怪物的脑袋打出几个点射。因为"计时器"的等离子攻击将怪物一分为二，怪物的前肢也扭成一团，变成一团向他们滑过来的血肉。"计时器"继续开火，将尸体打成焦黑的残块，最后尸块撞在巨大的气密门上停了下来。

"计时器"生气地大叫："想吃我是吧！现在满意了吧！你这个外星丑八怪！"他对着尸体又开了几枪，然后说："混蛋，喜欢吗？"

麦克尼斯博士向前走了几步，打算检查一下怪物的尸体，但是"魅魔"却一把按在他的肩膀上："麦尼，这次还是算了吧。"

"但这可是来自外星的动物。"

"魅魔"小心翼翼地走过去。"我才不管这东西是不是来自外星，这东西不过是想吃了你罢了。"她用步枪戳了戳怪物的下巴侧面，触发了肌肉自动收缩，血盆大口瞬间关闭。"就算它死了，还是很危险。"

麦克尼斯博士怀着敬畏之心仔细打量着巨兽的牙齿。"行吧，那我就不摸它了。"他借着信号弹的光仔细打量着尸体。"这家伙不会使用工具。头部有大量骨骼，智力低下。从有蹼的爪子和尾部来看，这还是种两栖动物，这说明它来自一个水资源丰富的世界。"

"而且现在还有一只没解决呢。""魅魔"说完转身打量脑袋上的黑色物体。借着信号弹发出的光，大家才看明白这是一辆夹在防爆门中的载具。防爆门将这辆载具卡在了半空中。整个载具呈椭圆形，有着流线型的外壳，外部没有明显的门窗，载具上部还有一个稍稍隆起的气泡状结构，上面还有两个炮塔。让人感到惊讶的是，巨大的防爆门居然没有碾碎这辆载具。

"魅魔"说："这玩意儿看起来像是坦克。"

麦克尼斯博士却说："还可能是一台拖车。"

"计时器"用自己的外星武器对着载具开了一枪，然而却找不到任何受损的痕迹。他摸了摸等离子束击中的地方，然后摇了摇头。"连表面温度都没有变化，肯定不是个好对付的家伙。"

"魅魔"从坦克下方爬过防爆门。在防爆门的另一边，一大块金属甲板从上方砸了下来，导致防爆门和掉下来的甲板之间空间狭小。"魅魔"向着有光亮的地方前进，麦克尼斯博士跟在她后面，"计时器"待在队伍最后面，以免另外一只怪物追上来。越发潮湿的空气中弥漫着桉树浓郁的香味，水滴的声音也越来越清晰。

当"魅魔"来到砸下来的甲板旁边时，一大滴冷凝水落在她的靴子边。"魅魔"抬头向上打量，发现几百层甲板被连续击穿。被击毁的甲板焦黑一片，偶尔可以看到闪烁的灯光和短路的供能管道发出的电火花。一个头部呈锥形的杆状机器人，正挥舞着四条机械臂切割着扭曲的金属板。机器人头部的锥形周围的推进力场闪闪发光，两条机械臂用焊枪切割装甲板，电火花纷纷落在下面的甲板上。在维修机器人的上方，隐约可以看到一点阳光，这说明这里可以直接到达飞船上方。

飞船受损的程度和近乎徒劳的维修，这种反差让"魅魔"大吃一惊。她刚准备离开甲板的掩护，就听到附近响起两栖动物刺耳的尖叫。她待在原地一动不动，仔细打量着下方的情况。她瞪了"计时器"和麦克尼斯博士一眼，让他俩保持安静。等尖叫声停止后，她慢慢向前挪动了几步，仔细观察情况的同时努力不暴露自己的位置。

"魅魔"感到一股新鲜空气迎面扑来，然后就看到眼前的深渊。距离她一步之遥的地方，3层设计的甲板被撕出了一个大洞。在大洞的另一边，还可以看到 5 只两栖捕食者，在由灰烬而形成的堰塞湖附近还有更多的两栖怪物。湖面上时不时可以看到金属碎片，你甚至还能看到一截烧焦的树干漂在上面。

有时候，当一只怪物过于靠近另一只同类时，就会被报以尖锐的咆哮作为警告。如果无视这种警告，那么感到自己受到威胁的怪物就会冲出水面，用自己的前爪攻击不速之客，让它们后撤或是引发一场生死之战。警告性的叫声会引起其他怪物的回应，但是过了一会儿，一切又归于沉寂。

一只怪物叼着鳄鱼的腐烂尸体浮出水面。"魅魔"藏身的甲板砸入水中，这只怪物正好向这里游了过来。当它游到甲板旁的时候，立即冲出水面，开始撕扯鳄鱼尸体的腹部。其他怪物也向鳄鱼尸体游了过去，推搡着自己的同伴只为抢一口肉吃。一只怪物在混乱中被抓伤流血，其他怪物在鲜血的刺激下越发疯狂。过了一会儿，腐烂的鳄鱼尸体和流血的怪物都被分食一光，只留下惨白的骨头。

"魅魔"爬回船舱里，悄悄对博士和"计时器"说："飞船被开了个洞。里面全是水，还有几十只刚才那种怪兽，一个个都饿疯了。"

"计时器"吞了口口水说："咱们能过去吗？"

"它们太多了，没法动手。而且它们非常饥饿，甚至连同类都不放过。要是让它们看见，咱们就死定了。"她指了指挡住自己的甲板说："它们用这个当作入水用的斜坡。"

"这就可以解释为什么货舱里为什么什么都没有了。"麦克尼斯博士悄悄说，"爆炸性失压。船体外壁被破坏后，气密门试图封闭舱段，但是那个……坦克却卡住了气密门。"

"咱们得撤回去。""魅魔"说。

"你疯了吗？""计时器"质问道，"最起码这还有光亮。天知道黑暗中还有多少这玩意。"

"肯定没有水池里多。"

12

"让我看看。""计时器"说完,就从"魅魔"身边挤了过去。

几只两栖怪物趴在甲板破口边,而其他的则待在浑浊的水里。他这才明白"魅魔"说得没错,他们不可能对付这么多怪物。突然,一只怪物站起身子打量着天空,嘴里还发出尖叫,一道红色的虚影掉进水中,掀起巨大的水柱。怪物们开始尖叫,然后跟着红色的虚影跳入水中,决心将猎物撕碎。

"计时器"扭头说:"怪物们跳进水里去追什么东西去了。"

怪物们蜂拥入水追逐猎物,池塘里一下归于宁静。过了一会,水下开始泛出光芒。一只怪物冲出水面,深吸一口气,然后再次潜入水中继续搏斗。

"魅魔"看了一眼,知道机会来了。"快走。"

"计时器"问:"走哪儿去?"

"趁他们不注意,赶紧往上走。"她说完就爬上掉下来的甲板,然后开始向上爬。这截甲板上有很多破洞,刚好可以当作梯子用,为手脚提供发力点。"计时器"和麦克尼斯博士跟在"魅魔"身后,水池底部还能看到奶白色的光。当"魅魔"爬到上层甲板的时候,她听到急促的脚步声向自己靠近。她用M16突击步枪对准上方的平台,却看到一张血盆大口和黄色的利齿向她飞速靠近,根本没时间开枪。怪物压住了步枪的枪管,迫使"魅魔"把步枪往回抽,枪托卡在甲板的破洞上,然后将怪物拎了起来。怪物重重摔在下面的甲板上,但血盆大口还是咬在枪管上,想把步枪从"魅魔"手上夺下来。她打出一个点射,打飞了怪物的后脑勺,怪物的尸体顺着甲板滚入水中,甲板上留下了一条血迹。

"魅魔"迅速爬上上层甲板,然后卧倒,用M16突击步枪对准水池,掩护其他人爬上来。水池中的奶白色闪光已经消失,一个红色的两足物体冲出了水面。"魅魔"一眼就认出这是一套外骨骼装甲套装，而不是机器人，只不过它比人类要矮，而且还有个大得出奇的头盔。

起重套装背对着小队，挡住了自己透明的头盔面罩，五只怪物徒劳地攻击着套装的外壳。套装的左手拿着一个白色的纳米网，网子里有两只失去意识的怪物，而它的右手捏着一个银色的短棍，每次攻击怪物的时候都会发出闪光。电击棍让麦诺德兽不得不退避三舍，有些选择跳回水中，有些落在甲板上。当所有怪物都被赶走，起重套装启动了推进力场，向上飞了6层甲板，然后消失在黑暗的船体内部。水池周围的怪物们围在"魅魔"刚刚杀死的同类旁边，快速分食了尸体。

"那才是个真正的外星人。"麦克尼斯博士激动得不能自已。

"是啊，很遗憾没看到他的脸。""魅魔"说。

"计时器"问："你觉得他们要这些怪物干什么？"

"不知道。""魅魔"说完就示意大家从甲板旁退开。

当他们和水池拉开距离，就穿过阴影向着闪烁的应急灯前进，然后发现一扇被爆炸性失压清空的大型货舱。他们穿过货舱，来到一条明亮的走廊，这条走廊宽度几乎和高速路一样。他们贴着墙前进，突然发现了一道宽敞的拱门。整个拱门和墙壁融为一体，周围没有任何控制开关，而且宽度足以让他们之前看到的坦克自由出入。

"计时器"说："完全没看到他们的升降机或是大门。"

麦克尼斯博士好奇地打量着拱门说："他们的视觉肯定和我们不一样。"他看着橙色的墙灯说："根据灯光颜色来看，他们的家园世界肯定是在一颗K类行星附近。这样他们的眼睛对红外线更敏感。"

"魅魔"说："咱们要是弄不明白怎么找到他们的门，又怎么能找到出口？"

"贴着墙走。"博士说，"这些门似乎装有传感器。"博士站在

12

拱门里，却没有发现任何门被收入墙内的痕迹。"看起来和墙壁融为一体。这肯定在量子层面上发生了什么神奇的事情。"

"计时器"不耐烦地看着博士："我们需要的是快点找到从这个老鼠窝里逃出去的办法。"

"魅魔"穿过拱门，进入一间几百米长的长方形房间，墙壁上只有寥寥几盏橙黄色的灯提供照明。房间内有好几排银色的圆形平台，每个平台上都有银色圆碟飘在上面。平台越大，圆碟的高度就越高，每个平台边上还有一个一半大小的金属碟子。大多数平台上空无一物，但是靠近房间入口处的几个却闪着光。

麦克尼斯博士急不可耐地走向平台，但是"魅魔"却一把拉住了他。"等等。"她说完就开始搜索房间内任何可疑的迹象。

"计时器"穿过拱门，向房间左侧移动，小心翼翼地打量着房间，然后说："看起来没问题。"

"好了。""魅魔"放开博士，然后一起走向第一个平台。他们刚刚从拱门走开几步，墙壁就汇在一起，吞没了拱门。"魅魔"小心地往回走了走，触发传感器，拱门才再次出现。"魅魔"这才放心，因为她可不想被困在这里。

麦克尼斯博士走过这些处于工作状态的平台，发现每个平台上都有一个还没完成的机器。大多数只有骨架，还在等待安装设备，还有些只差安装外壳。五个最大的骨架是战斗机器人，它们的滑橇上还没有装反重力力场发生器。这些还未完成的战斗机器人缺少装甲、武器和护盾，但是主要框架、动力装置和大多数内部系统已经完工。

"计时器"看着一台战斗机器人，心有余悸地说："这艘母船真是太大了。"

"魅魔"打量着工作中的平台,然后看了看一排排还没启用的平台。

这些东西实在是太多了，"魅魔"估计足足有几千个。"魅魔"绕着没有完工的战斗机器人转了几圈，完全没有意识到这是军用机器人。她打量着其他平台，发现最大的平台完全可以生产卡在防爆门中的那种坦克。

"这是个工厂。"

"计时器"问："那零件和工具呢？""计时器"掏出匕首，戳了戳旁边战斗机器人的骨架。当匕首穿过平台边缘的时候，一股金色的云雾包裹住了刀尖。他收回匕首，吓了一跳。"你看到那玩意了吗？"

"那你看到这个了吗？""魅魔"说着抓起"计时器"的手腕，仔细打量着匕首。刀尖已经不见了。

"计时器"吓得眼睛都快跳出来了："这玩意儿吃了我的刀子！"

"想想你要是用手去摸那玩意儿会怎样？"

"计时器"不安地吞了下口水。气压平衡时传来的嘶嘶声说明拱门再次启动了。"魅魔"拉着麦克尼斯博士藏到平台后面，而"计时器"则躲在战斗机器人骨架后面。

一个带着锥形帽子的维修机器人，带着一块扭曲的金属进入房间，这块金属足有一辆小汽车大小。它飞到一个放着维修机器人骨架的平台上，然后把金属块扔在平台旁边的碟子上。维修机器人转身飞出了拱门，平台上腾起一团金色的雾气飞向圆碟。雾气绕着金属块飞了一会，金属块瞬间消失不见，雾气随即返回平台，包裹住了维修机器人的骨架。机器人的内部部件凭空出现，机械臂和外部蒙皮也随即出现，而金色的雾气却消失不见。过了一会儿，一台全新的维修机器人就完成了。

维修机器人顶部锥形结构的边缘闪闪发光，带着它脱离了平台。维修机器人对当前情况有了全面了解，然后穿过拱门离开了房间。在刚才的平台上，金色的雾气再次出现，开始制造一套新的骨架。当光芒消失之后,雾气也消失不见,回收来的金属块已经消耗一空。

麦克尼斯博士看着尚未完工的骨架,兴奋地不能自已。"你不亲自看看,就不明白怎么回事。但这东西就是亲眼见了,我还是不明白怎么回事!"他对着"魅魔"笑了笑。

"魅魔"斜着眼打量着博士,认为他作为一个书呆子来说还是很挺可爱,但是疯起来却一点也不差。"麦尼,明白什么?"

"阿瑟·克拉克说得对!先进的科技对于原始人来说就是魔法!"他打量着房间,然后指着"计时器"说:"你不是想知道生产设备和零件在哪里吗?就在这儿!就在我们周围!"

"对,可不是嘛。""魅魔"忧心忡忡地说。

"这可是高端的纳米科技。"博士说,"不,远没有那么简单。这是直接从分子层面进行生产。纳米机器将原材料转换成分子,然后按照需要进行重组。那些雾气就是数以万计的纳米机器。平台肯定有一个加速力场供它们飞行。不知道纳米机器是不是也有自己的加速力场。"他耸了耸肩,然后笑了起来。"谁知道呢。这完全超越了我的知识水平!"

"所以,他们只需要矿物质,然后就可以……"

"什么都可以造出来!"博士转身看着一排排的平台。"每一个平台都是一间工厂,这比我们领先了100万年。"

"魅魔"打量着旁边平台上战斗机器人骨架。"还好咱们炸了他们的矿场。""魅魔"说,"不然他们的生产速度还会更快。现在,他们只能拆自己的船了。"

"还有从乡间寻找原材料。""计时器"想起了被拆走了所有金属物件的研究站。

"他们还有别的选择吗?"麦克尼斯博士说,"没有资源无法修理飞船。"

"有这样的技术做支持,他们完全可以再开一个矿。""魅魔"说,"他们想开几个矿都可以。"

麦克尼斯博士打量着一个较大的平台,估算着它的容量。这个平台看起来似乎可以再造一个钻头。"你说得没错。"博士说,"我们没有对他们造成永久性损伤。"

"魅魔"小心翼翼地打量着一排排纳米工厂说:"只要有足够的纳米材料,这个地方一个小时就能生产几千台机器。说不定几万台也有可能。"

"是啊,真是太惊人了。只要掌握这种技术和足够的资源,只要一周时间,我们就可以在全球范围内消灭贫困。"

"计时器"挖苦道:"也可以建立一支军队,然后花一天时间灭绝全人类。"

博士脸上露出不适的表情,越发不安地打量着这座庞大的工厂。尺寸各异的平台一眼望不到头,它们的生产能力完全受限于资源不足。在那么一瞬间,博士明白只要士兵们的推断正确,只能说明一件事。

这艘飞船就是一颗巨大的定时炸弹。

\·\·\·\·\·\·

楔形的攻击机全身漆黑,长度是宽度的两倍,翼尖部分向下弯曲30度,然后机身向后收缩,尾部整体好似一个长矛。每个翼尖装有好几个圆形的炮塔,每个炮塔上都有针状的武器,每当攻击机转向或者加速的时候,翼下的线条就会发光。机翼前缘还有一条类似黑色材质的线条,为攻击机提供从轨道到地平线的所有星系。但是攻击机的热能传感器是专门为目的地星球的低温环境准备的，所以在热带雨林的高温环境下一无是处。

虽然攻击机可以在低轨道飞行，但是它还是选择低空飞行，而不是将自己暴露于高空。作为一架空中炮艇机，母船通常会让它负责火力支援任务，但是飞船的火控中心已经被毁，迫使炮艇机只能自主寻找随机目标。即便炮艇机可以自我决断，机动灵活而且可以隐身，但是现在临时执行警戒任务，因为所有的哨兵机器人都在迫降中被毁，而且还要好几天才能造出新的哨兵。炮艇机为了确保母船安全，已经摧毁了所有靠近的飞行器和卫星，现在它在寻找摧毁战斗机器人的原始人。

炮艇机从超低空扫描着下方的丛林，热能传感器充斥着各种热能信号，完全没有发现"美洲豹"就趴在下面。在更远的地方，小队其他人看着炮艇机在超低空左右平移，扫描着地面。"美洲豹"一动不动地趴在地上，用瞄准镜观察着炮艇机，直到它消失在远方。

"安全了。""美洲豹"裹着一身细细的粉尘，从树林间的缝隙间穿过。他停在一块从悬崖上突出的砂岩上，打量着格伊德河对岸的灰色金属墙。他一开始以为自己面前的是一座要塞，过了一会儿才反应过来这就是外星母船。母船厚重的装甲板上遍布黑色的小点，整体全长超过 12 千米，看上去就好像一座被金属包裹的城市。外星母船侧面高于悬崖，个别位置还与悬崖发生了剐蹭，船体上留下了白色的痕迹，看上去就好像是被人用粉笔描了一遍。在船舷顶端，有一道凸起贯穿全船。河谷上没有任何迹象显示飞船是正常滑翔降落，整艘飞船垂直下落，砸扁了正下方的一切。河谷的森林被压倒烧焦，而河谷的悬崖看起来就像是被喷灯烤了一遍。被飞船阻断的河水形成了一个小型堰塞湖，湖水水位开始逐渐升高。

"美洲豹"用瞄准镜打量着飞船,发现全船上下没有任何舷窗。过了一会儿,贝克曼和马库斯也爬到了他身边。

贝克曼目睹了飞船的尺寸,轻轻吹了个口哨说:"一颗鱼雷可干不掉这么大的东西。"

"这看起来不像是 200 万吨。"马库斯说,"这倒是像 2000 万吨。"

"我们把弹头放在能造成最大伤害的位置,比如说反应堆或者武器库。定时装置能给我们 24 小时撤到安全地带。"贝克曼用望远镜打量着这艘迫降的巨船,发现船身上的黑点是直径 20～30 米的圆形洞口。"怎么回事?这都快被打成筛子了。"几架小型维修无人机绕在飞船周围,用切割喷枪修理损伤,电火花好似瀑布一样从船身边上掉了下去。

"飞船迫降的时候还没这些东西呢。"马库斯说。

贝克曼在思考到底是什么东西能造成这样的损伤,然后确定了一件事:"这东西短时间内不会再起飞了。"

马库斯思考着所有的可能性,然后说:"这是堆残骸,一点威胁都没有。""美洲豹"放下瞄准镜,叹了口气说:"谢天谢地,这次不是入侵。"

贝克曼紧咬牙关说:"那为什么咱们的人还想炸掉它?"

马库斯表示怀疑:"是吗?"

"咱们都看到核弹爆炸的闪光了。"

"是不是中国人或者俄国人不想让我们得到残骸?"

贝克曼摇了摇头说:"冒着爆发战争的风险?我觉得不太可能。"

"我的天。"劳拉爬上来,看到飞船的尺寸大吃一惊。在她身后不远处,班达卡也爬了过来。

"少校,我丈夫也在里面吗?"

12

"有可能。"

"如果我们的人确实攻击它,他们可能不知道飞船现在的状况。"马库斯坚持说道,"没有确认情况之前,你不能发动攻击。"

"我根本没法获得确认。"贝克曼已经做出了决定。"趁着白天还有日照,我们用隐形设备嵌入。"他非常清楚这些外星隐形设备在白天的时候使用起来已经很困难了,到了晚上更是不可能。

"你现在不能这么干。"

"你还是仔细看好了。"贝克曼非常确信核打击必须得到总统的授权才行。"我们会干掉飞船的核心区,然后你们这群吃尸体的秃鹫想怎么研究残骸都行。"

马库斯冷冷地说:"这是个错误。"他扭头看着劳拉,心里非常清楚她也不会同意这么干。

"只有我才有行动决定权。"贝克曼扭头问班达卡,"知道有什么办法可以让我们隐蔽接近飞船吗?"

这位土著猎人打量着下面被高温冲刷过的废土,然后点点头说:"我知道一条路。"

\·\·\·\·\·\·

丹·麦凯伊的世界已经失去了形状。他不知道距离自己被抓已经过去了多久,他现在无法用小时或天计算时间,唯一能够仰仗的是数自己做了多少梦。

现在他梦到了一个金色的椭圆形变成了一个圆圈,然后裂变成两个圆圈。一条发光的红线穿过两个圆环,然后红线首尾相连成为第三个圆环,将前两个圆环锁在一起。

当第一次看到这些几何图形的时候,它们不过是一些简单的形状,比如说方形、金字塔形、圆形。但是它们变得越来越复杂。丹并没有意识到的是,更为复杂的图像都和先进的科学概念有关,这些概念完全在他的认知之外。对他而言,这些不过是复杂的图形和颜色,而不是能够解开自然奥妙的钥匙。

这些抓捕他的天外来客,已经测算出丹身体内的每一个分子位置,解开了基因的奥秘,探测他的意识,测算他的智力水平。通过检测丹的大脑反应,他们发现这个样本能够理解现象和本质间的联系,而且还发现他还有很多特殊的潜质。

但是对于丹·麦凯伊来说,这不过是没完没了的怪异梦境而已。

\·\·\·\·\·\·\·

班达卡带着侦察小队沿着绿意盎然的山脊来到一条小路,他们决定在这里稍做休整,然后再下山。当大家卸下背包,从里面找出冰冷的干粮吃。马库斯对劳拉点了点头,示意现在是该行动的时候了。

劳拉靠到"异形"身边,指了指她的工兵铲,问:"我能借用一下吗?"

"当然可以。""异形"说着就把工兵铲递给了劳拉。

劳拉接过铲子向着树林走去,一切按照宿营时马库斯的计划执行。当她脱离其他人的视线之后,用铲子挖了个小坑,在里面撒了尿。马库斯对这一点非常坚决,劳拉必须这么做。当做完准备工作后,劳拉提起裤子,深吸一口气全力尖叫,然后拿起铲子,假装注视着树林。在她身后响起了沉重的脚步声。

塔克第一个赶到劳拉身边,他用M16突击步枪对准劳拉看着的

12

方向："什么东西？"

"就是刚才那个四条胳膊的东西。"她说话的时候，贝克曼也赶到了。"我在上厕所的时候，那怪物就一直看着我。"劳拉指了指浅坑底部湿润的土壤，然后指了指树林："它朝那边走了。"

贝克曼担心小队被发现，于是下令："向前搜索100米，如果可能就把它干掉。"

塔克组织队员形成一条松散的散兵线，班达卡和自己的族人跟在后面，寻找目标的踪迹。

"'异形'，带她回营地。"贝克曼说完就跟上了队伍。

"异形"刚准备走，劳拉就说："等等。"然后开始回填刚才挖出的坑，按照马库斯的指示开始拖延时间。

胡博和"核弹"留在营地，看着自己的队友开始行动。马库斯放下自己的干粮站了起来，马库斯盯着他俩，手伸进口袋，寻找一个曲棍状的武器。这种外星武器缺乏贝克曼小队装备的等离子武器的破坏力，所以配发给了马库斯的小队。人类科学家认为，外星科学家用这种非致命武器控制包括人类在内的标本，以便进行观察，但是马库斯认为这种东西是应该是外星人执法部门的装备。

马库斯在口袋里将震晕器的功率设为最低档，趁着"核弹"和胡博的注意力放在别处的时候，他掏出震晕器对着他俩后背开火。因为马库斯选择了最低功率，所以他俩最多只会昏迷几分钟，醒来之后也只会感到几个小时的轻微头疼。

"核弹"和胡博在地上抽搐，马库斯冲向"核弹"的背包，找出来反物质弹头。他知道自己的震晕器无法破坏反物质弹头，也不可能拆掉起爆器，所以他将震晕器功率调至最大，然后对着51区科学家们设计的电子零件包开火。马库斯瘫痪了弹头的电子元件，然后合上了背包。他把震晕器收回口袋，功率降至最低，然后靠在自己的背包上，用 MP5 向着与队员搜索方向相反的地方打了几个点射。

马库斯很快就听到耳机里响起了贝克曼的声音："谁在开枪？"

马库斯又打了个点射，然后回答："我们遭到攻击，'核弹'和胡博中弹。"

他又打了个点射，把 MP5 冲锋枪放在地上，然后按下了震晕器的开火界面。马库斯浑身抽搐，然后倒在地上失去了意识。

\.\.\.\.\.\.\.

马库斯是最后一个恢复意识的人。胡博和"核弹"已经坐在一旁，一边喝水一边努力恢复意识，小队其他人开始整理自己的隐身设备。劳拉一言不发地坐在自己的背包旁，小心翼翼地看着这位来自中情局的情报官。

贝克曼问："怎么回事？""异形"用手电筒照了照马库斯的眼睛，检查他的瞳孔反应。

马库斯慢慢喘了一口气，想站起来，但试了试之后，放弃了这个念头。他发现震晕器击中的腿完全失去了知觉。"就是那种跑得飞快的搜索者。它用一种东西击中了我，但是在那之前我肯定打中了它几枪。"

贝克曼打量着营地四周，好奇为什么会遭到攻击。搜索者并没有杀死剩下的三个人，而且只要幕墙穹顶还在工作，短波通信也不可能正常运转。搜索者肯定是希望得到什么东西，也可能是因为害怕什么东西，所以才会发动攻击。贝克曼开始打量装着反物质鱼雷的背包。

"'核弹'，"贝克曼说，"检查鱼雷系统。"

12

"核弹"整个人一下跳了起来,扯开背包盖,然后发现鱼雷的控制系统毫无响应。"这下完蛋了。""核弹"嘀咕了一句,然后拆掉了控制系统的盖板,发现在关键节点出现黑色的焦痕,整个系统已经短路。"电子零件全部短路。"

"那鱼雷呢?"

"我得把鱼雷从外部组件上拆下来,才能使用鱼雷自带的控制界面。这最少也得花一个小时。"

"给你5分钟。"贝克曼说。

"核弹"不敢相信自己的耳朵,但是叹了口气说:"那我只能把它挖出来了,反正外部组件已经没用了。"

"动手吧。"贝克曼说完走向胡博,打量着军士长的烧伤。胡博坐在"病毒"旁边,保养着自己的柯南等离子步枪。他还带着自己巨大的500型手枪,但是因为烧伤的缘故,背包只能交给劳拉。

"根本就没发现他们。"胡博脸色苍白地说。

"你太虚弱了,没法和我们一起行动。"

"我会撑过去的。"

贝克曼阴沉着脸说:"你会破坏整个行动。"

胡博沮丧地看着自己焦黑的皮肤。因为烧伤,他不得不扔掉自己的衬衫,完全依靠"异形"给他的强力止疼片才能走到这里。"伤势比看上去严重得多。"

"我命令你返回山脊,带上劳拉和你一起走。"贝克曼把"计时器"的遥控引爆器给了胡博。"这个遥控器是给留在中央高塔里的炸弹。我也不知道它们还在不在那。但如果我们失败了,那就是我们最后的机会。你需要从高地东边直接看到目标才行。要是幕墙穹顶失效了,就发出密码'城堡',然后藏起来。因为一切将要大乱。"

"城堡，明白了。"胡博说这收起了起爆器，"如果我必须发出密码，该怎么才能知道你们是否失败。"

贝克曼看着"核弹"从包里拿出鱼雷弹头，然后用大钳子将所有的电子元件从上面拆了下来。"要是穹顶失效之后，你就发出信号。"

"我该什么时候出发？"

"等你能走路了就立即出发。"贝克曼对"病毒"说："你和胡博一起撤离。"

"病毒"有气无力地摇了摇头。他靠在自己的背包上，闭着眼睛，希望以此减轻头疼。"头儿，你需要我。"

"你要是坚持不住，我这也用不到你。"贝克曼觉得，如果不是外星人弄坏了"病毒"的脑袋，他还能为大家做不少贡献。只要看"病毒"一眼，就知道一次强行军就会要了他的命。"病毒"皮肤苍白，汗流浃背，眼睛周围都是黑眼圈。

"病毒"吃了两片止疼片，然后喝了一口水。"我知道怎么操作他们的设备……一部分设备。"他揉着自己的太阳穴。"我还记得一部分……他们系统……和符号。他们向……和我们类似……的种族灌输知识。"

"类似我们？"

"仆从种族，征召兵员。这些外星人用他们操作辅助设备。控制台以为我是来接受训练的，它抽空了我的记忆，学习如何和我交流，然后将各种知识塞进了我的脑子里。那么多的知识一下子塞进了我的大脑。""病毒"用双手捂住眼睛，缓解压力。"我还不够聪明，所以才无法控制它。这些仆从……种族，他们远比我们聪明。"

"他们灌输给你的那些知识，你还能用得到它们吗？"

"我还能想起来一点。"

"你要是跟不上我们,就只能把你扔在后面了。"

"也只能这么办了。"

"好吧,把装备穿上,然后把短波通信器减重,交给胡博。"

"病毒"站起来说:"是,长官。"

胡博看着被穹顶扭曲的天空,说:"要是还有炸弹的话,咱们就能把穹顶干掉。"

"祝你好运。"贝克曼估计有可能再也见不到军士长了,于是开始折腾自己的隐身设备。

整个隐身设备包括两个挂在前胸的圆形发射器和由51区设计的携行具。人类在上个世纪末回收了这套发射器,科学家认为外星观察者为了在不被发现的情况下接近人类,所以才研发出了这套隐身设备。隐身设备使用的电池是通用电气公司设计的机密电池,能够让发射机工作45分钟。现在挡在侦察小队面前的是一片余烬荒原,如果他们无法在电池耗尽之前到达母船,那么就会变成开阔地上的活靶子。

就在贝克曼穿戴隐身设备的时候,塔克在帮班达卡穿"蒸锅"的设备。"你按下这个东西,"塔克解释道,"然后没人能看到你。"

班达卡不解地问:"为什么别人看不到我?"

"这东西可以扭曲你周围的光线。"

班达卡小心翼翼地问道:"神灵能看到我吗?"

塔克问:"神灵?"

贝克曼说:"神灵当然可以看到你,但是其他人看不到你。"

班达卡因为背心包裹在自己裸露的皮肤上,而不安地扭动着身子,塔克系紧袋子,然后说:"没电的时候,系统会自动关闭。"

"我怎么知道什么时候关闭了?"

"到时候你自己就知道了。"

马库斯坐起来，惊讶地看到侦察小队正在准备隐身设备，而"核弹"正在拆除51区技术人员安装在弹头上的外壳。马库斯决定绝对不能让侦察小队发出"城堡"代码。

贝克曼调整好自己的背心，然后问"核弹"："情况如何？"

"核弹"阴着脸抬起头说："好消息是螺线管工作正常。背包被击中的时候，鱼雷一定保护了螺线管，所以还能生成磁场引爆鱼雷。现在的问题就是供电模组不能用了。"

贝克曼问："你能用胡博的隐身设备试试吗？"

"核弹"耸了耸肩说："我倒是可以把它接到鱼雷上，但是那样计时器就没法用了。"

"把一切都准备好，然后告诉我怎么手动引爆。"

"核弹"惊讶地弯着眉毛，然后小声说："是，长官。"

所有人忽然停下手中的工作，打量着贝克曼。他也打量着其他人，发现大家脸上写满了疑惑。"我会尽可能多留点时间，让你们撤到安全地带。"队员们明白贝克曼打算最后留在船上引爆鱼雷。大家一言不发地继续准备工作。

班达卡知道只有自己才能带侦察小队找到下悬崖的路，于是和自己的家人和朋友道别。班达卡抱了抱马普鲁玛，然后放下自己的女儿，抱住了德帕拉乌。他亲了亲妻子的脸，然后说了几句悄悄话，而其他人则向他做最后的道别。

马库斯爬起来，摇摇晃晃走向贝克曼，悄悄说："你这是疯了。"

"这叫随机应变。你不需要跟来，没人会怪你。"他调整了下自己的系带，然后对劳拉说："尽可能跑远一点。胡博会带你翻过山脊。"

"那我丈夫怎么办？"

"我们进去的时候会找他。如果找到了，自然会带他出来，但是这条船实在是太大了。他完全可能在任何地方。"

"如果你炸掉了飞船，那么你也就杀了他。"

"他一个人的性命能比得上整个地球吗？"

劳拉想抗议，但是什么都没说。她无法回答这个问题。

马库斯强忍怒火看着这一切，知道自己的意见已经无法拯救眼前宝贵的外星科技。他开始准备自己的隐身设备，决心不让贝克曼毁了这一切。

\·\·\·\·\·\·\

四位水牛猎人前一晚看到了冲天而起的烟雾，现在顺着营地北边的山脊前进。到了早上的时候，只能看到从发电厂和采矿塔升起的缕缕青烟。

"这爆炸规模不小。""爆竹"倒是很想亲眼看看这次爆炸。

"活该他们偷走了咱们的啤酒。""石板"说。

他们走下山坡，细细打量着一切，寻找任何活动的目标。当他们走到丛林边上的时候，发现脚底下的地面好似一层海绵。

瓦尔说："这是阿斯特罗人造草皮，有人想打球吗？"

"说话注意点！""石板"大喊道，"我们可是在货真价实的草皮上打球，没人会喜欢塑料地毯。"

地面上盖着一层类似煤灰的粉尘，其中夹杂着金属液滴。比尔捡起一个小金属球，用手指把弄了一会儿，然后让其他人仔细看了看："金属雨滴。"

被炸毁的电厂依然高温逼人，所以他们绕了个大圈，向着中央高塔进发。中央高塔的外墙没有任何标记，三层楼高的墙壁上沿参差不齐，整个塔顶都被炸飞了。墙体碎片四处飞散，最远的一片掉进了河里，一群水鸟停在上面，把它当成一个歇脚的小岛。

"爆竹"走在队伍前方，打量着爆炸造成的破坏，然后发现一艘长方形的飞船停在发电厂和采矿塔中间。一截烧黑的墙体压在飞船上，砸碎了飞船侧面的舷窗。

"爆竹"对着其他人挥舞双手："我发现了点东西。"

当其他人也跟上来了，比尔说："看来这船被抛弃了。"

飞船的表面也盖着一层粉末，而金属液滴已经完全融合在船体外壁上。

"驾驶员去哪儿了？""石板"打量着四周，寻找任何可能的尸体。

"爆竹"提议："说不定爆炸的时候，驾驶员刚好在其中一栋建筑里。"

瓦尔发现飞船尾部的圆形舱门并没有关闭。"这门没锁。"他一脸坏笑地说，"咱们把它开走离开这里吧。"

"石板"质问道："谁来驾驶这飞船，爱因斯坦？你来开？"

"哎呀，别那么挑剔啦。"

他们透过圆形舱门打量着空荡荡的货舱，两侧的墙壁上还有空荡荡的架子，架子上曾经放满了给战斗机器人使用的武器和护盾。

"这是条货船。"比尔一眼就看出来这条战术运输机的通用化设计。

"石板"爬进货舱，好奇地打量着一切。

"哥们儿，小心点儿。""爆炸"小心翼翼地说。

"这里什么都……"他说着走到了货舱的另一头，然后消失不见了。

"'石板'！"比尔大叫一声，跳进货舱，跑向"石板"刚刚消失的地方。他在墙上摸索，寻找舱门，然后发现自己面前出现了一个操作台，两张椅子和一扇横向布置的窗户，窗子两侧还布置着几扇圆

12

形窗户。还没等比尔说话,"石板"就把他拉到了地上。

"冷静点。"比尔说着推开了"石板"的大手。

"闭嘴。""石板"指着大窗户说,"那儿有东西。"

比尔一下就明白了怎么回事,而当瓦尔进来的时候,也被"石板"摁在了地上。

比尔问:"你看到什么了?"他完全没兴趣向瓦尔解释,为什么要让他的脸和甲板来个亲密接触。

"金属蛇。""石板"说着把瓦尔推回了传送器。"告诉'爆竹'不要出去。"然后"石板"让瓦尔赶紧离开,自己则爬到驾驶员座位,从窗子向外打量。

一个1米宽的黑色金属碟飘在飞船正前方。金属碟上装有6只机械臂,每一个机械臂还装有灵活的金属手指。一个橙色的推进力场包裹着金属碟,碟子上方伸出3只机械臂,黑色的传感器不停地扫描着周围。其中一只装有机械眼的机械臂伸到飞船下方,检查下面的情况,而另一只则检查压在飞船上残骸,第三只机械臂则高高竖起,检查采矿场周围环境。

第三只机械臂扫过驾驶舱的时候,"石板"立即低下了头。"这下它该检查完了吧。"

飞船下面传来几声金属的闷响,然后传来电流的嘶嘶声。

比尔说:"他们开始修船了。"

"爆竹"也从升降机里冒了出来:"这到底怎么回事?瓦尔一直说你用赛场上的招式打翻了他。"

一只机械臂转向"爆竹","爆竹"瞬间就被吓呆在原地,比尔立即把他按在地上。机械臂上的眼睛像控制室凑过来,比尔立即把"爆竹"拉到"石板"旁边,一起藏在驾驶员座椅后面。

比尔问:"你觉得它看到咱们了吗?"

"石板"爬到墙边,然后慢慢起身察看窗外的情况。但是,他看到的景象让他吓了一跳。一只黑色的机械眼睛直直地盯着他,而另外一只则从另一边锁定了他。

"石板"说:"这还用猜吗?它们肯定看到咱们了。"

"爆竹"和比尔慢慢站起来,打量着盯着他们的机器眼睛。控制室里的灯忽然启动,驾驶员座椅前的控制台也开始工作,显示出各种几何图案和旋转的字母。

"这下糟了。"比尔心惊胆战地说。

控制室里突然响起了一声巨响,位于船腹的出入口轰然关闭。船舱内响起了微弱的机器轰鸣,然后飞船悄然起飞。在飞船外,墙体碎片已经被推进力场弹开了。

"我们开始移动了!""爆竹"大喊一声,但是却没感觉到任何惯性影响。

运送战斗机器人的运输机好似一只氢气球,慢慢爬升到树梢高度,然后向西飞行,没一会儿就可以看到帕尔森山脉了。虽然飞船内的人没有任何感觉,但是飞船的速度已经达到了音速的25倍。

瓦尔一脸紧张地从传送器里冒出了头:"后面的舱门已经关上了。"他推开其他人,呆若木鸡地盯着窗外快速掠过的植被:"天哪,咱们在飞!"

比尔闷闷不乐地说:"哥们儿,你可说错了,咱们这是在创造历史!"

\\\\\\\

12

班达卡带着侦察小队来到一条山间峡谷。飞船迫降时引发的大火引燃了周围的树林，原本土黄色的峭壁现在也覆盖了一层灰烬。顺着缝隙向下 1/3 的地方，饱经风霜的石壁形成了天然的台阶，侦察小队沿着河流和小型瀑布一路降到谷地。虽然塔克一直跟在"病毒"身后，每当他要摔倒的时候就去帮他一把，但是这一切依然困难重重。

从峡谷中出来之后，小队借着一座小山躲避母船的监视。在山的另一边，河水慢慢淹没低地，浑浊的河水向他们涌来。从附近山谷飞来的几只鸟要么啄食着河中的尸体，要么盘旋在空中寻找食物。虽然就连空气中都弥漫着死亡的味道，但是鸟儿却异常安静，毕竟河中的鳄鱼不可能活过这次迫降造成的冲击。

班达卡躲开河水，紧贴着峭壁前进，只有当山体出现缺口、出现开阔地的时候，才会停下脚步。当贝克曼来到他身边的时候，班达卡用自己的长矛指了指前面的峭壁缺口："他们在那能看到我们。"

"这里距离飞船还有多远？"

班达卡仔细打量着前方怪石嶙峋的地形，倒下的树木让他越发难以判断实际距离。"你们太慢了。"他指了指越爬越高的太阳，"在咱们赶到另一边之前，太阳就到天上最高的地方了。"

贝克曼明白班达卡估计需要两个小时才能到达飞船，于是说："咱们得快点，就按你的速度来。"

班达卡怀疑侦察小队是否能跟上自己的速度，贝克曼则提高嗓门大喊道："咱们从这开始启用隐身，隐身只能维持四十五分钟。班达卡来确定前进速度。大家一定要跟上，不然电池耗尽的时候，你就是开阔地上的活靶子了。"贝克曼指了指自己的隐身设备，对班达卡说："等我把这东西启动之后，我们就看不到你了。你得弄出点响动让我们找到你。"

班达卡用自己的回旋镖碰了下长矛:"这样如何?"

"很好,你得选一条最快最好走的路线。"贝克曼转头对其他人说:"大家都跟紧点。我不想看到有人掉队。'病毒',这是离队的最后机会了。"

"病毒"又吞了一片止疼药说:"少校,我跟得上。"

"好的,现在出发。"贝克曼说完就启动了班达卡的隐身设备。

班达卡在贝克曼面前变成一团模糊的虚影,而当贝克曼走出扭曲力场的时候,就完全看不到班达卡了。队员们纷纷启动隐身设备。当贝克曼启动自己的设备时,外部的光线穿透扭曲力场,眼前的世界变成了一片不停变换的影子和轮廓。

贝克曼说:"班达卡,你只管前进就好。"

怪石嶙峋的岬角上空立即回荡起空洞的木头敲击声。贝克曼立即循着声音跟在班达卡背后,他身后响起的靴子声说明其他人也紧随其后。小队所有人都接受过隐身状态下的行军训练,但大多数时候都是戴着蒙眼布,很少带电池进行训练。通常情况下,贝克曼或者胡博负责领队,但是班达卡了解地形,能大大提高他们安全通过这里的概率。班达卡带领小队沿着一条古老的小道绕过小山,和河流拉开距离之后,再带着大家向飞船前进。

外星飞船就在他们的正前方。就算扭曲力场让周围看起来飞船扭曲,巨大的飞船还是让贝克曼感到非常震撼。他强迫自己注意搜索班达卡发出的声音,但是随着他们距离飞船越来越近,飞船巨大的尺寸就让贝克曼越发分心。

贝克曼突然发现头顶上一道黑影飞过。这东西从东边高速飞过,贝克曼透过扭曲力场看不清它长方形的船身。他以为这艘船是来找他们的,但是它却飞到外星母船上方消失不见了。

12

不管这到底怎么回事,它肯定没有发现侦察小队。

﹨·﹨·﹨·﹨·﹨·﹨

"我的天哪!"当飞船从巨大的金属母船上空掠过时,瓦尔不禁被眼前的一切吓到了。在他们的左边 500 米处,是向飞船中线稍稍隆起的船身,在他们的右边,飞船船体以近似水平的角度延伸了 1000 米左右,然后向下消失不见了。

比尔说:"这玩意儿太大了。"

"爆竹"点了点头:"可不是嘛。"

"石板"指了指船体外壁上的破洞:"这玩意儿就是堆废铁。"

瓦尔一如既往地打趣道:"我希望这些外星人有保险。"

"石板"狠狠瞪了瓦尔一眼,然后发现飞船开始减速。这种毫无惯性的减速刷新了他们的世界观,但是他们确实发现飞船的速度越来越慢。而且前方一个巨大的长方形大门缓缓打开。

"看来咱们是要去那里面了。"比尔开始越发不安。

"我才不进去呢。""爆竹"说话的同时就给一支炸药装上了一个起爆器。

"石板"劝他:"你可不能在这儿用这玩意儿。"

"你还有什么好点子?"见到"石板"脸上只能摆出一副无助的表情,"爆竹"说,"滚一边去。"

"爆竹"定好时间,然后把炸药放在控制台上。他用手指抵在控制台上,好让分子结构溶解,让炸药融入控制台。当"爆竹"看到控制台试图和炸药建立生物电连接时,不禁大吃一惊,然后立即跑到控制室后面,和其他人会合。

当炸药爆炸时，整个前部面板将冲击波导向上方，炸飞了驾驶舱的窗户，反弹回来的冲击波如子弹一样摧毁了飞船的控制系统。飞船的推进力场瞬间消失，一股强风从碎裂的窗户里吹了进来，驾驶舱内部的照明和抗加速力场也停止了工作。强风抽打着驾驶舱里的每一个人，重力再次牢牢抓住了飞船。由于没有机翼，这条毫无气动结构的飞船像块石头一样摔了下去。

"'爆竹'，干得漂亮，你可真是个蠢货。""石板"一边咆哮，一边护住自己的脸。

"抓稳了！"比尔说话的时候已经抓住了驾驶员座椅的底部。

运输船上下颠倒，与机库入口擦肩而过。而在机库里，还有1台一型战斗机器人、1台追踪者和3台搜索者正在待命。它们发现运输船错过了机库入口，运输机也没有任何应答，于是灵巧的搜索者跳出机库入口，跟在运输船后面。

运输船再次撞在母船外部舱壁上，弹了几下之后开始在飞船表面的装甲板上滑行，运输船和装甲板摩擦产生了大量火花。

"爆竹"抓着驾驶员座椅站了起来，然后向外张望。"咱们绝对要掉下去了。"他指了指装甲板下几千米处的荒原。

"与其这样，还不如给我的屁股里塞个金属探针呢。"运输船开始剧烈晃动，"石板"不得不赶紧找地方抓牢。

瓦尔提议："咱们得跳下去。"

"石板"看了看外面，说："瓦尔，主意不错！还是请你先跳就是了。"

飞船在滑行中横了过来，然后开始慢慢减速。比尔透过右舷的窗户，看到几个银色小点向他们冲了过来。而在另一边，"爆竹"看到正前方的船体外壳上出现了一个黑色的大洞。还没等他发出警报，整条运

12

输船就掉了下去。金属的撞击声很快就被呼啸的风声所替代，整条运输船摔向下面的甲板。船体狠狠砸在甲板上，船里的几位水牛猎人被震得飞了起来。运输船歪斜着在黑暗的机库里滑动，然后从一架楔形战斗机上碾了过去。多亏了固定用的货钳，这架战斗机才没有被爆炸性失压吹飞。战斗机爆炸的冲击让运输船里的众人摔在一边，然后整艘运输船船头朝上砸穿了舱壁，终于动弹不得了。

瓦尔趴在控制台上，头晕目眩地透过破碎的驾驶舱窗户打量着外面："这还不错！算是个可以接受的降落，对吧？"

"石板"怒喝道："滚开，瓦尔。"

比尔摇摇晃晃地站起来，打量着眼前的储物舱："他们会来找咱们的。"

"石板"端着步枪打量着外面："让他们放马过来！"

"爆竹"说道："我有个更好的主意，赶紧离开这里就好。"

"石板"犹豫了一下，发现"爆竹"说得没错，于是就把自己的背包扔到外面，然后从船首爬到了甲板上。当他开始找自己的背包时，一架维修无人机从旁边飞过，开始检查受损的舱壁。"石板"开了一枪，击中了无人机的锥形推进系统，它冒着火花砸在地上，可伸缩式的机械臂抽搐了几下，然后彻底停止了运转。

其他人也纷纷跳到甲板上，"石板"说："看来他们也不是很厉害嘛。"

瓦尔郑重其事地说："我相信你一定挑了个最弱的对手！"

"它才不弱呢。你看看那该死的机械臂，简直就是大铁蛇！"

"石板"用步枪戳了戳停止工作的无人机，而其他人则背上背包，打量四周。运输船的船首击穿了舱壁，死死卡在破口处，挡住了返回机库的路。他们现在身处一个装满金属方块的库房里，每一个方块都是 1.5 立方米。比尔走向最近的一堆方块,发现上面有奇怪的符号。

"这是序列号?"他用手抚摸着冰冷的银色金属。

当他的手指划过一行字母的时候,一个圆形的面板冒了出来,上面还冒出了 5 个象形文字。比尔依次按了一遍这些图案,方块的表面变得透明,露出了里面排列紧密的小盒子。比尔发现可以直接穿过透明的表面,索性直接从里面拿出了一个小盒子。这些小方块尺寸类似半块面包,表面还有一个标记。比尔摸了一下这个标记,小盒子的顶部瞬间消失,然后侧面开始变得滚烫。

比尔大叫一声,把小方块扔到了地上。

其他人在好奇心的驱使下,立即凑了过来。小盒子摔在地上,一团浓稠的黄色液体和粉色的小方块倒在甲板上,一股刺鼻的气味冲击着众人的鼻子。

"石板"闻了闻,整个人向后一缩:"这东西能吃吗?"

瓦尔说:"看起来像我老婆做的菜,只不过似乎手艺比她好多了。"

比尔用杀鱼刀戳了戳粉色的方块。方块整体触感类似海绵,而且还流出了一些疑似血液的红色液体。"看起来是种肉。"

"爆竹"单膝跪地,用指头蘸了点黄色的液体,然后放在舌尖上尝了尝。他做了个鬼脸,然后吐了口口水说:"味道太差劲了!"

他们顺着走廊在一堆堆方块间穿行,随意打开其中一些,结果发现这里装的全是食物,里面都是这种类似炖菜的东西。

"如果这真的是食物的话,种类未免也太单一了。""爆竹"说,"这些东西全都是一样的。"

瓦尔乐呵呵地说:"这和麦当劳不是一回事嘛。"

"这倒让我想起了军用干粮。"比尔若有所思地说,"和我在军队吃的东西差不多。"

12

"石板"和其他人一起前进,发现方块上的符号发生了少许变化。他打开一个方块,拿出一个装满冰凉的黑色液体的小盒子。他闻了闻,发现根本没有任何味道,于是就试着喝了一口。酸涩的味道让他不由得皱着眉头,把嘴里所有的东西吐了出去,然后把整个盒子扔到一边。

"天哪!这群混蛋就是喝着这种玩意儿一路过来的!""石板"不由得感叹道。

瓦尔回了一句:"看来他们偷咱们的啤酒也不是没有原因的。"

在他们的身后突然响起一声金属撕扯的声音,转头发现运输船颤动了一下,然后被慢慢拉进了机库。

13

涅姆扎里把一套切割用喷枪装在自己的起重套装上,然后修补了连接受精箱和羊膜储存罐的管子。她从 7 个受损生产单位的排水系统中回收了一些零件,但是却没有机会测试自己的工作是否成功。纳米受精技术替代了过去将未受精卵放在故乡世界的河流和港湾等待雄性外部受精的繁殖方式。但是这种随机式的繁殖方式在几百万年前就放弃了。

一天前,她对于克隆受精一无所知,这种技术是利用克隆的基因材料进行繁殖。涅姆扎里所有相关的知识,都是来自从船上科学基地直接下载到脑内植入物的数据。她很后悔将两个多世纪以来收集到的工程学数据全部删除,但是插件的容量不足以在保存原有数据的同时,还能记录繁殖基因学数据。

她在船上的职务和卑微的军衔,意味着没有繁殖后代的权利。但是现在飞船处于危难时刻,涅姆扎里不得不逆转自己的绝育处理,弥补在休眠舱里损失的船员。她对此没有任何额外的情感,只不过是自己的职责所在。

涅姆扎里将红色的起重套装停在受损的医疗实验室一旁,然后爬出套装,向着受精箱走去。两只刚从货舱抓来的麦诺德兽完全失去了意识,现在就躺在手术台上。怪物的胸口插着管子,宝贵的促生长激素被抽了出来。这些激素可以加速克隆雄性幸存者的基因治疗,还能增加后代的发育速率。当涅姆扎里收集了足够多的激素后,医疗无人机会用这些激素加速雄性幸存者的康复进度。

她指示受精箱排空羊膜储存罐,然后脱掉了自己的连体工作服。当受精箱灌满之后,里面的液体温度刚好接近自己的体温,然后启动了疼痛抑制器。当涅姆扎里脖子以下的身体完全麻木之后,一个圆球状的医疗机器人将长长的针头刺入了她的腰部,刚好深入生育器官。如果没有疼痛抑制器的话,这个手术过程将异常痛苦,但现在涅姆扎里感觉到的不过是皮肤轻微的拉扯感。针头释放了生育激活剂的最后成分,植入物启动了休眠已久的生殖器官,而周围的无人机还在监视涅姆扎里的身体状态。

当她做好准备之后,受精箱前方形成一个压力场,然后开启了一道舱门。涅姆扎里深吸一口气,努力将空气压入自己的四个肺中,然后穿过舱门,进入人工羊水中。控制力场将涅姆扎里布置在受精箱的正中间,然后医疗无人机带着一个装有克隆雄性细胞的球体,进入了受精箱。

涅姆扎里刚才经过的舱口重新关闭,将她彻底封在箱子里,控制力场将受精用的球体移动到她的大腿前方。一团纳米机器进入受精箱,穿入球体卷起宝贵的克隆细胞,而控制力场则轻轻分开了涅姆扎里的大腿。另外一团纳米机器进入了涅姆扎里体内,开始为她 200 多年来第一次繁殖周期做准备。

涅姆扎里可以感觉到温暖的液体和将自己固定在原地的控制力场。她体内的诊断植入物为她提供实时情况汇报,同时监控着每一个细胞的动向。她知道纳米细胞什么时候抽走了新生的卵子,什么时候雄性克隆细胞进入卵子,甚至连每一次受精时间都掌握得清清楚楚。在整个过程中,她知道所有可用的卵子总数,知道受精卵在生长激素的作

母舰 THE MOTHERSHIP

用下,都在箱中快速发育。

当纳米受精结束后,一团勉强可见的纳米机器飘在涅姆扎里面前,照顾着刚刚受精的卵子。这团纳米机器人带着受精卵穿过一道舱门,进入旁边的培育箱,然后控制力场带着涅姆扎里返回受精箱的入口。

这些受精卵将在安全的环境下快速孵化,新生儿将得到含有激素的营养物,进一步加速他们的发育。如果没有这些激素,新生儿依然可以在 10 年内进入成年期,但如果能确保激素的不间断供应,他们可以在 1 年内就发育成熟。在孵化之后,纳米机器就开始向新生儿体内安装植入物,信息下载也同步开始。涅姆扎里每隔几天就要进行一次受精,如果情况需要,她甚至可以克隆卵子,加速整个流程。

当她走出受精箱的时候,植入物告诉她已经有超过 5 万个卵子成功受精,成功率达到了 100%。所有受精卵都将完成孵化,然后按计划发育为成熟个体。涅姆扎里对这个结果非常满意,这艘船不需要技术人员维护惯性加速器。它需要的是更多的人手。

因此,需要的是一名生育官,而这就是涅姆扎里的工作。

14

贝克曼看了看自己的手表,估计隐身设备的电池最多还能再工作几分钟,于是认为一定可以在电量耗尽之前赶到目的地。

他抬头打量着前方的飞船。在隐身力场的干扰下,飞船圆形的破损处看起来就像幽灵的地下巢穴。许多船体破口距离地面有几百米,但却有一处几乎和地面平齐。班达卡正带领小队穿过被高温烧灼而结晶化的地面,向着这个破损处进发。突然,班达卡停止了敲击长矛。

贝克曼跟上之后,立即问道:"怎么回事?"

班达卡断断续续地说:"萤火虫。"

飞船巨大的船体分散了贝克曼的注意力,但是班达卡却发现飞船周围有一条明亮的光点组成的防线。这些光点大小类似小鹅卵石,足够产生独立的推进力场。它们在齐膝的高度彼此绕着飞行,通过不时转移方向来模拟昆虫飞行,以此欺骗运动传感器。

"找一个宽度最大的突破口。"贝克曼非常担心时间不够,于是用其他人可以听见的音量说:"咱们排成一路纵队穿过去,算好时机,躲开这些萤火虫。"

班达卡研究了一会萤火虫防线,然后向着右侧快速前进,其他人不得不一路小跑才能跟上。贝克曼听到背后有人摔倒,然后快速爬起来,免得被甩在后面。班达卡很快又停了下来。

当其他人跟上后,他说:"我们从这过去。"

贝克曼说:"你不用再敲长矛了。等你穿过防线,就向飞船走。"船体的破洞现在距离侦察小队只有200米了。"'核弹',要是咱们在开阔地被发现,就引爆弹头。"

"核弹"暗自嘀咕道:"我就知道你会这么说。"

"出发前先告诉其他人一声,免得所有人同时行动。班达卡,你先走,我跟在你后面。"

"我走了。"班达卡开始朝着萤火虫前进,脚步声也越来越小。

"现在该我了。"贝克曼说完,就朝着两个光点前进,这两个光点刚好飞到了一起,制造出了一个空当。贝克曼穿过空隙,然后向着船体破口前进。他一边跑一边打量着手表,发现时间所剩无多。

当他快到飞船边的时候,隐身力场开始变白,然后一股热浪打在了他的后背上。贝克曼一边跑,一边回头张望,发现一支长管狙击步枪从一团烈焰中掉了出来,然后一具焦黑的尸体摔在地上,就连骨头都被烧成了灰。

贝克曼这才反应过来是"美洲豹"被击中了,心中不禁一阵难过。他没有看到是什么在开火,只能猜测是一只萤火虫穿过了"美洲豹"的隐身力场,贝克曼此时只能强忍悲痛,因为他知道外星人已经发现他们了。

在防线之外,马库斯看到萤火虫正在向"美洲豹"的尸骨汇集。他立即穿过缺口,希望萤火虫能快速封锁缺口,阻止"核弹"穿越防线。没了鱼雷弹头,贝克曼只能另想办法摧毁飞船了。

在靠近飞船破口的地方,贝克曼听到身后传来靴子踩在结晶地面上的声音,看来其他人也借着萤火虫留下的空当,穿过了防线。塔克作为小队中最强壮的一员,是最后一个穿过防线的。在贝克曼面前,就是黑洞洞的船体破洞,它的下沿刚好就在贝克曼头顶上。当贝克曼靠近船体外壁的时候，班达卡的一条胳膊伸进了他的隐身力场。当你看不到一个人的身体，却能看到一条胳膊在摸索寻找你的踪迹，这种感觉非常诡异。

"帮帮我。"班达卡说。

贝克曼把班达卡的手搭在自己肩膀上，双手垫在班达卡粗糙的脚底下，然后发力将他送进了飞船破口。过了一会儿，一支长矛伸到了贝克曼面前。他抓着长矛爬进了船体破口，然后转身观察其他人的情况。

贝克曼的右边响起了班达卡的声音："有3个人正在靠近。"

"你怎么知道？"

"我看到他们的足迹了。"

贝克曼可以听到他们的脚步声，但是无法从自己的藏身处看到自己的队友。他转身检查船体的破口，发现3层船体已经被击穿，几十层甲板被熔穿，最终形成了一条略带倾斜的隧道。贝克曼开始观察周围环境，他发现光线越来越亮。

马库斯这才意识到电池电量马上就要耗尽，然后就听到有人借着班达卡的长矛爬了上来。

马库斯说："真是太险了，我已经可以看到力场外的颜色了。"

贝克曼打量着被高温烧灼过的地表，然后打量着远处的悬崖，发现可以在灰烬覆盖的悬崖上看到几点红色和橙色，这进一步证明隐身力场即将失效。贝克曼在空地上还能看到几处模糊的光团，这说明隐身力场扭曲光线的能力也在衰减。这时，他们的正下方突然出现了一个扭曲的光团。

"天哪，我要累死了！""核弹"在班达卡的帮助下爬上了飞船，然后有气无力地躺在甲板上，甩掉了自己沉重的背包。

贝克曼看到又有一团扭曲的光线靠近，然后班达卡把"异形"也拉了上来。

贝克曼命令道:"所有人,顺着斜坡爬上去。"

马库斯和"异形"顺着隧道光滑的金属表面向上爬,而"核弹"则一只手拎着背包跟在后面。贝克曼现在寻找塔克和"病毒"的踪迹,他可以看到空地上有一团扭曲的光线向飞船狂奔,但是却看不到第二团影子。贝克曼怀疑自己是否都没有看到其中一人被击中的样子,但随后却发现一团模糊的影子带着一抹绿色向自己走来。在这团模糊的光影之内,是塔克背着"病毒",两人共用一套隐身系统。"病毒"的隐身系统早已失效,电池电量很早就已经耗尽,而塔克的隐身力场也有可能随时崩溃。

"快点,该死的。"贝克曼低声说道,暗自责备自己居然同意让"病毒"跟过来。但让人大吃一惊的是,他俩突然停在了开阔地中间。

贝克曼控制住想命令他们快点通过开阔地的冲动。但塔克和"病毒"却转身对准了萤火虫防线。"病毒"将自己的M16突击步枪抵在腰上,枪口上调45度,用下挂榴弹发射器向萤火虫开了一枪。片刻之后,白磷燃烧弹炸出一团白亮的火光,所有的萤火虫都被吸引了过去。

塔克把"病毒"扛在肩上,向着飞船狂奔而来。在他们身后,萤火虫还在绕着白磷弹爆炸的火光飞来飞去,而在更南边的空中,一个黑色的小点正在以超音速接近。塔克跑到飞船边的时候,隐身力场刚好失效。他像扔沙包一样把"病毒"扔进了船体的破口处。贝克曼抓住"病毒",把他拖进飞船,而塔克则抓着班达卡的长矛,爬进了飞船。

"快!快!快!"贝克曼推着"病毒"往隧道里走。

而天空中的黑色小点,其实就是楔形的攻击机。它对着白磷弹炸出的火焰开火,将整片区域打成一池滚烫的岩浆,然后向着飞船破口飞来,调查刚才检测到的运动轨迹是怎么回事。

14

塔克带着"病毒"和班达卡在隧道内狂奔，贝克曼紧随其后，然后他的隐身力场就失效了。这就好像在黑暗之中点亮了一盏灯。贝克曼一瞬间看清了船内受损的情况，破损的甲板、扭曲的残骸和冷却凝结后的熔化金属都一目了然。

攻击机开始轰炸入口处，贝克曼感到身后闪起一道亮光，一股热浪沿着斜坡向他袭来。他开始向一间应急灯点亮的房间狂奔，然后在冲击波席卷隧道的一瞬间跳了进去。

"隐蔽！"贝克曼靠着舱壁大喊一声，然后打量着整个房间，发现墙壁上遍布网格，房间里除了几套黑色金属太空服以外空无一物，其他东西肯定都被爆炸性失压吹出了房间。隧道入口再次被击中，热浪席卷了半条隧道，借着爆炸的闪光，贝克曼看到小队成员都从安装太空服的槽位里探出头，端着武器做好了战斗准备。

在贝克曼身后，攻击机飞进了船体破口，然后停在原地评估情况。它抬起机鼻，用翼尖的主炮对准隧道，然后又开了两炮。橙色的能量球穿过4层甲板，打在一段破损的舱壁上。爆炸的热浪不禁让贝克曼吃了一惊，就算是被爆炸的冲击波波及，也有致命的风险。

塔克从另一边绕了过去，然后向隧道里扔了一颗手雷。手雷在光滑的金属壁上弹来弹去，一边发出空洞的碰撞声一边向攻击机滚去。外星攻击机扫描了手雷，发现和已知的几百万种武器根本不匹配。攻击机估计手雷是一种爆炸性武器，爆炸当量应该是体积的1000倍左右。

为了躲避冲击波，攻击机加速飞进隧道，让手雷在隧道入口爆炸。它高速飞进太空服存放室，然后转向没有灯光的一边，它的航线完全是按照之前的飞船设计图进行规划，并没有根据飞船受损情况进行更新。攻击机斜着机身从一段倒塌的舱壁处飞过，然后就撞进了一段部分熔毁的网格，撞碎了自己的传感器，进一步破坏了本就糟糕的视野。

它试图重新稳定机身，但是贝克曼、"异形"和塔克从三个方向发动攻击，攻击机的护盾立即崩溃。高温粒子肆意切割着轻型装甲，然后引发攻击机内部爆炸。攻击机歪向一边，撞穿了一段网格，然后机尾着地砸在甲板上。贝克曼和其他人继续开火，将杀死"美洲豹"的凶手打成了碎片。

"停火！"贝克曼命令道。

他站了起来，其他人也从掩蔽处探出了身子。只有"病毒"还藏在空荡荡的宇航服存放槽位中，他脸色苍白，汗如雨下。贝克曼走过去，发现他一脸病态，于是说："你这样子糟透了。"

"少校，我就休息一会儿。""病毒"一边喝水一边有气无力地说。

贝克曼转身打量着这个房间。这里有最少 20 排长方形的网格套间，这让他想起了更衣室。

"少校。""核弹"站在一具深蓝色的金属套装旁边，套装身高 150 厘米，整个卡在作为支撑的网格里。这种套装盔甲为双足式设计，胸部和胯部极为宽大，头盔也很长。盔甲朝向船体破口的一侧被烧得焦黑，但也是因为距离破口较远，所以没有被爆炸性失压吹到船外。

贝克曼走进几步，看到套装侧面从头部到脚部裂开一条缝，这说明它可以像蚌壳一样开启，内部的垫子可以适应使用者的身材。头盔内部缺乏任何类似控制屏或者显示屏的东西，只能在前后两侧看到小型的银色面板。贝克曼并不知道的是，正是这种面板，才让套装可以直接和使用者的植入物互动。

马库斯拍了拍套装，金属制的外壳发出空洞的响声："听起来像是装甲板。"

贝克曼打量着肩膀和前臂上的装备，说："这些可能是武器，也可能是工具。"

14

"这玩意儿和马夫湖的那些套装完全不一样。""异形"想起了材料分析实验室里的柔软金属套装。他打量着装甲套装内部,估算着尺寸。"里面的空间更大,所以这飞船绝对不是泽塔人的。"

"核弹"沿着格栏慢慢前进,时不时打量着没有被吹出船外的套装,然后在最后一个面前停了下来。他用手按在侧面缝隙上,慢慢打开了套装,一具严重烧伤的尸体滚了出来,砸在他的胸口上,最后摔在甲板上。

"核弹"被吓得跳了起来,然后擦掉了挂在自己身上的焦肉:"太他妈恶心了!"

这具外星人尸体也是两足生物,身高达到人类的3/4,身体比人类要宽,而且脑袋更是大得出奇。

塔克说:"这家伙丑得要死。"

"看来这家伙运气也是够差的。"马库斯说,"套装差点就关闭了。如果成功了,说不定还能活下来。"

贝克曼问"异形":"你认识这种外星人吗?"

"这肯定是头一次和他们接触。""异形"说,"能给我多少时间?"

"两分钟。"

"异形"把摄像机交给"核弹",然后跪在尸体旁边,戴上了塑料手套。"核弹"启动了摄像机,"异形"说:"一号样本。"她检查身体一侧焦黑的皮肤,然后看了看肿胀带着斑点的蓝灰色皮肤。"因为暴露于高温之下,所以尸体存在严重烧伤。由于失压,皮肤呈现出典型的变色现象。以上两个因素造成样本死亡。"她打量着外星人的头部,说:"颅骨长度,46厘米。我得做个开颅手术才能确定大脑所占身体质量比重。""异形"看着贝克曼,希望他能同意自己进行检查。

"我们没时间了。"

她失望地点了点头,然后出于好奇,将尸体长长的下巴扭到一边。

"进化出的长下巴，刚好可以平衡颅骨的重量，这可是高度进化的标志之一。""异形"从工具包里拿出一个探针和前臂粗细的手电筒，然后拉开外星人薄薄的嘴唇，露出里面三角形的牙齿。

塔克看到这样的牙齿，大吃一惊地说："这群家伙真不是省油的灯。"

"可以撕扯肉类的牙齿说明样本为肉食动物。""异形"用探针检查牙齿状态，"牙齿没有发现龋齿或是裂纹。"

"哎嘿！""核弹"大叫道，"看来外太空里也有牙医呢。"

"异形"用手电照在尸体的鼻子上，那里不过是两条垂直的小缝。"鼻孔可能在水中自动封闭。"她用探针打量着网球大小的眼睛。"眼睛的位置说明样本视野比人类更宽，水平视界可能在270度，垂直视界可能更大。""异形"拉开透明的眼睑，用手电筒对准外星人的眼睛。"眼部被一层可伸缩的覆膜所覆盖，这东西的结构类似两栖动物在水下保护眼睛的覆膜。"瞳孔是一条黑色的垂直细孔，蓝色的虹膜可以依稀看到一些绿色。"样本立体视觉的景深感知弱于人类，水平距离尤其如此。"

"核弹"说："所以他们不是捕食者，威胁程度也不是很高吧？"

塔克一针见血地指出："她刚才说了这群家伙是食肉动物，少尉。"

"哦。""核弹"的语气中不乏失望的意味。

"样本有良好的空间感知能力。""异形"继续说，"但是狭窄的景深感知说明，他们的祖先并不会在开阔地进行狩猎。所以，样本属于伏击型捕食者。"

"核弹"疑惑地问："伏击型捕食者？那又是什么东西？"

塔克解释道："就是像蛇一样捕杀猎物。"

"异形"点了点头："这就是他们进化的起源了。伏击型捕食者会隐蔽起来，然后突然对猎物发动攻击。

"只有等你的城市陷入一片火海,你才知道自己被这群家伙偷袭了。"

马库斯说:"他们可能行为高度隐蔽,善用欺骗性活动,说不定还是搞破坏的高手。"

"异形"谨慎地说:"你这个说法就非常缺乏证据支持了。"

"但是也不是没道理。"贝克曼第一次希望麦克尼斯博士能在身边,为他提供点意见。

"异形"仔细检查着外星人的颅骨:"没有发现样本拥有类似耳朵的器官,可能样本不具备听力。"她按了按尸体上突出的额头:"但是前额有一块软骨保护的凸起。"这种结构让"异形"想到了什么,但是却叫不出名字。她继续检查样本没有毛发的胳膊:"肌肉组织有力,但是并不坚硬,说明样本肌肉有力。"

"核弹"继续说:"我的天哪!他们除了有牙医,还有健身房会员卡!看来他们确实很先进。"

"你就不能说点别的?""异形"不耐烦地说道,"皮肤组织很结实。"她用探针戳了戳样本的胳膊:"身体外形整体呈流线型,但是指间没有蹼状结构。"

贝克曼不安地问:"你有什么结论吗?"

"样本种族高度发达,而且还有一些有趣的改造。就算牙齿和我们有区别,大脑结构发展可能比我们领先几百万年。我们比他们更强壮,但是根据脑容量来看,他们比我们聪明多了。"

马库斯问:"他们和泽塔人相比如何?"

"他们大脑和身体的质量比与泽塔人类似。如果他们的颅骨后部全都是脑组织的话,那么大脑质量可能比泽塔人还要高 20%。"

"没了?"贝克曼问。

"异形"点了点头,然后脑子里忽然灵光一闪。"海豚!怪不得他们没耳朵。他们根本不需要那东西。"她指着外星人凸起的前额说:"这里肯定是他们的生体声呐。如果他们使用声呐进行捕猎的话,根本不需要太多的景深视觉。他们完全可以用声呐进行捕猎。"

"太棒了!""核弹"悲观地说,"现在我们要对付一群超级捕食者了!"

贝克曼小心翼翼地看着甲板上烧焦的尸体问:"都检查完了?"

"是的,长官。""异形"说着就从"核弹"手里拿回来摄像机,装进了自己的包里。

"退后点。"

贝克曼用靴子给尸体翻了个身,然后对着外星人的颅骨侧面开了几枪,每一枪都细细瞄准,所有的弹孔排成了一条直线。颅骨碎片和血液四处飞溅,在脑袋下面汇成一片,然后他把自己的刀戳进弹孔,撬开了颅骨。等整个脑部都暴露出来之后,贝克曼在外星人的连体服上擦干净刀,然后对"异形"点了点头。

"异形"用手电照亮长长的颅骨,用探针戳动着脑组织:"长官,样本脑组织完全延伸到颅骨后腔。"

贝克曼一下咬紧了牙关:"伙计们,一起认识一下食物链顶端的新王者。"

"核弹"闷闷不乐地说:"天哪,咱们这下是完蛋了。"

塔克瞪了一眼"核弹",说:"少尉,只要是能喘气的东西,都能被干掉。"

"病毒"感觉恢复了力气,于是走到他们身边。在他饱受摧残的脑海深处,他还记得这些两栖生物如何称呼自己,但是这个名字人类无法念出来。另外一个名字却在他的脑海里不停地打转,无数个种族用这个名词称呼这些两栖生物。

"他们叫……入侵者。""病毒"在保证自己意识清醒的时候,身体在不停地颤抖,"这是其他文明给他们的名字。"

"为什么这么称呼它们?"贝克曼问。

"病毒"盯着地上的焦尸,心中腾起一种不安。他认为这样对待一具尸体是非常错误的行为。就算他现在努力吸收强行灌输的技术知识,"病毒"发现自己还是无法摆脱服从训练的影响。"他们的到来……让其他文明感到不安。"

贝克曼看着地上的尸体越发不安:"我从来都不喜欢不速之客。现在继续前进。"

\·\·\·\·\·\·

"魅魔"抓着扭曲的舱壁,探出身子打量着圆形的破洞,从这里看上去有超过100层甲板被击穿了。向上看去,天空不过是一个依稀可见的小光点,而在下方则是黑暗的深渊,在深渊的底部依稀可以看到水波。但是现在,既听不到饥饿的麦诺德兽的咆哮,也听不到喷枪切割金属的声音。这里唯一可以看到的活物,就是一只在甲板间飞来飞去的小鸟。它从一层甲板飞到另一层甲板,完全在钢铁的迷宫中迷失了方向。

"魅魔"回到"计时器"和麦克尼斯博士的藏身处,说:"不管是什么玩意儿击穿了甲板,这条船就像是黄油做的,完全不堪一击。"

他们来到被爆炸性失压扫荡一空的货舱,这里的走廊足有六车道高速路那么宽,顺着走廊还可以找到一些规模更小,但是有着特殊用途的舱室。有时候,他们会触发舱门的传感器,然后就能看到门后的武器库、机库和用途不明但是已经一片狼藉的实验室。

一道关了一半的防爆门出现在他们面前，柔和的橙黄色灯光将防爆门的轮廓照得清清楚楚。一台装备了粗壮的机械臂和手指的四条腿机器人，将防爆门牢牢抓住。机器人的力气极大，以至于它捏扁了金属门表面，甚至还留下了印痕。因为随着爆炸性失压而飞出去的物体的撞击，机器人的表面留下了很多凹痕。

"关门的时候，供电肯定也终止了。"麦克尼斯博士向这台机器人走去，打算好好研究一番。

"魅魔"抓住了他的胳膊说："麦尼，千万别惹这家伙。"

"这机器人已经瘫痪了。"

"魅魔"看了一眼伤痕累累的机器人，然后放开了博士的胳膊："好吧，但是别靠太近。"

麦克尼斯博士朝前走了几步，发现机器人一侧被烧得焦黑，两条机械腿因为击穿船体的高温热源而局部熔化。

博士打量着粗壮的机械臂说："根据这些机械臂来看，我觉得这是某种货运机器人。"

"计时器"说："看来它不想被吹出去。"

"是的。"博士若有所思地说，"它肯定是有种自保机制。嗯……看来就连他们的机器人都有一定自我意识，保护自己免受伤害。"

货运机器人的左臂转了一下，然后抓住了麦克尼斯博士的脚踝。"魅魔"立即冲了上去，用自己的 M16 突击步枪对准了机器人的肘关节。

博士强忍着疼痛说："别开枪！别开枪！小心跳弹！"

"魅魔"犹豫了一下，然后对"计时器"说："用你的外星武器打它的肘关节。"然后她问麦克尼斯博士："这样可以了吧？"

博士咬着牙说："这就没问题了，但是别打我的腿！"

"计时器"用自己的外星武器选择了一个尽可能远离博士脚踝的

位置，然后按了一下火控界面，在机器人肘关节打出了一个小洞。货运机器人的胳膊抖了一下，放开了博士，"魅魔"立即把博士拉到了一边。过了一会，货运机器人在右臂的帮助下坐了下来。它晃了一会儿，然后靠两条完好的机械腿站了起来，另外两条无法工作的机械腿则成了它的拐杖。"魅魔"让博士躲在一旁，然后用 M1 突击步枪扫射机器人的躯干，但是即便自己打空了弹匣，也没有一发子弹击穿机器人的外壳。

"换弹！"

"计时器"抓住麦克尼斯博士，把他拖到一个连接着圆形中转站的阳台，从这个货运中转站可以到达飞船的任意一层甲板。中转站有六条磁力带，完全可以支持透明穹顶下的货运平台。由于无处可去，"计时器"把博士的右臂架在自己的肩上，然后冲向升降平台："往这边走。"

"魅魔"一边追赶其他两人，一边给突击步枪换了一个弹匣。她现在完全没有必要开枪，因为子弹根本无法击穿货运机器人的外壳。货运机器人向着"魅魔"冲了过去，它的左臂垂在身边，而右臂则伸向"魅魔"，机械爪一张一合。"魅魔"对着机器人黑色的传感器开了几枪，虽然几颗子弹击中了传感器外壳，但机器人依然向着她前进。

"计时器"带着麦克尼斯博士走到货运升降机上，把博士放在地板上，然后发现透明的墙壁和穹顶上没有任何开关。"开关在哪儿？"

麦克尼斯博士靠在升降机的一侧说："这东西肯定是遥控的。"

"魅魔"一边用单发模式对着机器人的传感器开火，一边向平台撤退。她大喊道："快走！"

"计时器"指了指没有任何开关的墙壁说："一个开关都没有。"

"魅魔"给下挂榴弹发射器里装了一发榴弹，然后大喊道："小心爆炸！"她打出了榴弹，然后躲到了透明的墙壁后面。榴弹撞在机器人的躯干上爆炸,将机器人炸回平台的另一头。榴弹的弹片打在货运平台的穹顶上,留下几十个白色的弹痕。货运机器人一动不动地躺在地上,然后用机械腿爬了起来,再次跌跌撞撞地向着他们走去。

"这到底是叉车还是坦克?""魅魔"嘀咕了一句,扔下自己的M16突击步枪,掏出了外号叫"汤姆的大拇指"的外星武器。这种武器是马夫湖外星武器收藏中尺寸最小、威力最弱的,但是却能产生一束高度集中的能量束,威力远在M16突击步枪之上。她按了一下火控界面,打出一束超高温等离子,机器人的外壳被击穿,引发了机器人内部爆炸,它的四肢被炸得四处飞溅。

"魅魔"收起了自己的外星武器,然后说:"自我保护的小游戏现在结束了。"

一阵警报在船内反复响了几次,然后一个刺耳的声音开始用一种未知的语言说着什么东西。升降机的门凭空出现,将他们锁在里面,然后升降梯开始慢慢爬升。

"魅魔"叹了口气说:"看来这下子咱们引起他们的注意了。"

\·\·\·\·\·\·\·\

运输机从舱壁上被拽到了一边,金属摩擦的声音充斥着货舱,然后3个搜索者从货舱舱壁的破口处鱼贯而入。搜索者停在原地,打量着面前空荡荡的走廊,发现几个打开的补给储存箱,但是却没有看到人类的迹象。搜索者分头沿着走廊进行搜索,它们的金属脚踩在甲板上发出刺耳的声音。

比尔藏在货舱正中央的十字走廊内,仔细听着搜索者的脚步声距离自己越来越近。瓦尔和"爆竹"一起躲在距离自己两条走廊之外的

14

地方,"石板"藏在身后一条走廊里。比尔困惑地看了看"爆竹",询问他现在该怎么办?

"爆竹"耸了耸肩,然后瓦尔关掉了步枪的保险,发出了轻微的咔嗒声。

3个搜索者停下脚步,记录声音的来源,交换数据确认瓦尔的位置。瓦尔不过是把大拇指从保险上挪开,两个搜索者就向他冲了过来。两个搜索者从两边包围了瓦尔和"爆竹",从他们手中夺走了步枪,然后向他们的脊柱发出一道强大的电流。两人动弹不得摔在地上,肌肉因为神经受到电流冲击而不停地抽搐。

比尔从两条走廊之外举起了自己的步枪,但是距离他最近的搜索者以惊人的速度冲了过去,将步枪从他手里夺了过去。还没等比尔反应过来,搜索者的一条胳膊就已经搭在了他的脖子上,释放出的强大电流将比尔直接击倒在地。

"石板"听到了同伴倒地的声音,然后就听到搜索者开始在走廊里搜索自己的位置。"石板"悄悄爬上一堆储藏箱,结果发现箱子上活动空间很小,但他还是架上步枪准备开火。"石板"刚刚把步枪枪管伸出储存箱的边沿,搜索者就发现了他的位置。搜索者向同伴通报了"石板"的位置,然后跳上货箱堆,向着"石板"爬了过去。

"石板"转身开了一枪,子弹打在搜索者的传感器上,搜索者的视野瞬间变得一片模糊。搜索者一边向一旁闪避,躲开第二发子弹,一边从侧面包抄"石板"。他又开了几枪,但是储存箱堆顶部空间狭小,"石板"活动困难,搜索者每次都能躲开攻击。

第二个搜索者从"石板"后方包抄上来,试图从"石板"手中夺走步枪。但是他死死地抓住自己的步枪,健壮的肌肉因为发力而鼓胀起来。搜索者另外一只手伸向"石板"的脊柱,试图击瘫"石板",

但是"石板"使劲踹了过去,搜索者被踹得飞过一条走廊,砸进了一堆储物柜中。但这时候,第一个搜索者已经爬到了"石板"面前。它向"石板"的脊柱发出一道高压电流,但是"石板"依然坚持开了一枪,子弹从搜索者的胯部弹飞了。它用双手扭弯了枪管,第二个搜索者跳了回来,用更强的电流向"石板"发动攻击。

"石板"哀号一声放开了步枪,然后倒了下去。第一个搜索者像抓娃娃一样把他扛了起来,带着他向舱壁上的破洞走去。"石板"努力集中精神,发现自己昏迷的同伴也被搜索者扛在了肩上。

外星机器人带着他们穿过机库,绕过坠毁的运输船和还在燃烧的攻击机,然后跳到了船体外壁。搜索者向飞船中央进发,"石板"感到周围的世界天旋地转,自己的大脑随时有可能飞出去。搜索者每走一步,"石板"的脑袋都向甲板砸过去,但是却从没有真正发生接触。就算脸庞不断有风吹过,但是这种疯狂的晃动让他觉得非常恶心。

搜索者们跳入靠近飞船中部的一个舱门,在舱门的另一头,是一个圆形的货运升降梯,竖井的墙壁上还有了六条不断向下延伸的银色长带。而在同一条升降梯下方100层甲板之下,"魅魔"、麦克尼斯博士和"计时器"正被困在升降机里缓缓上升。

搜索者双脚搭在距离最近的梯子上,让人不禁想起了森林里敏捷的猴子。它们依靠梯子躲开上下运动的货运平台,而这些平台也是只从它们身边一闪而过,就跑到了好几层甲板之外。

当搜索者降落到一个存货平台的阳台上时,"石板"已经被晃得快吐出早饭了。搜索者带着他穿过一道拱门,来到一间配有长方形手术台的明亮实验室里。一个沉睡的男人被奶白色的纳米薄膜固定在桌子上,两个圆形的医疗机器人正在照顾着他。这个男人体态消瘦,胡子拉碴,眼睛周围都是黑眼圈。

在实验室的墙边可以看到一排白色的工作站，工作站之间还有白色的桌子。飘在空中的医疗机器人都装有可伸缩的机械臂，它们在工作站之间飞来飞去，进行各种实验或是转移研究样本。大多数实验仪器中都装有被肢解的动物或是鸟类尸体，每一份样本都进行了详细分类。其他一些仪器中则装着被拆解的霰弹枪零件，每一个零件在这里都要接受材料学和化学测试。

搜索者将4个人扔在甲板上，把他们的步枪交给医疗无人机进行分析。几台无人机用外科手术激光切开了背包的带子，将里面所有东西倒在桌子上慢慢研究，与此同时，几张桌子也从众人身下冒了出来。纳米膜从桌子里冒了出来，包裹住他们的身体，将他们牢牢固定住。当四个人都动弹不得之后，搜索者又快速冲进走廊消失不见了。

"石板"是第一个恢复知觉的人，医疗机器人完全没有料到他会这么快就恢复意识。这些机器人已经完成了对人类染色体的解码，但是还需要更多的样本才能确定对于不同身材的目标，需要多大的电流。它们早已确认上千种可以消灭地球上部分或者全部生命形式的生化毒剂，但是生产这些毒剂需要全面维修基因工程实验室。鉴于现在资源不足，还有很多更重要的事情去做，指挥中枢强制终止了生化毒剂的生产工作。

"石板"发现自己只能动动脚趾，而且也不能挠痒。他发现困住自己的纳米膜非常柔软，但却让自己动弹不得。瓦尔张着嘴躺在他旁边的桌子上，面无表情地盯着桌子上的灯，"爆竹"则不停地眨着眼睛，努力看清眼前的一切。"石板"看不清比尔的位置，但是一台医疗无人机将比尔包里的东西小心翼翼地倒了出来以供研究。

一台医疗无人机飘了过来，它带着外科手术用的激光切割器、一团消毒用的布块和一台带着圆盖的银色机器。石板看着那个圆盖，觉得很眼熟，然后他转头看到另一张桌子上立着一截鸸鹋的腿。一台和眼前一模一样的机器，用机械臂抓着一模一样的盖子，正停在鸸鹋腿旁边。

"石板"看着面前的圆形机器人，脑子里只有一个念头：这玩意儿要解剖我！

桌子从"石板"左肩位置向外延伸了一截，盖住他左臂的纳米膜立即流了过去，为无人机留出操作的空间。当"石板"的胳膊固定到位之后，位于胸口的纳米膜涌向胳膊，医疗无人机用切割激光对准了"石板"的肘部。一道激光从延伸出的桌子上，慢慢向着"石板"的胳膊移动，他的心中不由得腾起一种害怕的感觉。肾上腺素开始在他的体内奔腾，让麻木的肌肉开始工作，以恐惧为动力，让"石板"渐渐恢复了行动能力。

他一把抓住了切割激光发射器，这让医疗无人机猝不及防，但是很快命令纳米膜向着"石板"的手腕移动。纳米膜将"石板"的小臂固定在桌子上，但是他还是牢牢抓着激光发射器。"石板"发现无人机的机械臂好似金属般冰冷，而且非常结实。但是这种机械臂的设计是用来进行精密操作的，无法从力量上压制"石板"。他扭动着发射器，将激光偏转到一边，同时试图扭断机械臂。

无人机知道"石板"必须呼吸空气，所以用另外一只机械臂缠在他的喉咙上，然后开始用力收紧，而纳米膜也开始涌上了他的手指。"石板"发现自己的力气不足以对抗纳米膜，然后听到右边响起了急促的嘀咕声。"爆竹"现在还是无法说话，只能发出毫无意义的嘀咕声，努力想告诉"石板"什么事情。

"石板"很想问问"爆竹"到底想说什么，但是无人机却让他说不出一句话。

"爆竹"呻吟了一声，张大嘴巴努力想说话。

14

"石板"因为窒息而满脸通红,他只希望"爆竹"快点把话说出来。"爆竹"发现自己还是无法说话,于是眼睛瞪着桌子,半闭着嘴巴发出嘶嘶声。

你这会儿居然还学蛇叫?"石板"完全不明白"爆竹"想表达什么意思,只想告诉"爆竹"他是个没用的蠢蛋。但是他很快反应过来,这并不是蛇的声音,"爆竹"是在模仿引信燃烧的声音。

纳米膜已经掰开了"石板"的小拇指,但是他还是将激光切割器扭向桌子,对准了比尔的背包,然后再扭向"爆竹"的背包,用激光的高温点燃了六支炸药。爆炸将距离最近的墙炸出了一个大洞,无人机的残骸飞到了实验室的另一头,有些甚至穿过拱门,飞到了货运中转站。

覆盖在几个人身上的纳米膜保护他们免受冲击波的伤害,无人机的残骸砸进舱壁,砸坏了房间内的中央供能管道,整个实验室瞬间陷入了黑暗。由于光电能量供应被切断,数十亿包裹在众人身上的纳米机器变成了黏稠的液体。

"石板"眨着眼睛适应着周围的黑暗,发现控制住自己的薄膜已经变成一摊流向地板的冰冷液体。他抬起胳膊,无人机缠在他脖子上的机械臂也掉了下来。"石板"打量着手上的神秘液体,脑袋里只有一个问题:

这到底是什么鬼东西?

\·\·\·\·\·\·

因为医学实验室内的爆炸切断了能量供应,货运竖井里的照明系统停止了工作。"魅魔""计时器"和麦克尼斯博士立即寻找支点固定自己,因为他们的货运平台和墙上的磁力带脱离,坠入了黑暗的深渊。

随着能量供应突然恢复，应急系统也立即启动，将平台拉回了磁力带。但是只有一个磁力锁工作正常，平台滑向一边，在竖井中竖了起来。

紧急制动系统立即启动，众人直接滑到了透明的穹顶上。"计时器"趴在穹顶上，打量着下面黑暗的深渊，一种恐高的恐惧爬上了心头，让他格外担心透明的墙壁随时会碎。

他低声说道："这真是太悬了。"

一个小小的金属部件砸在了穹顶上面，发出了轻轻的响声。所有人抬头向上看，发现各种设备残骸和无人机零件像雨点一般砸了下来。这些都是从"石板"他们所在的那间医学实验室里炸出来的。每一次撞击都会在透明的穹顶上留下一个白色的痕迹，在多次撞击之后，整个穹顶上的裂纹已经变成了一张蜘蛛网。当这场碎片风暴结束以后，整个平台只能在一个磁力锁的固定下，在原地晃晃悠悠。紧急逃生系统已经打开了大门，但是平台并没有到达任何一层甲板。

"魅魔"打量着平台上方的黑影，借着上方的光亮勉强可以看到一个轮廓。"魅魔"马上意识到有东西要砸下来，于是立即站了起来。

"快出去！""魅魔"大喊道。

麦克尼斯博士距离出口很近，但是因为受伤的脚踝而无法行走。"魅魔"抓着博士夹克后面，拉着他向门口走去。在磁力带旁边有个小梯子，但是她很清楚时间已经来不及了。

她咆哮道："'计时器'，滚过来帮忙！"

"计时器"的前额撞在了穹顶上，现在额头一片瘀青，他跌跌撞撞地朝"魅魔"走去，然后抓住了博士的另外一只胳膊。

博士紧张地问："你有什么计划？"

"魅魔"说："你还是不知道为好。"然后她和"计时器"就把博士扔到了下面的甲板上。

14

"计时器"和"魅魔"带着自己的武器跳了出去,另一个货运平台失去控制砸了下来。他们落在甲板上的时候,两个平台撞在一起脱离了磁力带,穹顶也碎成了无数碎片。两个平台在竖井中不断翻滚,互相碰撞,掉进了黑暗的深渊。

"我的天哪!""计时器"说,"我下次还是走楼梯好了。"

"我好奇这究竟是怎么回事。"麦克尼斯博士脸上渐渐恢复了血色。

"魅魔"站起来说:"这可能是飞船的某种反击机制。"

"计时器"诧异地问:"你觉得这是有意为之?"

"我也不知道。""魅魔"说,"但是在这儿待着是找不到原因的。"

"魅魔"帮博士站了起来,然后把他的胳膊架在自己肩膀上,一行人跌跌撞撞地离开了平台。他们走过一道拱门,穿过一条走廊,来到一个有着圆形屋顶的大房间,房间中间有一张宽大的椅子。房间的墙面和地板非常光滑,没有任何标记,建造房间使用的材料和控制台与传感器的材料一模一样。

"魅魔"让麦克尼斯博士坐在椅子上休息一会儿。大概是刚等他坐下,一个光球就出现在他脖子前方,这个高度刚好就是母船两栖类船员眼睛的高度。他出于好奇,用指尖点了一下光球,皮肤感觉到略微的刺痛。

"这看起来是某种力场。"

"魅魔"小心翼翼地看着光球说:"麦尼,别胡来。"她抓着博士的胳膊说:"快点把手拿开。"

他甩开了"魅魔"的手说:"这东西距离椅子这么近,肯定是个控制界面。"

"计时器"打量着走廊说:"说不定是个报警器,只要一响,就能招来一群怒气冲冲的铁罐头把咱们打飞。"

麦克尼斯博士把手放在光球上,发现刺痛感越发强烈。

"魅魔"警告他说:"别忘了'病毒'的下场。"

博士很无所谓地说:"胆子不够大,怎么学东西。"博士刚说完,就抓着手腕痛苦地号叫起来。"魅魔"赶紧冲上去把他的胳膊拉了出来,但是博士却坏笑起来:"我就是开个玩笑。事实上,这感觉还不错。就好像是带了一个手套。"

"魅魔"对着博士肩膀狠狠打了一拳说:"这一点都不好玩!"

博士彻底把手伸进了光球。周围的房间消失不见了,取而代之的是一个被星海包围的蓝绿色世界。朵朵白云飘浮在大陆、群岛和海洋之上,而极地冰盖只有地球的 2/3 大小。星系恒星发出的光线照耀在西半球,可以看到大片用于农业耕作的平原和沿海岸线分布的城市。但是你在星球上完全看不到任何森林或者雨林的影子,因为它们在很久以前就被清除了。而山峰上也没有积雪,反而可以看到金属的闪光。所有的山脉都被挖空,装满了巨型大气净化器,为整个世界提供氧气,因为这个星球的生物圈已经无法满足这种需求。海洋上遍布为整个星球提供的海洋农产品,而在水下的淡化厂则负责提供淡水。

与之形成对比的是,南半球还处于黑夜。一条漫长的城市带沿海岸线分布,这条光带一直消失在地平线之外。在城市灯光的映照下,可以清楚地看到河流、港湾和湖泊。其中大多数都是人工开凿而成,因为这种设计可以为几十亿两栖类居民提供理想的生存环境。

在这个世界的上空,可以看到数以千计的飞船和大型设施,这些人造设施规模庞大,完全可以成为一座城市。这些飞船长度从几百米到好几千米不等,而每个轨道城市的直径都有上百千米。这些城市结构类似,一个圆碟在中间,旁边有球形的穹顶都市,每个穹顶之下都有数不清的摩天大楼。中央的圆碟可以提供能源、大气和重力,让轨道城市的

14

生活和星球表面海滨城市的生活别无二致。轨道城市和往来飞船在太空中分层排列，每一层都占据一个轨道，层层堆叠直到星球重力井的边界。在飞船和轨道城市之间还有小型的货运飞船飞来飞去。有些拥有符合空气动力学的流线外形，而其他飞船则形状各异。稍远些的轨道城市已经变成了小小的光点，而更远的城市则在肉眼可见范围之外。

在这一切之上，是一个散发着橙黄色光芒的恒星，它比太阳稍小一点，但是距离这颗行星比日地距离近 1/3。对于任何在这样的光照条件下进化出的生命而言，恒星的光照为所有的飞船和轨道城市增添了一抹橙色的光芒，让海洋和极地冰盖有了缤纷的色彩。而这颗水体丰富的星球和它的恒星之外就是浩瀚的星海，只不过恒星的密度要比地球所在的银河系更高。

大家一时间一言不发地盯着这颗蓝白色的星球，入侵者家园世界的景色和技术成就让他们叹为观止。

最终，"计时器"说："我猜这不是地球。"

麦克尼斯博士悄悄说："这有可能是地球 100 万年后的样子。"

＼＼＼＼＼＼

"石板"试着站起来，但是却发现两条腿一点力气都没有。他从手术桌上滚了下去，摔在一摊纳米黏液里。瓦尔已经摔到了地板上不停地抽搐，比尔的腿搭在桌子边上，用双手撑着坐了起来。

"他们马上就会来。"黑暗中响起了一个沙哑的声音。说话的人已经连续几天没有吃喝，而且被连续的检查折磨得筋疲力尽。他之所以还没有被外星人解剖，是因为他是船上唯一的拥有智商的样本。他慢慢坐了起来，虽然非常虚弱，但是能摆脱束缚还是让他感到很高兴。

他战战兢兢地走到"石板"身边，而后者还在地上艰难地爬行。

"你好啊。"这个男人坏坏地笑了一下，帮这位前足球运动员站了起来，"我叫丹。"

"石板"想说话，但是舌头根本不听使唤。他在这个神秘男人的帮助下站了起来，但是嘴里只能发出模糊的咕哝声。

"爆竹"看到地上有个熟悉的影子，于是从桌子上挪下去跟跟跄跄地走了过去，然后捡起了比尔的老式栓动猎枪。枪里装满了子弹，但是现在实验室里一片混乱，根本不可能找到额外的弹药。现在手上有一支枪，口袋里还有两支炸药，爆竹又逐渐恢复了士气。他把枪拿给其他人看，但是比尔根本没有注意到这一切。他的注意力完全放在来自升降梯竖井的微光。虽然现在没有任何动静，但是丹说得没错，现在时间不多了。

瓦尔摇摇晃晃地走到桌子边。舱壁被炸弹炸出了一个大洞，漏出后面一个装满透明容器的房间，容器里装满了缓缓流动的液体。爆炸打碎了很多容器，里面的液体流到了地板上。瓦尔并不知道这个房间是大型伤员处理中心，但是却看到走廊另一头的微弱灯光。这对他来说，这就是逃生的路线。

他对其他人说："介偏……"虽然瓦尔现在口齿不清，但是大家都明白他的意思。

"石板"把丹推到一边，完全依靠自己保持平衡，然后摇摇晃晃走了起来。瓦尔一开始还在地上爬行，发现地上覆盖着一层从容器中流出来的液体。他想咒骂几句，但是嘴里说出的话他自己都不知道在说什么。其他人跌跌撞撞地从他身边走过，靴子溅起的液体弄了瓦尔一身。他把脸上的液体擦了下来，感觉到皮肤有一种刺痛感，然后站起来开心地露出了微笑。

14

"我感觉棒极了！"瓦尔感觉身上的疼痛和瘫痪感全都烟消云散了。其他人好奇地打量着他，因为他们各个感觉自己都是风烛残年的老人，站都站不稳。

瓦尔兴奋地说："就这是这玩意儿！你们也试试！"

"石板"怒吼道："混遍去，瓦啊！"

瓦尔深吸一口气说："我感觉自己年轻了10岁。"

"泥砍奶事坨屎。""石板"到现在还是口齿不清。

瓦尔从"爆竹"手里拿过步枪，用枪托砸碎了一个容器。一股清澈的液体流到了地板上，淋在了众人颤颤巍巍的腿上。

"石板"跳起来，攥着拳头向瓦尔冲了过去，瓦尔笑着向后退了几步，说："你是不是感觉好点了？"

"石板"抬起拳头想揍瓦尔，但是反应过来这是他几年来感觉最好的时候。这感觉就好像自己一下年轻了好几岁。"石板"慢慢放下拳头，舒展着自己的肌肉，测试自己的力量。"天哪，我觉得自己可以再去跑几局，然后再拿几分。"

其他人也站起来，伸展着身体。不仅电击的后遗症已经消失，自己的肌肉也变得强健有力，关节也灵活了许多。丹之前已经脱水而且营养不良，但是现在脸上却容光焕发。

瓦尔打开挂在腰间的水壶，喝完了最后的水，然后把水壶凑到刚才打破的容器旁。

"石板"质问道："你这是在干什么？"

瓦尔笑了起来："哥们儿，你觉得女人会为了这东西花多少钱？"

"石板"吃了一惊，然后其他人相视一笑。过了一会儿，他们都聚到被打破的容器旁，把这种神秘的液体装进水壶。

15

贝克曼带着小队在迷宫一般的走廊中穿行，穿过一间间库房、工厂、医院和类似宿舍的房间。有些房间状态良好，但是其他房间却被击穿船体的热能武器摧毁。多亏了这种热能武器，小队才能顺着击穿的船体破口，进入飞船内部。

贝克曼总是向飞船内部推进，希望找到一个可以让反物质武器造成最大伤害的位置。几个小时之后，他们发现了一扇足有四层楼高的防爆门。这扇防爆门并没有显示出任何之前遇到的拱门所具有的量子可塑性。虽然这扇门看起来可以抵挡氢弹爆炸，但是一部分却发生了熔解。一道由热能武器烧灼而成的竖井呈60度倾斜而出，一直延伸到船体外壳，充分展现出这种武器的破坏力远在反物质鱼雷之上。

"核弹"用手抚摸着凝固的熔化金属，说："这威力可不小啊。"

贝克曼顺着门上的空洞，穿过十米厚的装甲门，来到了一间足有几公里长的房间。房间的屋顶一片漆黑，只能看到从被熔穿的破口照进来的微弱阳光，借着微弱的光线，可以看到熔化的金属在接触到冰冷的真空环境后，迅速再次凝固。凝固的金属在爆炸性失压下被吸入了太空，在破口处形成了旋涡状的结构。在凝固的金属之上还有几千个高度足有上百米的金属框架，看上去就好像是矗立在银色墓园中的墓碑。

房间中刺鼻的气味让班达卡皱了皱鼻子。"这里有死亡的味道。"

他说完就做了个手势。

贝克曼继续向前走，小队队员们一言不发地跟在他身后，眼前的景象让他们说不出话。他还没走出多远，就看到一个被凝固的金属所掩埋的八边形的休眠舱，虽然侧面已经被熔毁，但是透明的上部结构还完好无损。贝克曼向里面打量，但是只看到了灰烬和强光留下的一个两栖类生物的轮廓。

贝克曼说："这死起来倒是很快的。"

"核弹"敲了敲休眠舱说："我倒是希望如此。一下子就死了，什么都感觉不到。"

塔克看了看"核弹"的背包说："少尉，说话小心点。"

这位年轻的武器专家被自己的话吓了一跳，完全忘记了自己有可能就这么死去。

小队队员很快就找到了更多的休眠舱碎片，这些碎片来自房间的另一边，因为距离击中的位置最远，才没有被液化。

"这里肯定有几千个这样的东西。"马库斯心里只有一个念头：这艘船怎么可能对我们形成威胁？所有船员都死了！

贝克曼试着想象这些休眠舱紧密摆放在蜂巢状的结构中的样子，然后说："这可不止几千个，有几百万个。"

"异形"提议道："说不定这是一艘殖民船。"

塔克对此表示怀疑："'五月花'号[①]可不需要这么厚的装甲。"

"病毒"喝了一口水，虚弱地说："这可不是什么殖民船。"在他饱受折磨的脑海深处，他感觉到这艘船的设计目的完美符合这个种族的天性。他知道外星人会将它当作一条母船，但是这个词的含义却

[①] 英国前往美国最著名的一艘移民船。

不止于此。一种母性的力量让他无法正常思考。这其中既有战略价值，也有技术和生物学成分。他慢慢摇了摇头，因为想不到答案而感到愤怒。

小队队员四散开来，在熔化的金属中前进，就好像在巨兽尸体上爬行的蚂蚁。当他们几乎穿过房间的时候，贝克曼爬上一处地势较高的地方，打量着远处黑洞洞的墙壁，计算着每一个船体破洞的位置。马库斯走到他身边，打量着他看的方向。

"你发现入射角度有什么问题吗？"贝克曼问。

"发现了，这绝对不是一场事故。"

"有人瞄准了这个舱室，打算干掉这里的人。"贝克曼相信这艘船受到的所有打击都是瞄准了一个点。

"这次攻击成功了。"马库斯认为所有船员都死了。"这艘船不是威胁，击沉这艘船的人才是威胁。"

"别急着下结论。""异形"也走了过来。"我们不知道到底谁是好人谁是坏人，更不知道为什么要摧毁这艘船。"

他们继续在船舱中搜索，但是没有找到任何幸存者。当他们走过大半房间的时候，班达卡举起自己的长矛，示意他们认真听周围的声音。所有人停下脚步，听到轻微的金属刮擦声，这还是他们第一次听到不是自己发出的声音。过了一会，房间里响起了沉重的物体砸在金属上的声音。

贝克曼、"异形"和马库斯爬到一堆残骸顶上，看到一个红色的两足机器人站在齐膝的扭曲金属中。它有粗壮的机械四肢，躯干的装甲板相互堆叠，而且和之前见到的机器所不同的是，它的头部是一个拉长的金属球，而不是扁平的传感器。机械臂的末端是四个可以向任意方向转动的短粗手指。

贝克曼看了一眼，就知道身材比例符合"异形"之前检查的外星人尸体。"刚才谁说没有幸存者来着?"

马库斯说:"咱们得把它抓住,进行进一步审问。"

"异形"提议:"或者我们过去和它打个招呼?"

马库斯耸了耸肩说:"我更喜欢我的办法。"

起重套装背对着贝克曼,看起来并没有发现他们。起重套装轻松地将困在金属大梁下的八边形休眠舱拖了出来,当发现里面的船员已经变成一团灰烬,于是就把休眠舱扔到了一边。贝克曼可以暂时看到起重套装透明的面甲,他发现里面的成员也有一个突出的下巴和从前额凸起的生体声呐。

涅姆扎里停下手头的工作,因为探测器发现附近有好几个热源。热源强度低于自己的同类,而且这里经过搜索可以确定没有生还者。她转身搜索热源的位置,然后就发现三个地球原生生物正在看着她。

贝克曼打量着深绿色带垂直瞳孔的眼睛。外星人的眼睛覆膜水平伸出,想必这个动作类似于人类惊讶地眨了眨眼睛。外星人拽起受损的休眠舱,借着起重套装的强大力量,将休眠舱变成一颗炮弹,扔向了侦察小队。

贝克曼、"异形"和马库斯立刻退到一旁,休眠舱随即砸在他们刚才的位置,房间里响起一片咔嗒咔嗒的声音。众人准备好了自己的武器,以为起重套装会随时追上来。但是,房间里却响起了沉重的脚步声,而且距离还越来越远。

贝克曼立即意识到它在逃跑,于是立刻跑上制高点,发现外星人已经跳到了空中。它在推进力场的帮助下跳了足足 500 米,越过了一片残骸,然后消失在房间另一端的一堆残骸后。过了一会儿,房间里响起了一声金属碰撞的声音,一扇舱门关闭了。

贝克曼说:"看来这些外星人有些害羞啊。"

"异形"点了点头："最起码咱们知道是谁在控制那些机器人。"

"咱们该走了。"贝克曼非常担心会被困在这里。

贝克曼从制高点跳了下去。"快走。"小队开始穿过扭曲的蜂巢状结构，向着房间的另一边狂奔而去。

马库斯故意留在后面，待在"核弹"身边，寻找机会抢走反物质鱼雷，彻底终结贝克曼摧毁母船的计划。

"有人看到出口了吗？"贝克曼打量着远处的八扇防爆门，但是没有一扇是开着的。就在他考虑让小队撤回刚才进入房间的位置时，"异形"指了指右边的门。

"那扇门还开着。"她指了指门和甲板间一米见高的缝隙。

"六点钟方向接敌！"塔克大喊一声，举起了自己的外星武器。

两个顶部不停旋转的追踪者从屋顶的船体破洞跳进房间。他俩刚从船体破洞闪开，3个装备了武器的搜索者就从他们身边闪过，进入了房间。现在这些经过升级的搜索者，在上方机械臂上装备着能量加农炮，下方的机械臂装备着护盾发射器，这种护盾是战斗机器人使用的型号的缩小版本。

贝克曼认为敌人目标太多，无法正面交战，所以侦察小队保持队形在残骸中穿行，向出口撤退。

"核弹"头也不回地向着出口撤退，完全依靠其他人掩护他，同时等待贝克曼的起爆命令。其他人一边开火一边跑，用外星武器和突击步枪组成一道交叉火力，迫使搜索者不得不躲到一边。体型更大的追踪者飘浮在残骸之上，不断拉近和侦察小队间的距离，而搜索者则在残骸废墟间跳来跳去，每次起跳的时候就用能量加农炮开火。

贝克曼和塔克用点射压制追上来的敌人，而"病毒"则用榴弹发射器向一个搜索者行动路线上的残骸堆发射了一枚榴弹。当搜索者落在残骸堆上的时候，榴弹刚好爆炸，废墟将搜索者埋了起来。一个追踪者用自己的重型加农炮向"病毒"开火，"病毒"及时跳开，然后自己刚才位置上的残骸被炸得四处飞溅。

"核弹"已经跑到了防爆门门口，发现一个矮胖的机器人在早期援救行动中已经将防爆门撬了起来。他从门缝中钻了过去，在走廊里跑了一段距离，然后停下来接通鱼雷电池，准备进行手动引爆。

"鱼雷准备完毕。"他的手指已经按在起爆按钮上。

"做好准备。"贝克曼转身掩护其他人，"异形"从门下转过去，然后跑到了"核弹"身边。

十米之外，"病毒"摔倒在马库斯身边，而马库斯根本没有停下来扶起他。马库斯跑到防爆门，立即从门缝里钻了过去，连回头看都没看一眼。当他爬过防爆门之后，立即单膝跪地，瞄准撑着大门的矮胖机器人，希望摧毁它就可以把贝克曼困在另一边。

"异形"对着贝克曼大喊："过来。"她现在已经用步枪对准防爆门，随时可以提供掩护。

马库斯看了一眼"异形"和她的步枪，然后很不情愿地靠了过去。他选择"核弹"身后的位置，这样就可以随时阻止"核弹"引爆弹头。

在防爆门的另一边，塔克用索尔等离子炮对准了一个慢慢起跳的搜索者。这门沉重的外星巨炮自带的加速力场推动着塔克的手，以此达到最佳瞄准效果，然后开火。侦察机器人用自己的护盾发射器对准塔克，但是索尔的等离子冲击击穿了护盾，将搜索者切成了两半。索尔等离子炮在充电的时候发出了高频的噪声，塔克立即转身向防爆门跑去。在他身后，被"病毒"用榴弹炸塌的残骸所掩埋的搜索者爬了出来，再次跃入空中，一边跑一边开火。塔克立即俯身卧倒再次开火，班达卡帮着"病毒"来到防爆门前，然后两个人一起爬了过去。

贝克曼跟在塔克后面爬进了门缝，第三个搜索者掉转自己的加农炮向他们开火。炮击没有对防爆门造成任何影响，贝克曼拉掉一颗手雷的保险销，塞到了矮胖机器人的身下。而在防爆门的另一边，搜索者已经稳稳地落在了甲板上。

"小心爆炸！"贝克曼大吼一声，跟在塔克后面跑到了安全的地方。

搜索者开始顺着门缝爬了过来，同时用加农炮向侦察小队不停地射击，但是没过多久，手雷就爆炸了。抬起防爆门的矮胖机器人瞬间掉了下去，整个防爆门就掉下来砸碎了纤细的搜索者机器人。

小队队员们端好武器，等待大门被机器人强行突破的瞬间，但是整个走廊里却异常安静。剩下的机器人知道自己的武器无法破坏防爆门，于是撤退寻找迂回道路。

终于，贝克曼对"核弹"说："解除警戒。"

"核弹"如释重负长出一口气，切断了电池的电源："弹头解除。"

他们的耳机里响起了一个被杂音严重扭曲的声音："'核弹'，是你吗？"

大家惊讶地彼此看着，因为所有人都以为耳机里说话的这个人已经死了。

"'魅魔'，我是贝克曼，汇报情况。"

"长官，我这里和'计时器'、麦克尼斯博士在一起。我们拿到了飞船的设计图。你们可以确定自己的位置吗？"

"我们刚刚穿过北边一个房间的防爆门，整个房间有 7000 米长。"

"魅魔"沉默了一下，然后说："知道了。我们在你们的上方，距离 38 层甲板向北 500 米。顺着你们进去的走廊，在第一个坡道向左转。我会为你们指路。"

"收到。"

"快点,少校。你得看看这里的东西。"

\·\·\·\·\·\·\

劳拉深知再过两个小时,就可以到达俯瞰沃克河的山脊,到那个时候,也就是自己丈夫的死期。山脊可以为胡博提供良好的视野,他可以从那里发射信号摧毁幕墙穹顶,然后将自己的丈夫和外星母船炸上天。

自从他们和贝克曼分开后,就没有放慢速度。里亚金迪带着他们走了一条很隐蔽的小路,而胡博带着短波发射器一瘸一拐地跟在他后面。军士长用完好的左胳膊端着柯南等离子步枪,而焦黑的右胳膊只是毫无生气地垂在一旁。班达卡的妻子和女儿跟在胡博身后,随时准备帮他,而瓦育比和劳拉则待在队伍最后面。

老人忽然停在劳拉面前,用当地人的土语说着什么。劳拉听不懂他在说什么,但是从语气中判断情况非常紧急。还没等劳拉反应过来,瓦育比就带着德帕拉乌和马普鲁玛钻进了森林里。

里亚金迪对劳拉和胡博说:"他们发现我们了!"

劳拉打量着森林,但是什么都没看到。等她再扭回头的时候,里亚金迪已经躲进了灌木丛,地上只剩下装着无线电的背包。

胡博一只手端着等离子步枪,慢慢转身打量着森林。他咬着牙悄悄说:"快藏起来。"

劳拉掏出"异形"给她的手枪,藏在小道旁的树林里。她大气不敢出地等待着,然后看到了金属表面反射的阳光。目标一共有两个,在森林中呈交叉前进的搜索队形向胡博靠近。随着目标越来越近,树叶打在金属身体上的声音也越来越大。当目标接近之后,他们发现这些搜索者和之前见到的型号并不一样。这些搜索者带着武器和护盾，而且身体上安装了额外的轻型装甲。

胡博单膝跪地，用等离子步枪对准跟踪自己的战斗改进型搜索者。它们识别出了胡博的武器，立即高速向一旁移动，从两边向胡博包抄。胡博按了一下等离子步枪的发射界面，然后放松胳膊，等着步枪的加速力场确定最佳发射位置。等离子步枪锁定了第一个搜索者，但是目标速度太快，惯性瞄准装置无法锁定目标。这支外星武器不断移动，不断修正瞄准，带着胡博转起了圈。但是搜索者还是转着圈靠近胡博。入侵者早就击溃了生产柯南等离子步枪的文明，非常清楚以什么角度和速度对付步枪的瞄准系统。

胡博这才发现这些搜索者走得太快了。他试图摆脱步枪的加速力场，让步枪挪到搜索者前面去，但是自动锁定系统抗拒着他的动作，不仅拒绝开火，而且还把他的手往回拉。

胡博怒斥道："该死！"他完全不知道51区的工程师们并没有接触惯性瞄准系统的安全锁。他扔下等离子步枪，掏出自己的12.7毫米手枪，对着距离自己最近的搜索者开了一枪。搜索者的小型护盾弹开了大口径子弹。机器人发现来自未知动能武器的攻击，于是迅速躲进了树丛里。

第二个搜索者立即向胡博冲来，而他立即用大口径手枪反击。子弹打在搜索者的护盾上，激起一片片电火花。第一个搜索者见胡博的注意力被引到另一边，就转身杀向胡博，然后一下子停在他身后。它用加农炮对准胡博的后背，但是一支木质长矛从灌木丛中飞了过来，然后从装甲板上弹开了。长矛的冲击让搜索者在开火的瞬间失去了平衡，能量冲击也从胡博头顶飞了过去。搜索者立即掉转炮口，瞄准长矛飞来的方向，用能量冲击轰炸树林。

劳拉躲在树后，对着搜索者的护盾和躯干不停地开火。但是就算劳拉打光了所有子弹，也无法击穿搜索者的护盾和装甲，而搜索者已经用能量炮对准了她。

"哎呀。"搜索者的攻击将劳拉藏身的树打成两截，劳拉在开火的瞬间躲到了一边，而胡博收起手枪，捡起等离子步枪，抵在了搜索者的后背上。

"你继续跑啊！"胡博说完就按了下火控界面，而搜索者也开始转身瞄准。

他感觉到外星武器锁定目标时轻轻推了推自己的手，然后步枪打出一股威力强大的等离子束，搜索者被打成了碎片。第二个搜索者虽然距离较远，也很快发现自己的同伴被击毁，于是开始加速脱离战场。

里亚金迪跑到胡博身边说："快来。"里亚金迪正准备拿起背包，但是胡博却抓住了他的胳膊。背包的侧包已经打开，两个长方形的仪器掉了出来。一个仪器是"计时器"的无线电遥控引爆装置，而另一个则有短短的黑色天线和一个显示屏，上面不断重复发射着同一个信号。胡博捡起收发器，好奇地反复打量。他忽然明白了就是这玩意正在不断发送无线电信号。

"它们就是靠这个追踪我们。"

劳拉的大脑飞速地运转，因为她明白是马库斯将这个小东西放进了背包，所以搜索者才能找到小队，进而干掉整个小队和她自己！而且劳拉还帮过马库斯！"这玩意是马库斯的。"她直接说，"我见过他用过这东西。"

胡博困惑不解地问："马库斯？他为什……"

"他想要这艘船。"劳拉结结巴巴地说，"你要是叫来空袭，那就什么都没了。"

胡博的脸色瞬间阴沉了下来:"这个杂碎!"他暗自许诺,如果能活着完成这个任务,他一定要把马库斯的脖子扭下来。他想把这个收发器扔进树林里,但是马上想到了一个点子。他看了看收发器,又看了看搜索者离开的方向,然后把收发器又塞回了自己的包里。

"你这是要干什么?"劳拉不敢相信自己的眼睛。

"我去给你们争取一点时间。你可别辜负了我的好意。"他阴着脸把"计时器"的无线电遥控起爆器扔给劳拉,"左边的按钮启动,右边的按钮引爆。"

劳拉看着起爆器,知道自己丈夫的性命完全掌握在自己手里。她扔掉了打空子弹的手枪,将起爆器塞进了自己的口袋,胡博强塞给她的这道选择题让她痛苦不堪。

军士长将等离子步枪交给里亚金迪,说:"你就这么举着枪,然后按这个标记开火。懂了吗?"

里亚金迪背上背包点了点头,感受着步枪的重量,然后说:"我枪法好着呢。"

胡博最后一次对劳拉点了点头:"祝你好运。"他掏出手枪,指了指远离小道的丛林,然后说:"走这边。"里亚金迪开始带头出发,而胡博则紧紧跟在后面。

当他们刚刚走出视野,搜索者就从劳拉身旁的树林里穿了过去,去追踪胡博、里亚金迪和马库斯的无线电信号。他对着树林发射了几束耀眼的能量冲击,然后消失在众人的视野中。劳拉听到胡博用自己的12.7毫米手枪还击的声音。

她在茂密的树林里藏了几分钟,听着战斗的声音越来越远。当确定树林里只有自己一个人的时候,劳拉蹲着快速穿过灌木丛向东前进,而手雷爆炸的声音则响彻丛林。远处依然可以听到搜索者能量炮的声音,这说明刚才的榴弹并没有击中目标。劳拉明白他俩不可能拖住敌人太久,而且当搜索者干掉了胡博和里亚金迪之后,肯定回来找自己。

现在马库斯的阴谋已经公之于众,她决定尽可能远离搜索者。没过多久,劳拉就来到一条小溪冲刷出的沟壑,她终于可以看到一公里外锈红色的悬崖。她喘着粗气走下沟壑,心脏因为恐惧和疲劳而跳个不停。当劳拉到达沟壑底部的时候,又从远处听到胡博开枪的声音。

但这是她最后一次听到枪声。

╲·╲·╲·╲·╲·╲

贝克曼走进带有拱顶的房间,而"魅魔"、麦克尼斯博士和"计时器"正在研究眼前飞船的三维线构图。

贝克曼说:"我还以为你们几个死了呢。"小队其他人也进入房间,脱下自己的背包,享受难得的休息时间。

"计时器"说:"你差点就真的看不到我们了。"

"魅魔"解释道:"我们在爆炸前刚好进入隧道。"

贝克曼研究起了线框图全息投影:"这是什么玩意?"

"这是飞船的航行日志。"麦克尼斯博士回答道,"这玩意记录了飞船到分子级别所有技术资料。"

贝克曼打量着全息图像上的外星蚊子,然后问"病毒":"你认识这些字吗?"

"病毒"似懂非懂地看了看:"大概可以看懂。有些符号代表着飞船的不同区域、领土。这和他们的指挥结构有关。他们的指挥结构和我们的不一样,更倾向于氏族或者家庭。"他眨了眨眼睛,努力回忆脑中的知识:"他们确实有军衔,但是家庭关系和性别更重要。"

"性别？"这让"异形"吃了一惊。

"这里女性船员不多，但是都负责指挥。"

"魅魔"坏笑着说："这主意我喜欢。"

"这东西记录了飞船见到的一切，"麦克尼斯博士继续说道，"去过的所有地方。这艘船可是真的去过很多地方。"

贝克曼眯着眼睛说："它有没有说为什么要来地球？"

"已经用 3D 形式记录下来了。"麦克尼斯博士说完，就把自己的手插进光球进行演示。

飞船的设计图消失了，取而代之的是黑暗的太空和密集的恒星。在他们的左边，是一颗明亮的橙黄色星球。这颗星球略大于其他星球，围绕在这颗恒星周围的是一支巨舰组成的舰队。在 K 类恒星的光辉之下，很难看清这支舰队的全貌。整个舰队好似一个整体，30 艘巨舰分布在几千公里的空间之内，每一艘都有自己的指挥智能，每一个指挥中枢都是一个完美连接的整体。图像两旁的文字不断旋转，然后变成新的形状，计算结果也在不断更新。

"我们就是这艘船。"麦克尼斯博士继续说，"我们能看到飞船传感器记录下的一切。"

马库斯说："咱们的速度可一点都不快。"

"你怎么知道？"麦克尼斯问道，"这里完全没有参照物。其他的飞船和我们的速度一样，就连那颗橙色的恒星也距离我们越来越远。"

"病毒"指着左侧旋转的字母说："这里显示飞船正在减速。"

"这些飞船的飞行速度看起来只有光速的 1/10。按照我们的标准来说非常快，但对于远距离航行来说还是不够。"

贝克曼指了指房间另一头的墙壁，墙壁上显示的是壮观的棒旋星系说："我猜这就是咱们的银河系吧？"

"你猜对了,少校。人类还没有从银河系之外看银河系是什么样子。"麦克尼斯博士说,"但这确实是我们的银河系。"

"既然他们的航行速度这么慢,又是如何飞到这里的?"

"引擎停止运转。""病毒"指了指一组静止不动的符号。"这艘船完全停下了。"

星光璀璨的太空已经变得模糊,然后扭曲成一个椭圆形包裹住了飞船。而舰队其他的飞船和太空已经消失不见。

"计时器"问:"咱们这是进入超空间了吗?"

"并没有。"麦克尼斯博士说,"我们还在正常空间,也就是爱因斯坦所谓的平坦空间。我们被一个高度扭曲的时空泡泡所包裹。飞船依靠将时空推到后面来驱动自己前进。"

"你怎么知道?"贝克曼问。

"这对我们来说是一个理论,而对他们来说不过是日常实践而已。"

"我们现在停下来了?"

"是的。飞船停在自己的参照空间内,只有泡泡之外的时空还在运行。你之所以看不到它,是因为没有东西穿过这个泡泡。"

贝克曼惊讶地问:"所以他们是在盲目飞行?"

"完全就是瞎子。这种飞行完全取决于起航前的计算结果和导航数据的质量。"

"这难道不是很危险吗?"

"他们别无选择。况且只要不是撞进一颗恒星或是行星里,一切还是很安全的。其中风险完全没有你想象的那么大。"

"温度正在升高。""病毒"翻译着外星文字,"我不确定具体数值,但是船体外面是真的非常热。"

"这是泡泡附近的量子效应产生的霍金辐射。"麦克尼斯博士开始快进记录。

环绕在飞船周围的时空泡泡很快崩塌,周围墙上又变成了一片漆黑的宇宙。这时,房间的墙上才出现众多天体组成的一条光带,这代表着银河系的星盘。飞船按照起航前预设的航线飞入了银河系,它逃过主旋臂的尘埃云,躲开黑洞的重力井和暗物质,只有遇到远离主旋臂的星团时才会停下。旋转的字母标记着一个偏远的小型黄色恒星,而其他字母记录着行星、卫星和其他肉眼不可见的小行星。

麦克尼斯博士说:"欢迎来到我们的太阳系。"

马库斯忧心忡忡地说:"这艘飞船是从银河系之外来到这儿的?这……太快了!"

"他们花了几天才到这儿。鉴于他们来自一个远离银河系悬臂的星团,而二者之间距离有几万光年,这艘船其实是以几百万倍于光速的速度飞到了这里。"

"而这艘船实际上根本动都没动。"这种悖论让贝克曼感到越发心烦意乱。

麦克尼斯博士说:"没错,从当地的时空来说,它确实没有动。"

"异形"看着周围的星空说:"他们能够如此轻易地到达这里,对我们来说可不是个好消息。"

"这确实非常糟糕。"塔克试着用刀在墙上留下点刮痕,但却没有留下任何痕迹。

班达卡把手放在墙上的白色恒星上,看着光线在他的指尖折射,这时他才明白这图像并没有投射在墙上,而是悬浮在空中。

"班达卡,你有什么看法?""核弹"以为这位土著猎人已经被这种科技奇观所征服,"这是魔法吗?"

"这才不是魔法。这不过就是个电视。"

"核弹"看着墙壁,点了点头:"伙计,你说得没错。我怀疑他们这儿有没有电视信号。"

麦克尼斯若有所思地说:"鉴于他们无法观测时空泡泡之外的情况,他们需要优秀的导航坐标才能让这种航行成为可能。"他打量着贝克曼,问道:"你知道这意味着什么吗?"

"他们需要好地图。"

"没错,但是一个文明不可能独自测绘整个银河系。他们必须和其他文明共享信息才能确保航线安全和贸易自由,所以整个银河系里的所有文明都知道咱们的位置。每一个文明都知道!他们会互换地图,而且每张地图的脚注都会写:'警告!使用核武器的原始人类在此居住。'有些人认为我们该藏起来,不要发出任何信号或者是探测器,免得我们被邪恶的外星人发现。但是,这些人没有看到问题的重点。这里没有什么可以藏的。银河系中几千个文明早就知道咱们的位置了。"

"核弹"说:"你这个点子就非常吓人了。"

"别忘了,他们可不是只有一艘船。"麦克尼斯博士指了指远处还停在星空之中的几艘黑色的飞船。这些飞船一艘接一艘地脱离时空泡泡,直到整个入侵者舰队集结完毕,然后博士再次快进,直接显示舰队加速进入太阳系的图像。

"地球在哪儿?"贝克曼问。

"就是那边的蓝色小点。"博士指了指左边,地球的位置距离舰队的航线还很远。

"他们不是来地球的?"

"不,地球不是他们的目的地。"他指了指黄道上的一个点,一团字母不断围绕其旋转。"那是冥王星。"入侵者舰队从冥王星下方穿过了这颗矮行星的轨道。"正前方就是母星。外太阳系的行星都在墙上。海王星在太阳的另一边。"

贝克曼发现舰队正在加速穿过黄道线，向着开阔的空间进发。"他们只是路过太阳系？"

麦克尼斯博士点了点头："太阳系不是他们的目的地，他们来这里不过是校正航向。"

贝克曼越发困惑地说："那这艘船来地球干什么？"

麦克尼斯博士说："它就不该来这。"木星橙黄两色的条纹和旋转的云团出现在众人面前。他指了指太阳系中最大的行星说："这艘船出现在这里，是因为它们。"

上千艘设计风格不同、技术差异巨大的飞船从木星上层大气钻了出来，这是一次众多文明的联合行动，银河系中的文明组成一条联合战线，共同抵御来自入侵者的威胁。

\·\·\·\·\·\·\

入侵者舰队以蝶形阵形加速穿过太阳系，这样的队形可以充分发扬舰队中每一艘船的火力，不必担心会遮挡其他飞船的射界。整个舰队能够以任意一艘船为轴心变换队形，在战斗中仿佛是一个阵地，可以对几亿公里内的任意目标进行激活。这是技术、纪律和战术的集中体现，早在人类还没有出现在地球之前，就已经在实战中得到了验证。

在舰队到达前几分钟，其中的隐身船已经摧毁了太阳系第三行星轨道上研究星球土著人口的研究站。为了保护这颗星球上的人口，整个星系都已经处于管制之下，再加上这里距离钛塞提人很近，所以这个星系是舰队做最后航向休整的理想地点。如此关键的位置居然缺乏防御，这证明了入侵者一直以来的猜测，他们的敌人虽然拥有技术优势，但是意志薄弱、优柔寡断。

他们知道这个银河系中已经很久没有发生过战争，因为最强大和古老的文明不允许这样的行为。而新老文明间的技术差异，进一步确保星际战争不可能爆发。任何想在宇宙中谋求位置的文明，必须和其他文明和平共存。自古以来整个银河系中就一直坚持这种理念。

但是入侵者却不这么想。

他们崛起于一个深藏在银河星系晕的球状星团中，整个星团被银河系周围高度离子化的气体所包围。入侵者远离强大而爱好和平的悬臂文明，他们的发展不会受到任何人的制约，每一次的对外胜利都滋长了对领土的渴求、对保障种族未来的母性渴望和对资源的无限需求。通过精心经营的外交政策和精确选定目标的侵略战争，入侵者统治了自己所在的星簇，逐渐发展成为一个成熟的文明。这对于一个极端好战的文明来说，是一个很罕见的成就。

这时，他们将目光转向头顶星光璀璨的主旋臂，渴望着那里丰富的资源。几万年来，他们看着银河系中的一次次超新星爆发，每一次爆发都代表着大量资源的生成，但是这样的天文现象在星簇中却非常罕见。入侵者被困在一片资源匮乏的星球之中，所以对于资源如饥似渴。长久以来，银河系资源丰富的传言就在吸引着入侵者，驱使着他们发展技术和军事力量去夺取这些资源。

一开始，入侵者小心翼翼地接近银河系，在英仙座悬臂建立小型前哨站，然后建立要塞、舰队基地和后勤中心，就像真正的捕食者一样，入侵者跟踪自己的猎物，一如他们的祖先在故乡的水道中捕杀猎物。入侵者建立基地之后，就开始以让英仙座环带地区文明惊讶的速度和效率扩张。一个个人口稠密的世界在惊恐之中成为入侵者的阶下囚，落后的舰队在入侵者面前溃不成军，这种局面直到猎户座悬臂中最强大的文明站出来，勇于抵抗入侵者的入侵时才发生改变。这个文明的故乡环绕着钛塞提星，距离地球只有 12 光年，但早在几百万年前就已经成为强大的文明。这个强大的文明在银河系中无人不知无人不晓，虽然地球距离这个文明的故乡非常之近，但是人类却对它一无所知。

地球上的居民并不知道一支强大的舰队正在穿过黄道，因为入侵者对于这个还没有进入太空的文明毫无兴趣。入侵者舰队搜索着任何时空扭曲的迹象，借此发现敌人的迹象，但是却没有发现木星强大的磁层之下还藏着几十个小型传感器。这些伪装成碎石和冰块的传感器藏在气体巨星环里，观测巨型舰队在高速航行状态下发出的特殊辐射。传感器将侵略者的一举一动，通过定向窄波传递到藏在气体巨星云层中的舰队。一个被入侵者奴役的种族向联盟舰队提供了有关入侵者舰队的情报，克萨特工将情报送出了被占领的英仙座悬臂，所以联盟舰队才会再次集结。

当入侵者舰队几乎要进入射程的时候，联盟舰队从木星的云层深处上浮，引发一片不断扩张的时空扭曲。入侵者舰队每一艘船上的指挥中枢，可以通过链接整合成为一个统一的超级意识，也就是所谓的联合指挥中枢。它发现了越来越近的威胁，指挥舰队对准木星，启动了武器系统。还没等敌人完全脱离气体巨星的外侧卫星，入侵者舰队的联合指挥中枢就已经分析了可能的攻击，计算了几十种不同的战术场景，然后得出了应对计划。

虽然不可能存在任何对入侵者舰队发动军事奇袭的可能性，但是联合指挥中枢明白女族长们会对此感到惊讶。曾经有一个超级文明反击入侵者对英仙座弱小文明发动的侵略战争，而现在却出现了一个全银河由各个文明组成的联盟站出来抵御他们的行动。

舰队中来自猎户座悬臂的飞船最多，他们在驾驶着纺锤状攻击巡洋舰的钛塞提人带领下加入了战斗。虽然这些战舰最为先进，但是驾驶它们的船员因为长久以来的和平而缺乏战斗经验。其他来自猎户座的战舰则更加落后。类似敏卡兰中队这样的飞船航速很快，防御良好，但是苏玛人和梅洛普人的战舰不过是紧急加装武器的运输船。阿瑟拉人的飞船最为落后，这个文明只不过比地球领先了一万年。他们缺乏提供有效防御的护盾和装甲，但是和其他落后的飞船一样，都装备了钛塞提人提供的武器，因此成为入侵者不得不认真对待的威胁。对于弱小的文明而言，选择加入这样的战斗无异于自杀，但是却对此毫无怨言。因为他们深知，如果钛塞提人输了，那么自己的末日也就不远了。

  联合指挥中枢只花了几秒钟就扫描了联盟舰队所有的飞船，然后进行了大规模技术转移，就连那些从被征服的英仙座世界中逃出来的飞船都得到了升级。入侵者从没见过这种情况，古老如钛塞提这样的文明，居然心甘情愿地将技术移交给落后的文明。对于入侵者来说，他们会竭尽全力保护自己的每一个秘密。这说明他们的敌人已经极端绝望，更说明他们联合抵抗入侵的决心。

  让联合指挥中枢感到惊讶的是，联合舰队的飞船不限于英仙座和猎户座悬臂。舰队中还有一小部分飞船来自入侵者很少接触的文明，这些强大的文明距离入侵者很远，而且二者之间鲜有交集。联合舰队的一个侧翼由来自天鹅座悬臂的芬纳里文明的战舰指挥，九艘来自银河系另一端的盾牌座-南十字座悬臂的德科洛文明的战舰，则负责指挥舰队的另一侧翼。

  四百多艘联盟战舰在入侵者舰队和木星之间展开，以一个松散的长方形阵形前进，这展示出联盟舰队缺乏针对联合作战的准备工作。一时间，舰队你争我赶地冲向入侵者舰队。在距离2000万公里的时候，庞大的入侵者超级无畏舰发动了炮击。而6艘受到保护的入侵专用战舰则没有开火，而是将能量转至护盾和点防御系统，因为他们非常清楚自己将会变成敌人的主要目标。联合指挥中枢很快发现联盟舰队中较弱的战舰无法承受能量武器的直接命中，于是将火力集中在这些弱小的战舰上，快速削弱联盟舰队的火力。

小型联盟战舰试图躲避来自入侵者巨舰的能量冲击，但是它们的速度还不够快。当被命中的时候，它们脆弱的护盾瞬间崩溃，薄薄的装甲板被气化，猛烈的爆炸撕碎了船体外壁。那些没有被摧毁的战舰，不是变成了闪光的残骸，就是受到重创，然后试图逃离战场。每当一艘联盟战舰爆炸时，放射性残骸就会飞向附近的战舰的护盾，制造出一片面积不断扩大的废船墓地，辐射也在这片空间里不停肆虐。在一片废墟之间，入侵者战舰完全无视夺路而逃的逃生舱，但其中不少还是毁于周围的爆炸。

猎户座弱小文明的舰队遭受了沉重的打击。阿瑟拉人的舰队被一网打尽，苏玛和梅洛普人的舰队也很快变成了漂浮的残骸，而敏卡兰人的舰队也被打得失去了战斗力。只有格尼纳和克拉林人的巡洋舰逃过一劫，但是他们在撤退前甚至没能消耗掉入侵者的护盾。虽然猎户座舰队损失惨重，但是他们分散了入侵者的火力，足够钛塞提和来自天鹅座、盾牌座-南十字座的盟友穿过入侵者的炮击，进入自己的武器射程。

联盟舰队的重型战舰无视超级无畏舰，将火力集中于搭载着入侵部队的大型突击船。来自英仙座悬臂的幸存者，已经警告钛塞提人真正的威胁就是这些突击船。他们描述了这些重型突击船降落在偏远地区，依靠坚固的幕墙穹顶建立桥头堡，然后用大规模部队碾压本土防御。在每一次战斗中，入侵者都利用星球上的资源，快速制造大量的机器人，以至于防御部队都来不及消灭这些机器人。这样一支入侵部队完全不需要在乎士兵的伤亡。

对于那些爱惜生命的文明来说，这种战争形式前所未见。也正是因为同样的原因，入侵者才会所向披靡。

钛塞提指挥官命令战舰将火力集中于两艘突击船。舰队发射了一轮又一轮的相对物质鱼雷，整个场面就好像一群发光的昆虫冲向入侵者舰队。当鱼雷接近入侵者巨舰的时候，上万道细小的光束将鱼雷切碎，太空中充满了红色和橙色的爆炸火光。因为入侵者早有准备，没有一发鱼雷击中目标。钛塞提和芬纳里舰队继续前进，用定向能武器集中攻击两艘入侵者突击船。他们很快就击毁了敌人的护盾，但是无法击穿突击船的三层中子态装甲板。

这时候，来自盾牌座-南十字座悬臂的德科拉中队指挥官，这位超过2000岁的熊形生物，命令自己旗下的九艘战舰开始攻击。德科拉的战舰是白色的球形，表面有形似长矛的护盾发生器，能够生成强大的护盾。因为他们的武器射程很短，射速也很慢，所以这些战舰被设计得可以承受大量的攻击。当德科拉人的战舰进入射程之后，他们开始齐射，发射出的红色光球虽然速度较慢，但是很快变成温度很高的光球，其温度之高，完全超过了恒星的内核温度。

联合指挥中枢甚至产生了一种想要逃跑的冲动。入侵者文明曾经提出有关超新星武器的理论，但是无法解决包括可控超新星爆炸在内的技术难题。在入侵者漫长的历史中，从没有一艘战舰遭受超新星武器的攻击，但是现在情况不同了。

入侵者舰队将重武器火力集中于九颗超新星上，但是他们投射的火力不过是让超新星减少了很小一部分质量。超新星武器击穿了突击船的护盾，然后像切黄油一样熔穿了几百层甲板，最后从飞船的另一头冒了出来。它们又飞行了几秒，然后撞在一起发生爆炸，产生的超高温聚变云团以 1/20 光速的速度飞出了太阳系。

德科拉人的超新星炮击舰以缓慢但稳定的炮击，不停地攻击两艘突击船。一艘突击船的侧面发生爆炸，巨大的装甲板飞入了太空。另一艘突击船严重受损，不仅丧失了动力，而且生命信号也越来越少。它慢慢脱离了舰队队形，爆炸性失压将气体和设备抛入了太空。

联合指挥中枢发现自己无法摧毁这些人造超新星，于是将所有火力集中于超新星炮击舰。德科拉人的护盾已经承受了巨大的打击，能够将能量攻击转移到护盾的冗余正在飞速衰减。第三艘炮击舰发生了爆炸，另外四艘示意自己很快也将爆炸，所以他们的指挥官只能不情愿地下令全体撤退。有一艘炮击舰发生爆炸，剩余 7 艘跃迁至太阳系边缘，关闭自己过热的护盾，如果入侵者发动追击的话，就准备进行紧急超光速飞行脱离战斗。

钛塞提舰队指挥官知道继续战斗也不可能产生任何影响，于是下令全体撤退。弱小的联盟战舰慌乱撤退，留下大量泛着光的残骸，而提塞提人和芬纳里人的舰队则掩护他们撤退。

自入侵者舰队开火以后，整场战斗只持续了 12 分钟。

跟在撤退的战舰之后的是几千个小型逃生舱，生还者中大多数都是重伤员。联合指挥中枢选择不去追踪撤退的敌人，因为它认为敌人希望以此拖延时间。入侵者舰队因此继续前进，向着太阳系的边界前进，然后向着 12 光年外的钛塞提人故乡发动进攻。

从入侵者舰队偏转 30 度，幸存的联盟舰队正慢慢向天王星轨道撤退。半数以上的联盟战舰被击毁，这对摧毁两艘突击船来说是一个巨大的代价。对于联盟舰队而言，这场失败意味着钛塞提人古老的家园世界将遭受攻击。

联盟指挥官们从遥远的地方观测到几千架维修无人机，它们像蚂蚁一样爬在入侵者战舰表面，修复战斗损伤，为进入超光速飞行做准备。联盟舰队为其他盟友在钛塞提集结和外交使团赢得了时间。外交使团的任务是，前往5500光年外的处女座星簇，联络可能居住在那里的第一世代文明。但是，形势却对他们很不利。即便可以找到第一世代文明，他们也可能拒绝干预，因为他们可能认为这场入侵者战争不过是一场原始文明间的纠纷而已。

现在留在木星和海王星轨道之间的，是一片放射性残骸组成的坟场。在这条放射性残骸带之外，一艘毫无生气的入侵者突击船，正依靠一丝紧急动力进行漂流，转着圈飞向太阳。几千个机器工人被吸进了太空，所以无法进行自我修复，而在休眠舱的600万部队已经被人工超新星火化，飞船完全失去了进攻能力。更糟的是，飞船的指挥中枢受损，现在它既困惑又伤痕累累，而且失去了和舰队的联系。

但是对于指挥中枢来说，它的目标依然非常明确，它将不计代价向敌人释放自己的军队。只要自己还没有被消灭，就要完成自己的任务。

这就是它存在的意义。

\·\·\·\·\·\·

记录室3/4的表面只有惨白的静电雪花，因为传感器已经在战斗中被毁，无法记录任何图像。剩余的表面好像一扇通向宇宙的窗户，随着飞船不停地旋转，星体也慢慢飞到了后面。

"他们确实恢复引擎工作了。"麦克尼斯博士说话的时候，一片静电雪花已经被星空所取代。"你看，飞船在自我维修。"

贝克曼顺着墙壁走到一片传感器工作正常的位置。他打量着太空，一时间忘记了自己面前的不是一块显示屏，而是一扇窗户。"舰队到底去哪里？为什么他们要扔下这艘船？"

"我也不清楚，但是他们没有和我们开战。"

"那为什么我感觉已经和他们打起来了？"

"你想得太多了！"马库斯说完，立即被贝克曼狠狠瞪了一眼。

麦克尼斯博士心不在焉地说道："这一切简直太有趣了，你们说是不是？在我们头顶上，一群强大的太空文明正打得不可开交，而人类却对此完全不知情。"

贝克曼说："我更关心到底是谁赢了。"

"希望是好人赢了。"马库斯说道。

"异形"问："他们到底是谁？"

"好心肠的虫虫眼外星人。"马库斯回答道，"就是那群让我们能安安静静在这颗星球上活了 2 万年的家伙。"

"我就是想赶紧完成这次的任务。""核弹"说，"才不会在乎到底谁赢了。"

马库斯怒吼道："你最该在乎到底谁赢了。"

"为什么我该关心这个问题？好让一群变态混蛋把我们当成实验室的小白鼠研究吗？"

马库斯说："他们可能绑架了个别人类，研究我们的构造。但是，他们并没有尝试征服或者灭绝我们。如果外太空的政治格局正在发生变动，那么地球上的情况也将发生变化。"

麦克尼斯博士说："强者随心所欲，弱智忍气吞声。"当发现贝克曼一脸好奇地看着他，又补充说："修昔底德，古希腊将军和历史学家，大概是 2500 年前说的。看来这句话在全宇宙都适用啊。"

"他还告诫我们不要轻视战争的风险。"马库斯说，"所以我们才希望保持现状。不论太空里谁是老大，我们能在地球上独立发展了很长时间,在他们的框架之下,我们是安全的。我们可不想让这种框架发生变化。"

"啊,我知道了。""核弹"说,"地球就是黄石国家公园,咱们人类就是公园里的熊。"

"或者说是阿纳姆地。""异形"看了眼班达卡,"而咱们就是土著居民。"

班达卡想了想,回忆起自己的人民自从1931年开始就居住在受保护的环境中,成为一个在现代民主国家内的石器时代文化文明。"我看大家还是把我们忘了比较好。"

"异形"看着马库斯,想起了曾经在森林中的对话。"你还说太空里没有纳粹德国佬呢,但是事实并非如此。那边还有各种各样的战舰。"

马库斯点了点头:"我注意到这一点了。"

贝克曼问:"所以你想说明什么呢?"

"异形"解释道:"所以,许多好人为了活下去,联合起来对付一个坏人。"

"那可就太糟了!""核弹"说,"好人联军的舰队刚刚被狠狠揍了一顿。"

"这艘船不该出现在这里。"马库斯说,"这条船属于那些很快统治宇宙的人。我们不能摧毁它。我们得研究它,然后组织自己的防御。"

麦克尼斯博士谨慎地指出:"更别说如果我们炸了这艘船,而他们还赢了,地球可能遭受报复性打击。"

"魅魔"坚定地说:"咱们得把它炸了!"她对贝克曼说:"这条船里的工厂完全有能力生产一整支机器人大军。只要矿物原料供应充足,完全可以把我们打回石器时代。"她扭头对麦克尼斯博士说:"你知道我说的都是真话。告诉他！"

麦克尼斯博士犹豫了一下，然后说："她说得没错。如果这艘船是我们的敌人的话，就算它现在受损了，我们也不可能击败它。"

"这话说得有点早。"马库斯说。

"计时器"怒吼道："你根本没有见过他们的工厂！"

"它只需要时间而已。""魅魔"说，"飞船当前非常脆弱，但是却在恢复中。再过几周或是几个月，就没人能够阻挡它了。"

"异形"说："如果我们炸掉这艘船，而联盟舰队赢了，他们也不会在乎我们干了什么，说不定他们还要谢谢我们。"

"那如果联盟舰队输了呢？"马库斯问，"又会发生什么？"

"这就不是我的问题了。"贝克曼说，"'核弹'，就在这动手。准备鱼雷弹头，然后你们全部离开这。我给你们6个小时撤离，如果有敌人来找我，那我就立即引爆弹头。"

"如果按照原路返回的话，我们可以赶到安全地带。""核弹"说着打开了背包盖，露出了里面的反物质鱼雷。

马库斯悄悄把手按在自己的冲锋枪上，决心不能让贝克曼摧毁人类唯一的反击机会。他认为必须在小队成员反击之前扫荡整个房间，于是将快慢机调至全自动，然后将手指压在扳机上，看着"核弹"开始将电池包连到鱼雷上。

"等等。"麦克尼斯博士说。

贝克曼冷冷地盯着博士说："现在可不是怯场的时候，博士。"

"我要说的事情和胆量没有任何关系。这艘船被强大的武器攻击了好几次，而且依然保持正常运转。你在这里引爆炸弹也不会对船体造成任何影响。"

"你有更好的建议吗？"

"我还真知道个好地方。"他再次启动设计图,然后放大船体正中央,这里有一个受装甲保护的圆形舱室。几千条连接线从这里出发,直达飞船的各个角落。"你应该在这里引爆炸弹。这里是飞船的神经中枢和大脑,是全船上下唯一一个被直接命中还能幸存下来的地方。你得进入里面才能确保爆炸效果。"

贝克曼研究着设计图说:"这里肯定有人把守。我可能无法保证6个小时的撤离时间。我可能只能给你们6分钟。"

所有人一言不发,大家都很明白这意味着什么。

"魅魔"轻轻地说:"我们知道。"她为所有人表达了决心。

马库斯悄悄地将手指从扳机上挪开,然后打开了 MP5 冲锋枪的保险。

\\\\\\\

当母船第一台反应堆恢复工作的时候,双方舰队都已经从太阳系中撤退了。如果太阳系中还有任何一艘幸存的战舰,一定会发现这艘母船恢复运转,但此时没有人保持对战场的监视。更多重要的星系将会卷入这场星际战争,还有很多绝望的战斗在等待着他们。

指挥中枢发现无法让时空扭曲装置进行远距离航行,但是这已经不重要了。母船残破的传感器发现在唯一有人居住的行星上,有超过 400 个放射源,它认为这是轨道轰炸留下的痕迹,而不是原始的裂变反应堆。指挥中枢发现这个星系并不是钛塞提人的家园星系,但是将这归结于传感器受损和敌人释放的假信号。但是漂浮在气体巨星轨道上的放射性气团和几百艘飞船的残骸却是千真万确的存在。指挥中枢根据这些残骸判断,它是一场惨烈战斗后唯一幸存的战舰。

指挥中枢并没有按照规定启动自毁程序,而是启动尽可能多的传感器、武器和推进力场,准备抵御下一次不可能出现的攻击。它带有缺陷的分析得出一个结论,所有的地方地面部队已经被轨道轰炸摧毁,现在正是向敌人发动总攻的最好时机。它现在只需要降落,建立一块部署区,然后开始生产进攻部队。

指挥中枢命令残存的维修无人机修复推进力场以便恢复飞行能力,同时重启加速力场以抵消硬着陆时的惯性。由于爆炸性失压将货舱中的大部分设备吸入太空,可用的设备寥寥无几,所以母船将空荡荡的甲板全部拆解,满足纳米工厂的原料需求。

当飞船进入火星轨道的时候,它扫描了目标,选定了一个远离主要人口中心,而且地质条件稳定,可以满足大规模开采的着陆区。在最小推力的助推之下,母船开始向着地球前进,以极高的速度冲入地球上层大气。母船依靠大气层的摩擦和推进力场的阻力,逐渐减速从太平洋上空驶过。

指挥中枢一直让剩余的武器系统保持工作,应对并不存在的攻击。它检测到下方有几千个慢速移动的飞行器,但没有一个目标具有高能信号或是试图向它爬升。所以,指挥中枢并没有开火,将剩余的能量储备用于应对真正的威胁。由于没有发现行星防御武器,所以指挥中枢认为轨道轰炸取得了成功,它必须趁敌人还没有反击能力的时候发动攻击。

当母船穿过赤道后,它开始降低高度,进入下层大气。推进力场为母船提供了有限的机动能力,而压力力场则确保高空的强风不会吹进船体破洞,但是却缺乏足够的能量避免大气摩擦加热船体。当目标大陆出现在地平线时,船体周围的气浪已经变得红热,船体温度也直线攀升,但远没有达到熔解飞船装甲板的程度。即便如此,母船在空中闪着橙红色的光芒，但却没有彗星的尾巴。

指挥中枢对着陆区进行了最后一次评估。它选择了一个天然的堡垒，北部是宽阔的海洋，南部是连绵的沙漠，这让敌人的部队难以隐藏自己的位置。它很满意自己的选择，于是调整加速力场，开始垂直下落，然后全船上下响起了碰撞警报。

推进力场开始减速，确保着陆时的冲击在飞船结构强度允许的范围之内，加速力场电容器开始充电，准备抵消撞击时的强大惯性效果。

当飞船进入大气的时候，传感器详细扫描了地面，发现了大量动植物，但是却没有能量信号，这说明着陆区缺乏最原始的文明。过了一会，母船以几倍于音速的速度砸向地表，强大的动能摧毁了着陆区附近的一切，效果不亚于引爆一颗原子弹。

格伊德河谷在一瞬间从一片原始的荒地，变成了炙热的炼狱。

16

自从涅姆扎里从船体外壁夹缝中逃出来，这还是她第一次睡觉。她找到了一个完好的高级军官房间，将起重套装停在走廊，然后锁死通向走廊的舱门，避免之前在休眠舱遇到的人类发动偷袭。涅姆扎里才睡了一会，一个念头就通过船员网络植入物进入了自己的意识。

卡乐莎-（阿拉沙拉-暖季）-涅姆扎里，我一直在观察你的行动。

涅姆扎里一下就醒了过来，这个意识让她吓了一跳。她在这条船上服役了多年，这还是飞船最高级别的智慧意识和自己建立联系。通常而言，这仅限于高级军官的权限。更重要的是，指挥中枢用繁殖代号来称呼自己，这是非常正式的称谓。卡乐莎是氏族名，代表着自己的血脉。阿拉沙拉是育婴所的名字，是自己长大的地方。这两个合起来代表着涅姆扎里在女性成员中低微的地位。暖季代表着自己孵化的季节，而涅姆扎里是孵化后的代号，所以这更像是一个编号而不是名字。

涅姆扎里非常好奇，飞船是如何在承受了如此严重的损伤之后，还能观察她的行动。但是，指挥中枢很快回答了这个问题。

通过医疗无人机。

这个回答吓了她一跳，因为涅姆扎里并没有打算问这个问题。但是她很快就明白，自己体内的植入物可以让指挥中枢自由阅读自己的想法。

已经恢复了你的船员身份。

16

"你有什么命令吗？"

指挥官，我有一个请求。

指挥官？涅姆扎里不过是个推进器技术员，不是氏族领导人。当她明白指挥中枢依然无法正常思考的时候，心中所有的希望荡然无存，但是，她的脑海中忽然闪过了一个点子。指挥中枢从来不会请求低级军官任何事情，只会向他们下达命令，但是现在自己的船员身份已经恢复，就成了一名军官。

涅姆扎里镇定下来，问："什么请求？"

我明白你的打算，它们从战术角度来说非常合理。

只有完全工作正常的指挥中枢才能说出这样的话。在没有受损的情况下，指挥中枢是战略高手，能够做出最狡诈和复杂的计划。

你是最后一名健在的女性船员，而且你自己也转化成了一名繁育者。

指挥中枢是不是傻了？涅姆扎里希望指挥中枢可以明确说明想要什么，但是接受的训练和对权威的服从制止了她这么做。"所以呢？"

我希望你成为这个世界上的第一女族长。

"什么！"

涅姆扎里从没有听过一个卑微的技术员一跃成为整个世界的女族长。她卑微的基因级别已经决定不可能承担这样的职责，更不要说自己长大的地方和氏族。但是，作为现在唯一一名健在的健康女性成员，执行女性地位继承规定才是符合逻辑的做法。

敌军已经登上了战舰。89%的内部传感器无法工作，很难确定敌人的位置。我正在用战舰自身材料生产战斗单位，但是维修无人机的数量不足以完成这项工作。因此，我必须做好失败的准备。

涅姆扎里已经检查过飞船大部分区域，而且不管指挥中枢是否能正常思考，这个评估结果都是正确的。"你有什么计划？"

母舰 THE MOTHERSHIP

这个世界的海洋可以满足你们种族的生存需要，而这个世界上占统治地位的生命体是陆生哺乳动物。他们可以制造在水下航行的机器，但只能在很浅的深度活动。所以，这个星球的海洋将为你提供战术优势。

涅姆扎里惊讶地问："你希望我弃船？"

我建议转移一个反应堆、医疗无人机、克隆箱和纳米工厂去深海，这样你就可以安全繁衍后代。你可以在海中大量释放自己的卵。

"然后让卵自己成熟吗？"这是个令人震惊的念头。这些后代如何接受植入物？谁来教育和训练他们？

你的种族智力远在这个星球的哺乳动物之上。当时机成熟，你的后代将成为这些哺乳动物的劲敌。只要纳米工厂工作正常，你就可以为后代提供必要的技术装备，所有阻挡你们的敌人都将被消灭。

"还有其他办法吗？"

我将继续进行自我维修，但是由于资源不足，我不可能在可接受的时间范围内，将系统恢复至可运行状态。即便我按照当前效率继续运行，模拟结果显示，我不太可能在敌人对飞船造成严重伤害之前，生产一支足以保护自己的部队。鉴于敌人已经登舰，失败的可能性正在飞速增长。

根据自己对飞船的观察，涅姆扎里明白情况非常严重，而且不论涅姆扎里如何努力，也找不出指挥中枢的逻辑中的任何缺陷。

"如果我接受了这个计划，下一步该怎么做？"

你必须马上弃船。我会指派一个战斗机器人和两个战斗搜索者保护你，但是深海的掩护和确保自己位置不被发现才是关键。每一次产卵之后，你将用载具将卵送到星球赤道地区的合适海域。

虽然涅姆扎里并不想在人类所谓的马里亚纳海沟里度过余生，但如果人类找不到她，那么整个计划还是可行的。即便如此，涅姆扎里还是怀疑自己的后代在没有技术和训练的前提下，如何在一个充满敌意的世界活下去。而指挥中枢再一次捕捉到了这个念头。

他们中有很多都会死，但大多数将活到最后。最终，你将会有自己的女儿。到了那时候，这个世界的海洋中将有几十亿你的后代。他们比我所生产的部队更加强大。

涅姆扎里陷入了沉默，她知道指挥中枢不过是履行自己的职责，利用一切资源完成任务，而她自己也是其中之一。母船有能力生产一支高科技大军，而涅姆扎里则有能力繁育一支由生物体组成的部队。

"我同意你的计划。"

谢谢你，世界之母。

在指挥中枢的口中，涅姆扎里似乎已经成了星球女族长，这说明它已经开始服从涅姆扎里的命令。在未来，指挥中枢只会提供建议，因为它绝不敢向整个世界文明的众生之母下达命令。

我建议您选择需要的载具、需要搭载的武器以及确定是否需要具备星际航行能力。我可以建造各种房屋，每一种都能有效协助我们的计划，但是居住舒适性各有不同。

"你就不能替我选好吗？"

这是您的特权，主母大人。您的余生都需要依靠这些载具和房屋。

涅姆扎里并不习惯这样的待遇，特别是自己一跃成为飞船指挥构架中的重要一环。

"好吧，我自己选。"

指挥中枢向她指明在哪里可以进入生产系统，说明了可用选项。自从在休眠舱和人类遭遇之后，涅姆扎里就装备了一把武器和光子力场，后者可以扭曲周围的光线，让自己隐形。有了这两样东西，她不用穿起重套装就可以在飞船内自由活动。

涅姆扎里明白藏在一个原始世界的深海中，自己的生活将会非常孤独，但是她的寿命非常长。也许有朝一日，当她征服了这颗星球，就可以和自己的族人重逢。未来的日子将非常孤独，但是她将毫不犹豫地完成任务。

毕竟，她是这个世界上的第一女族长。

17

"石板"第一个爬进了维修竖井里的狭窄梯子里。他们已经在这里爬了几个小时,为寻找出路穿过了好几层甲板。下一层的平台传来微弱的光亮和轻微的震动声,"石板"立即跳下梯子,等其他人下来。

当大家到齐之后,"石板"看了看竖井里的梯子,黑洞洞的竖井就像无底的深渊,还不知道要走多久。

"我不知道自己能不能坚持下去。"丹·麦凯伊已经累坏了。

自从生物试验室逃离之后,他们就看到了一处灯火通明的地方,大家一言不发顺着一条短短的走廊向那里前进。这条走廊的尽头,是一间长方形的房间,房间里有一排排银色的长方形手术台,手术台上方还有透明的罩棚。"石板"整个人愣在原地,因为他发现其中有7张床上躺着人。

"爆竹"悄悄说:"这地方是个停尸房。"

比尔说:"要是这些真是死人,那你何必要说悄悄话?"

瓦尔笑说:"想必是害怕吵醒死人。"

大家放松下来,然后顺着嗡嗡作响的手术台之间的走道,开始观察这间手术室,所有人都将注意力放在飘浮在手术台上的外星人。些许白色的气体包裹着这些尸体,这些气体不是烟雾或蒸汽,但却绕着尸体上下飞舞。

"爆竹"站在手术台旁,注意力全部放在外星人符合流体动力学的身体和长长的脑袋上。外星人身体的一侧一片焦黑,大部分左臂也不见了,取而代之的是一片包裹着深绿色液体的透明泡泡。

"他还活着!""爆竹"看到外星人胸口轻微起伏的时候大喊了一声,这说明外星人还能呼吸,只不过非常轻微而已。

其他人立即围了过来,好奇心克服了恐惧,大家都凑过去仔细打量着眼前的外星人。外星人凸起的眼睛和扁平的嘴巴都闭着,垂直的鼻孔微微张开以供呼吸。外星人浮在一个加速力场中,受伤的皮肤就不会碰到手术台或者是透明的罩棚,而好似雾气的纳米机器就可以修复受损的细胞。透明泡泡里的黑色物质正渐渐聚合成新的胳膊。

瓦尔皱着眉头说:"他长得太难看了。"

"石板"走到旁边的手术台旁。上面的外星人烧伤稍显轻微,但是两条腿都不见了。再生肢体的泡泡裹在残肢上,新的双腿正在渐渐成型,而纳米机器人正在切除胯部和胸部烧焦的身体组织。"石板"目不转睛地盯着外星人,绕到手术台另一头的时候,膝盖还撞到了手术台下面的金属平台。

"哎呀!""石板"伸手去揉自己的膝盖,然后发现平台上趴着一头熟睡的麦诺德兽。"石板"大叫一声跳了起来,然后就发现这头两栖捕食者完全失去了意识。它肌肉发达的肩膀上插着一条细细的管子,一种黄色的液体顺着管子流入手术台下方,纳米机器将麦诺德兽体内的生长激素都抽了出来。

当"爆竹"看到麦诺德兽的时候,不禁对着大爪子吹了个口哨。"这家伙只要一下,就能把你的内脏抽出来。"

比尔说:"这牙比大白鲨的牙还吓人。"

瓦尔做了个鬼脸:"这不可能,大白鲨会把这玩意儿当早餐吃。"

比尔检查了一下连接着麦诺德兽和手术台的管子,说:"看起来

17

它在给外星人输液。"

"咱们最好还是留着最后一颗子弹，免得遇到一只这种怪物。""石板"说。

瓦尔问："要是遇到两只呢？"

"那我们就把你扔给另外一只怪物，然后逃跑。""石板"说着，向另外一张手术台走去。上面的外星人全身烧伤，一个重生泡泡裹住了下腹部，试图修复不断衰竭的内脏。

"爆竹"仔细地打量着这间病房："有人把这些人放在这儿，然后把这些怪物连到了病床上。"

"这也可能是机器人干的。""石板"说。

比尔停在另外一张手术台旁，检查着上面的伤员。"我好奇他们是否和我们一样也有两个性别。他们看起来全是一个样子。"

丹顺着他看的方向看过去，手术台上的外星人被扒光了衣服，但是没有看到任何生殖器官。"他们看起来有点像鱼。说不定生殖方式也差不多。"

瓦尔一脸惊讶地说："你的意思是完全没有性行为？"

丹耸了耸肩说："完全有可能。"

"石板"瞬间感到恶心，咕哝道："这群恶心的家伙！"

"这就解释了他们为什么要造这么大的船。""爆竹"说，"这是一种补偿措施。"

比尔笑着说："瓦尔的 8 缸大车也是这个道理！"

瓦尔放弃寻找外星人雄性性器官的努力，转头去看最后一位伤员。这位船员失去了一只脚，浑身上下还有多处烧伤。在手术台下面还趴着一只麦诺德兽，一根管子将它体内的激素抽进了手术台。瓦尔凑近仔细观察透明的管子和外星人的脸。

瓦尔说："它的眼睛真大。我打赌它的视力一定不错。"外星人突然睁开眼睛瞪着他，瓦尔不禁吓得跳了起来。

外星人打量着房间里的众人。虽然它身受重伤，而且寡不敌众，但是却没有惊慌，依然保持冷静，注意力高度集中。体内的植入物已经被移除，所以它无法和飞船建立直接联系，它挪动左臂穿过加速力场，然后按了一个黑色的圆圈，圆圈马上亮了起来。众人可以看到外星人在罩棚里说着什么。

瓦尔警告道："它在呼叫增援。"

屋顶上的一块盖板忽然消失，然后一架球形的医疗无人机飞进了病房，长而纤细的机械臂上还有一根麻醉针。无人机试图用麻醉剂攻击瓦尔，但是他及时跳到一边，绊在麦诺德兽身上，扯掉了抽取激素的管子，然后摔在了甲板上。这头巨兽打了个呼噜，但没有醒过来，它的利齿贴在瓦尔的脸上，瓦尔吓得立即爬到了一边。

"石板"拿起比尔的枪，用枪托砸在无人机侧面，无人机立即被砸飞到了一边。它恢复了平衡，转身对准"石板"，然后飞回来，对"石板"发动攻击。"石板"躲到一边，又用枪托砸了过去，无人机被砸到了一张手术台上，砸碎了罩棚。无人机摇摇晃晃摔在了地板上，"石板"用枪托狠狠砸了几下，脑子里又想起类似的无人机曾经差点切掉自己的胳膊。无人机内部发生短路，机械臂也无力地垂了下来，"石板"又狠狠踹了它一脚。

丹问道："你现在感觉好点了？"

"石板"皱着眉头，把无人机踹到了房间的另一头，然后说："现在好多了。"

瓦尔爬起来，盯着无人机上长长的针头说："天哪，你看看这东西。"他浑身抖了一下。"我讨厌针头。"

17

天花板上 29 块盖板一起消失，每一块盖板后面都冒出了一架带着长针头的无人机。

"该死。""石板"说。

"快跑！"比尔大喊一声，向着最近的门廊跑去。

他们一边躲避无人机的攻击，一边冲向出口。"石板"用枪管挡开一根针头，然后用枪托狠狠砸了一下无人机。"爆竹"抓住一架无人机的针头，戳进了一张手术台的透明罩棚里，然后用力一拧，把针头卡在罩棚里面。而在不远处，比尔和瓦尔带着丹向出口跑去，而"爆竹"一边跟在后面，一边将起爆器戳进炸药里。

"爆竹"大喊一声："'石板'，快出去！"

这位前足球运动员一边用枪托挡开 3 架无人机的攻击，一边向着出口跑去。当他看到"爆竹"手中的炸药时，把手中的步枪一甩，立即撒腿狂奔。"爆竹"把炸药扔向病房，然后和"石板"一起向着走廊冲去，而他们身后还跟着一大群无人机。

炸药在空中爆炸，第一架无人机当场被毁，冲击波将其他无人机向后推去。靠近炸点的手术台被炸到了一边，里面的伤员被掀到了罩棚上，脆弱的重生泡泡应声破裂，绿色的液体溅得到处都是。过了一会儿，其他的无人机恢复了平衡，像一群愤怒的巨型蜜蜂一样冲向了出口。

在病房外面，一行人在黑暗的走廊里冲向远处的亮光。他们听见远处切割工具的声音和金属碰撞的声音，而医疗无人机在病房灯光的照映下继续向他们冲来。

"爆竹"拿出最后一支炸药，一边跑一边装起爆器。但是比尔在他扔出炸药前，按住了他的手。

"把这东西留着吧。"他想起无人机之前打算解剖"石板"的样子，不希望自己真的变成外星人的标本。"这支留给我们自己。"

"石板"看了看身后一群无人机，说："一支炸药可没法干掉所有的无人机。"

"爆竹"看着他一脸严肃的样子说："好吧，我猜大家也不会反对。"他说着就收起了炸药。

"这事我才不会同意呢！"瓦尔显然被吓了一跳。

一行人来到了一处走廊交会处。从飞船的深处传来了修理的声音，而在另一边，却可以看到阳光。

瓦尔嗅了嗅鼻子，惊讶地说："新鲜空气。"

他们顺着走廊冲向阳光，超新星武器水平射入飞船，打出了一个巨大的洞。他们希望靠近的时候可以看到悬崖和树木，但只看到了被幕墙穹顶所扭曲的天空。他们在 3 层的船体外壁里穿行，能感觉到潮湿的空气吹在自己的脸上，然后在船体破口边缘处停下了脚步。在他们脚下是船体外壁组成的金属悬崖，从他们所在的地方到地表足有几百米。由于没有办法下去，他们转头眼睁睁看着无人机挥舞着针头冲了过来。

"石板"叹了口气，然后看着"爆竹"点了点头："好了，伙计，点炸药吧。"

瓦尔因为绝望睁大了眼睛。他看着无人机向他们冲来，看了看"爆竹"手中的炸药，然后扭头看了看垂直的飞船外壳。"我们得弄条绳子。"

"石板"狠狠看了他一眼，说："瓦尔，闭嘴！"

"爆竹"将炸药上的计时器调至即时起爆，然后让大家都聚过来。他按住起爆器，随时都可以引爆炸药。

"等等！"丹大喊一声，指了指身后的船体破洞。"快看！"

一根绳子从船体上方垂了下来，过了一会，又垂下了一根绳子。

17

瓦尔目瞪口呆地看着眼前的一切,然后笑着说:"这还真是想什么来什么!"

﹨·﹨·﹨·﹨·﹨·﹨

贝克曼将绳子固定在自己的滑降腰带上,把绳子的另一头则拴在飞船主炮的圆形底座上,然后慢慢后退。在贝克曼身后,灰色的装甲板像一道悬崖一样向下延伸了 1000 米。在巨炮的另一边,"核弹"和"异形"窝在一个小小的出入口旁,飞船降落后就打开这里为飞船通风,而塔克拿着冲锋枪慢慢向前爬。

贝克曼拉了拉绳子,检查绳子是否牢牢拴在大炮底座上,然后退到船体外壳边缘。贝克曼对着无线电大喊:"你确定这样做没问题吗?"然后看了看自己身后的金属悬崖。

麦克尼斯博士从档案室回答:"我确定没问题。你下方 100 米处就有一个船体破洞。"他放大飞船的设计图,仔细观察飞船指挥中枢周围 20 层甲板的区域。其他的出入口不是被封闭就是有重兵把守,所以只能从飞船外面进去。

"病毒"站在博士身边,点了点头。他能够翻译足够多的外星文字,进一步确认博士的结论。贝克曼考虑到"病毒"身体虚弱,无法完成滑降,所以让他留在记录室翻译外星文字。因为缺乏滑降训练,班达卡也留在记录室,和"魅魔""计时器"一起确保麦克尼斯博士能活着走出记录室。

"好吧。"贝克曼说着调整了一下自己的腰带,而马库斯也从大炮旁边爬过来,将绳子系在自己的腰带上,然后看了看下面的悬崖。

"咱们在绳子上就是活靶子。"

"那咱们只能祈祷咱们挂在绳子上的时候，他们还没修好船体的传感器吧。"贝克曼检查了一下自己的带锁钩环是否牢固，而塔克端着冲锋枪站在两条绳子中间问道："准备好了？"

马库斯看了看船体边缘，点了点头说："动手吧。"

他俩一起先在甲板边缘倒退，然后轻轻一跳，顺着绳子向下滑，每次摆动绳子的时候都会稍稍推一下船体装甲板。当贝克曼和马库斯跳下去之后，"核弹"和"异形"也向前走了几步，开始把绳子系在自己的腰带上。"异形"一脸紧张地打量着下面的悬崖。

"这就是个悬崖而已。"塔克安慰道，"类似的滑降你最少都干了 100 次了。"

"我才不担心滑降呢，我担心的是下面有什么在等咱们。"

塔克等着贝克曼和马库斯完成第一段绳索的滑降，把带锁钩环挂在第二段绳子上，然后放开第一段绳子，继续向下滑。

塔克说："下去吧。""核弹"和"异形"也倒着走到边缘。

塔克现在一个人留在炮位上，看着"核弹"和"异形"滑了下去，然后自己脑袋朝下滑了下去，这种挂绳法刚好和其他人相反。他以这种方式滑下去，除了下降速度更快，还能从上方掩护队友。

当"核弹"和"异形"穿过两段绳子打结的地方，塔克大喊一声："杰罗尼莫[①]。"然后就跳了下去。

\·\·\·\·\·\·\

[①] 原为印第安抵抗运动领导人的名字。1941 年美军 501 伞兵营将这个词印在自己的袖章后。在西方文化背景下，逐渐演变为从高处跃下时呼喊的口号。

17

瓦尔在"爆竹"启动起爆器前的一瞬间抓住了炸药,医疗无人机忽视了他们,反而是从他们的头顶飞过,冲出船体破洞,向上方飞去。大家困惑地彼此望着,然后就看到球形无人机向着贝克曼和马库斯飞去。

"上面有两个疯子正在玩索降呢!""石板"大叫道。

"肯定是突击队。""爆竹"说。

比尔大叫道:"真是会挑时间。"

医疗无人机顺着绳子向上飞,把机械臂上的麻醉针头像长矛一样举了起来。贝克曼掏出自己的贝雷塔手枪,一只手抓着绳子,一边踢着金属墙一边往下滑,而无人机也无法聚集在贝克曼下方。他仔细瞄准然后开火,连续几次击中领头的无人机,而马库斯则从胸口的束带里解下MP5冲锋枪,用一阵点射打碎了正下方的无人机。无人机冒出一阵火花,然后丧失了动力,和下面的无人机砸在一起。两架无人机的机械臂缠在一起,撞在船体外壁上,然后往下掉。被贝克曼击中的无人机发生了爆炸,金属碎片砸在炸点下方的无人机群上。

又一架无人机向着贝克曼重启,用长针对准了他的胸膛。贝克曼在船体外壁上用力一推,躲开攻击的同时向无人机开火,无人机内部炸出了一连串的火花。它的机械臂停在原地,和另外一架无人机砸在一起,周围的无人机不得不和船体外壁拉开距离,免得被砸到。马库斯一边打着点射一边快速从无人机群中穿过。在踢开一根针头之后,终于摆脱了无人机,开始加速向下滑降。贝克曼在马库斯身边轻轻推了一下船体外壁,然后停止开火。他此刻已经穿过了无人机群,继续攻击位于自己上方的无人机就有可能打中"异形"和"病毒"。

几台无人机跟着贝克曼和马库斯俯冲下去,而其他无人机继续爬升。当贝克曼和马库斯降到船体破口的时候,立即荡了进去。由于他俩一直将注意力放在上方的无人机群上,当落地的时候被一双手抓住被吓了一跳。贝克曼条件反射地用枪对准目标，但是却惊讶地看到周围站着5个人。

"爆竹"看着少校手中的手枪，举起双手大喊道："哥们儿，冷静点！"

"抱歉。"贝克曼说着用枪指向天花板，然后甩开身子，向冲向自己的无人机开火。

马库斯解开自己的带锁钩环，转身用精准的点射招呼冲上来的无人机。一架无人机冒着火花砸到了马库斯的脚边，另一架则砸在船体外壁发生了爆炸。第三架无人机从他们头顶飞过，然后转身对准贝克曼的脊柱发动攻击。"石板"用枪托砸向无人机，把它砸进了隧道的墙壁里。

在船体破洞上方，"核弹"和"异形"冲进了无人机群。一架无人机用针头戳向"核弹"，但是针头却戳进了背包里，另外一架无人机冲向"异形"，将针头戳进了"异形"的脖子。她用自己的外星武器打碎了无人机，一脸诧异地看了一眼"核弹"，然后就闭上眼睛晕了过去。"核弹"想接住"异形"，但她手中的外星武器却掉了下去，然后整个人顺着绳子滑了下去。绳子快速穿过"异形"的钩环，带着她左右摇摆，"异形"下坠的速度渐渐变慢，在绳子的带动下不停地撞向船体外壁。

现在四架无人机一起向"核弹"发动攻击，他不得不在绳索上左右摇摆躲避攻击，与此同时，他的头顶上也响起了塔克冲锋枪的点射。缺乏装甲保护的无人机被打得火花四溅变成了碎片，塔克单手持枪，好似在进行高跳低开式跳伞从"核弹"身边滑过。他一边开火一边全速冲过无人机群，子弹打空之后就把冲锋枪甩到一边，死死盯住下面的"异形"。

17

塔克抓着绳子以便快速下降，以此快速缩短和"异形"的距离，而"异形"毫无生气的身体还在绳子上打着转，头盔还时不时撞在船体外壁上。绳子从"异形"胸前划过，磨碎了她的外套，露出了胸前的凯夫拉装甲板，塔克抓住她的背包带，然后把绳子使劲按在自己的腰带上。他试图用皮带减速，手套上冒出一股股青烟。

他俩的速度很快就慢了下来，但是绳子头已经弹出了"异形"的钩环，完全靠塔克抓着她才不至于掉下去。塔克弓着背全身乏力，努力将绳子贴在自己的腰带上，但这时绳子头从他手中滑脱，拍打着他的钩环。塔克一把抓住跑到头顶上的绳子，在绳子马上要到头之前停了下来。

"核弹"顺着另一根绳子滑进了船体破洞，然后帮着贝克曼和马库斯击退无人机。一架无人机瞄准塔克的脖子冲了过去，而他一只手抓着昏迷的"异形"，一只手抓着绳子。

医疗无人机收缩机械臂，准备将针头戳进塔克的脖子，但是上方却响起了一声枪响。无人机侧面出现了一个大口径子弹留下的弹孔，它抖了一下向旁边翻滚，径直摔向地面。塔克抬头望去，发现"石板"站在船体破洞的边缘，端着一支勃朗宁栓动步枪。"石板"用最后一颗子弹救了塔克。

其他人一起动手将他俩拉了上来。当塔克上升到船体破口边的时候，"石板"抓着"异形"的背包带，把她拉进了飞船里，而塔克则翻身滚进船里，浑身大汗，气喘吁吁。塔克打量着躺在身边的"异形"，她昏迷不醒，而且脖子上的创口还在流血。她的脸色惨白，但是呼吸正常。

塔克坐了起来，伸展了一下酸痛的肩膀，看着"石板"手上的步枪说："枪法不错。"

"石板"耸了耸肩说:"我还打死过一只飞奔的袋鼠呢。"

塔克颇为钦佩地点了点头。

比尔问:"将军,咱们的大部队呢?"

贝克曼看了看他们5个人,说:"我们就是大部队。你们在这儿干什么呢?"

丹说:"找出去的路啊。"

"这些家伙还想解剖我们呢。"瓦尔说。

"爆竹"笑着说:"反倒是我们把它们拆了。"

比尔意味深长地看着下方的地面说:"给我们弄来架直升机就可以出去了。"

贝克曼摇了摇头说:"才没有什么直升机呢。"

瓦尔质问道:"没直升机?这算哪门子救援?"

"这根本不是什么救援行动。我们是来炸掉这玩意儿的。"贝克曼启动无线电,"我们进来了,现在怎么走?"

他的耳机里很快就响起了麦克尼斯博士的声音:"先去第一个岔路口,然后向左1500米。"

"石板"说:"我们还没出去呢,你们就打算炸了这玩意?"

贝克曼给手枪重新装好了子弹:"计划就是这样。"

"爆竹"补充道:"想把这东西干掉,单靠几公斤C4炸药可是不够啊。"

贝克曼答道:"我明白,但是起爆的时候,你们得躲到5公里以外才行。"

四位猎人惊讶地彼此望着,然后比尔诧异地说:"你带了'核弹'过来?"

"差不多的玩意吧。"

17

"我的天哪。""石板"说:"炸药引爆前,能给我们多少时间撤离?"

"能给你们 30 分钟,而且就这点时间我也不能保证。"

瓦尔挠着脑袋,看着远处的山脊:"你们谁带降落伞了?"

比尔问道:"你们要是没直升机,又怎么从这撤离?"

贝克曼看着塔克,示意他带上"异形":"你来背她。"

塔克爬起来,伸展了一下疼痛的肩膀,然后拿下了"异形"的背包。

"石板"说:"哥们儿,他刚才问你话呢。"

"我们就没计划撤离。"

"石板"过了一会儿才明白他是什么意思,然后说:"这他妈就没意思了。哪个傻瓜想出来的作战计划?"

贝克曼说:"我想的。"

瓦尔打量着昏迷不醒的"异形",困惑地说:"你给我等一下,你救了她,就是为了等会儿带着她一块被'核弹'送上天?"

贝克曼点了点头:"挺傻的,对吧?"

"石板"眯着眼睛陷入了思考:"看来这次麻烦很大吧。"贝克曼并没有回答,"石板"将他的沉默当作最后的答案。"石板"把塔克推到一边,从甲板上抬起"异形",扛到了自己的肩膀上。贝克曼对这一切感到非常意外,而"石板"说:"反正我 30 分钟内也出不去,你说是吧。"

比尔看了看其他人,然后说:"要干,就大家一起干!"然后从"异形"的背包上拿起了 M16 突击步枪。

贝克曼小心翼翼地打量着比尔:"你知道怎么用这玩意儿吗?"

比尔检查了下弹药,很专业地检查了下准星,然后把枪扛在肩膀上,对着"石板"点了点头:"我枪法可比他好多了。"

"石板"质问道:"什么时候你枪法还比我好了?"

"爆竹"叹了气:"唉,如果咱们出不去的话,那么在炸药爆炸前还是好好和他们打一场吧。"他挥了挥手,示意贝克曼给他一个武器:"给我把枪。"

贝克曼犹豫了一下。

"这可不是玩游戏。"马库斯说。

"那可就太糟了。""石板"说,"因为我们正好不是来玩游戏的。"

贝克曼注意到了几个人眼中透出的坚决,然后对自己的小队队员说:"咱们用回收来的外星武器,把常规武器给他们。"

小队队员立即将 M16 突击步枪和手枪交给了四位猎人和丹,然后贝克曼指了指"核弹"说:"他带着炸药,好好保护他。"

"核弹"很随意地向几位平民敬了个礼。

"好吧,球在他手上。""石板"对着"核弹"点了点头。

比尔问:"将军,下一步怎么办?"

贝克曼掏出了自己的小型外星武器,然后说:"我们去踢爆他们的屁眼子。"

"爆竹"很果断地说:"哥们儿,是屁股蛋子。我们这一般是踢爆屁股蛋子。"

贝克曼笑了笑说:"我没意见。"他说完就顺着新星武器炸出的隧道,向指挥中枢所在的舱室走去。

\·\·\·\·\·\·\

劳拉在一片白色的树林间艰难跋涉,她的头顶上就是一个风化严重的砂岩悬崖。这些树木挡住了来自空中的监视,但是却让通向山顶的路格外难走。劳拉已经很久没有听到枪响了，但是却好几次看到黑色的小点从空中飞过。从攻击机飞来飞去的样子来看，它们一定是在进行搜索，但劳拉却不知道具体在找什么。劳拉擦了擦脸上的汗水，喝了点水壶里的水，非常清楚里面的水坚持不了多久了。

劳拉的脑子里不停地浮现出一条救生基本法则：没有空气，只能活3分钟；没有水可以活3天，没有食物可以活3周。这条法则很明显没将热带气候考虑进去。劳拉试图省着喝水，但是长途跋涉却让她很快就口渴了。在这片土地上，口渴总是最大的敌人，但是她很清楚，比口渴更可怕的敌人已经来了。

劳拉拧紧水壶的盖子，然后确认"计时器"的遥控起爆器还在自己的口袋里。起爆器构造非常简单，只有"启动"和"起爆"两个按钮和一根天线。她抬头打量了一下，正准备动身的时候看到马普鲁玛站在峭壁旁。马普鲁玛将一个手指放在自己嘴唇上，示意不要说话，然后指了指树林。劳拉看了看她指的方向，但是什么都没看到。

马普鲁玛示意劳拉赶紧跟上。劳拉决定相信这个小姑娘的直觉，于是赶紧朝她跑去。当劳拉马上就要追上马普鲁玛的时候，小姑娘躲到了悬崖下的一块巨石后面。劳拉毫不犹豫地跟了上去，同时发现自己的靴子踩在石头上的声音，和马普鲁玛赤脚踩在石头上的声音相比，实在是太刺耳了。当劳拉绕到石头后面，发现马普鲁玛藏在一块凸起的地面下，于是立即跟着她爬了进去，努力不去想这里面到底藏了什么有毒动物。

当她们来到洞穴深处的时候，马普鲁玛背靠着石墙坐下，下巴抵在膝盖上，看着洞口照进来的亮光。马普鲁玛一句话也不说，甚至都没有看劳拉一眼。要不是因为她的眼睛，马普鲁玛黑色的皮肤可以让她在黑暗之中完全隐形。洞穴里的空间非常狭窄，劳拉蜷缩在马普鲁玛身边，和她一起打量着洞穴外被烈日烘烤着的巨石。她非常想问马普鲁玛到底看到了什么，但是小姑娘脸上严肃的神情告诉她现在不是说话的时候。

忽然，马普鲁玛因为恐惧整个人僵在原地。

由于不知道到底发生了什么，劳拉只能待在原地，然后就听到金属脚踩在石头上的咔嗒声。机器人的脚步声越来越响，然后一道银光从洞穴外的巨石旁闪过。马普鲁玛认真听着外面的响动，脚步声越来越远了。劳拉让自己也学着小姑娘的样子一动不动保持安静，决定等马普鲁玛认为可以说话的时候再问她发生了什么。

时间似乎过去了很久，马普鲁玛悄悄说："它走了。"

"其他人呢？"

"他们还在监视。他们让我藏起来。"

"胡博还活着吗？"

"活不了太久。他不知道如何藏起来。"

劳拉这才想起来自己也不知道该怎么做，如果不是马普鲁玛，她现在就死定了。

"里亚金迪和胡博在一起。"小姑娘伤心地说，"如果他还不走，也会死的。"

"他会一直陪着胡博吗？"

小姑娘点了点头："他不会扔下那个士兵不管的。"

劳拉知道马普鲁玛担心失去珍爱的一切，但是自己不可能永远待在山洞里，于是问道："你知道怎么上山吗？"

"从那边走。"小姑娘指了指右边的阴影，上百万年来的湿季雨水，在岩石间冲刷出了一道缝隙。单凭劳拉一个人是无法找到它的。

"你能给我带路吗？"

"Lili。"这句话在雍古语里的意思是跟我来。小姑娘说完继续向着洞穴深处爬去。

劳拉看了看洞口照进来的阳光,确信搜索者已经走了,然后跟着马普鲁玛向洞穴深处爬去。

\·\·\·\·\·\·\

切割喷枪的嘶嘶声和金属的碰撞声越来越响,贝克曼带着小队在新星武器炸出来的黑暗隧道里前进,他认为这里的内部传感器绝对不可能正常工作。

"核弹"悄悄说道:"咱们运气不错,这条隧道刚好指向目标位置。"

贝克曼说:"这和运气无关。他们的攻击目标和我们的目标一致。"

塔克说:"他们运气不好,打偏了。"

圆形的隧道在一堵弯曲的黑色金属舱壁前终止,墙上只有一个新星核击穿装甲外壳留下的圆洞。一部分受损的外壳已经被拆除,留下一个长方形的开口,开口的另一头就是一个灯光昏暗、墙壁光滑的圆形房间。维修无人机带着扭曲的装甲板从开口飞了出来,然后带着替换零件飞了回来,而房间里还有很多无人机在修理受损的指挥中枢。

贝克曼让大家停在一处距离入口很远的阴影中,然后用望远镜观察房间内部结构。整个房间直径数百米,中间还有一个黑色的球体。好几根光滑的柱子好像车轮的辐条一样固定住了圆球,每根柱子间隔刚好 45 度。房间内沿墙布置的走道已经得到了部分修复,走道的布局刚好和外部甲板保持水平。通过走道就可以靠近柱子,而且在正常重力条件和失重条件下都能用走道保持稳定。房间另一头的柱子表面伤痕累累，但是整体结构依然完整，而那些面对被新星武器击穿位置的柱子不是被烧成了渣滓，就是被换上了新的替代件。

贝克曼估计球体周围有一个防御力场吸收新星武器的高温，但是他不知道这个防御力场是否还在运转。这套防御力场的强度是母船外部能量盾的好几倍。单独一套防御力场就可以保护指挥中枢，但是新星武器强大的伽马射线还是曾在一段时间内扰乱了指挥的逻辑模式。

球体上的一块装甲板已经被拆下，从内部不断闪烁的蓝色电火花照亮了正在维修指挥中枢舱室的无人机。

贝克曼说："等他们重新封闭球体之后，咱们的弹头就没用了。"

"核弹"惊讶地说道："长官，这个小魔鬼能把物质转换成能量。还真没有什么东西是它不能干的。"

"我很清楚这一点。"贝克曼放下望远镜，慢悠悠地说，"但是这个房间可是被比这个小魔鬼还厉害的武器直接命中，而且还能保持运转。"

塔克说："所以咱们趁他们修好之前，就把它彻底干掉。"

贝克曼对着房间内的球体点了点头说："从这可不行，咱们得进去才行。"

马库斯皱着眉头说："这太疯狂了。你只要一现身，整条船上的机器人都会来找你的麻烦。"

"只有试试才知道。"

"内部舱门打开了。"塔克说。

"而且我们也不可能看到里面的情况。"贝克曼说，"只要他们检测到我们启动了弹头，他们可能关闭舱门或是启动能量盾。我们只有一次机会，我可不打算浪费它。"

17

一个重装甲的三型战斗机器人从中央球体后面冒了出来。它和之前的型号相比，多了一对安装武器的机械臂，装了四条反重力滑橇和更厚重的装甲。战斗机器人从维修无人机身旁飘过，就好像一条游过金鱼的黑色大鲨鱼。它稍稍偏离既定路线，以躲避一群拆除中央球体装甲板的无人机。大家静静地看着战斗机器人完成了一圈巡逻，然后继续开始第二圈巡逻。

当机器人第二次从视线中消失的时候，贝克曼说："只有一个。"

马库斯说："一个就够了。"

塔克说："只要它们看到咱们，那些无人机就会呼叫大家伙过来。"

贝克曼计算了一下穿越距离最近的柱子的时间，确定战斗机器人会在他们跑到目标前就发现他们。

\.\.\.\.\.\.\

麦克尼斯博士的注意力全部放在一个漂浮在一片光芒中的黑色球形物体上。这片光芒之下隐藏的是一个质量比太阳高几百万倍的怪物，一个被吸积盘所包围的超级黑洞，几百颗濒死恒星化成了吸积盘炙热的气体。十几颗完全无法逃脱这片银河系坟场的恒星，不停地绕着发光的吸积盘打转。炙热的气体从这些注定灭亡的恒星上逃逸，汇入发光的吸积盘，昭示着这些恒星最终的结局就是被巨大的黑洞所吞噬。至于那些围绕着这些恒星的行星，早就被超级黑洞的重力扯出了轨道。在靠近黑洞事件视界的地方，差异巨大的重力早就将所有物体撕扯成最基本的原子，而摩擦力又将一切加热到极高的温度。

"魅魔"站在门口说："咱们该走了。"她一直注意外面走廊里的动静，听到金属脚踩在甲板上的声音越来越近。

"现在不能走。"麦克尼斯博士一边说着,一边转动着光球,快进入侵者探针记录的图像。它直接绕过这些恒星,冲进发出耀眼光芒的吸积盘,然后进入绝对的黑暗之中。"我们进入事件视界了!"

"魅魔"大喊道:"有目标。"而金属物体踩在甲板上的声音越来越大了。

"你知道这意味着什么吗?"麦克尼斯博士完全被眼前的一切所吸引。

"计时器"看着四周的黑暗说:"停电了?"

"他们已经探索了唯一的银河系中心的超级黑洞。他们是怎么克服重力和时间膨胀的?他们又是怎么把信号送回来的?"博士现在完全被眼前的一切惊呆了。"这完全不可能!但是他们做到了!"

"魅魔"走到博士身边说:"省省吧,麦尼,咱们该走了。"

"再给我几分钟。"眼前的黑暗似乎越来越深沉,然后渐渐向远方延伸。"我的天哪!这是爱因斯坦-罗森桥!"

"它就是布鲁克林大桥,我也无所谓,咱们现在就得走!"她把博士从凳子上拽了起来,切断了他和记录系统的联系,然后浏览界面也变成了一片静电雪花。

麦克尼斯博士试图挣脱她的手:"你不明白。这是通往另一个宇宙的桥梁。我们必须去看看它通向哪里。"

"魅魔"把博士扛到了肩上,然后说:"'病毒',给咱们找条出去的路。"

"病毒"坐在椅子上,调出飞船的设计图,输入他们的当前位置:"这层甲板有个重力升降机,距离咱们只有 50 米。"

"出发。""魅魔"说完,就向着另一边的出口前进。

班达卡冲过刚刚出现的拱门,搜索前方任何可能的活动迹象。"魅

17

魔"扛着麦克尼斯博士跟在后面,当搜索者到达档案室门口的时候,"病毒"将一颗手雷扔到了控制座椅上,然后就和"计时器"一起撤离。手雷在搜索者进入房间的瞬间爆炸,冲击波将它们掀倒在地。

班达卡经过一个自己不认识的凹槽,继续寻找升降机。

"病毒"大喊道:"班达①,快过来。""魅魔"和麦克尼斯博士踩上一块加速板,然后从大家的视野里消失不见了。

班达卡跑回来,小心翼翼地反复打量着这个凹槽。两个装备了武器的搜索者从档案室里走了出来,"计时器"轻轻推了一下班达卡。"计时器"用自己的外星武器开火,迫使搜索者启动了自己的护盾,等"病毒"和"计时器"进入凹槽的时候,搜索者才开始反击。他俩几乎在一瞬间就传送到了一个长方形的房间,房间墙壁上遍布类似的凹槽,看来这里是飞船的交通中转中心。他俩看到"魅魔"和班达卡穿过一个巨大的走廊,于是立刻跟了上去。

"等等!""病毒"大喊一声,指了指另外一个重力扶梯,但是已经太晚了。

他们跟在其他人身后进入一个圆形的房间,墙上挂满了屏幕和操作台,而在房屋中间是两个并排布置的指挥站。每个屏幕上都显示着各种造型的飞船和带有舷窗的各种八边形多层结构。没人关心为什么屏幕和操作终端都在运转,更没有注意到进入房间时,眼前飘过一个卵形的虚影。

"魅魔"转身寻找出口,但是这才反应过来出口并不在这里。"这下坏了。"

"你刚才错过了一打的升降机。""计时器"转头打量着门廊,

---

① 对班达卡的昵称。

发现大厅里出现了一个安装了额外装甲的搜索者。"这下好了，咱们用不了电梯了。"

"计时器"一边用自己的外星武器攻击搜索者的护盾，一边撤到舱壁旁边寻找掩护，而"病毒"用自己的外星武器攻击搜索者的膝关节。搜索者的膝关节扭成一个奇怪的角度，它跟跟跄跄地走出凹槽，然后用两门能量炮齐射，高温冲击从"计时器"的凯夫拉头盔旁擦过。"计时器"向后一跳，扯掉自己的头盔，惊讶地打量着被熔化的头盔，然后在脑袋上寻找烧伤的痕迹。

"魅魔"让博士自己用没受伤的那只脚站在一边，然后大喊："把门关上！"

"怎么关？""计时器"扔下被打坏的头盔，然后向中转站里随意开了几枪。

"病毒"打量着控制室，努力回想着自己的植入记忆。他非常确定墙面上没有控制面板。虽然植入的记忆不是很清楚，但是他记得这些外星人使用低频音波与飞船进行交流，而仆从种族则使用常规的指令式交流。

"魅魔"看见"病毒"在努力回忆，于是说："'病毒'，赶快想想办法。"

"指令交流。"他嘀咕了一声，用空闲的手在最近的控制台上摸索。控制台马上将"病毒"的手吸了进去，然后眼前一黑，和控制台建立了连接。"病毒"进入了一种类似发呆的状态，他扔掉自己的外星武器，将另一只手也放了上去。控制台完成了和"病毒"的意识连接，他感到一阵恶心，脑袋也似乎被人揍了一拳。"病毒"向前凑了凑，打量着屏幕上的图标，努力回想自己需要用哪一个。

在他身后，腿部受损的搜索者一瘸一拐地向入口走来，而它的同伴也出现在中转站,直接冲向控制室。"计时器"对着它们的腿部开火,但是搜索者躲开之后继续前进。

"计时器"高喊一声:"'病毒'!"搜索者们已经开始向拱门狂奔而来。

"病毒"浑身冷汗流个不停,话也说不出来,脑子里终于想起了如何进入紧急状态。他抓住控制台上一个弯曲的黄色符号,关闭并锁死了拱门,然后门外传来3声闷响,搜索者全都撞在了门上。"病毒"脸上蒙了一层密密的汗珠,控制台告诉他整个区域内超过300道拱门都已经紧急关闭并且进行了密闭。"病毒"想抽回自己的手,但却意识到如果不对大门进行加密,那么敌人就可以很轻松地打开大门。就在"病毒"琢磨如何进行加密的时候,控制台扫描了他的基因,并将其作为访问授权密码。"病毒"发现大门门锁已经加密,于是就抽回手,眨着眼睛让自己清醒一下。

"我们还有多少时间?""魅魔"问。

"病毒"脸色苍白,眨着眼睛看着她。他知道指挥中枢在没有高级军官的权限确认之下,无法打开经过加密的大门,而控制台已经告诉他所有的高级军官都死了。

他结结巴巴地说:"他们……进不来……我……们……出不去……"

"刚才太险了。""计时器"刚说完就被一道从房间另一头射来的蓝光击中,凯夫拉装甲板就像纸板一样被撕碎了。他的胸口出现了一个拳头大小的洞,背后的墙也被熔解了一块。"计时器"还没栽在地板上就死了。

"病毒"看着"计时器"的尸体,因为刚才和控制台的连接而无法移动,而"魅魔"掏出自己的外星武器,对准攻击的来源。

"隐身目标！""魅魔"发现了一个微弱的空间扭曲。

她开了一枪打中了一面显示屏，而这团虚影却跳到了房间的另一头。"魅魔"等着小汤姆充能完毕之后再次开火，擦伤了外星人的隐身力场，激起的电火花映出了卵形的光子力场。"魅魔"又开了一枪，打碎了光子力场，终于看清外星人穿着黑色的紧身连体服，手上拿着一把好似曲棍的武器。

涅姆扎里知道他们可以看到自己，但是只要隐身力场还在工作，她就是安全的。力场已经被等离子武器击中了两次，根本扛不住下一次攻击，她必须快点干掉所有的人类。根据墙上的屏幕显示来看，自己的亚光速飞船和深海居住舱还有不到20分钟就要准备好了。她现在只需要去286号飞行甲板，就可以坐着飞船带着装备弃船。

她的战术植入物可以在自己躲避人类攻击的同时，即时更新武器的充能状态。根据植入物的显示结果，眼前的生物并没有护盾，所以只要一枪就可以结束战斗，而这时手枪也充能完毕了。

外星人用自己的武器对准"魅魔"，而班达卡扔出了自己的回力标。回力标飞行时有规律的声音让外星人分了神，她扭头打量着这个陌生的声音，而回力标则从护盾上弹开了。

"病毒"的手摸向枪套，完全忘了自己意识模糊的时候已经扔掉了自己的外星武器，于是就径直冲向外星人。当他的胸口和肩膀撞在力场上的时候，"病毒"感觉自己像是撞上了一块钢板，然后自己渐渐穿过了护盾。外星人抬起手准备开火，但是他抓着外星人的手腕，往上一推，外星人的攻击只能打在天花板上。

涅姆扎里想甩开人类，但是"病毒"实在是抓得太紧了。即便这种攻击完全没有任何技术含量，他的力道还是让涅姆扎里吃了一惊。从天性上来说，她的种族是捕食者，但是很久以前就已经放弃了依靠

17

蛮力战斗。涅姆扎里先是吃了一惊,然后发现自己在消毒抗体的作用下,可能真的打不过这个挂在自己护盾上的野蛮人。

"病毒"发现外星人的动作非常诡异,就好像不知道该如何挣脱似的。他心中燃起了一丝希望,因为眼前的外星人完全没有接受过格斗训练。"病毒"一只手推开外星人手中的武器,另一只手则抓向外星人的喉咙。他发现外星人连体服的材料比钢铁还要坚固。

涅姆扎里通过脑内植入物,向指挥中枢发出求救信号,并瞬间得到了回应。在指挥中枢舱室外所有装备武器的机器人都抛下了手头的任务,掉头冲向控制室。涅姆扎里扭动着拿着武器的手,努力挣脱人类的手,但是人类将自己整个身体压了上来,所以不得不后退。

"病毒"把一只脚别住外星人的脚踝,然后用力一推。外星人踉跄了一下,倒在控制台上,触发了警报。"病毒"潜意识中响起了一个声音,命令他立即放开眼前的高级军官,这不禁让"病毒"感到困惑。他羞愧地看向旁边,但就在正准备放手的时候却看到"计时器"血淋淋的尸体。他瞬间被愤怒所吞噬,又将外星人推了回去。他用双手将外星人的脸往后推,试图将她的脑袋按进控制台里。

涅姆扎里感觉到控制界面和肩膀处的神经接收器连接在一起,但是只有双手接受了与控制台互动的改造。她将控制路线重新转接到肩膀上,然后重新关闭控制台。而眼前这个疯狂的人类按住了她的鼻子和嘴,用力把她的脑袋向后推。

涅姆扎里张嘴咬在人类手上,嘴里充满了人类苦涩的血液。求生的欲望激起了古老的本性,一种远比肾上腺素还强大数倍的激素在她体内开始奔腾。这种原始的力量让她自己感到意外,但是却感到力量暴涨。

外星人像剃刀一样锋利的小牙齿咬住了他的手掌,"病毒"感到一阵剧痛。他不顾疼痛,继续绝望地战斗,不断提醒自己,如果让这个外星人逃走,那么大家就死定了。他以为自己比外星人更强壮,但是敌人的力量在瞬间暴涨了好几倍。外星人从控制台上慢慢起身,努力向"病毒"的脖子咬去。

班达卡跳到"病毒"身后的凳子上,将自己的长矛刺向外星人的护盾。长矛击穿了外星人厚厚的皮肤,刺入双眼之间的生体声呐。

涅姆扎里出于本能,脑袋不断地向后挺,希望以此来保护自己脆弱的生体声呐。她的后脑勺接触到控制面板,量子电场破坏了小脑的植入物。控制台试图重写植入物,以便与涅姆扎里建立链接,这导致了大量数据丢失。

这根尖锐的棍子推着她的脑袋贴在控制台上,植入物开始报警,提示她植入物即将失效。指挥中枢将这一切都看得清清楚楚,于是开始切断控制台的供能,但是这个过程太慢了。涅姆扎里别无选择,只能紧急关闭自己的植入物。

过了一会,涅姆扎里失去了意识,体内的所有植入物全部停止工作,但是她还活着。

外星人的手松了下来,手中的武器掉了下去,而"病毒"却依然被愤怒和困惑所控制。他用自己的一双打手狠狠按住外星人的脑袋,将她按进控制台旋转的符号和变换的颜色中去。但这个时候,外星人已经停止了反抗,班达卡也早已收回了自己的长矛。

"魅魔"一只手搭在"病毒"的肩膀上,想把他从控制台上拉开:"'病毒',你已经赢了。"

"这家伙还没死呢!""病毒"的眼中燃烧着复仇的怒火,而外星人闭着眼睛、张着嘴巴躺在控制台上。

"魅魔"用力按在他的肩膀上:"'病毒',够了。"

"这家伙杀了'计时器'!而且在我的脑袋里!"

"这是没错,但现在它是咱们的囚犯,又或者说你现在开始屠杀战俘了?"

"病毒"犹豫了一下,心中的怒火慢慢消散。

"它可能是个有用的认知。"麦克尼斯博士建议道,"要是死了,就是多了具尸体。我觉得这条船上的尸体够多了,你觉得呢?"

"病毒"松开手后退几步,"魅魔"将失去意识的外星人放在甲板上,它的防御力场还在工作。

"病毒"的怒火慢慢消散,取而代之的是由植入的服从性训练所导致的强烈负罪感和内疚。我都干了些什么?

麦克尼斯博士跳到失去意识的外星人旁边,进行进一步观察。他很想和外星人聊聊,仔细检查一下,但是现在缺乏必要的工具,只能看看外星人的外观。

"把它的武器拿走。""魅魔"一边用自己的外星武器指着外星人,一边说:"它可能醒过来。"

"我可是晕了一天呢。""病毒"说。

"你说得没错,但是它比你聪明。"麦克尼斯博士说,"我这话没别的意思。"

"病毒"哼了一声,拿走了外星人的武器。

班达卡用长矛刺穿了外星人的护盾,用矛尖对准了它的下巴:"等这个鱼人醒过来的时候,咱们就有大麻烦了。"

"你说的没错。""魅魔"说,"它要是敢动,就用长矛戳死它。"

"从喉咙下手简单点。"班达卡回答道。

锁死的拱门传来一阵金属扭曲的声音。他们所有人看着大门慢慢向内扭曲。"计时器"的外星武器从地板一头自动滑到另一头,然后立在墙边,慢慢往墙上移动。

"怎么回事？""病毒"困惑地说。

"是磁场。"麦克尼斯博士说话的时候，大门又发出一声怪响，"而且看来强度不低。"

大门中央开始慢慢出现一个坑洞，而在控制室之外，指挥中枢已经集结了一支大军，决心为了胜利战斗到底。

\·\·\·\·\·\·\

一行人蹲在阴影中仔细观察，笨重的三型机器人又完成了一圈针对中枢指挥室的巡逻，而那些带着锥形帽子的无人机还在努力修复指挥中枢。

"石板"蹲在阴影中说："它看起来也不是很厉害。"

马库斯对着"石板"手中的M16突击步枪点了点头说："这些武器对它完全没用。"他非常确信这些没有接受过训练的平民会被战斗机器人屠杀，一如它对贝克曼小队一样。他希望能够避免摧毁这艘船，但如果不行的话，那么他就要保证小队不会引爆鱼雷。

"爆竹"笑了笑说："那我们就大闹一场。"

"将军，我们能给你争取几分钟时间。"比尔对贝克曼说，"但千万不要磨磨蹭蹭的。不论你有什么计划，动作快点。"

"放心吧。"贝克曼安慰道。他最初的计划是自己带着鱼雷进去，但是现在很明显已经不可能了。大家没有投票或者讨论，只是默默同意一起行动。

"核弹"双手抱着鱼雷。现在鱼雷已经准备完毕，只要把自己的大拇指按在控制界面上就能起爆。塔克跪在"核弹"旁边提供掩护，失去意识的"异形"仍然躺在走廊里，大家不得不把她留在后面。

"爆竹"悄悄说道:"它们把装甲板拆下来了。"无人机从中央球体上拆下来了一大块长方形的装甲板。无人机从装甲板的四角拿住装甲板,而电火花从开口处冒了出来。

贝克曼说:"该你们了。"无人机带着装甲板向着外面飞去,看来是打算将它送回纳米工厂进行回收利用。"祝你们好运。"

瓦尔难过地说:"这年头找死还真是简单。"

"石板"起身带着大家冲出阴影,向着中枢指挥室前进。他检查了一下战斗机器人的位置,然后跳到房间里扭曲的走道上,带着自己的队友向着右边狂奔。随着距离战斗机器人越来越近,他们踩在金属走道上的声音也越来越刺耳,所以很快就被战斗机器人发现了。它用护盾对准"石板"一行人,然后用武器对准他们,而所有进行切割作业的无人机也转头看着他们。

丹·麦凯伊说道:"我们被发现了!"战斗机器人向他们开火,能量冲击从他们头顶飞过,迫使一行人不得不寻找掩体。他们顺着走道,跑向4个无人机拎着的装甲板。装甲板刚好挡在他们和战斗机器人中间,阻挡了它的射界。

"爆竹"说:"大家都准备好了啊。"他准备等装甲板移开之后,将最后一支炸药扔到战斗机器人头上,但是他心里非常清楚,这支炸药不过是分散一下机器人的注意力罢了。

"石板"用M16突击步枪对着装甲板左上角的无人机打了个点射。毫无装甲防御的无人机冒着火花,松开了手,掉了下去。

"这玩意对无人机有效。"现在装甲板上升的速度慢了下来,因为只剩3架无人机承载装甲板的重量了。

比尔用塔克的手枪对着右上角的无人机开了一枪,巨大的装甲板失去了平衡,开始慢慢下坠。其他的无人机发现了这一点。立即俯冲下来，在装甲板掉下去之前抓住它。

"爆竹"装好了起爆器，大喊道："卧倒！"

其他人一脸困惑地看着他，因为战斗机器人还在装甲板的另外一边。

"石板"质问道："你在干什么？"

"临场发挥！""爆竹"将炸药扔向头顶上的无人机群。爆炸没有对装甲板造成任何影响，但是炸散了无人机，导致整块装甲板以下面的无人机为支点，向着一边砸了下去。还没等无人机抓住装甲板，战斗机器人就被砸扁了。装甲板击穿了战斗机器人的护盾，砸弯了装着武器和护盾发生器的机械臂。战斗机器人从反重力滑橇上掉了下来，像块石头一样摔在地上。中枢指挥室里发出一声巨响，然后战斗机器人就被装甲板压得动弹不得。

"哥们儿，干得漂亮。""石板"非常敬佩"爆竹"能想出这样的办法，然后开枪干掉了一架想抬起中子态装甲板的无人机，打算让战斗机器人继续压在下面。

而在中枢指挥室的外面的阴影中，贝克曼站了起来。他大喊一声："跟我上。"然后就冲向装甲板的开口处，跳上走道，向着距离中央球体最近的水平柱子跑去。这个表面仿真的柱子宽度一米，周围没有可供抓握的栏杆，虽然表面犹如一面镜子，但却可以提供足够的摩擦力。

所有人跟在贝克曼后面，排成一路纵队前进，而维修无人机向他们俯冲下来，将扭曲的金属块扔到他们的头顶上。贝克曼先是躲开一块从头顶飞过的熔化的面板，然后再躲开一块落在他身后的焦黑的支撑梁。

塔克用索尔等离子炮打碎了一架向他们俯冲的无人机，马库斯举起了MP5冲锋枪，但是却没有开火，希望有一架无人机可以把"核弹"从走道上砸下去。直到一架无人机向他俯冲下来的时候，马库斯才打了一个点射，躲到一边，无人机的残骸砸在柱子上，然后掉了下去。

17

马库斯假装瞄准一架从头顶飞过的无人机,借此瞄准"核弹"的喉咙。

马库斯扣下扳机的同时,一架无人机从他肩头俯冲下来,挡住了子弹。无人机内部发生短路,冒着火花疯狂旋转。"核弹"抬头看了看,以为是马库斯救了他。

"谢了,伙计。"在"核弹"说话的时候,塔克又消灭了一架无人机。

"别停下。"塔克大吼一声,迫使马库斯转身继续跟着贝克曼。

当无人机扔完废铁之后,有些就去抬起装甲板解救战斗机器人,其他的无人机就用自己的切割喷枪作为武器。塔克干掉了一架带着切割喷枪的无人机,它当时正冲向贝克曼,而贝克曼则用自己的外星武器不停地对两侧的目标开火。

而在边缘的走道上,"石板"和他的朋友们正在攻击试图抬起装甲板的无人机,每当一架无人机短路爆炸的时候,装甲板就往回落一点。战斗机器人并没有受损,但是它的机械臂无力抬起高密度的装甲板。

当贝克曼来到环绕中央球体的走道时,他一边冲向长方形的开口,一边用自己的外星武器攻击跟在身后的无人机。马库斯跟在贝克曼后面,终于来到了中央球体。他完全出于自保的目的,才对带着切割喷枪冲下来的无人机开火。一架带着喷枪的无人机撞击了中央球体发生爆炸。另一架无人机撞坏了内侧走道,他们不得不跳过去。

一架无人机冲向"核弹",结果他在躲避的同时失去了平衡。"核弹"抱着鱼雷摔出了走道,塔克伸出一只手抓住了他的胳膊。"核弹"一时间悬在空中,看着下面的无底深渊。

他大喊道:"兄弟你可抓稳了!"

塔克绷着脸说:"你这么一说,我手有点酸了。"他说完就把"核弹"拉回走道上。塔克回头又干掉了一架向他后背冲来的无人机,然后跟着"核弹"继续向中央球体前进。当无人机冲下来的时候,塔克

311

在近距离将它击毁，一股热浪冲刷着"核弹"的皮肤。

"核弹"躲到一边说："哥们儿，别让它那么近爆炸好吗？"

"少尉，别抱怨了，你不是还没死吗？"

塔克忽然看到一个搜索者高速穿过舱室入口，向着中央球体冲了过来。他开了一炮，凌空将搜索者打成了两截，然后搜索者的胳膊和腿部散落在中央球体附近，而搜索者的主炮还在空中不停地开火。

塔克大喊一声："长腿的怪物们过来了！"

贝克曼跳到了中央球体的破口处，球体内部放出一片蓝色的光芒。在走道的尽头，可以透过球体上的开口看到几千片闪光的晶片。贝克曼过了好一会才反应过来，他眼前是一个围绕自己轴心旋转的多面水晶球，每一个界面发出的光芒，都是指挥中枢向子系统下达的命令，这包括武器系统、机器人和其他系统。指挥中枢就是通过这种方法指挥飞船，同时从内侧墙壁发出的光也会将各个系统和传感器的实时数据传给指挥中枢。

这是贝克曼第一次见到指挥中枢的真面目，他举起自己的外星武器发射了一道炙热的等离子束，但是却从防御力场上弹开了，没有造成任何损伤。

贝克曼耸了耸肩说："行吧，不试试怎么知道。"

马库斯从入口跳了下去，换了个弹夹，然后对着冲下来的无人机开火。无人机撞在中央球体的外壁上，然后冒着火花掉了下去。"核弹"跳到了走道上放下了弹头，然后快速检查弹头是否受到损伤。

他很快就说："一切正常，都准备好了。"

贝克曼对着无线电说："我们进来了。"

塔克又开了一炮，然后跳进了入口。他就地一滚，然后靠在了墙上。在他身后，一个装备了额外装甲的搜索者跳了过来。马库斯立即开火，但是搜索者的护盾将子弹都弹开了。它向前走了一步的同时，索尔等离子炮也完成了充能，塔克果断地将搜索者炸了出去。

塔克说："我看这里很快就要热闹起来了。"

〵·〵·〵·〵·〵·〵

"魅魔"和"病毒"靠着墙边的控制台，努力与拉扯着自己身上金属设备的磁场做斗争。麦克尼斯博士抓着房子中央的座椅，看着拱门上的泡泡越来越大，而班达卡还站在原地，握着长矛对准外星人的喉咙。泡泡逐渐变大，包裹住周围的墙壁，控制室内金属扭曲的声音越来越响。

"魅魔"问："大家有什么想法吗？"

"病毒"打量着每个控制台，寻找可以争取时间的办法。控制台上的显示屏显示着各种技术图纸和数据，其中一个是太阳系的三维图像。"病毒"看了它一眼，继续往前走，但是麦克尼斯博士却盯着它不放。

博士指着一个靠近地球的小点，问："这是什么？"

"病毒"看了一眼控制台，耸了耸肩说："什么都不是，就是导航数据而已，完全没有用，咱们又没动。"

"放大地球。"

"病毒"知道这不过是浪费时间，于是叹了口气，把手搭在控制台上放大了地球。原来刚才的小点是飘浮在图像旁边的六个银色小点。

"嗯……"

"这什么东西？"

"病毒"颤抖了一下，努力回忆自己被植入的知识："这个图标我以前见过。它代表……"他想了半天找不到答案，不禁眉头紧锁。

他放大银色的小点,发现这是六个两端滚圆的银色柱状物体,每个物体上面有几千个光点。它们等距排成两排,每排3个,悬停在北澳大利亚上空。

麦克尼斯博士慌慌张张地掏出自己的无线电,按下通话键大喊道:"少校!能听到我说话吗?"

一阵静电杂音之后,终于传来了贝克曼的声音:"博士,什么情况?我这有点忙。"

"轨道上有6艘飞船!就在咱们头顶上!"

"敌人还是自己人?"

麦克尼斯博士犹豫地说:"我不知道。"

"给我猜一个答案出来!"

麦克尼斯博士看着屏幕,6艘表面光滑的飞船静静地飘浮在太空中。由于没有参照点,他无法估计飞船的大小或者是科技水平。他看着"魅魔"说:"我不知道。"

"麦尼,你说了算。""魅魔"着急地说,"你觉得最可能的答案就行。"

博士看着屏幕,拿不定主意:"我……从没见过这种设计风格。"

包裹住大门的磁场发生了一次波动,大门上裂开了一道缝隙,然后博士手中的无线电也飞了出去。在他身后,"魅魔"和"病毒"身上的金属设备也被吸了出去。他俩一边抓着控制台前的椅子,免得被磁场拉出去,一边将弹药带和带着金属扣的带子都扔掉,因为他们的武器和无线电都已经被吸走了。装在口袋里的装备也冲破口袋,被超级磁场拉了过去。

"麦克尼斯,那些飞船是敌人还是自己人?"贴在大门中间的无线电里又传来了贝克曼的声音。

麦克尼斯博士盯着6艘飞船拿不定主意，然后无线电就被磁场碾碎了。

"病毒"愤怒地看着博士："少校只需要一个答案。你来这就是处理这事的。你应该能猜出一个大概。"

"魅魔"大喝道："嘿，他确实不知道怎么回事！"

麦克尼斯博士难过地说："抱歉。"

"病毒"转身看着屏幕，死死打量着飞船旁边的符号，他马上就要想起来它是什么意思了。磁场再次发生波动，强度再次提高，大门发出一声尖啸，出现了一道垂直的裂缝。透过这道裂缝，甚至可以看到外面的搜索者。

"病毒"终于想起这些符号是什么意思了。他带着震惊的表情看着"魅魔"说："这符号……意思是：'未知'。"

\.\.\.\.\.\.\.

"爆竹"打掉了一架试图解救战斗机器人的无人机，然后手枪子弹彻底告罄。"我没子弹啦。"

"石板"换了一个弹夹，说："最后一个弹夹了！"

金属的脚步声越来越近，一个带着武器的搜索者出现入口处。"石板"对着它一通扫射，但是护盾却弹开了所有子弹，而双联能量炮却对准了他们。

"哎呀呀……"瓦尔一边说着一边往后倒。

一道明亮的橙色光球从中央球体飞了过来，打碎了搜索者的护盾和躯干，将它直直砸进墙里。"石板"惊讶地看着中央球体，塔克站在入口处拿着索尔等离子炮，盯着被打残的搜索者。他放下武器，对着"石板"点了点头,继续寻找新目标。

"石板"很敬佩地说道:"干得漂亮。"

走廊里响起了更多的脚步声,第二个搜索者从第一个搜索者附近冒了出来。"石板"对着它的腿开火,搜索者腿部组件应声扭曲。

比尔看到贝克曼的小队已经进入了中央球体,然后说:"他们进去了。"

"咱们也该走了。""爆竹"说。

"石板"看了看战斗机器人,说:"那个大家伙马上就要出来了。"他用一个点射干掉了一架无人机,然后M16突击步枪的子弹也打完了。

瓦尔问:"咱们现在该走了吧。"

"石板"点了点头,顺着走道开始前进,而受伤的搜索者站起来,开始用能量炮向他们开火。高温冲击砸在他们身边的墙上,一行人冲向中央球体外壳上的开口。

塔克站在中央球体的入口,用等离子炮对准受伤的搜索者,等待充能完毕。他嘀咕道:"快点啊,该死的。"但是一架无人机俯冲下来抓起了搜索者,向着"石板"一行人冲了过去。几名猎人立即躲到旁边的一个门廊里,然后无人机跟着他们飞了进去。等离子炮这时才充能完毕,但是已经来不及开火了。

贝克曼摆弄着无线电,努力从一片静电杂音中寻找信号。他大喊道:"麦克尼斯,回话!"但是无线电里一片寂静。他的脑子里闪过一个绝望的念头:怎么又多了6艘船?他转身对马库斯和塔克说:"掩护入口。'核弹',你跟我来。"

"你现在还不能引爆弹头。"马库斯和塔克一边从入口撤退一边说。"现在还不行。你也听到他说的了,轨道上还有飞船!"

"我是听到了,但是那些船到底是哪边的?"贝克曼说着就带领"核

17

弹"向指挥中枢走去。

随着距离防御力场越来越近，他俩感觉到皮肤上有一种刺痛的感觉，然后终于看到了中央球体内部的样子。整个球体直径 20 米，球体和内壁之间间隔 5 米，球体表面有几百万个好似钻石的小点，以此共同构成一个多平面的表面。在球体和内壁之间有无数道白光，借此以光速完成信息交换。随着球体不断转动，内部还闪耀着柔和的白光，随着指挥中枢和其他子系统不断交换信息，球体内部的白光也在不停地闪动。

"核弹"惊讶地说："这是我见过的最大的钻石了！"

"这可是所有姑娘们的梦想啊。"贝克曼完全同意他的看法，"好了，现在给我把它炸上天。给你一分钟。"

"核弹"放下鱼雷，看着自己的手表，手指悬在起爆按钮上："现在计时，60 秒。"

贝克曼启动了无线电，呼叫所有还能听到他说话的人："各位听好了，一分钟后起爆。"然后他换了一个较为轻松的口吻说："咱们到另外一头集合吧。"

在通道的入口处，战斗机器人终于摆脱了中子态金属板，慢慢飘了起来。马库斯慢慢后退，和战斗机器人拉开距离，向"核弹"和鱼雷靠近。

塔克开了一炮，但是索尔的攻击在三型战斗机器人的升级护盾面前没有任何效果。战斗机器人举起自己的武器，但是却没有开火。塔克好奇它为什么不开火，然后看到了反物质弹头已经准备起爆。

他嘀咕道："太迟啦，混球。"塔克估计战斗机器人的能量炮可击穿水晶球附近的力场，摧毁指挥中枢。

但是，战斗机器人完全做不到这一点。

18

劳拉和马普鲁玛经过很长一段时间的艰难攀爬之后，终于来到了一处突出的岩石下方。就在劳拉准备进入一道被烈日烘烤的裂隙时，马普鲁玛抓住了她的手，把她拉了回来。在距离他们几米处的地面上，可以看到攻击机的影子。

她俩手拉手，大气不敢出地等着攻击机从她们藏身的石头上飞过。攻击机停了下来不停地转身，它的热传感器努力过滤掉石头散发出的热量，但正是这种散发的热量可以保护劳拉和马普鲁玛。一只正在晒太阳的蜥蜴，发现一个长着翅膀的奇怪物体正向自己飞来，立即在恐惧的驱使下跑进了岩石的缝隙中。攻击机的运动传感器立即发现了蜥蜴，用翼尖的主炮开火。

劳拉和马普鲁玛紧张地躲在石头下面，听着攻击机的主炮气化了蜥蜴和几米长的岩石。劳拉试着向出口走去，但是马普鲁玛却抓住了她，眼中充满恐惧，哀求劳拉不要出去。劳拉整个人放松下来，决定相信小姑娘的知觉。而在她们头顶，楔形的攻击机慢慢爬升，然后飞过了山脊。她们又保持不动待了很久，仔细观察攻击机的一举一动，连大气都不敢出。当劳拉认为攻击机已经离开后，她放开马普鲁玛的手，从口袋里掏出了"计时器"的遥控起爆器。

她悄悄地说："你在这儿等我。"然后就爬了出去。

她看了看干枯的树木和被太阳烤得滚烫的石头，然后抬头望望天上的幕墙穹顶。四处都看不到攻击机的踪影，所以劳拉立即穿过裂隙，向着眺望沃克河的悬崖跑去。在这条曲折而安静的河流两岸，是砂岩悬崖和茂密的丛林。在河谷的一头，幕墙穹顶犹如一面透明的墙壁拔地而起，而穹顶的定点正好在母船的上方。

幕墙穹顶的发射塔被树林和穹顶所笼罩，这让劳拉不禁怀疑自己是否面对正确的方向。她把天线全部展开，然后按下启动按钮，但是手指头却悬在起爆按钮上，犹豫是否要按下去。劳拉知道自己如果按下去，那么就再也见不到自己的丈夫了。

当劳拉盯着起爆器的时候，马普鲁玛爬出洞穴，来到她身边。"出什么事了？"小姑娘问。

劳拉看着马普鲁玛无辜的棕色眼睛，深知自己如果不按下按钮，那么世界上的所有孩子都将处于危险之中。丹，我很抱歉！

劳拉拿着起爆器，伸出手，然后按下红色按钮。在这么远的距离上，她听不到炸弹爆炸的声音，但是爆炸确实摧毁了长杆上的发生器阵列，而南边的树林将爆炸的火光挡住。劳拉看着幕墙穹顶，却发现没有任何变化，然后她又按了好几下起爆按钮。

马普鲁玛问："这东西坏了吗？"

还没等劳拉回答，东南部的幕墙穹顶出现了一道裂口，位置刚好在被摧毁的发生器阵列上方。它像拉链一样在幕墙穹顶上打开了一道细细的缺口，透过缺口可以看到蓝色的天空。当裂隙到达穹顶顶端的时候，天空出现了一道闪光，爆炸引发了连锁反应，一开始只是一个小洞，然后迅速扩大，整个幕墙穹顶以极为对称的形式衰减。

"现在是时候了。"劳拉郑重地说。

马普鲁玛拉起了自己的袖子。小姑娘看着身后的裂隙，脸上露出惊恐的表情。劳拉转身看到一架黑色的攻击机向她们飞来，黑色的机身和天空形成了鲜明的对比。攻击机减速进入悬停模式，压下机头，用主炮对准了她俩。

劳拉扭头搜索退路，但是身后只有悬崖峭壁。马普鲁玛双手紧紧抱着劳拉的腰，而劳拉抱着小姑娘的脑袋，将她的脸扭向自己。

"抱歉，马普。"劳拉紧紧盯着无人机，知道因为自己的错，现在她俩都死定了。

劳拉看着无人机翼尖的主炮开始充能发光，然后一道耀眼的白光从天而降，将攻击机从天上打进了裂隙里。无人机没有发生爆炸，只是听到撞击时的闷响，看到熔化的黑色金属上冒出的白色气体。劳拉一时间无法相信自己的眼睛，然后她惊讶地打量着天空。

然而，天上什么都没有。

\·\·\·\·\·\·\

贝克曼看着"核弹"手表上的秒针渐渐走完一圈，而战斗机器人还无助地飘浮在走廊的另一头等待指令。指挥中枢分析了位于中央球体内部的物体，通过其中极不稳定的元素推断出这是反物质武器，而这颗星球上的文明绝对不可能掌握这种武器。指挥中枢认为这种武器的存在证明了敌人已经用自己的武器武装了这些原始人，而且认为这一切都是伪装计划的一部分。指挥中枢现在面对一个两难的境地，战斗机器人可以一举摧毁弹头，但是这将释放出足够的反物质摧毁指挥中枢，这样一来就和引爆弹头没有区别。

贝克曼看了一眼水晶球，完全没有想到这个高度发达的人工智能体正打量着自己和随时可以毁灭它的弹头。贝克曼已经接受了自己的命运，一想到自己的家人将会被告知自己死于一场交通事故或者是训练意外,而不是在执行任务中阵亡,内心就一阵难受。

塔克想到了"蒸锅"。这下是为他报仇。他希望"蒸锅"也能在这儿,这样起码俩人还能再聊会天。

"核弹"对于自己将会迎来这样的结局非常惊讶。他希望能再看看周围,但是他的任务是盯着自己的手表,当秒针指向 12 的时候,他说:"时间到。"

贝克曼点了点头,最后一次确认命令:"动手。"

"核弹"凑上去准备按下按钮,但是 3 发子弹却打在后背上。他朝前栽了下去,根本没有听到马库斯的冲锋枪枪声。

贝克曼看到"核弹"咳出了血,然后转身看到马库斯用 MP5 冲锋枪对准了自己。

马库斯命令道:"离弹头远点!"

贝克曼愣在原地:"你到底在干什么?"

"我不会让你炸掉这条船。现在退到一边去。"他对着等待等离子炮充能的塔克说:"把枪扔了,不然贝克曼死定了。"

塔克犹豫了下,一只手从那个火控界面上挪开,然后另一只手将等离子炮放在了甲板上。

"现在把它踢一边去。"

"核弹"很不情愿地用靴子把等离子炮踢到一边,而这时充能刚刚结束。

贝克曼说:"你不可能活着离开这里。"

"我哪儿也不去。咱们谁都跑不了,但是这条船必须完好无损地留在原地,稍后赶来的人会处理它的。"

在中央球体之外,战斗机器人不明白为什么人类相互攻击,也不明白为什么人类放弃了自己的等离子炮,但是它看到反物质武器的操作员已经受伤，无法起爆鱼雷。它认识到了这个战术机遇，而且明白只要使用自己的武器，就一定会伤及指挥中枢，于是把自己的一门能量炮扔了出去。金字塔形的能量炮好似一枚超大尺寸的飞镖划过空中，砸在马库斯的背后。马库斯向前摔了过去，越过"核弹"的身体栽在鱼雷上，然后一起向前翻滚，停在了贝克曼无法触及的地方，这一切刚好符合战斗机器人的计算。

马库斯不解地看着从胸口冒了出来的黑色金属物体，然后倒了下去，他的脸砸在鱼雷的启动界面上，然后反物质弹头发出一阵白光，现在反物质弹头正式起爆。冲击波突破鱼雷外壳一微米之后，形成了一块黑色的球体。一块中子态装甲板被吞没其中，马库斯的尸体也被吸了进去，只留下地上一摊血迹。

贝克曼不解地问："什么情况？"他知道此时身体的所有细胞都应该转换为纯粹的能量，地上应该出现一个巨大的弹坑。他见过月球反物质炸弹爆炸的照片，知道应该会有什么效果。但是现在出现在他眼前的不过是一片黑色的虚空。

塔克皱着眉头说："我还以为它会更大一点。"

贝克曼用手枪开了一枪，但是子弹并没有击中弹头的金属外壳或是从另一边穿出来，而是完全被黑色的虚空吞没，似乎不曾存在过一样。

"妈的！""核弹"一边咳血，一边爬开，"我一路扛着这破玩意穿过这该死的丛林，结果它坏了！"

他不可能知道反物质爆炸已经被束缚在球形超重力环境内。如果麦克尼斯博士看到这一切，他可能会发现这具有黑洞的一些特性，但是一定会认为自己不可能距离事件视界如此之近，还不用担心被重力撕碎。他知道没有东西可以从中摆脱，子弹不行，等离子冲击也不行，就连反物质爆炸也不行。但是他想不到的是这个超重力泡泡内居然会包裹着一个黑洞，二者完美的中和并封印了黑洞的重力效应。博士不可能相信这种效果居然是人工技术的产物，更不会相信这是从轨道投放下来的。

对于贝克曼来说，这一切无法理解。他的面前引爆了一个比核聚变还强大的武器，但是强大的破坏力却被中和了。他完全不知道其中的原理。他也不在乎其中缘由。但是，他的脑海中响起了曾经上过的一堂课，这堂课告诉了他为什么人类不占任何优势。类似的课程他已经给其他人上过无数次，为什么发达的科技对于原始人来说就像是魔法，但是直到这一刻，贝克曼才明白这句话的真正含义。但是，这句话却说错了。

发达的科技不是像魔法，它就是魔法！

全船上下忽然响起了刺耳的电脑合成音，广播中的外星语言正在说着什么东西。贝克曼和塔克困惑地彼此望着，然后母船开始剧烈震颤，仿佛被巨锤不断击打。

轨道炮击开始了。

\·\·\·\·\·\·\

胡博整个人瘫在地上，12.7毫米手枪里还剩一颗子弹。里亚金迪蹲在他身旁，用柯南等离子步枪对准自己之前走过的路，搜索追杀他们的金属怪兽。

"我看不到它。"里亚金迪说。

"它距离咱们很近。"胡博艰难地说道，他现在筋疲力尽，脸色苍白，身体右侧的烧伤处盖满了血迹、汗水和泥土。

里亚金迪从没见过这样的伤口，但是他知道热带高温对于伤员的伤害，所以确信胡博坚持不了多久了。"你还能走吗？"

"走不动了。"胡博抱怨了一句，然后抬起头打量着天空，再一次看到了熟悉的天蓝色。他过了一阵子才反应过来，帷幕穹顶已经被摧毁了。"她做到了！给……我……无线电。"

里亚金迪脱下背包放在胡博身边。军士长放下手枪，用颤抖的手指将短波无线电台从背包里抽了出来。他们的右边又传来了金属碰撞树叶的声音，搜索者再次包抄发动攻击。里亚金迪对准声音传来的方向，手指悬在等离子步枪的火控界面上。他很快就发现，当搜索者绕圈的时候，这个笨重的武器无法开火，但是胡博告诉他，如果目标直冲过来，那么这把武器还是可以正常工作的。

胡博收起自己的手枪，拉出无线电台的天线，设定好频率，对着麦克风说："这是CTA，执行城堡计划，重复，执行城堡计划。收到回复。"就在他等待回复的时候，一道能量冲击击中了无线电台，整个电台砸进了树林里，麦克风也从他手里飞了出去。

里亚金迪顺着攻击的方向瞄准，然后摸了一下等离子步枪的火控界面。外星等离子步枪推着他的手向左，但是因为搜索者高速移动而无法开火。里亚金迪问："他们听到你说话了吗？"

"不知道。"胡博一边回答一边看着无线电台的残骸。电台没有接收到任何信号，就连杂音都没有，这就好像没有无线电波能够进入这里一样。但这又是不可能的，因为帷幕穹顶已经失效。

装甲搜索者以一个倾斜的角度冲出森林。它已高速包抄里亚金迪，而他只能狠狠按住火控界面。外星人的武器依然拒绝发射，因为搜索者已经算出了干扰惯性瞄准系统的速度和角度。里亚金迪看见搜索者的双联能量炮对准了自己，然后在开火的瞬间跳到了一边。两发能量冲击从胡博身边擦过，打断了一棵树，树枝被打得四处飞溅，树上的

18

鸟四散逃命。

里亚金迪就地滚了一圈站了起来,搜索者高速穿过灌木丛,向他冲了过去。里亚金迪见等离子步枪无法开火,于是把等离子步枪当成棍子抡了起来。但是搜索者用拿着护盾的胳膊挡开了攻击,将他直接打飞,撞在一棵树上。胡博正准备掏出自己的手枪,但是搜索者很快冲了上去,一脚踩在他的小臂上,踩碎了骨头,让胡博的手压在地上动弹不得。

搜索者将一个圆形护盾发生器用磁力固定在躯干上,腾出一只手,将手枪从胡博手中夺走,疼痛让胡博不由得哀号起来。搜索者将手枪举在传感器前方进行分析,对于这种原始武器的强大威力感到好奇。胡博看着搜索者,无法抽出自己的胳膊,然后看到远处一场流星雨正在下落,大地因为每一次的撞击而颤抖。

胡博马上想到这是有什么东西在攻击飞船,因为他非常肯定这些流星不是人类的武器。

搜索者扔下 12.7 毫米的手枪,用能量炮对准了他的脑袋。

胡博不屑地抬起头看着搜索者,大吼道:"来呀!"这时左边的森林里飞出三道白光将搜索者打碎,扭曲的残骸都被打得飞了起来。胡博困惑地眨了眨眼,寻找攻击的源头。10 米之外飘着 3 个比人类略矮的两组人形物体。他们穿着白色的连体服,毫不费力地飘浮在森林中。挡在他们前进道路上的植物没有接触到他们的衣服,纷纷弯到一边,却没有任何折断的痕迹,所以没人会发现他们来过这里。

难道还有更多机器人?这个念头让胡博越发担心,但是眼前的外星人摧毁了搜索者,确实稍微让胡博略微安心。他看了看在西边遭受流星轰炸的飞船,反应过来这 3 个家伙是从东边过来的。

他们一直在护盾外面待命吗?他们一定是在等待护盾失效!

母舰 THE MOTHERSHIP

这3个家伙虽然有胳膊，但是没有手。应该是左手的地方只有一个短管的能量武器，而在应该是右手的位置则是一个圆形的凸起，里面装着高度微缩的辅助设备。当他们从胡博身边飘过的时候，其中一人转身用自己的多用途仪器对准了他，分析他的身体状况和装备。这些数据快速传回在轨道的舰队，然后送到6000光年外的指挥中心。这只是联盟舰队总部每天收到的大量信息的很小一部分，因为舰队散布于整个银河系中，覆盖了几千个星系。当胡博心脏跳了10下之后，这些信息已经录入战术指挥中心，同时被翻译成几十种语言，并传给几十个文明，其中最远的文明则在35000光年之外。

而在胡博眼中，眼前的家伙不过是挥了挥手。

第二个外星人扫描了被摧毁的搜索者，最后一个外星人则向西飘了一段距离，用自己的多用途仪器对准了母船，从地面记录轨道炮击的进展。胡博注意到他们相互扭头彼此看着，好像是在交谈。机器人之间不会有这种动作，只有活体生物交流时才会有这样的动作。

他们戴着头盔！胡博这才发现，虽然他们的头部相较于人类来说大得出奇，但是这肯定是头盔，而不是像入侵者的机器人所装备的传感器。

胡博面前的外星人凑近了一点，然后头盔打开了一条细细的缝隙，露出深绿色杏仁状的眼睛和带有斑点的皮肤。他死死盯着胡博，然后多功能仪器中放出一道光，包裹住了胡博。他感到一阵冰凉，赶走了伤口的疼痛和越来越糟糕的热带性发热。

钛塞提人眨了眨眼，头盔上的缝隙关闭，然后转身去和自己的同伴会合。他们的时间很紧，必须在轨道炮击结束时进入位置。3个外星人继续向飞船前进，他们白色的外套自动模仿周围的环境，更像是一种伪装服而不是隐身服。

18

胡博以专业的眼光打量着这些外星人。他既不知道这些外星人就是距离地球最近的邻居，也不知道他们保护地球长达几百万年之久，但是非常清楚这些外星人的职业。

步兵！

╲╱╲╱╲╱

拖着烈焰尾巴的流星继续砸在外星飞船上，但这些东西绝不是流星这么简单。

指挥中枢很快就确定这些是电离了大气层的位置能量武器。它们攻击了炮位、护盾发射器和传感器节点，气化了所有接触到的东西。这不是热能、辐射或者是反物质武器才有的后效，全船上下不断回荡的神秘时空冲击波警告指挥中枢，它现在面对的是一种理论完全未知的技术，精度和速度完全超越了在木星轨道瘫痪飞船的笨重的超新星武器。

指挥中枢试图启用防御武器并启动护盾，用以干扰和欺骗来袭攻击，但是防御系统却无法工作。当它命令维修无人机去操作防御系统时，无人机回应了指令，然后自动关机。

在飞船遭到攻击的时候，所有在船外的战斗无人机都被瞬间消灭，它们甚至还没反应过来自己遭到了攻击。当更多的战斗机器人和搜索者开始保护飞船的时候，能量冲击改变路径，不等它们展开任何抵抗，就追踪消灭了所有机器人。

指挥中枢看到这些能量冲击可以改变方向，立即创造出了一个全新的分类来形容这种武器——矢量能量武器。在入侵者对能量武器的理解中，无法对发射后的能量进行轨道修正，但是矢量能量武器却可以随意修改路径,就好像有一个智慧生命在控制着它。

现在,指挥中枢明白这场战争已经输了。

轨道炮击让飞船变成了毫无反击能力的瞎子,非战斗系统和维修无人机无法响应指令。在这场能量风暴之后,20个银色的卵形运输艇冲向母船,更多的矢量能量炮环绕在它们身边,随时准备摧毁入侵者的攻击。

钛塞提人虽然是银河系中科技最发达的文明之一,但是指挥中枢明白攻击自己的是一个更加强大的敌人,一个入侵者从未接触,但是拥有它们无法相信的先进武器的敌人。

钛塞提人的运输艇迅速减速,悬浮在母船和周围山脊上空。运输艇开始卸下穿着装甲的步兵,有些步兵直接从船体破口中飞入母船,其他的则在河谷中散开,建立一条防御线,并搜索和入侵者部队接触过的居民。

特种部队在天幕穹顶失效之后,直接进入了母船,为进攻部队提供实时战术情报。进攻部队分头向自己的目标进发,他们非常清楚必须在有限的时间内完成任务。钛塞提人知道他们的强大盟友使用了未知科技控制住了一场反物质爆炸,但是这并不能维持太久。一旦反物质冲击波穿过人工黑洞事件视界,那么反物质炸弹将全面释放自己的破坏力。

如果这真的发生了,那么将失去一个天赐良机。

╲·╲·╲·╲·╲·╲·╲

"魅魔"无助地看着控制室大门向走廊凹陷,墙壁扭曲时发出刺耳的声音。门上的凸起被吸到一边,飞出闸门后,撞在长方形的发电机上，然后在磁场发射器上撞了个粉碎。

麦克尼斯博士说："他们得关了磁场才能让机器人进来。"

班达卡用长矛抵在外星人的喉咙上，问："要我现在杀了鱼人吗？"

"魅魔"看了一眼还在昏迷外星人："不用。"就算眼前的外星人是杀了"计时器"的凶手，她也不会干掉一个没有抵抗能力的生物。

控制室外亮起了脉冲手雷爆炸时的闪光，然后就是音爆和能量武器的亮光。磁场发生器被击中，冒出一阵火花停止了工作，被吸出去的一部分门板也掉在了地上。一声爆炸之后，一截搜索者的躯干从走廊飞到了"病毒"的面前。

大家惊讶地盯着这块冒着烟的残骸，一团虚影从那个磁场发生器旁边飘过。当它进入控制室之后，伪装力场立即关闭，露出一件笨重的白色战斗服。钛塞提人的突击步兵用多功能工具扫描了所有人，发现他们都没有威胁，然后将注意力放在地板上昏迷的两栖外星人身上。

外星人的个人防御力场依然可以扭曲周围的空气，但是班达卡还是用长矛抵着它的喉咙。穿着装甲的士兵看着班达卡，听取了来自军官的命令，然后退后几步，好奇为什么班达卡要站着一动不动。

一个金色薄片从士兵的多功能工具中飞向昏迷的外星人。薄片穿过护盾时激起了一片电火花，然后就飞进了外星人的前额，没有留下任何伤口。金色的薄片控制了入侵者所有的植入物，结束了自我诱发的昏迷。

涅姆扎里醒了过来，心里一点也不害怕。她的大脑中出现了一个念头，命令自己关闭防御力场。她遵循了命令，然后感觉良好地站在那里，准备接受任何命令。她内心深处非常清楚自己正在被一种捕捉科技所控制，但这已经无关紧要。她现在完全沉浸在一种服从命令的快乐中。

"魅魔"看着外星人像梦游一样站在穿着盔甲的士兵面前，双手垂在身体两侧，眼睛无神地看着前方。它似乎服从着只有自己能听到的声音，然后一个人走出了控制室。

"魅魔"一动不动地问："发生什么事了？"

麦克尼斯博士回答道："看起来咱们的两栖类朋友成了别人的囚犯。"

"鱼脸怪甚至都没有反抗。""病毒"对这位之前的劲敌现在如此温顺，感到非常不可思议。

麦克尼斯博士举起一只手，试图引起外星士兵的注意："不好意思，能告诉我们发生了什么吗？"

钛塞提人似乎没有听到博士说话，而是顺着控制台飘了起来。当他来到"魅魔"和"病毒"面前时，他俩立刻躲到了一旁。

当"魅魔"恢复了自控能力后，说："刚才怎么回事？"

"催眠？""病毒"刚说完，就忽然感觉到很精神，"嘿，我的头疼好了。"

穿着盔甲的士兵继续顺着控制台飘浮，然后找到了自己想要的东西，于是用多功能仪器对准了控制面板。外星士兵用多功能仪器向控制台下达指令，于是控制台屏幕上出现了大量数据，数据滚动的速度太快，以至于符号都重叠在一起。

"病毒"说："这些都是飞船状态报告。"现在头疼已经消失，"病毒"可以随意读取这些植入记忆。"我可以读懂这些东西了。"他打量着一个个屏幕，眼睛睁得大大的，眼前的一切让他大吃一惊。"这些东西我全都可以看懂。"

麦克尼斯博士看着外星人操作着机器，对于其速度大为惊讶："看来这才是正常工作时的样子。"

"魅魔"摆脱了被控制的感觉，走到穿着盔甲的外星士兵身边说："嘿，太空猴子，这到底是怎么回事？"

钛塞提人继续评估飞船的受损情况，完全忽视了"魅魔"的存在，所以她像敲门一样用指节敲了敲外星人的盔甲。"嗨，米其林人！我和你说话呢！"

还没等她说出下一个字，就轻轻躺在地板上陷入了深度睡眠。过了一会儿，他们几个人都睡着了。

\·\·\·\·\·\·

战斗机器人飘进了走廊，但是没有开火，塔克拿起地上的等离子炮，对准机器人的反重力滑橇开火。战斗机器人用护盾吸收了等离子冲击，然后用另一条机械臂将塔克拍进了墙里，而等离子炮也飞了出去。塔克哀号一声瘫在了甲板上，他现在肋骨和脊柱骨折，完全动弹不得。

贝克曼这才发现战斗机器人根本不敢开火，怕误伤中心球体里面的水晶球。他用自己的外星武器继续射击，铅笔粗细的等离子束对战斗机器人的护盾毫无作用。

"核弹"向墙边爬去，一边躲避战斗机器人，一边用自己的小汤姆开火，但是他的武器威力还不如贝克曼的武器。

"核弹"满嘴鲜血地说："该死的外星垃圾！"他说完就被战斗机器人的护盾发生器拍了一下，手中的武器也滑到了被控制住的反物质炸弹旁边。当小汤姆的枪管击穿反重力泡泡的时候，他立刻像塑料一样被超重力撕碎，然后被吸了进去。

贝克曼看到"核弹"的武器的遭遇后，立即冲向水晶球，让控制反物质爆炸的黑洞挡在自己和战斗机器人中间。他用力推挤指挥中枢的防御力场,感觉自己的所有头发都竖了起来。

笨重的三型战斗机器人害怕贝克曼会把自己的武器伸入防御力场,于是向贝克曼伸出了机械臂。它正是用这条机械臂扔出了能量炮,砸死了马库斯。机械臂像一条蛇一样缠住贝克曼的胸口,把他往后拉,机械臂碰在人造黑洞上,然后就被吸了进去。机械臂上的一部分化作液体被吸进了黑洞,随着被吸入的部分越来越多,贝克曼和战斗机器人都被扯向人工黑洞。

由于不知道这团黑色的东西是什么,战斗机器人用护盾对着它,试图保护自己,但是很快就被坍缩的时空所吸收。护盾泛起一阵蓝色的火花,然后彻底失效,就连碟形的护盾发生器也被吸了进去,拉着战斗机器人距离人工黑洞越来越近。

贝克曼感觉自己被拉出了指挥中枢的防御力场,无法挣脱缠在胸口的机器人的机械臂。他知道机器人现在无法控制机械臂,自己反而被机械臂拽向黑洞。他转了转绳子,用等离子手枪对准缠在胸口的机械臂,然后开了一枪。等离子束烧焦了胸口的一块皮肤,但同时也打断了机械臂。几块碎片掉在了甲板上,而其余部分则吸进了黑洞中。

而在人工黑洞的另一边,战斗机器人的躯干已经进入了事件视界。它整个翻了过去,装甲板变成了液体,整个身体被吸入了黑洞之中。

核弹咳着血说:"看着都觉得疼。"

贝克曼无视胸口的疼痛,向后退去,拉开和球体之间的距离。他转身看着指挥中枢,发现从表面放出的蓝光已经变暗,旋转速度也越来越慢。过了一会,球体完全停止转动,内部的白光也渐渐消散。

"核弹"看着这一切问:"这算怎么回事?"

"我们赢了。"贝克曼说。

"怎么赢的?""核弹"问。

"我怎么知道。"

塔克咬着牙叫道:"少校!"

在走廊的尽头出现了一群穿着装甲的士兵,他们的伪装力场在指挥中枢的蓝光下泛着光。一名士兵用自己的多功能仪器对准塔克,另一个人对准"核弹",然后评估他俩的伤势。检查"核弹"的士兵用自己的多功能仪器放出一阵柔和的黄光,暂时封住了枪伤伤口,避免"核弹"流血而亡。

贝克曼看到这一切,放下了手中的枪,而其他士兵无视贝克曼,绕过人工黑洞向着指挥中枢走去。当士兵穿过防御力场的时候,他们的身上泛起了耀眼的火花,然后占据了指挥中枢周围的位置。

贝克曼这才反应过来,原来他们要找的不是我们!

士兵们的伪装力场在濒死的指挥中枢发出的光芒下不停闪光,看上去就好像有无数钻石在面前一样。贝克曼不知道飞船的指挥智能正在自毁,但是钛塞提人对此非常清楚。他们关闭了伪装力场,露出白色的战斗服,虽然看起来非常笨重,但是好像丝绸一样有弹性。每一套战斗服都有凸起的肩膀和过大的头盔,左胸还有一个小三角标志。

从多功能仪器中放出的小飞碟融入了水晶球,然后在水晶球中央分解。所有的小飞碟溶解在小球内部,从量子层面重写程序。水晶球内部的白光居然停止消散,说明指挥中枢已经进入催眠状态。

走廊里又进来两个外星人,一个比钛塞提士兵稍矮一点,另外一个比人类更高更瘦。矮个子的外星人穿着一件没有装甲的连体太空服,两个胳膊上各有一个控制面板,腰上缠着挂着各种设备的腰带,胯部还挂着一把武器,而紧紧密封的头盔上还有一个透明的面甲。高个的外星人穿着一个浅棕色的紧身连体服,但是没有带任何设备、武器或是头盔,反而是用一个不透明的力场遮住了自己的脸。高个外星人看起来弱不禁风,一道白光包裹在他的身体周围,却让他看起来可以几乎无懈可击。

高个的外星人忽视了在场的人类,径直走向人工黑洞,而矮个的外星人却等在一旁。贝克曼认为高个的外星人是真正的负责人,而旁边矮个的家伙不过是个助手。就在高个的外星人评估反物质爆炸还有多久突破隔离的时候,矮个的外星人走到贝克曼面前,用自己没有虹膜和瞳孔的黑眼睛打量着他。矮个外星人是泽塔人,他歪着脑袋,看着贝克曼手中的等离子手枪,然后从胯部拿下自己的银色手枪,放在贝克曼的手枪旁边做了个比较。两把枪一模一样。

贝克曼说:"刚好凑一对。"外星人伸出另外一只手,然后张开了手掌。

"核弹"气喘吁吁地说:"他要你把他的玩具还回去。"

贝克曼叹了口气,然后把等离子手枪放在外星人手上:"送出来的礼物,居然还有收回去的道理。"

泽塔人发现这种型号的手枪已经退役了半个世纪,然后把自己的武器挂在胯部,把贝克曼的手枪用磁力固定在大腿上。

在几米之外,高个外星人飘了回来,人工黑洞上方的中子态装甲板被切开了一块。装甲板切口处没有任何使用高温或者能量的痕迹,只不过是听到"嘶"的一声,然后中子态装甲板之间的原子连接就被切断了。泽塔人转头看着这一切,他和贝克曼一样,完全不理解中子态装甲板是如何被这样切割的。人工黑洞上方出现了一道竖井,顺着竖井可以从那个母船内部一直看到外面的阳光。过了一会儿,小型黑洞从竖井直接爬升,飞向一艘位于轨道上的大型飞船。

贝克曼问:"你们打算怎么处理这玩意?"他发现这个矮个外星人毫无生气的黑眼睛让人非常紧张。他曾经看过泽塔人尸体的机密照片，但是却从来没想到会见到一个活生生的泽塔人。贝克曼见外星人不打算回答自己的问题，于是说："我看你们这次是真的搞砸了，居然让这些鱼脑袋跑到地球来了。"

泽塔人借助翻译装置听懂了每一句话，但是却没有回答贝克曼的问题，他发出一道不可抗拒的脑波，让贝克曼和其他人陷入了沉睡。还没等他们摔在地上，地球重力就被抵消，然后一行人舒服地飘了起来，而"核弹"甚至打起了呼噜。

在距离沉睡的人类不远的地方，水晶球内部再次泛起了白光，这意味着指挥中枢再次恢复了升级，储存在其中的有关入侵者的秘密、计划和战术信息全都被完整地俘获了。水晶球开始慢慢转动，这个指挥中枢成为第一个被俘获的入侵者指挥智能体。

╲·╲·╲·╲·╲·╲·╲

劳拉爬到岩石裂隙的上方，从那里可以俯视一团还在冒烟的液体金属，这是攻击机的残骸。马普鲁玛去找自己的父母，所以劳拉现在孤身一人。她越往山顶爬，越害怕看见远处的巨大弹坑。她之前将轨道炮击的袭鸣当成鱼雷爆炸的声音，完全放弃了和丈夫重逢的可能。

当劳拉俯视格伊德河谷的时候，却惊讶地发现外星母船虽然伤痕累累，但是依然留在原地。劳拉瞬间感到恐惧再次将她席卷，因为这意味着贝克曼没有完成自己的任务，而且劳拉非常好奇外星母船上空的银色小点到底是什么东西。这些小点渐渐脱离巨大的母船残骸，一道从轨道降下的淡黄色光芒将母船笼罩。银色的小点再次靠近母船残骸，用牵引光线锁定母船，然后一起爬升，将残骸拉了起来。劳拉误以为母船依靠自己的动力起飞，完全没有想到一艘来自处女座超星团的古老巨舰将它和地球重力隔离开来。

　　随着巨大的母船升入空中，一片影子将劳拉笼罩。她惊恐地转身打量着这团黑影，心里以为是另外一架攻击机，但却发现是卵形的飞船。劳拉看着自己在光洁的船身外壁上的倒影，然后就看到一道耀眼的光。她感到头晕目眩，然后倒在地上。过了一会儿，劳拉发现自己飘浮在一间黑暗的圆形房间内，四周一片漆黑，只有头顶天花板上还有一点亮光。在她身边还有几个她不认识的人，他们是"石板"和他的同伴。他们已经醒来，发现自己在这种失重的禁闭室中异常舒适。劳拉发现自己的恐惧已经一扫而空，取而代之的是一种异常平和的感觉。

　　瓦尔对着劳拉点了点头，大叫道："快看，又来了一个。"

　　"石板"愉快地说："你好啊，亲爱的。欢迎来到疯人院。"他说完就看了看脚底，他们现在全在离地一米的高度飘浮着。

　　瓦尔开心地说："别管我们。我们就是在转转。"

　　"石板"很想反手扇瓦尔一巴掌，但后者却一边笑一边躲开了他的攻击。这个动作让"石板"转了几圈，最后停下来的时候，已经是面朝另外一个方向了。

　　"劳拉！"丹大喊一声，然后接着从比尔身边滑过。

　　劳拉看不见丹，因为其他人把他挡住了。"丹！你还活着！"

　　其他人好奇地打量着丹，丹笑着解释说："这是我老婆。"

　　劳拉向丹伸出一只手，但是丹还是太远了。劳拉说："我还以为再也看不到你了。"

　　比尔抓着丹的手，把他往自己怀里拉，等距离拉近之后，再把丹往劳拉的方向一推。丹在惯性减速力场内飘了一会就停了下来。"爆竹"在劳拉背后轻轻推了一下，结果自己却向后仰了过去。

　　"哎呀呀。""爆竹"挥舞着双臂努力让自己站起来，这个动作逗乐了他的同伴。

丹和劳拉飘在房间中央,手指尖相触,然后互相发力相拥在一起。劳拉眼含泪花抱着自己的丈夫,而丹摸了摸她的头发说不出话,然后二人亲在了一起。

黑暗的房间里忽然闪起了灯光,德帕拉乌出现在房间的另一头。她的脸上写满了害怕,但是房间内的神经电波很快就让她镇定下来。

瓦尔笑着指了指德帕拉乌:"嘿,那里还有一个呢!"

\·\·\·\·\·\·\

一道神经电流让贝克曼醒了过来。他眯着眼睛打量着眼前的白色强光。他本能地抬起一只手挡在眼前,但是光线强度很快就降了下去。

我们喜欢更亮一点的环境。生物学家的解释让贝克曼感到温暖而舒适,但却有一种奇怪的疏远感。

贝克曼感觉到有人站在左边。他以为转头会看到矮个的泽塔人,但却发现是一个 3 米高、看起来弱不禁风的人形生物。他和在母船上见到的那个高个外星人属于同一个种族。外星人的眼睛又大又圆,蓝色的眼睛中间还有一个三角形的虹膜。外星人的鼻子微微凸起,嘴巴也很小,长长的耳朵向前弯曲,挡住了耳垂。

贝克曼想起了以前上过的课:如果外星人的嘴巴小,那么他们会认为我们的嘴巴太大;如果他们的眼睛大,那么就会认为我们的眼睛太小。贝克曼努力睁大自己的眼睛,同时说话的时候收拢自己的嘴巴。

你没必要这么做。贝克曼的脑子里响起了一个声音。生物学家了解宇宙中几百万个物种,每一种生物都与众不同。因为他完全接受各种生物,所以完全不会因为体态差异而感到受到冒犯。

贝克曼打量着房间,问:"我在哪儿?"房间内没有任何窗户和门,角落里只有一张带弧度的长椅。生物学家身边飘浮着几个随时待命的小型机器人,而贝克曼身后则飘着一个鹅卵石大小的物体。这个物体似乎在监视着贝克曼,每当贝克曼转身打量的时候,它就藏了起来。这时候,贝克曼才发现自己飘在房间里,双脚根本没有踩在地上。

生物学家发现了贝克曼的不安,用精神感应命令房间恢复贝克曼周围的重力。贝克曼落在地板上,渐渐恢复了重力。

生物学家告诉他:"不要动得太快。如果离开了你的个人重力场,那么你的体重将增加83%。"

贝克曼好奇地问道:"个人重力场?"他无视生物学家的提示,将胳膊伸了出去。他瞬间感到胳膊重量增加并开始下坠,重力场立即重新调整,再次调整贝克曼的体重。

他们说你们这个种族不守规矩。

"这话没错,我们是不太守规矩。"贝克曼说完好奇地抬头看着生物学家,"这话谁告诉你的?"

你们的邻居。

"他们监视了我们那么多年,就认为我们不守规矩?"

研究,观察,但没有监视。

"所以,你不是来自附近的星球了?"

不,我来自其他地方。

"那你的家乡在哪儿?"

这艘飞船就是我的家。

"我的意思是你来自哪颗星球,离这里有多远?"

我们的家园星系消亡的时候,你们星系的恒星还没有形成。超新星爆发的残骸至今还可以在一个遥远的银河系里找到。

贝克曼过了一会才明白这个高个外星人到底在说什么。"我猜你就是这里最强大的文明了吧？"

我们是第一代。

"什么第一代？"

第一代了解宇宙、思考宇宙真理、创造自己文明的种族。

贝克曼打量着眼前身材纤细的外星人，他的皮肤苍白，没有任何毛发，脑袋呈卵形。他戴着白色的手套，穿着简单的褐红色连体服，但是贝克曼认为他肯定比人类还要强壮，因为生物学家可以适应更大的重力。

"所以，这次战争咱们打赢了吗？"

入侵者已经回到自己的家园。

"但是你们会狠狠收拾他们一顿，给他们点颜色看看？"

那就是无谓的暴力了。

"我看他们在太空里很厉害，不少飞船都被击毁了。我看了那段录像。你们不能就这么让他们走了。"

我们不会采取惩罚性报复措施。我们也不想破坏他们的文明。他们还很年轻。到时候，他们自然可以得到发展。如果不这么做的话，后果将非常严重。

贝克曼吃了一惊，说道："等等，他们还是个年轻文明？我以为我们才是年轻的文明，而他们已经有很长的历史了。"

按照你们的标准，他们是一个高度发展的文明，但是按照我们的标准，还是个很年轻的文明。

"那我们又是什么？阿米巴虫吗？"

你们是一个更年轻的文明。

贝克曼非常不喜欢这个概念，但是这就是人类的宿命。不论你遇到哪个外星文明，他们总是比人类历史更悠久、实力更强大。他把这个问题抛诸脑后，继续说："如果他们又发动进攻怎么办？如果他们进攻地球怎么办？"

他们对你们的星球没有任何兴趣。

"我们手上还有他们的飞船。他们肯定会夺回去的。"

生物学家走到一面墙前，墙壁消失后，出现的是太空的景象。在几百公里外，一个两端圆滚滚的发光圆柱体飘浮在地球上空。这艘船的样子和在母船档案室里见到的任何飞船都不一样。在距离这艘船更远的地方，还有两艘一模一样的飞船。

"窗户不错。"

风景确实不错。生物学家指了指距离他们最近的飞船。你看，你们完全不必担心，入侵者不会来找自己的飞船。

贝克曼凑上去，打量着巨大的圆柱状飞船。在飞船中部的下方，几个银色的小点正围绕着一个灰色的物体。

贝克曼不敢相信看到的一切："等等！那艘船可不小啊。"

尺寸是相对的，就当下而言，你的视角还是太小。不过，这也会发生改变。

生物学家放大图像，让贝克曼看清钛塞提人的运输艇正环绕着入侵者的母船。贝克曼吞了下口水，他意识到每一艘圆柱形的飞船，体积都是入侵者飞船的几百倍。

"整艘船都已经沦为残骸，你们是怎么把它送上天的？"

我们将它和你们星球的重力场进行了隔离。

入侵者母船的残骸飘向圆柱形的飞船，贝克曼以为两艘船很快就要相撞，但是入侵者的飞船穿过圆柱形飞船的船体外壁，然后消失不见了。过了一会儿，钛塞提人的飞船也开始撤离，画面又恢复了之前的广角视野。

"你们打算怎么处理他们的飞船？研究它？"

我们对他们原始的技术毫无兴趣。

"但你们还是得到了那个圆圆的东西？"

我们协助你们的邻居完成了捕获它，然后他们就可以像我们一样研究入侵者。这是第一个被捕获时意识依然完整的指挥中枢。它将帮助参与其中的文明应对未来的入侵。

"参与？你是说参与这次战争？"

我的意思是参与到发展中的文明社会关系中的文明。

"发展中？你是说像我们这样的文明？"

你们并没有参与其中。我们也没有。你们以后会成为其中的一部分。而我们，早已凌驾于这一切之上。

"好吧。"贝克曼若有所思地说，"但是你们现在不是也来了，所以你们还是参与其中了。"

我们来此是恢复这里的平衡。这不是我们的责任所在，而且未来很长时间之内我们都不会回来了。

"但是你们设定了规矩？"

不，不是现在，未来很长时间内也轮不到我们设定规矩。只有那些主动参与其中，并且能承认彼此之间差异的生命形态才会决定具体的法律。如果没有这些差异，那么也就不需要法律了。

"所以当我们进入太空之后，他们会为我们设定规矩？"

未来的若干个世纪之内，你们都不需要考虑这个问题。

贝克曼诧异地看着生物学家说："我们早晚有一天会迈向太空，而且估计还挺快。"

一点也不会快。你们低估了其中的困难。

贝克曼皱着眉头说："我们进入太空去找你们，得先做点什么准备工作？"

进化。你们的种族将在 1000 个地球年内成为一个星际文明，前提是你们不要先把自己毁灭了。但是你们先要明白自己在宇宙中的地位，接受那些和自己不一样的种族。如果你们人类内部都无法保证和平，又怎么和非人类文明和平共处？这是每个种族的必修课。当你们准备好的时候，你们的邻居自然会帮助你们。

"帮助我们？怎么帮？"

你们的星系中缺乏必要的资源。在人类还没有进化之前，这些资源就已经被开采一空了。

"该死！谁把我们的宝贝偷走了？"

那时候地球上还没有智慧生物呢。

"所以就算我们已经有了所需的一切，还要被困在地球上？"

当你们准备好之后，你们的邻居会提供必要资源。

"嘿，我们准备好了！"

你们的邻居会做出最终判断。也正是出于这个原因，他们才会仔细研究你们。他们知道你们的时代即将来临，所以正在进行准备工作。

贝克曼挠了挠脖子说："但是他们并不了解我们，我没说错吧？他们不理解我们的感情，我们的处事方式，所以为什么让他们评价我们？"

你们认为别的文明不了解你们，那完全是你们自己的虚荣心在作怪。

"但他们是外星人。你也是个外星人，我这话可没有冒犯你的意思。大家怎么可能完全彼此了解呢，难道这不是明摆着的事情吗？"

你们的今天，就是他们的昨天。他们对于你们的了解远高于你们对自己的了解。我们才是你们的邻居所不了解的文明。

贝克曼惊讶地说:"为什么?"

强者领导弱者,弱者不可能领导强者。

"也对。"贝克曼慢慢地说,"所以现在怎么办?地球人都知道你们的存在了。"

你们的世界不会发生任何变化。

"我不想对你们的事情指手画脚,但是卫星和飞机都被击落了,而且还使用了核弹。人们总会发现这些事情。"

他们找不到证据。

"外星残骸到处都是。"

我们会带走南部大陆上所有入侵者的科技产品,然后封闭所有的采矿机,不会留下任何痕迹。

"我们可是用核弹炸了他们一下。肯定是发生什么事情,才导致我们做出这样的决定。"

画面稍微调整了一下。两艘钛塞提人的银色卵形飞船出现在澳大利亚南部地区,每艘船后面都拖着一块大石头。两艘飞船扔出小行星,然后进入脱离航线,留下小行星向着地球砸过去。小行星沿着精确计算的轨道进入大气层,很快就拖起了长长的火舌。

贝克曼很紧张地问:"你在干什么?"

第一颗小行星将命中入侵者摧毁的军事基地,第二颗小行星将命中入侵者母船的迫降地点。

"你疯了吧!"

小行星不会对星球气候造成影响。全球气温在未来十年内会稍有下降,但是你们的世界会逐渐恢复。

贝克曼脑子转个不停,他说:"你居然用小行星砸我们?你到底在帮谁?"

这是为你们好。

两颗小行星肩并肩进入稠密的大气层，小行星周围已经燃起了烈焰。

"如果打偏了怎么办？"

不可能。

"他们会检测到冲击波，然后发现小行星撞击是在飞船迫降几天后发生的。"

你们只会监测到入侵者飞船迫降时产生的地震波。当两颗小行星撞击地面时，星球上所有的地震传感器都将无法工作。

"你知道所有的传感器位置吗？"

不知道，但是你们的能量供应将在撞击前被切断。

贝克曼看到位于晨昏分割线上的亚洲夜晚，耀眼的灯光忽然熄灭，这让他不由得吃了一惊。"你们怎么做到的？"

你们的技术太脆弱，可以轻易瘫痪。

贝克曼知道小行星很快就要撞击地表了，于是说："你们是不是算错地方了？"

你看的方法不对。

"什么？"贝克曼转头对准太阳，看向完全相反的方向。让他感到惊讶的是，一团明亮的橙色气团正在向他们飞来。气团掠过6艘巨大的飞船，短暂地照亮飞船周围的护盾，然后等离子气团就包围了地球。地球上层大气泛起了明亮的闪光，亚洲大陆的灯光瞬间熄灭。橙色的火光包裹了地球，但是整个过程只持续了几秒，然后整个气团继续飞向月球。

贝克曼被眼前的景象所震惊，他问道："这到底是什么情况？"

你们管这叫日冕物质喷发。

18

"所以说,这东西来自太阳?"

是的。

"你们干的?"

确实是我们所为。你们的星球正处于整个日冕物质喷射的正中央,这将是你们有记录以来最严重的一次日冕物质喷发。现在,你们正在经历一次全球性的停电。没有地震传感器、没有卫星、没有雷达能够正常工作。你们的星球不会受到任何永久性影响,但是水星会轻微受损。

"水星真是太倒霉了。"

那是个没有生命的世界。它所受的伤害,不会影响你们的文明未来开采上面的资源。

贝克曼看着地球,试图理解全球突然停电的真正含义。"你们这样做,意味着几千架飞行中的飞机坠毁。"

所有飞行中的飞机都坠毁了。我对此感到抱歉,但必须这么做。

"这会引发战争的。我们可有几千颗核弹头。"

所有核武器已经失效。

"哦。"贝克曼被这一切吓了一跳,地球上的武装力量竟然在一瞬间就沦为毫无用武之地的废物。

我们这么做是为了保护你们。你们的世界还没有准备好迎接在宇宙中的地位。

"没人会相信两颗小行星同时击中地球。"

但是他们会相信这是一颗小行星在进入大气层时裂成两块。对小行星残骸的分析会证明这一点。

"那之前外星人击落的卫星和飞机又该怎么解释?"

这些将会归结于日冕物质喷射。至于你们的军队还知道些什么,他们是不会公布。相较于害怕我们,他们更害怕民众会发现自己的世界是多么的不堪一击。

"你说得没错。"贝克曼相信稍后会有大规模的伪装和掩盖行动。

两颗小行星越发明亮,径直冲向北澳大利亚的热带丛林。两颗小行星间隔几秒撞击地面,第一颗小行星准确命中廷德尔空军基地的废墟,而第二颗则命中格伊德河谷的大坑。两团明亮的火光不亚于核弹爆炸,冲击波向四周扩散,几百万吨的尘土冲入大气。贝克曼被眼前的一切震惊了,外星人完全可以对人类城市也使用同样的招数。北澳大利亚的两团明亮火光,渐渐变成两团冲入平流层的橙色云团。

"你们还是忘了一件事。和我一起行动的人还是知道发生了什么。"贝克曼忧心忡忡地打量着地球说,"所以我才会在这儿,对吧?你们不打算让我们回去了?"在见证了全球停电造成的伤亡之后,贝克曼认为自己的小队也是可消耗品。

你来这里是为了进行消毒,所有细胞结构内的污染都将被清理,仅此而已。

"你要把我们送回去?"

你们的军事领导人需要你们的报告来了解事情的经过。你们必须回去。

贝克曼这才想起胸前的等离子烧伤。他低头查看,却没有发现任何伤口。他摸了摸胸口健康的汗毛和皮肤,好奇胸口的烧伤是不是一场噩梦。然后,他的目光就落在停在地球上空的巨大飞船上。

"但是,我还是知道所有的过程。"

生物学家停了很久,然后才回答了他的问题。

不,你会忘掉一切。

\·\·\·\·\·\·

18

麦克尼斯博士打量着10公里外漫天的尘土。西边的天空被烟尘遮盖，就连夕阳都看不清了。在晚风的带动下，烟尘被慢慢吹向东边。虽然天气炎热，而且从海边一路走来，麦克尼斯博士却觉得精神饱满，惊异于自己的身体还如此健康。他完全不知道的是，几个小时之前，他的左脚踝还被碾碎了。

贝克曼站在博士旁边，用望远镜打量着距离最近的小行星撞击点。撞击掀起的烟尘阻挡了视野，不过烟尘正在逐步散去。"我们明天就能赶到。"

"咱们应该等一天。"麦克尼斯博士说，"空气还是太浑浊了。"

"不，我希望赶紧完成任务。我还要写阵亡通知书呢。"贝克曼不安地打量着桉树下刚刚挖好的四座墓坑。安葬马库斯、"蒸锅"、"美洲豹"和"计时器"可不是一个让人心情愉快的活。贝克曼甚至不能确定是不是将正确的残肢放进正确的坟墓，但大家毕竟尽力而为了。最起码，以上是植入的记忆提供的信息。贝克曼不知道"蒸锅"的外星武器为什么会爆炸，害死他们四个人，但是他永远不会忘记自己的手下被炸碎的样子。尸检不会发现坟墓里的残肢是根据基因样本生产的克隆品，而且为了模拟等离子超载爆炸，这些克隆品甚至还接受了辐射处理。贝克曼反复告诉自己这不过是一次意外，但是等回到马夫湖之后，他还是要去找科研人员的麻烦。他们应该知道这些外星武器根本就不稳定。

我们该用我们熟悉的武器。这些外星垃圾太不稳定了。

贝克曼从此将会不停地游说，直到这条政策通过。一个藏在大脑细胞结构中的量子仪器，将确保贝克曼为此奋斗终生。这个量子仪器将部分记忆与贝克曼的意识隔离，但是这不影响大脑的工作。贝克曼和队友体内的量子植入物将伴随他们终生。当他们的核心体温冷却之后，植入物将会融入周围组织，完全不留任何痕迹。

"咱们明天出发。"贝克曼说完就顺着山坡向营地走去。

"病毒"戴着自己的耳机，正忙着监听短波通信。这是之前搜索者从胡博手上打飞的通信器的复制品。为了避免被发现是一个极度发达的文明制造的复制品，就连原品材料中的瑕疵都得到了复制。

贝克曼问："建立通信了吗？"

"病毒"摇摇头，指了指南边的天空说："完全没有任何信号。"

"继续联系。我希望直升机48小时后到。"

贝克曼走向站在篝火旁的澳洲动物学家，她的丈夫站在她身边。当地向导和几名猎人围坐在篝火旁，打量着火焰中的一大块袋鼠肉。劳拉看着天空中五彩缤纷的光亮，脸上写满了困惑。贝克曼的注意力全都放在天上的光亮上。他听说过南半球的极光现象和北半球差不多，但是直到亲眼看见，才知道要比北半球的更亮、规模更大。

"真是太好看了。"

劳拉困惑地说："这是挺好看的，但是我从来没在这么偏北的地方见过这种现象。"

"你们管这叫什么？"

"当然是南极光了。"丹说道，"你通常还得往南走很远才能看到这种现象。而且它们从来没这么好看过。"

"肯定是因为异常太阳活动。""异形"说，"这种事情一辈子碰不到一次。"

"石板"对于天上的奇景毫无兴趣，只是用树枝戳着一块袋鼠肉伸进篝火里。相较于天上的自然灯光秀，他还是对自己的晚餐更感兴趣。"石板"心里默默咒骂比尔糟糕的导航，害得他们撞上了一块水下的石头，整条船都沉了。他这时候应该是喝着自己最喜欢的啤酒，而不是喝着净水片味道的水。

他难过地想道：起码好过渴死。

胡博军士看着袋鼠肉，犹豫要不要吃它。他的左臂没有骨折的痕迹，但是右臂却有点僵硬的感觉，这是治疗烧伤的加速细胞再生的副作用。僵硬的感觉在一天之内就会消失然后被抛在脑后，但是胡博回到基地之后，才会发现自己胳膊上反向匕首和三角形的文身都神秘地消失了。他问道："袋鼠肉尝起来如何？"

瓦尔笑着说："鸡肉的感觉。"

比尔吧唧着嘴巴说："我觉得应该是瘦牛肉才对。"

"我才不管味道如何呢。""核弹"迫不及待地说，"我要饿死了。""核弹"和胡博一样，都感觉到身体僵硬，但是他的克隆肺需要一周的时间，才能彻底融入身体系统。虽然他的胸腔被外星医生们切开进行手术，但是却没有留下任何伤疤，而合成血液将大大延长他的寿命。

胡博问："你吃自己国家的代表动物，心里没有点感想吗？"

"爆竹"冷漠地说："伙计，肉就是肉。"

丹说："你该去吃下虎鲨的肉，那东西就是靴子皮。"

塔克用手指摆弄着刀说："我要是饿了，我甚至会把老鹰捉下来烤了吃。"

胡博闻了闻烤肉的问道，确认袋鼠肉闻起来确实像牛肉。他已经饿得可以吃下6块牛排，但是这不过是细胞加速再生的副作用而已。

班达卡指了指西边的天空说："快看。"

贝克曼和其他人一起转向猎人所指的方向。在离地100米左右的高度，有3个明亮的光点。其中两个在夜空和掀起的烟雾的映衬下闪着明亮的白光，而在它们中间还有个更小的红色光点。红色的光点在白色光点之间毫无规律地左右摆动，做出高速转弯动作，而两个白点则保持队形向着东边飞去。带头的白色光点和它的同伴相比，高度更高，速度更快。当它们几乎飞到营地南边的时候，忽然停下，而小小的红点立即飞到两个白点中间。3个光点保持队形停在空中，然后一起向南飞去，在天上画出一道弧线，然后脱离了大气层。

劳拉惊讶地问："你看到了吗？"

贝克曼假装什么都没看到："看到什么？"

"我估计那些是气象气球吧？"劳拉一边说一边看挂在贝克曼腰上的外星武器。

"也有可能是金星。"贝克曼说完耸了耸肩，"也有可能和我们一样，对小行星感兴趣的人。"

但是贝克曼并不知道，他的小型外星武器再也无法开火了。当这把武器还给他的时候，里面的能量已经耗尽。到时候，他们会发现所有回收的外星武器都无法工作。技术专家们会认为这是造成全球断电的强大电磁效应的结果。

就在劳拉责难地看着贝克曼的时候，一个小小的身影出现在营地旁边。马普鲁玛显得既困惑又紧张，大人们怡然自得的神情让她毫无头绪。

"她在这儿哪！"班达卡如释重负地说，然后冲上去抱起了自己的女儿，"马普，我还担心你怎么样了。"

马普鲁玛抱了抱自己的父母，大眼睛还在不停地打量着越来越黑的丛林。

德帕拉乌问："你跑哪里去了？"

小姑娘小声说道："我藏起来了。"

班达卡惊讶地问道:"为什么要藏起来?"

小姑娘看着父亲的眼睛,父亲的镇定让她感到不安。当马普鲁玛抬起头打量天空的时候,五光十色的天空让她感到惊讶,而班达卡还在等待她回答自己的问题。最后,马普鲁玛回答了父亲的问题,讲述了一个有关于森林中的恶魔和天空中的邪灵的故事。她说话的时候带着一种敬畏,因为这一切在她眼中就是魔法和怪兽。当讲完自己的故事之后,马普鲁玛发誓自己讲的每一个句话都是真的,还说一个咒语将他们脑中的真相偷走了。

虽然马普鲁玛哀求大家相信她,但是大人们还是一笑了之。

后记

在涅姆扎里被关押期间，没人和她说话。她知道自己的植入物已经被修复重启，但是却不在自己的控制之下。抓住她的人利用这些植入物，从大脑中抽取了涅姆扎里的个人记忆以及她对同类所知道的一切。虽然她待在一个白色墙壁的房间里，房间里也只有一张小床，但是所有从她脑中抽取的信息都被送到了一千多个文明的手中。现在这些文明对入侵者有了更详细的了解。银河系中的文明开始互相结盟，确保爱好和平的社会不再受到入侵者的威胁，而银河议会则开始筹划对入侵者的封锁计划。至于那些被入侵者占领的世界，也在第一世代文明的帮助下得到迅速解放，并在联盟的帮助下恢复到战前的发展水平。

涅姆扎里对这一切一无所知。她以为当审问结束后，她就会被处死。她来自一个军事氏族，理应接受这样的结局，因为自己已经失败了。涅姆扎里怀疑自己的故乡已经被摧毁，自己的种族也已经被消灭。涅姆扎里甚至怀疑自己是整个种族最后的幸存者，因为她毫不怀疑对于失败者的报复性打击不会有任何仁慈可言。

当审问结束后，一个植入物让她进入了梦乡。随之而来的无梦睡眠更像是在休眠舱中的体验。当涅姆扎里醒来之后，看到的是熟悉的医疗无人机。让她感到惊讶的是，体内的植入物再次接受自己的控制。

涅姆扎里坐了起来，心中充满了困惑。医疗人员告诉她现在非常健康，而高级氏族的军官在等待她的汇报。因为涅姆扎里是最后回来

后 记

的人,所以他们非常希望听取她的全面报告,对于她和敌人接触的经历尤其感兴趣。

她以为自己是攻击钛塞提家园世界战役中唯一的幸存者,但是高级医务人员纠正了她的想法。整个行动中只损失了两艘战舰,而且还是在涅姆扎里的飞船坠毁的星系中损失的。舰队其余战舰顺利到达了目的地,但是发现自己的技术装备全部失灵。武器和传感器被矢量能量武器瞬间摧毁,推进系统和上万台无人机同时失灵。就连舰队的联合指挥中枢都陷入了沉睡,苏醒后则对这次灾难完全没有记录,现在只是将其称为难以解释的失败。

舰队上下几千种技术设备中,唯一工作正常的就是维生系统。过了一会儿,整个舰队出现在自己家园世界的上方,只有机动推进力场确保飞船能够停留在轨道上。在之后的几个小时内,几百艘入侵者战舰也出现了类似的情况,它们从占领区被直接送回了自己的故乡,但是在球形星团内的殖民世界却没有受到影响。

当瘫痪的入侵舰队出现在入侵者家园世界的时候,横跨几千光年的入侵者帝国内所有通信频道收到了同一条信息:

任何针对其他种族的敌对行为将受到严惩。

入侵者的科学家们开始疯狂研究为什么他们的飞船会被解除武装,为什么自己的科技如此轻松地瘫痪,以及为什么会发生如此大规模的通信泄密。但是,不论他们怎么努力,都无法回答这些问题。

涅姆扎里坐起来,有一种奇怪的感觉。虽然没有和医生交流,涅姆扎里还是用植入物进行自我检查,发现自己再次失去生育能力。但是她却没有感到任何失望,而是对此表示理解,因为她从来都没有被允许过拥有自己的后代。当医生检查涅姆扎里之后,他们对她进行了调整,让一切变成应有的样子。

母舰 THE MOTHERSHIP

涅姆扎里走向一扇舷窗，打量着熟悉的橙黄色恒星。她发现自己在一座轨道城市里，周围还有更多的轨道城市和飞船，而在下方则是美丽的蓝色世界，还有山巅的金属设施和波光粼粼的大海。这是一幅让人感到极为舒适但是却略显诡异的画面。

卡乐莎 -（阿拉沙拉 - 暖季）- 涅姆扎里回到了自己的故乡。

\·\·\·\·\·\·\

5 万颗微型受精卵顺着格伊德河随波逐流。两架无人机清理了最后两个没有受损的受精箱，然后将所有的受精卵倒进了浑浊的河水中。当指挥中枢下达命令之后，就将这两架无人机的记录从数据库中彻底删除。这两架无人机和涅姆扎里组装的受精箱已经被纳米工厂分解成了分子，彻底从这个世界上消失。当在轨道上的舰队根据涅姆扎里的记忆，发现她试图繁殖后代，但是却没有在飞船中发现受精卵时，便认为所有的受精卵都已经在轨道炮击中被摧毁。就连涅姆扎里都不知道这些受精卵已经逃出生天，因为指挥中枢甚至都没有告诉她这件事。

因为体内没有高科技植入物，所以轨道传感器没有在后续收尾行动中发现它们。地球上的生命形式丰富多样，以至于在银河系中都鲜有类似的星球，但正因如此，这些受精卵才没有被发现。有些受精卵依附在被淹没的石头和倒下的树枝上。有些进入大海，被带进了河口的红树林或是海洋深处的珊瑚礁里。不论它们去哪，都会发现温暖的热带海洋为其提供了理想的生存环境。

这些受精卵的细胞结构在麦诺德兽的激素刺激下，将会加速发育。在孵化之后，它们在求生欲望的驱动下，会发现这个充满捕食者的世界，与自己祖先的几百万年前的生活环境异常相似。在这片区域

后 记

内大量繁殖的鳄鱼和鲨鱼很快就会品尝到这些外星幼崽的味道。有些幼崽必然无法在这个严酷的环境中活下来,但是大多数将活下去。

虽然没有技术装备或是任何教育,这些幼崽只能依靠高超的智力和捕食天性活下去。它们将在天性的驱使下形成家族团体,并进化出严密的母系氏族结构。它们不知道自己来自哪里,也不懂为什么人类要消灭他们,但是会很快明白谁才是更优秀的种族。

到时候,它们将繁荣昌盛。

版权专有 侵权必究

图书在版编目（CIP）数据

母舰/（澳）史蒂芬·伦内贝格著；秦含璞译. —北京：北京理工大学出版社，2020.10
（映射空间）
书名原文：The Mothership
ISBN 978-7-5682-8739-5

Ⅰ.①母… Ⅱ.①史… ②秦… Ⅲ.①幻想小说-澳大利亚-现代 Ⅳ.①I611.45

中国版本图书馆CIP数据核字（2020）第130416号

北京市版权局著作权合同登记号　图字：01-2019-6131

The Mothership
Copyright © Stephen Renneberg 2013
Illustration © Tom Edwards
TomEdwardsDesign.com
The simplified Chinese translation rights arranged through Rightol Media（本书中文简体版权经由锐拓传媒取得Email:copyright@rightol.com）

出版发行	/北京理工大学出版社有限责任公司
社　　址	/北京市海淀区中关村南大街5号
邮　　编	/100081
电　　话	/（010）68914775（总编室）
	（010）82562903（教材售后服务热线）
	（010）68948351（其他图书服务热线）
网　　址	/http://www.bitpress.com.cn
经　　销	/全国各地新华书店
印　　刷	/三河市华骏印务包装有限公司
开　　本	/880毫米×1230毫米 1/32
印　　张	/11.75
字　　数	/270千字
印　　数	/1～6000
版　　次	/2020年10月第1版 2020年10月第1次印刷
定　　价	/52.80元

责任编辑/李慧智
文案编辑/李慧智
责任校对/刘亚男
责任印制/施胜娟
排版设计/飞鸟工作室

图书出现印装质量问题，请拨打售后服务热线，本社负责调换